중국의 옷 문화

왕웨이띠

1934년 11월 중국 상하이(上海) 출생. 상하이 고적 출판사 편집 및 심사 업무 담당.

주요 저서로는 『좌전선평(左傳選評)』, 『신유화서(神遊華胥)』, 『중국몽문화(中國夢文化)』, 『용봉문화(龍鳳文化)』, 『공양전역주(公羊傳譯注)』, 『삼도육략역주(三韜六略譯注)』 등이 있다.

중국의 옷服飾 문화

발행일 : 초판 2005년 7월 20일 | 지은이 : 왕웨이띠 | 옮긴이 : 김하림 · 이상호

펴낸이 : 김석성 | 펴낸곳 : 에디터 | 등록번호 : 1991년 6월 18일 등록 제1-1220호

주소 : 서울시 서초구 양재동 371번지(희빌딩 502호)

편집부 : (02)579-3315 | 영업부 : (02)572(3)-9218 | 팩스 : (02)3461-4070

e-mail : editor1@thrunet.com

ISBN 89-85145-93-2 03820

중국문화의 이해

중국의 옷 문화

服飾

왕웨이띠(王維堤) 지음
김하림 · 이상호 옮김

에디터

차 례

서 연(序言)

복식(服飾)은 인류 특유의 문화 현상이다. 중화 민족의 복식문화는 유구한 역사 속에서 풍부하게 집적된 현란하고 다채로운 보고(寶庫)의 하나이다. 이 책에서는 이 점에 대해 다양한 측면에서 독자들에게 개괄적인 면모를 묘사하고자 한다.

복식문화와 복식은 동등한 개념이 아니다. 복식문화는 복식보다 훨씬 복잡한 내용을 함의하고 있다. 이것은 다른 민족 다른 시대의 물질문명과 관련되어 있을 뿐만 아니라, 다른 민족 다른 시대의 정신문명과도 관련되어 있다. 이 책에서는 이 점에 대해서도 여러 각도에서 차곡차곡 논술을 전개하고자 한다.

옛날 복식문화의 창조자는 복식문화의 충분한 향유자가 아니었다. 전 국민의 복식을 모두 생활미학의 전당에 진입시키기 위해서 필요한 세 가지 기본 조건이 있다. 첫째 국민의 생활이 보편적으로 먹고 살만한 수준에 이르러야 하고, 둘째 복식미가 속박을 받지 않아야 하고, 셋째 국민의 문화 소양과 심미 정취가 보편적으로 향상되어야 한다. 첫 번째 조건은 차츰 실현되고 있다. 두 번째 조건은 역사적으로 노예주와 봉건통치자들이 하층 민중의 복식에 대해 취하고 실시한 이런저런 제한(制限)과 금령(禁令), 그리고 예교(禮教)와 미신(迷信)에 의한 갖가지 무형의 속박으로 인해 복식미(服飾美)의 발전이 가로막혔다. 지금 이러한 속박들은 더 이상 존재하지 않는다. 몇 년 전만 해도 남녀를 막론하고 일률적으로 회남색(灰藍色) 간부복(幹部服)과 옛 군복을 입던 것이 유행이었으나 역시 다채로운 패션에 의해 대체되었다. 이 때문에 이 조건은 지금 기본적으로 실현되었다고 할 수 있다. 중시할만한 가치가 있는 것은 세 번째 조건이다. 한 사람이 자기의 성별, 연령, 직업, 신체적 특징, 경제적 능력, 계절, 장소에 근거해 스스로 아름답다고 여기는 복식을 선택하는 것은 그 사람의 문화적 소양과 심미적 정취의 직접적 표현이다. 물론 우리가 미적 다양성을 인정하고 흥취와 애호에 있어서 심미개체의 차이성을 인정해야 하기 때문에, 사람들의 복식 선택에 대해 관용적 태도를 취해야 한다. 그러나 우리는 미의 발전적 현상, 즉 품위가 비교적 높은 미와 낮은 미의 존재, 형태가 비교적 완비된 미와 완비되지 않은 미의 존재 역시 인정해야 한다. 또한 심미개체의 문화적 소양과 심미적 정취의 고하(高下)와 아속(雅俗)의 분별도 인정해야 한다.

때문에 복식미의 문제에 대해 진지한 연구 토론을 진행해야 하며, 복식 유행과 심리 상태에 대해서도 적극적인 작용을 이끌어내야 한다. 예를 들면 복식이 가지고 있는 민족의 특징을 어떻게 유지하고 부단히 새롭게 창조해 낼 것인가, 외래적 성분을 어떻게 받아들어야 세속에 영합되지 않은 것인가, 복식의 가림과 인체의 적당한 노출의 한계를 어떻게 장악할 것인가, 2000년에 걸친 봉건예교가 남긴 무거운 억압과 충격에서 고아하고 함축적인 풍운과 정취를 어떻게 해야 잃지 않을 것인가 등등 이다. 이 점에 대해서도 이 책에서는 옛 것의 장점을 취해 오늘날 사용하는 원칙으로 삼으려고 힘써 노력했고, 독자를 다소 일깨우려고 시도했다.

이 책에 대한 독자들의 비평과 질정을 바란다.

— 왕웨이띠(王維堤)

▲『홍루몽』에서 가보옥이 대사를 듣고 선기(禪機)를 깨닫는 장면. 여러가지 옷차림이 선보여지고 있다.

"황제(黃帝)가 의상을 늘어뜨리고 천하를 통치하다."

- 복식의 실용적 의의와 이론적 의의

설보차[(薛寶釵 : 중국 고전소설 『홍루몽(紅樓夢)』에 등장하는 여주인공)의 생일날 가보옥(賈寶玉 : 『홍루몽』에 등장하는 남주인공)]의 어머니가 봉저(鳳姐)에게 주연을 성대하게 베풀도록 했다. 주연이 끝나자 사상운(史湘雲)이 마음속에 있던 생각을 거침없이 토해냈다. 그는 "극을 공연한 소단(小旦)이 어쩐지 임(林)소저(『홍루몽』에 등장하는 여주인공 임대옥을 지칭)의 모습을 닮았습니다."라고 말했다. 가보옥(賈寶玉)은 임대옥(林黛玉 : 『홍루몽』에 등장하는 여주인공)의 기분이 상할까 두려웠고, 또 이로 인해 발생될지 모르는 적대감을 막기 위해 중재에 나섰다. 그러나 생각지도 못하게 양측에서 좋은 결과를 얻지 못하고 오히려 진퇴양난의 곤경에 빠지게 되었다. 대옥은 그곳에서 나와 방으로 돌아오면서, 이 일을 생각할수록

기분이 좋지 않았다. 이유 없이 남으로부터 모함을 당한 것이 마치 낮에 들었던 곡(曲)의 가사 가운데 "(사람이란)실오라기 하나 걸치지 않고 왔다가 가는 것이니 걱정할 바가 없네."라는 말이 자신에게 달라붙은 듯 했다. 이 대목은 『홍루몽』 제 22회 "곡의 가사를 듣고 보옥(寶玉)이 선기(禪機)를 깨닫다"는 이야기이다.

사실 사람의 일생에 있어 "실오라기 하나 걸치지 않고 온다."라는 말은 확실한 사실이지만, "실오라기 하나 걸치지 않고 간다."라는 말은 중국의 사정에 맞지 않다. 몇몇 소수민족이 행하는 "조장(鳥葬)"을 제외하고, 전통 풍습에서 사람이 죽은 뒤에는 천자(天子) 왕후(王侯)의 금수릉라(錦繡綾羅), 금루옥의(金縷玉衣)는 예외로 하더라도, 일반 평민과 백성, 심지어 노비와 하인도 역시 깔끔한 옷차림을 애써 추구했다. 적어도 실오라기 하나 걸치지 않고 땅속으로 들어가는 일을 편안하게 생각하지는 않았다. 묵자(墨子)는 후렴(厚殮)을 반대하고, 절장(節葬)을 강조했다. 뿐만 아니라 『묵자(墨子) · 절장(節葬) · 하(下)』에서 "옷과 이불 세 점이면 그 혐오하는 것을 족히 덮는다."라고 했다. 필원(畢沅)의 주(注)에서 "사람들이 죽은 사람을 혐오하기 때문에, 그 혐오하는 것을 덮는다."라고 한 것으로 보아 중국인은 죽은 사람을 절대로 "실오라기 하나 걸치지 않고 보내려고 하지 않았음"을 알 수 있다. 이는 화장을 장려하는 오늘까지도 마찬가지다. 왔다 가는 사람의 일생에 있어서 복식은 바로 확실히 큰 문제이다.

예부터 밥 먹는 일과 옷 입는 일을 동일하게 다루었다. 중국인들의 습관 용어로부터 볼 때 비교적 속된 표현에서 "먹는 일"이 대부분 "입는 일" 앞에 위치하고 있다. 예를 들면 백성들은 "배불리 먹고 따뜻하게 입기"를 원한다. 또 방탕한 사람은 "먹고, 입고, 바람피우고,

노름하는 일"에 심취하고, 바람을 피우지 않고 노름도 하지 않는 평범하고 속된 사람들 역시 모두 "인생에 있어 먹고 입는 것이 제일이다."라는 향락주의 신조를 신봉한다. 『삼국지(三國志)』에서도 손견(孫堅)이 "우리는 고양이나 개의 무리로, 밥주머니 옷걸이일 뿐이다."고 말한 바 있다. 그러나 비교적 고아한 표현으로는 "입는 일"이 오히려 대부분 "먹는 일" 앞에 위치하고 있다. "의식주행(衣食住行), 즉 입고, 먹고, 거주하고, 행동하는 일"에서도 입는 것이 제일 첫머리에 위치해 있다. 마찬가지로 사람의 기본 요구를 표현하는 "온포(溫飽)"라는 두 글자가 있는데, 즉 따뜻하게 입고 배불리 먹는다는 의미이다. 『비파기(琵琶記)』 22장에는 "네가 시집을 가지 않고 어떻게 입을 것과 먹을 것을 마련할 것이냐?"라는 내용이 있다. 심지어 불경 번역에서도 먼저 입을 것을 뒤에 먹을 것을 언급했다. "의발(衣鉢)"이 그 좋은 예이다. 이러한 고아하고 속된 용어의 어순에 반영된 관념의 중점의 변화를 헛되이 간과해서는 절대 안 된다. 좀더 자세하게 분석해보면 "먹고 입는 일"의 순서에는 생물 개체로서의 사람의 요구가 비교적 많이 반영되어 있고, "입고 먹는 일"의 순서에는 사회 성원으로서의 사람의 요구가 비교적 많이 반영되어 있다.

루쉰(魯迅 : 1881-1936 현대 중국의 문학가, 사상가)은 『고사신편(故事新編) · 기사(起死)』에서 『장자(莊子) · 지락(至樂)』의 한 부분을 이용해 기뻐서 웃고 화가 나서 욕하는 유희적인 글 한 편을 썼다. 장자가 초(楚)나라로 가는 도중 해골을 보았다. 한밤중 꿈에 해골이 나타나자 장자는 법술(法術)을 펼쳐 생명을 관장하는 큰 신 사명(司命)에게 해골이 형체를 회복해서 부활할 수 있도록 청하고 난 뒤 생각지도 못한 번거로움에 휩싸인다. "사명"이 해골을 향해 채찍으로 한번 가

리키자 단지 한줄기의 불빛만이 보이더니, 땅 위에 실오라기 하나 걸치지 않은 30여세의 남자가 나타난다. 알고 보니 이 사람은 장자가 살았던 시대로부터 500년 전인 은(殷)나라 주왕(紂王) 때 친척을 찾아가다가 이곳에서 길을 막고 약탈을 일삼는 강도에게 맞아 죽은 사람이었다. 500년 전의 일이라 몸에 입었던 옷이 설령 강도에 의해 벗겨지지 않았더라도 진작 다 썩어 없어져 버렸다. 이 남자는 마치 오랜 꿈에서 막 깨어난 사람처럼 손으로 눈을 한차례 비비고 정신을 차린 후에 장자를 보고 인사를 했다.

장자—(웃고 가까이 다가가면서 그를 주시하며) 당신은 누구시죠?

남자—아 잠이 들었군요. 당신은 누구시죠(양쪽을 보면서 소리쳤다.) 아, 내 보따리와 우산은?(자신의 몸을 살펴보면서) 어이구, 내 옷은?(몸을 쭈그린다.)

그는 봇짐과 우산이 보이지 않자 매우 놀라면서 "아이고!"라고 소리쳤다. 그리고 자기가 발가벗고 있다는 사실을 발견했다. 이때의 놀람은 예삿일로 인해 놀랄 때와는 전혀 달랐다. 연속 "어이구!"라고 하면서 황급히 "쪼그리고 앉기"까지 했다. 이때 봇짐과 우산을 찾는 일은 이미 부차적인 일이 되었고, 제일 중요한 큰일은 몸에 걸칠 것을 찾는 일이었다. 여기에서 당시 현장의 벌거벗은 남자에 대해 말하자면 입을 옷이 급히 필요했던 것은 추위 때문이 아니라, 창피함을 감추기 위해서였다.

사람이 언제부터 의복을 입었을까? 『성경(聖經)』에 의하면 하느님이 아담과 이브를 만들고 그들에게 에덴동산에서 살게 했을 때는 비록 모두가 몸에 실오라기 하나 걸치지 않았지만, 그들이 양성 구별에 대해 알지 못했기 때문에 부끄러운 줄도 몰랐다. 불행히도 마귀

▲ 아담과 이브

의 유혹에 빠져 금단의 열매를 먹고 성의식(性意識)이 생겨나게 되었다. 이렇게 해서 하느님에 의해 에덴동산에서 쫓겨나 이 죄악의 세상으로 와서 인류를 번식시킨 조상이 되었다. 이때부터 의복을 입기 시작했고 발가벗은 알몸을 부끄럽게 여기게 되었다. 이것은 서방의 전설이다. 중국의 고서를 조사해보아도 그렇게 낭만적인 이야기는 찾을 수 없다. 『묵자 · 사과(辭過)』에서 "옛날의 백성은 의복을 제작할 줄 몰랐다."라고 했다. 뒷날 성왕(聖王)이 「의복의 법」을 제정하면서 비로소 의복을 착용했다. 그 목적은 "신체를 쾌적하게 하고, 근육과 피부를 부드럽게 하기 위함"이었다. 묵자는 실제를 중시했다. 그가 의복을 언급할 때 강조한 점은 실용적 측면이었다. 때문에 그는 『묵자 · 겸애(兼愛) · 하(下)』에서 "나라의 군주는 '겸애' 하는 마음이 있어 '추위와 굶주림으로 계곡에서 죽어 가는 백성' 을 보고 '굶주리면 먹이고, 추위에는 입힐 수 있어야 한다."라고 제창했다. 그러나 반고(班固 : 한나라 시대의 역사가)는 금문경학(今文經學)을 총결한 『백호통의(白虎通義)』에서 오히려 의상을 "의(衣)는 가리는 것이고, 상(裳)은 막는 것이다. 때문에 모습을 감추고 덮어서 가린다."라고 풀이했다. 그는 음훈법(音訓法)을 이용해 글자의 뜻을 해석하면서 '의상'의 작용을 육체를 덮고 가리는 것으로 보았다. 그는 의복의 윤리적 측면을 강조했다. 『석명(釋名)·석의복(釋衣服)』에는 절충된 견해가 언급되어 있다.

> "위의 것을 '의(衣)'라 한다, 의(衣)는 의지한다(依)는 뜻으로, 사람은 추위와 더위를 막는데 이를 의지한다. 아래의 것을 '상(裳)'이라 한다. 상(裳)은 가로막는다(障)는 뜻으로 스스로 덮어서 가린다."

상의(上衣)를 언급할 때 추위와 더위를 막는 의복의 실용적 기능을 강조했고, 하상(下裳)을 언급할 때는 모습을 가리고 부끄러움을 덮는 의복의 윤리적 기능을 강조했다. 만일 앞의 "사명"이 부활시킨 그 남자가 상반신은 아무 것도 걸치지 않고, 하반신에 내의를 입었다면 아마 황급히 쪼그리고 앉는 일은 없었을 것이다.

『묵자』에서 말하는 "의복의 법"을 제정한 "성왕"이 누구인지에 대한 구체적인 언급은 없다. 그러나 『장자·도척(盜跖)』과 『상군서(商君書)·화책(畵策)』에는 신농씨(神農氏) 시대에 이미 "밭을 갈아서 먹고, 옷을 짜서 입었다."라고 나와 있다. 옛 사람들은 염제(炎帝)를 신농씨라 칭했다. 『역경(易經)·계사(繫辭)·하(下)』에 "황제(黃帝), 요(堯), 순(舜)이 의상을 늘어뜨리고 천하를 다스렸다."라고 했다. 『세본

(世本)·작편(作篇)』에는 더 나아가 황제의 신하 호조(胡曹)와 백여(伯餘)가 최초로 의복을 제작한 사람이라고 제시되어 있다. 한족(漢族)—고대의 화하족(華夏族)은 염황자손(炎黃子孫)이라 자칭한다. 그들은 사물의 발명권을 자기가 가장 숭경(崇敬)하는 시조의 이름 아래에 귀결시키기 좋아한다. 그것은 고고학(考古學)이 증명해준다. 지금으로부터 6, 7천년 전인 앙소문화(仰韶文化) 시대에 사용되었던 수많은 석제(石製), 도제(陶製), 방추차(紡錘車)가 발견되었다. 어떤 도기의 밑 부분에 남아 있는 삼베 무늬 자국은 당시 "의상을 입었음"을 증명해준다.

의복의 실용적 기능은 의복의 기본 기능이다. 『여씨춘추(呂氏春秋)·시군람(恃君覽)·장리(長利)』에 다음과 같은 이야기가 기록되어 있다.

> 융이(戎夷)라고 하는 선비가 제(齊)나라에서 노(魯)나라 갔다. 노나라에 이르니 성문이 이미 굳게 닫혀 있었다. 그 날 따라 날씨가 매우 추웠지만 하는 수 없이 그는 제자와 함께 성문 밖에서 밤을 지새워야 했다. 밤이 깊어져 날씨가 더욱 추워지자 두 사람이 모두 얼어 죽을 위험에 봉착했다. 융이가 제자에게 "네가 옷을 나에게 주면 내가 살고, 내가 옷을 네게 주면 네가 산다. 나는 국사(國士)이니 천하를 위해 나의 생명을 소중하게 보존해야 한다. 그러나 너는 별다른 덕과 재능이 없어 죽어도 애석하지 않으니 너의 옷을 내게 주거라."라고 말했다. 그러자 제자가 "덕과 재능이 없는 사람이 어떻게 옷을 국사에게 줄 수 있겠습니까?"라고 말했다. 융이가 길게 탄성을 지르며 "아아! 큰 도리도 소용이 없구

나."라고 말하고 나서 옷을 제자에게 주었다. 자신은 그 날 밤을 넘기지 못하고 얼어 죽었다.

융이의 생각은 매우 실제적이었고 행위 역시 매우 사사로움이 없었다. 냉혹한 대자연 앞에서 의복의 실용적 가치와 윤리적 가치는 공존할 수 없었다. 그는 스스로가 알몸이 되어 얼어 죽으면서 제자의 생명을 지켰다.

원점으로 되돌아가서 루쉰의 『고사신편 · 기사』에 실린 장자의 형상을 보자. 죽은 지 5백 년 만에 부활한 남자가 장자에게 달라붙어 옷을 주라고 했을 때, 장자는 다음과 같은 견해를 내놓았다.

▲ 장자상(莊子像)

"의복은 있어도 좋고 없어도 좋은 것으로 어쩌면 의복이 있어도 옳고 어쩌면 의복이 없어도 옳다. 새에게는 깃(羽)이 있고, 짐승에게는 털(毛)이 있다. 그러나 오이나 가지는 알몸이다. 그러니 '저것 역시 하나의 이치이고, 이것 역시 하나의 이치이다.' 당신이 발가벗고 있는 것이 옳다고 말할 수 없지만, 그렇다고 의복이 있는 것이 옳다고 말할 수 있겠는가?"

그 남자는 실제적인 문제는 해결하지 못하면서, 오히려 이 같은 궤변을 듣자 격노하며 참지 못하고 "개 같은 소리!"라고 욕을 했다.

그리고는 장자의 도포를 벗기려고 하자, 장자가 비로소 “내가 지금 초나라 왕을 만나러 가야 하기 때문에 도포를 입지 않으면 안된다. 마찬가지로 속적삼을 벗고 달랑 도포만 입을 수도 없는 법이다.”라고 말했다. 이를 통해 물아(物我)를 동등하게 여기고, 시비(是非)를 동등하게 여겼던 장자가 단지 사회에서 살기 위해 결국 ‘복식의 윤리적 가치의 시비에서 벗어나지 못했음’ 을 알 수 있다.

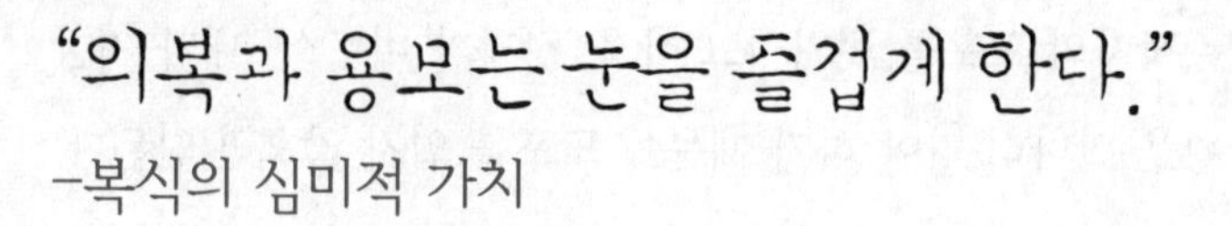

"의복과 용모는 눈을 즐겁게 한다."

–복식의 심미적 가치

서한(西漢) 초 연(燕)나라 사람 한영(韓嬰)은 유가의 『시경(詩經)』을 전수한 사 대가 중의 한 사람이다. 그는 『한시외전(韓詩外傳)』에서 "의복과 용모는 눈을 즐겁게 한다."라고 말했다. 눈을 즐겁게 한다는 것은 바로 아름답다는 뜻이다. 이 관점은 복식의 심미적 가치를 강조했다. 한나라 무제(武帝) 때, 동중서(董仲舒)는 백가(百家)를 배척하고 오직 유가(儒家)의 학술만을 존중할 것을 제창했다. 한영은 동중서와 같은 유학자이지만 항렬이 약간 앞섰다. 두 사람은 학술 관점이 서로 달라 한 무제(武帝) 앞에서 논쟁을 한 적이 있었다. 그러나 동중서는 "의복과 용모가 눈을 즐겁게 한다."라는 견해에는 오히려 완전히 찬성하고 동의했다. 그는 그 말을 한 글자의 오차도 없이 그의 『춘추번로(春秋繁露)·오행대(五行對)』 안에 옮겨놓았다. 이백(李伯)이 사(詞) 「청평락(清平樂)」에서 "구름은 옷을 생각나게 하고, 꽃은 용모를 떠오르게 하네."라고 예술적 상상을 사용해 창조한 시의 형상이나, 속담 중 "사람은 옷이 날개이고, 부처는 금칠이 날개이다."라는 비유 수법에 드러난 통속적 철학적 이치가 나타낸 것 역시 모두 대부분 서로 동일한 의미이다.

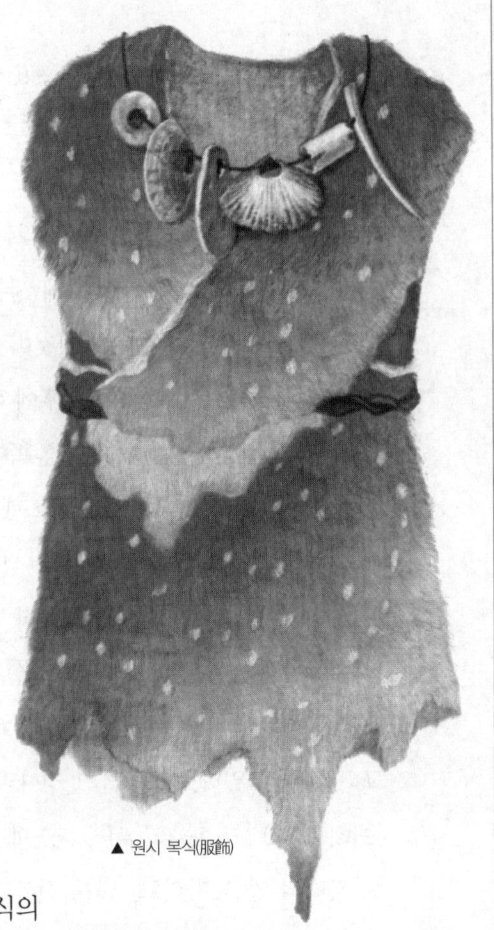
▲ 원시 복식(服飾)

복식 착용에는 실용, 수치 은폐, 자기 미화의 세 가지 의의가 있다. 이 점에 대해서 문명사회의 절대 다수 사람들도 이의를 제기하지 않을 것이다. 그러나 만일 이 세 가지를 복식의 기원이라는 명제 아래 놓고 고찰한다면, 원시인이 무슨 원인 때문에 옷을 입기 시작했는지가 의문시된다. 이 점에서는 동서고금의 다른 견해가 통일되기 매우 어려울 것이다

예를 들면 『성경』안의 아담과 이브의 이야기는 의심할 여지없이 수치를 가리는 것이 복식 기원의 주요한 원인이라고 여긴 것이다. 중국 고대에도 유사한 견해가 있다. 『백호통의』에는 "태고 때 가죽으로 옷을 만들었고 앞을 덮어 가릴 수 있었으나, 뒤를 가릴 수는 없었다."라고 말하고 있다. 당(唐)나라 공영달(孔穎達)은 『모시정의(毛詩

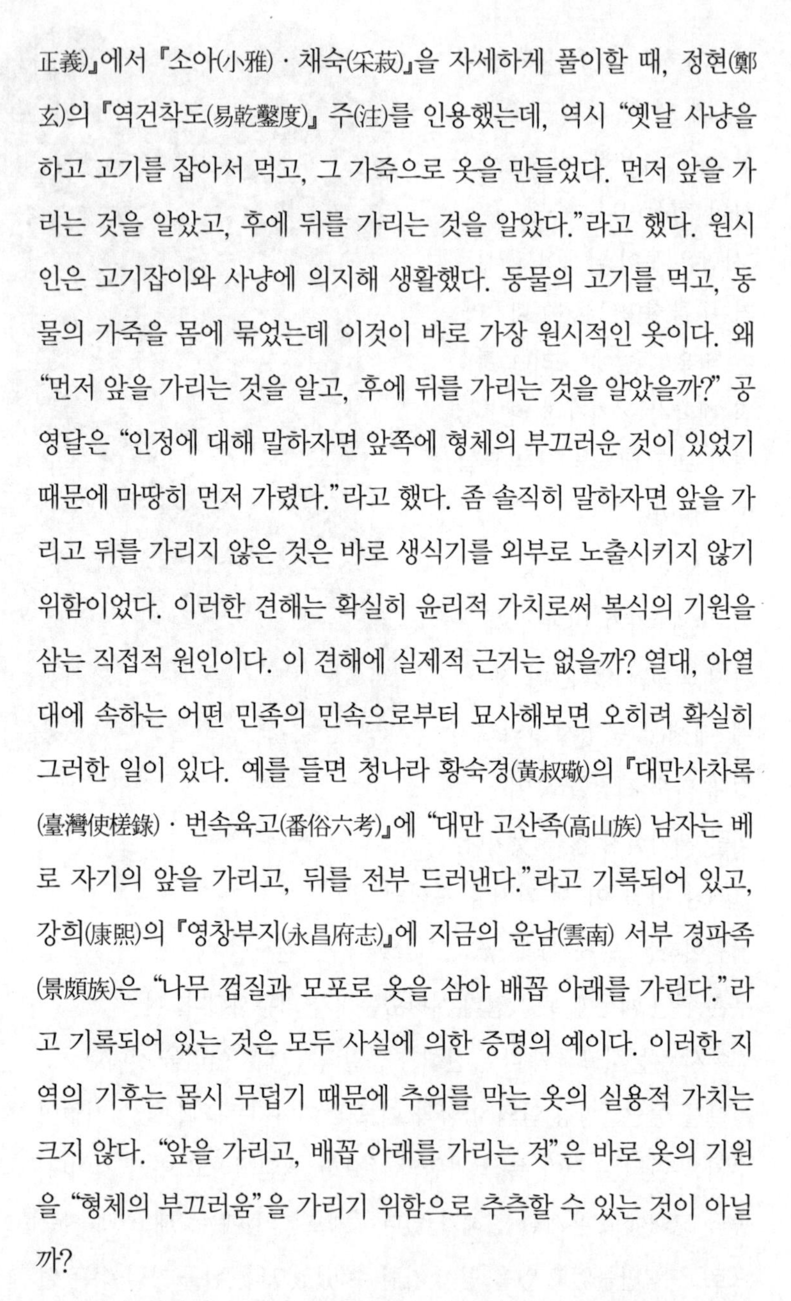

正義)』에서 『소아(小雅) · 채숙(采菽)』을 자세하게 풀이할 때, 정현(鄭玄)의 『역건착도(易乾鑿度)』 주(注)를 인용했는데, 역시 "옛날 사냥을 하고 고기를 잡아서 먹고, 그 가죽으로 옷을 만들었다. 먼저 앞을 가리는 것을 알았고, 후에 뒤를 가리는 것을 알았다."라고 했다. 원시인은 고기잡이와 사냥에 의지해 생활했다. 동물의 고기를 먹고, 동물의 가죽을 몸에 묶었는데 이것이 바로 가장 원시적인 옷이다. 왜 "먼저 앞을 가리는 것을 알고, 후에 뒤를 가리는 것을 알았을까?" 공영달은 "인정에 대해 말하자면 앞쪽에 형체의 부끄러운 것이 있었기 때문에 마땅히 먼저 가렸다."라고 했다. 좀 솔직히 말하자면 앞을 가리고 뒤를 가리지 않은 것은 바로 생식기를 외부로 노출시키지 않기 위함이었다. 이러한 견해는 확실히 윤리적 가치로써 복식의 기원을 삼는 직접적 원인이다. 이 견해에 실제적 근거는 없을까? 열대, 아열대에 속하는 어떤 민족의 민속으로부터 묘사해보면 오히려 확실히 그러한 일이 있다. 예를 들면 청나라 황숙경(黃叔璥)의 『대만사차록(臺灣使槎錄) · 번속육고(番俗六考)』에 "대만 고산족(高山族) 남자는 베로 자기의 앞을 가리고, 뒤를 전부 드러낸다."라고 기록되어 있고, 강희(康熙)의 『영창부지(永昌府志)』에 지금의 운남(雲南) 서부 경파족(景頗族)은 "나무 껍질과 모포로 옷을 삼아 배꼽 아래를 가린다."라고 기록되어 있는 것은 모두 사실에 의한 증명의 예이다. 이러한 지역의 기후는 몹시 무덥기 때문에 추위를 막는 옷의 실용적 가치는 크지 않다. "앞을 가리고, 배꼽 아래를 가리는 것"은 바로 옷의 기원을 "형체의 부끄러움"을 가리기 위함으로 추측할 수 있는 것이 아닐까?

그러나 역사학자 여사면(呂思勉)이 이에 대해 다른 견해를 살며시

제기했다. 그는 『선진사(先秦史)』 제13장에서 다음과 같이 언급했다.

> 옷은 처음 발가벗는 것을 부끄럽게 여겨 몸을 가린 것도 아니고, 또한 추위를 막기 위함도 아니었다. 아마도 옛 사람은 원래 발가벗는 것을 부끄럽게 여기지 않았을 것이다. 겨울에는 굴에서 살거나 불을 피웠기 때문에 옷에 의지해 따뜻함을 구하지 않았다. 옷은 처음에 아마도 장식으로 사용되었을 것이다. 때문에 반드시 먼저 앞을 가린 것은 발가벗은 것을 부끄럽게 여겨서가 아니라, 실제로 장식으로 사용해 용모로써 유혹을 부추기기 위함이었다.

이것은 바로 옷의 기원이 부끄러움을 가리기 위함도, 추위를 막기 위함도 아닌 단지 일종의 장식으로 스스로를 미화시켜 이성을 유혹하기 위한 목적이었음을 말해준다. 이 관점은 아마 다윈의 "성선택설(性選擇說)"의 영향을 받은 듯하다. 다윈은 동물의 몸에는 갖가지 천연적 장식이 있다고 여겼다. 예를 들면 병풍모양으로 펴는 공작의 꼬리, 꿩의 꼬리 깃, 수탉의 높은 벼슬, 숫사자의 긴 갈기 등은 모두 이성을 끌어들이는 작용이 있다. 다윈은 당시 세상에 존재하는 반(半)문명과 야만족의 습속을 연구한 이후, "야만인은 치장을 아주 좋아한다. 그들은 깃털, 목걸이, 팔찌, 귀고리 등을 이용해 스스로를 장식했고, 몸과 얼굴에는 갖가지 색이나 문양을 칠했다. 이러한 장식 역시 성선택설의 지배를 받은 것이다. 그러나 문명인의 복식의 유래는 야만인의 얼굴에 색을 바르고 문신을 하는 것과 원래 일치하지 않았다."라고 주장했다. 다윈은 또 한 영국 철학자의 이론을 인용해 "옷의 창제는 보온이 아니라 장식을 위함이었다."라고 주장했다

[『인류의 유래』 제 3편 『성 선택과 인류의 관계 및 결론』].

중국 고대의 학자 역시 복식미에 이성을 유혹하는 선택적 경쟁 기능이 있었다는 논의가 있었다. 예로 『회남자(淮南子) · 수무훈(修務訓)』에 이 문제에 대해 언급되어 있는데 그 대의는 다음과 같다.

> "모장(毛嬙)과 서시(西施)는 천하에 널리 알려진 미인이다. 만일 그녀들에게 입에 썩은 쥐를 물고, 머리에 고슴도치 가죽을 쓰고, 몸에 표범 가죽을 입고, 죽은 뱀으로 허리띠를 차게 한 모습을 문명인들이 본다면 눈을 흘기고 코를 막고 지나갈 것이다. 만일 그녀들이 향기 나는 분을 바르고 눈썹을 잘 그리고, 머리에 장식을 하고, 가는 베옷에 얇은 비단 치마를 입고 예쁘게 단장을 하고 교태를 부린다면, 설사 높은 위치에 있거나 의지가 높고 행동이 깨끗한 사람들이라도 이 미색들 앞에서 마음이 동요될 것이다."

그러나 복식의 기원 문제에 대해 『회남자 · 제속훈(齊俗訓)』에서는 오히려 "백성이 형체를 가리고 추위를 막을 수 있는 데 있다."라고 했다. 이는 다윈의 견해와 다른 점이다. 한영과 동중서는 복식의 심미적 의의를 강조했지만, 결코 이 점을 절대화하지는 않았다.

중국인은 비교적 실질적인 면을 중시한다. 묵자 같은 사람은 결연하게 실용제일(實用第一)을 주장했다. 그는 "옷은 반드시 항상 따뜻해야 하고, 그 연후에 아름다움을 추구한다."라고 주장했다[필원(筆沅)의 『설원(說苑)』에서 『묵자』의 일문(逸文)을 인용]. 『장자 · 도척』에는 "옛날 백성은 의복을 만들어 입을지 몰랐다. 여름에는 대부분 섶을 걸쳤고, 겨울에는 불에 의지했다. 신농씨에 이르러 비로소 옷을 만들어 입었다."라고 말했다. 이를 보면 장자 역시 의복의 기원을 추위를 막는 것으로 보았음을 알 수 있다. 『후한서(後漢書)·여복지(輿服志)』에는 "상고시대 사람들은 굴이나 야외에서 생활해 깃으로 옷을 삼거나 가죽을 걸쳤고 일정한 규제가 없었다. 후세 성인(聖人)이 생사와 삼으로 대신했다. 또 새 깃의 아름다운 모양이나 초목의 꽃에 있는 색채를 보고 이를 모방해 견직물에 색깔을 물들여 오채(五彩)가 생겨났고, 오채를 서로 잘 배합한 것이 옷의 색깔이 되었다. 뿐만 아니라 새의 벼슬이나 짐승의 뿔 및 갖가지 수염을 보고, 이를 모방하여 모자를 만들어 모자의 장식으로 삼았는데, 이를 수식(首飾 : 귀고리, 목걸이, 반지, 팔찌 등을 포함하는 넓은 개념)이라 한다." 라고 기록되어 있다. 범엽(范曄)이 묘사한 복식발전사로부터 볼 때도 실용적 가치가 앞에 있고, 심미적 가치는 뒤에 있다. 그러나 심미관념은 복식의 발전과 개량에 있어 확실하게 아주 강한 추진 작용을 하고 있다.

▲ 묵자상(墨子像)

고고학에서 제공한 자료를 볼 때 지금으로부터 2만 9천년 이전, 산서성(山西省) 삭현(朔縣)의 치욕인(峙峪人)이 이미 짐승 가죽으로 옷을 재봉할 때 사용되는 골침(骨針)을 제작했고, 지금으로부터 1만 8천여 년 전의 북경(北京) 주구점(周口店)의 산정동인(山頂洞人)이 이미 8.2mm의 끝이 매우 예리한 골침을 만든 것으로 보아 구멍 뚫는 기술

이 매우 정교한 수준에까지 도달해 있었음을 알 수 있다. 재미있는 것은 산정동인이 작은 돌 조각, 아란석(鵝卵石), 바다조개 껍질, 사슴 송곳니, 호랑이 앞니, 청어 눈 위 뼈 등을 둥그렇게 갈아서 모두 구멍을 뚫은 일이다. 구멍 사이에는 아직도 적철광(赤鐵礦) 분말의 빨간 흔적이 남아 있다. 노력이 매우 많이 들어간 이러한 작은 물건들은 조금의 실용적 가치도 없다. 고고학자의 추측에 의하면 적철광을 사용해 붉은 색을 물들인 선으로 꿰었던 것은 목걸이나 가슴 장식(胸飾)이다. 이 발견은 원시인이 처음에 짐승 가죽을 봉제해 옷을 제작한 중에서 가장 빠른 것이고, 원시인이 자기를 미화시킬 줄 알았던 것 중에서 가장 빠른 원시인이 산정동인이었음을 알려준다. 복식의 기원이 도대체 실용적인 면과 부끄러움을 가리는 것에 있는지, 아니면 심미적인 것에 있는지는 한 걸음 더 나아가 깊이 탐구해야 할 문제이다. 또한 산정동인의 목걸이와 가슴 장식이 단순한 심미적 대상이었는지 아니었는지 역시 의문이다. 어떤 민족 조사 자료에 의하면 1949년 이전 운남(雲南) 서쌍판납(西雙版納)의 태족(傣族) 역시 멧돼지 이빨, 노루 이빨, 오색 돌을 신령스러운 물건으로 삼아 평소에 몸에 휴대하고 다녔다. 그 이유는 이런 것들에는 사악함을 내쫓는 길상(吉祥)의 효과가 있다고 여겼기 때문이었다. 가까운 곳에서부터 먼 곳으로 올라가 원시 복식의 여러 가지 중요한 의의를 고찰할 때, 종교, 무술(巫術)이 처음에는 백성의 의식 형태 안에서 중요한 위치를 차지하고 있음을 절대로 간과해서는 안 된다. 당연히 인류가 객관세계의 기나긴 역정 속에서 부단하게 자신과 생활을 미화시킨 것 역시 하나의 객관적 규율이다.

용포(龍袍)와 봉관(鳳冠)
-복식의 옛날 토템 유적과 정치적 의의

양산박(梁山泊)의 108명의 호한(好漢) 가운데서 가장 이름을 날렸던 인물은 "일신에 청룡(青龍)이 새겨져 있던" 사진(史進)이다. 그의 아버지 사태공(史太公)이 80만 금위군(禁衛軍)의 교두(教頭) 왕진(王進)에게 "뛰어난 장인을 청해 그에게 문신을 새겨주었습니다. 어깨와 팔뚝 가슴에 모두 아홉 마리의 용이 있어 온 현 사람들의 입에서 오르내리게 되었고, 모두 '구문룡(九紋龍) 사진' 이라고 부릅니다."라고 아들을 소개했다. 또 한사람을 들자면 방랑자 연청(燕靑)이 있다. 그의 일신에 새겨진 문신은 마치 봉황이 푸른 옥을 밟은 듯 정교하고 아름다웠고, 공작이 비스듬히 꽃을 스치고 지나가면 꽃이 흐드러지듯이 아름다웠다. 그가 '경천주(擎天柱) 임원(任原)' 과 싸울 때 적삼을 벗어 문신이 드러내자 사람들은 즉시 고개를 저으면서 갈채를 보냈다. 송(宋)나라 휘종(徽宗)이 사랑스럽

게 돌보아 주던 최대의 명기(名妓) 이사사(李師師)가 연청의 "몸에 좋은 문신"이 있음을 듣고는 한번 보기를 희망했고, 이를 보고 나서는 매우 좋아했으며 섬섬옥수로 그의 몸을 어루만졌다. 이같이 몸에 용이나 봉황을 새기거나 기타 무늬를 새기는 습속은 그 역사가 유구하며, 이를 문신(紋身)이라 칭한다. 『수호전(水滸傳)』의 묘사에서 보면 송나라 시대 강호(江湖)의 호한과 풍류 여인은 모두 문신을 일종의 남성미로 여기고 있는 것 같다. 실제로 문신의 습속은 야만시대 토템 숭배가 남긴 흔적이다.

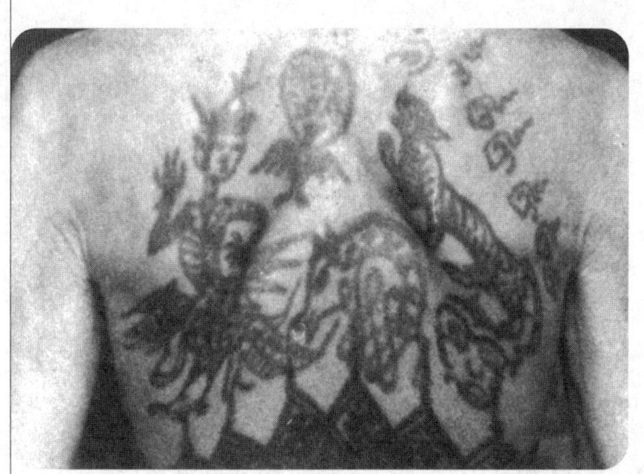
▲ 문신(文身)

무엇을 토템이라 하는가? 마르크스는 간단명료하게 "원시인은 자기의 씨족이 모두 어떤 동물, 식물 혹은 자연물에서 기원했다고 여겼고, 아울러 그것을 토템으로 삼았다. 토템은 신격화된 조상이고 씨족의 보호자이다."라고 설명했다. 토템 숭배는 대략 모계씨족 공동체사회에서의 출현이 가장 이를 것이다. 이후 씨족 생활, 복식과 예술 형식 안에서 모두 많은 토템의 흔적들이 남아있다.

사진과 연청의 몸에 새겨진 용과 봉황은 바로 중국 대지에서 옛날 용 토템과 조류 토템을 숭배했다는 흔적이다. 중국 남방에는 비교적 늦게 개화된 몇몇 소수민족이 있다. 한당(漢唐) 이후까지 비교적 원시적인 문신 습속이 보전되어 있었다. 예를 들면 한나라 초 구이산[九疑山 : 지금의 호남(湖南) 영원현(寧遠縣)] 남쪽의 고대 월족(越族) 사람들은 용을 매우 경외(敬畏)하는 마음을 가지고 있었다. 그들은 전신에 교룡(蛟龍)을 섬세하게 그림으로써 "용의 자손" 신분을 얻어서 용의 비호를 받아 물 속에 들어가도 상해를 입지 않도록 보호받는다고 여겼다[『회남자 · 원도훈(原道訓)』, 『한서(漢書) · 지리지(地理志)』 참조]. 원뢰산(袁牢山 : 지금의 운남성 경계)의 이족(夷族) 사람들은 용의 자손이라 자칭해 "용 문신"을 새길 뿐만 아니라, 농복(農服)에 꼬리 장식을 한다(『후한서 · 남만서남이열전(南蠻西南夷列傳)』). 이러한 문신과 복식의 토템 색채는 비교적 농후하다. 이와 대비해보면 조류 토템 숭배의 흔적은 비교적 대부분이 머리 장식에 나타나 있다. 전하는 바에 의하면 순(舜)임금 때의 악무(樂舞)가운데 "봉황래의(鳳凰來儀)"란 장면이 있다[『서경(書經) · 익직(益稷)]. 사실 그것은 우씨(虞氏)가 제사 때 모두 새 깃으로 장식한 관(冠)을 쓴 것을 반영한 것이다[『예기(禮記) · 왕제(王制)』] 갑골문(甲骨文)의 "미(美)"자는 원래는 한 사람의 무인(舞人)의 형상을 그린 것으로, 머리 위에는 4개의 흔들거리는 꿩의 꼬리털이 꽂혀 있다. 왜냐하면 칼로 갑골을 조각해 꿩의 꼬리털이 흔들거리는 상황을 진짜같이 나타내기란 매우 어려웠기 때문에 선의 모양이 평평하고 곧게 흐르는 것을 면할 수 없었고, 심지어 모서리가 있기도 한다. 후에 점차 잘못 변화되어 양의 뿔 모양이 되었다. 금문(金文) 안의 "미(美)"자는 모두 "양(羊)" 아래에 "대(大)"가 있는 형태로 쓰여져 허신(許愼)은 『설문해자(說文解字)』에서 "양대즉미(羊大爲美), 즉 양(羊)과 대(大)가 미(美)가 되었다."라는 견강부회(牽强附會)적인 해석을 하기도 했다. 상족(商族)의 조상은 새 토템을 숭

배해, 은허(殷墟)문화 시기에는 또 새 깃으로 머리 장식을 한 무속 춤(巫舞)이 성행했는데. 이것이 바로 "미(美)"자의 진정한 유래이다. 우리가 지금 무대에서 보는 『여포가 초선을 희롱하다(呂布戲貂蟬)』에서 여포의 머리 장식을 꿩의 꼬리털로 해 배우가 입신의 경지에 들어선 것처럼 보이는 것을 "영자공(翎子功 : 깃의 공이란 의미)"이라 한다. 사실 희극 예술은 생활에서 발원한 것으로 한나라 시대의 호분장(虎賁將), 중랑장(中郞將), 우림(羽林) 모두 엄관(搶冠)을 착용하고 "두 개의 말하며 싸움을 잘한다는 산박쥐의 꼬리털을 좌우에 수직으로 꽂는다.[『후한서 · 여복지』]", 엄(搶)은 꿩과 비슷한 검은 빛깔의 새로 꼬리 깃이 매우 길다. 근대의 소수민족 대부분이 머리에 조류 깃을 꽂는 것을 좋아한다. 예를 들면 아창족(阿昌族)의 남자는 꿩의 꼬리털을 머리에 장식하고[경태(景泰)의 『운남도경지서(雲南圖經志書)』 6권], 흑각묘(黑脚苗)는 머리에 하얀 깃을 꽂는 것을 좋아하고[이종방(李宗昉)의 『검기(黔記)』], 합니족(哈尼族)은 머리에 닭 꼬리털을 꽂고 춤을 추는 습속이 있다.[단췌(檀萃)의 『전해우형지(滇海虞衡志)』 12권] 이러한 머리 장식은 모두 청나라 시대의 기록에서 볼 수 있으며, 그 기원을 탐구해보면 원시 조류 토템과 관계가 무관하지 않다.

▲ 황제의 관면과 황후의 위의(褘衣)

종전에 황제가 입었던 용포(龍袍), 황후가 썼던 봉관(鳳冠)은 신성하고 위엄이 있고, 장중하고 빛이 나서 정말 기상이 비범했다. 그러나 민속학의 각도에서 보면 이러한 복식 현상은 오히려 사진, 연청이 새긴 용과 봉황의 문신과 그 근원은 같지만, 흐름이 다른 원시 토템의 흔적이다. 단지 민간에서 용과 봉황의 토템 의의가 사라진 이후에 용과 봉황의 신비성은 기나긴 세월 속에서 점점 약화되었고, 아울러 걸출한 인물의 상징과 상서로움을 나타내는 물건 쪽으로 그 의미가 전화되었을 뿐이다. 통치자의 입장에서 보면 의식적으로 그 신비성을 강화하고 적극적으로 이를 독차지해 왕권의 상징이 되게 했다. 사진, 연청의 문신에 나타난 용과 봉황 토템의 흔적은 더욱 두드러지게 심미적 의의로 표현되었다. 그리고 황제, 황후의 신상에서 용과 봉황의 토템의 흔적은 모종의 정치적 의의로 표현되었을 뿐이다.

복식은 일정한 조건 하에서 정치적 의의를 지니고 있다. 용포가 황제에 의해 독점된 것은 바로 하나의 좋은 예라 할 수 있다. 용포의 앞쪽을 "곤의(袞衣)"라고 한다. 이는 단지 주왕(周王)과 삼공(三公)만이 입을 자격이 있었다. 전하는 말에 따르면 이것은 서주(西周) 초 주공(周公)이 예(禮)를 만들고 악(樂)을 지을 때 정해 놓은 규칙이다. "곤의"에 용을 수놓는 일을 매우 중시했다. 주왕이 수놓은 것은 "승룡(升龍)"으로, 『주역(周易) · 건괘(乾卦)』 구오효사(九五爻辭)의 "비룡재천(飛龍在天), 즉 용이 하늘을 난다."에서 그 의미를 취한 것이다. 삼공이 비록 지위가 높은 신하였지만 절대 "제왕의 위치"를 범하는 일은 허락되지 않았고, 단지 꼬리가 위로 향하고 머리가 아래로 향하는 강룡(降龍)을 수놓을 수 있었다. 후대의 용포는 역대 왕조의 형상과 구조가 완전히 같지는 않았다. 예를 들면 흥경성[興京城 : 지금의 요녕(遼寧) 신빈현(新賓縣) 서쪽] 영릉(永陵)의 누루하치의 대례복(大禮服)처럼 청나라 시대의 용포는, 주요한 용문(龍紋)이 "승룡"이 아닌

가슴 앞에 수놓
은 "정룡(正龍)"
이었다. 이후 청나라 황제의 대
례복은 거의 흡사했다. 이른바 "정룡"이란 바
로 용의 머리를 정면에 용의 몸을 선회시켜 둥글게 수
놓은 것으로 마치 강산에 꼼짝하지 않고 앉아있는 상
징 같았다. 승룡과 강룡 무늬 장식이 구분도 없어지
기에 이르러 그것을 통칭해 "행룡(行龍)"이라 했는
데 그 함의는 정룡이 존귀하다는 것에서 크게 벗
어난 것이다. 강희(康熙 : 1622-1722)의 경릉(景
陵) 신로(神路)에 있는 문신(文臣)과 무장(武將)
의 석조상(石彫像)을 예로 들면 어떤 것은 옷
의 소매에 무늬가 있고, 어떤 것은 아래로
향하고, 어떤 것은 "행룡"의 무늬 장식이
있다. 이를 통해 용이 청나라 황제 전용
의 도안(圖案)이 아니었음을 알 수 있
다. 중국 최후의 용포는 가장 이른
시기의 곤의와 거의 3천년 차이가
난다. 그것은 1915년 말 중화민국
대총통 직위를 찬탈한 원세개(袁世凱)
가 다음해에 황제가 되어 태화전(太和殿)
에서 여러 신하들의 인사를 받기 위해 당시
북경에서 가장 큰 옷가게—전문(前門 : 북경성에 있던 대
문의 하나) 근처의 서부상(瑞蚨祥)에 제작하게 한 황룡포(黃龍袍)이다.

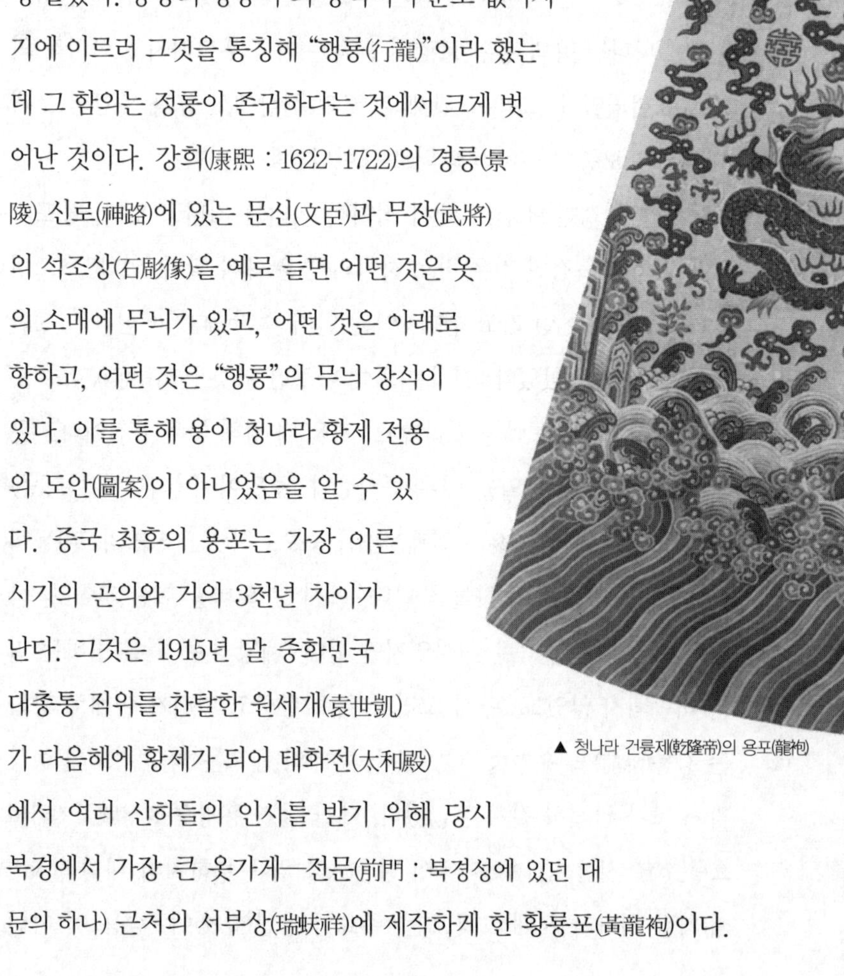

▲ 청나라 건륭제(乾隆帝)의 용포(龍袍)

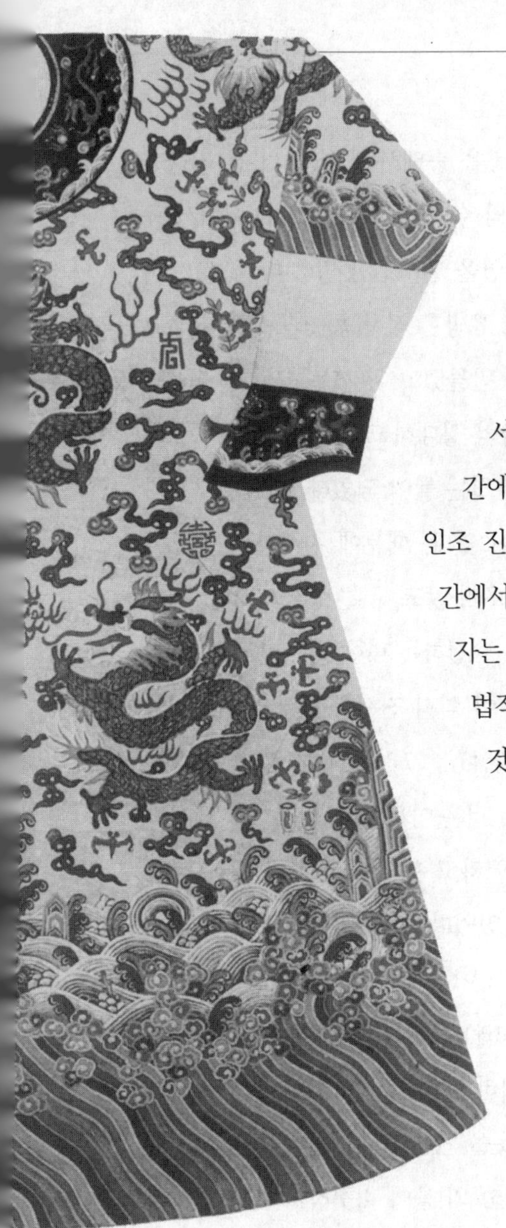

장백구(張伯駒)의 『속홍헌기사시보주(續洪憲紀事詩補注)』에 의하면 용포 위에 수놓은 금룡(金龍)의 두 눈에는 모두 진주를 박아 넣었다. 당시 수탁인(受託人) 서무사(庶務司) 곽보창(郭葆昌)은 중간에서 부정을 저질렀다. 그는 일본의 인조 진주를 진짜 진주라고 사칭해서 중간에서 사복을 채웠다. 사실, 용의 눈동자는 위조품으로 바로 원세개의 비합법적 군주제 실시를 가장 잘 묘사한 것이었다.

봉관(鳳冠)은 정확하게 말하면, 사실 봉형관식(鳳形冠飾)이라 해야한다. 용과 서로 비교할 때 봉황은 제왕의 독점이 비교적 약했다. 현재 습관적으로 용과 봉황을 짝지은 것은 상고시대 용을 숭배하는 씨족과 봉황을 숭배하는 씨족이 오랜 기간 반복되는 투쟁을 거치면서 최후에는 하나로 통일되어 화하족(華夏族)으로 융합된 결과이다. 봉황의 지위가 용의 다음인 것은 "용을 숭배하던 주족(周族)이 봉황을 숭배하던 상족(商族)과 싸워서 이긴 이후 중원에서 장장 800년을 군림했다. 그러나 봉을 숭배하던 영(嬴)씨 진(秦)나라가 진시황 다음 대에 망해서 왕조의 수명이 매우 짧았다. 이어서 중국을 통일한 것은 용 토템으로 집안을 일으킨 유방(劉邦)이었고, 이를 통해 용이 부활했기" 때문이다. 유방은 적룡(赤龍)과 어머니가 교배해서 자신이 태어났다는 신화를 만들었고, 황제는 "진룡천자(眞龍天子)"라는 속임수를 썼다. 한나라의 강대하고 장기적인 통치는 최종적으로 용과 봉황의 경중을 구분짓는 틀이 되었다. 이 점은 『사기(史記) · 진본기(秦本記)』에 기록되어 있다. 때문에 진시황은 육국(六國)으로 진군할 때 용기(龍旗)를 세우지 않고, 푸른 봉황의 기를 세웠다[이사(李斯)의 『간축객서(諫逐客書)』]. 전하는 바에 따르면 궁중의 비빈(妃嬪)이 봉황 비녀를 꽂았는데, 이 역시 진시황 때부터 시작되었다[마호(馬縞)의 『중화고금주(中華古今注)』]. 그러나 고대 복식 안의 봉황의 형상은 결코 여성에게 전용된 것은 아니었다. 왜냐하면 옛사람은 "수컷을 봉(鳳), 암컷을 황(凰)"이라고 했기 때문에, 봉황은 본래 자웅이 있었고, 용도 원래 자웅이 있었다. 용과 봉황의 구별이 남녀 양성의 상징이 된 것은 당나라 시대 이후 점차 형성된 개념이다. 당나라 시대 재상의 대례복은 봉지(鳳池)로 장식한다고 했다[『구당서(舊唐書) · 여복지(輿服志)』]. 뿐만 아니라 민간의 부녀자 역시 외출하는 남편에게 한 쌍의 봉황이 수놓인 옷을 만들어 주기를 좋아한다고 했다. 이것은 아마도 "봉(鳳)"과 "봉(逢)"의 음이 비슷하기 때문에 상서로운 뜻을 취한 것일 것이다. 왕발(王勃)의 「추야장(秋夜長)」에는 근심에 잠긴 어느 부인이 "남편을 위해 가을밤에 의상을 두드리는 장면"이 묘사되어 있다. "가는 비단의 봉황 한 쌍, 붉은 비단의 원앙 한 쌍"을 통해 이 의상의 재료가 매우 좋았고, 무늬도 매우 아름다웠다는 것을 알 수 있다. 그러나 출정나간 남편은 만리타향에서 수자리를 서고 있기 때문에 부인은 스스로 "남편이 하늘 저쪽에 있으니, 겨울옷은 헛되이 저절로 향기로울 뿐이네."라고 탄식할 뿐이었다. 포용(鮑溶)의 「직부사(織婦詞)」에서는 "백일 동안 채사(彩絲)를 짜다가, 어느 날 아침 베틀의 북을 멈추었네, 베틀 안에 봉황 한 쌍 하늘가의 옷이 되었네."라고 노래했다. 그녀는 전심으로 이 봉황이 "쌍쌍이 님을 감싸고 돌며 날기"를 희망했다. 또 이렇게 아름다운 옷이 '하늘 끝까지' 배달되었다 해도, 누가 그 훌륭함을 볼 것인지 원망했다. 초당(初唐)에서 중당(中唐), 만당(晩唐)까지, 부인이 남편에게 한 쌍의 봉황이 수놓인 옷을 만들어 주는 습속은 변하지 않았다. 그러나 머리 장식으로서의 봉황은 오히려 여성에게만 있는 독특한 것이었다. 진(秦)나라 시대의 봉황

▲ 송나라 시대 황후의 예복(禮服)

비녀는 한나라 시대에 와서 봉황 형상 위주의 관식(冠飾)으로 발전했고, 태황태후, 황태후, 황후가 제사 때 착용했다. 진(晉)나라 시대 석숭(石崇)은 재산이 나라 재산과 비길 정도로 많았기 때문에 주제넘게도 사랑하는 노비의 이름을 상봉(翔鳳)이라고 했고, 금비녀를 봉황의 관처럼 만들었다[『습유기(拾遺記)』9권]. 송나라 시대의 후비(后妃)는 보다 더 화사해져 구휘사봉(九翬四峰)의 장식을 사용했다. 휘(翬)란 오색 깃털을 가진 꿩을 말한다. 이렇게 많은 금, 진주, 비취로 만든 산더미 같이 큰 장식은 그 무게가 결코 가볍지 않았다. 그러나 민간의 부녀자는 이러한 멋을 부리는 것을 편애했다. 송나라 원취(袁褧), 원이(袁頤)의 『풍창소독(楓窓小牘)』 상권에는 "변경[汴京 : 하남성 개봉(開封), 북송의 수도]은 규방에서 화장을 했고, 선화(宣和) 이후에는 모두 귀밑머리에 황금 봉황을 꾸미는 것이 유행했다."라고 되어 있다. 이는 제왕의 봉황에 대한 독점과 규제가 용만큼 엄격하지 않았음을 증명한다. 명청(明淸) 시기 민간에서 혼례를 올릴 때 신부의 화려하게 꾸민 채관(彩冠) 역시 봉관(鳳冠)이라 칭했다. 그러나 그것을 황후의 봉관과 비교할 때 그 형상과 구조, 가치는 매우 현격한 차이가 있다.

관복(官服)의 계층 표시
-복식의 계층적 의의

한 고조(高祖) 유방(劉邦)은 출신이 미천했지만 난세의 영웅으로 등장해 황제의 보위까지 올랐다. 천하를 빼앗을 때, 그는 무장(武將)을 중시하고, 유생(儒生)을 싫어했다. 어떤 사람이 유관(儒冠)을 쓰고 알현하러 오자 그는 뜻밖에 유관을 벗긴 뒤 거기에 오줌을 쌌다[『후한서 · 역식기전(酈食其傳)』]. 유생 손숙통(孫叔通)은 눈치를 잘 살피는 사람으로 유방의 이러한 성미를 간파하고 그의 앞에서 하인들이 입는 옷을 입었다. 유방은 이를 보고 매우 좋아했다. 천하가 안정된 이후 어떤 무신(武臣)이 유방 앞에서 위아래를 몰라보았다. 연회에서 술에 취해 전공을 다투며 말을 마구 지껄이면서 검을 뽑아 기둥을 치는 등 예의가 조금도 없었다. 유방은 내심 화가 났지만 어쩔 수 없었다. 이때 손숙통이 바로 "유생은 천하를 제패할 수 없지만, 천하를 유지할 방법이 있습니다."라고 말했다. 그가 묘안을

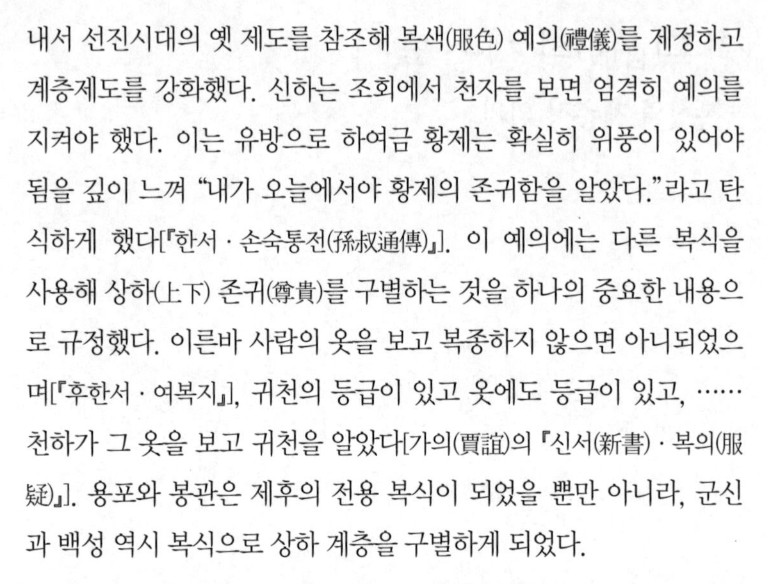

내서 선진시대의 옛 제도를 참조해 복색(服色) 예의(禮儀)를 제정하고 계층제도를 강화했다. 신하는 조회에서 천자를 보면 엄격히 예의를 지켜야 했다. 이는 유방으로 하여금 황제는 확실히 위풍이 있어야 됨을 깊이 느껴 "내가 오늘에서야 황제의 존귀함을 알았다."라고 탄식하게 했다[『한서 · 손숙통전(孫叔通傳)』]. 이 예의에는 다른 복식을 사용해 상하(上下) 존귀(尊貴)를 구별하는 것을 하나의 중요한 내용으로 규정했다. 이른바 사람의 옷을 보고 복종하지 않으면 아니되었으며[『후한서 · 여복지』], 귀천의 등급이 있고 옷에도 등급이 있고, …… 천하가 그 옷을 보고 귀천을 알았다[가의(賈誼)의 『신서(新書) · 복의(服疑)』]. 용포와 봉관은 제후의 전용 복식이 되었을 뿐만 아니라, 군신과 백성 역시 복식으로 상하 계층을 구별하게 되었다.

계층 사회에서 복식은 한 사람의 신분과 지위를 나타내는 외재적인 상징이었다. 사람이 이 세상에 태어날 때 하늘에 의해 오관(五官)과 사지(四肢)를 부여받았기에 외모가 비록 다르나 그 차이는 얼마 되지 않는다. 그러나 사람이 무엇을 쓰고, 무엇을 입고, 무엇을 패용하는지는 계급제도가 매우 엄했던 노예사회와 봉건사회에서는 그 사람이 어느 층 어느 계급에 위치하고 있는지를 나타내는 것이었다. 옛날에 "단지 옷만 알고 사람은 모른다."라는 속담이 있다. 이 속담에 반영된 것은 이러한 사회 현상에 기초한 돈과 세력에 대한 관념이다. 중국 전통 희곡 곡예(曲藝) 가운데 이러한 묘사는 적지 않다. 『진주탑(珍珠塔)』에 등장하는 방경(方卿)은 뜻을 이룬 후 돈과 세력이 있는 고모를 찾아간다. 그는 일부러 관복을 입지 않고 헤어진 옷을 입고 갔다. 청렴한 관리가 민간에 깊이 잠입해 백성의 고통과 아픔을 이해하거나 사건의 진상을 조사하기 위해서는 "미복(微服)"이나 "잠행(潛行)"을 이용하지 않으면 불가능했다. 계급사회에서는 신분의 높고 낮고 귀하고 천함이 늘 복식에 나타나 있었다. 동중서의 『춘추번로 · 복제(服制)』에서 "비록 재주와 지혜가 뛰어나고 체격이 좋더라도 그 벼슬이 없으면 감히 그 옷을 입을 수 없다."라고 했다.

전하는 바에 따르면 순(舜) 임금 때부터 의상은 "12장(章)" 제가 있

▲ 명나라 시대 문무 관원의 보자(補子) 도안

었다. 12장은 바로 12가지 도안(圖案)이다. 이 내용이 『상서(尙書) · 익직(益稷)』에 기록되어 있으나, 한나라 시대부터 시작해 대 유학자인 공안국(孔安國)과 정현(鄭玄) 등의 원문에 대한 이해가 다르고, 증명할만한 실물도 없기 때문에 후인들의 견해가 일치하지 않다. 공안국의 견해대로 말하자면 12가지 도안은 바로 해(日), 달(月), 별(星辰), 산(山), 용(龍), 화충(華蟲 : 꿩), 말풀(藻), 불(火), 분(粉), 쌀(米), 보(黼 : 도끼 무늬), 불(黻 : '아(亞)' 자형 무늬)이다. 천자의 옷에는 12가지 도안이 모두 있었고, 제후(諸侯)의 옷에는 용 이하의 8가지 도안을, 경(卿)은 말풀 이하의 6가지 도안을, 대부(大夫)는 말풀, 불, 분, 쌀의 4가지 도안을, 사(士)는 말풀, 불 2가지 도안을 각각 사용했다. 이러한 도안의 의미에 대한 옛 사람들의 견해 역시 일치하지 않다. 이는 고

대의 무술과 관계가 있다고 추정된다. “해”, “달”, “별”은 하늘을 대표했고, 옛 사람들이 “산”을 하늘에 오르는 길로 여겼기 때문에 역대 황제는 모두 태산(泰山)에 가서 제사를 올렸다. 이 네 가지 도안은 황제의 전용이었다. “용”은 왕권의 상징이고, “화충”은 봉황에 가까웠다. 이 두 가지 도안은 선진(先秦)의 옛 제도에서는 천자와 삼공제후(三公諸侯)만이 사용할 수 있었다. 천자는 “승룡”을 사용했고, 삼공제후는 단지 “강룡”을 사용할 수 있었다. “보”는 도끼 모양으로 단결을 상징하고, “불”은 “아(亞)”자가 서로 등을 대고 있는 모양으로 선악의 분명함을 상징했고, 경(卿) 이상의 신분만이 사용할 수 있었다. “분”과 “쌀”은 봉록(俸祿)이 풍부함을 나타냈고, 대부(大夫)이상의 신분이어야 사용했다. “말풀”에는 화염이 위로 향하는 문양이 있었고, 사(士) 이상의 신분만

▲ 청나라 시대 문관의 보자 도안

▲ 청나라 시대 문관의 보자 도안(A)

이 사용했다. 평민은 옷을 입는 데 있어 문양이 허락되지 않았기 때문에 이를 "백의(白衣)"라 했다. 때문에 뒷날 서민을 백정(白丁)이라고 칭했다. 유우석(劉禹錫)의 『누실명(陋室銘)』에서 "담소하는 이는 모두 대학자였고, 왕래하는 사람 가운데 백정(白丁)이 없다."라고 한 것은 봉건 사대부의 자기 신분과 풍아(風雅)에 대한 표방이었다.

현대 사회를 살고 있는 사람들은 옛사람들이 의복을 입는 일조차 마음대로 할 수 없었음을 상상하기 어렵다. 도안뿐만 아니라 색깔과 질료(質料)까지도 신분에 따른 규정이 달랐다. 오늘날 사업가들이 재산이 늘어남에 따라 그 기세가 거칠어지고, 공공기관의 간부나 전문가, 교수보다 옷을 호사스럽게 입는 것은 흔한 일이다. 그들이 2천

▲ 청나라 시대 문관의 보자 도안(B)

여 년 전, 한 고조(高祖) 재임 8년 되던 해 3월에 낙양(洛陽)에 가서 상인들의 매우 화려한 옷차림을 보고 현장에서 "상인은 금수(錦繡), 기곡(綺穀), 치저(絺紵), 계(罽)로 된 옷을 입지 말라."라고 명령한(『한서, 고제기(高帝紀)』) 일을 어떻게 알 수 있겠는가. "사(士), 농(農), 공(工), 상(商)"이라고 해 상인은 그 지위가 4번째 끝에 처해 사회적 지위가 매우 낮았기 때문에 비록 돈이 있어 금수나 기곡을 살 수 있었지만, 이것으로 만들어진 옷을 입을 수 없었다. 평민은 단지 포의(布衣)만을 입을 수 있었다. 제갈량(諸葛亮)이 『출사표(出師表)』에서 "신은 원래 포의(布衣)를 입었던 사람으로 남양(南陽)에서 몸소 밭을 갈았습니다."라고 말해 포의는 서민의 또 다른 칭호가 되었다. 그러나 옛 사회에서는 돈만 있으면 귀신도 부릴 수 있었다. 때문에 비록 역대로 서민에 대한 매우 많은 "복식 금지 제도"가 있었지만, 최종적으로 돈이 있는 상인에 대한 금지 조치는 저지하기 어려웠다. 가난한 선비, 농민, 여러 공인은 매우 빈궁했기 때문에 견직물을 구입할 수 없었다.

춘추전국시대 전통적인 예악(禮樂)이 붕괴되었다. 초나라 영윤(令尹) 공자위(公子圍)가 몇 개의 제후국의 동맹회의에 참가했을 때 독단적으로 일급 제후의 복식 의장을 사용해 각 국의 회의 참석자들의 비난을 받았다.

노(魯)나라의 숙손목자(叔孫穆子)가 "초나라 공자님은 너무 준수하셔서 대부 같지 않습니다. 그야말로 나라의 임금님 같습니다. 대부가 제후의 복식을 입은 것은 찬위(簒位)의 뜻이 아닌지요? 복식은 내심에 있는 생각을 외적으로 표현한 것입니다!"고 말했다.

이 말을 들은 공자위는 숙손목자의 생각이 괜찮다고 여기고서 자기 나라로 돌아가자마자 겹오(郟敖)를 시해하고 스스로 임금의 자리에 올랐는데, 그가 바로 초나라 영왕(靈王)이다[『좌전(左傳)』 소공(昭公) 원년, 『국어(國語) · 노어(魯語)』]. 뒷날 역대 왕조에서는 모두 "아래사람이 윗사람의 복식을 입는 것"을 금령을 어기는 행위로 간주해 참수하였다. 전하는 바에 의하면 조식(曹植)의 부인이 당시의 규정을 위반하고 입지 말아야 할 수의(繡衣)를 입은 것을 조조(曹操)가 보고 사형을 내렸다고 한다[『삼국지 · 위서(魏書) · 최염전(崔琰傳)』주에서 『세어(世語)』를 인용]. 조조는 스스로가 법을 어기면 "머리카락"으로 머리를 대신했다. 때문에 며느리에 대한 법 집행에 사사로움이 없었다. 어떤 왕조의 징벌은 가벼웠다. 원(元)나라 율령에는 관직에 종사

▲ 모자의 꼭대기와 방한모

하는 자가 만일 복식으로 윗사람을 기만하면 1년 간 정직에 처하고, 1년 후 1등급을 강등해 등용했다. 평민이 만일 주제넘게 윗사람의 의복을 입으면 곤장 50대로 처벌하고 그 복식을 몰수했다. 이를 고하거나 잡는 자에게 상을 내렸다[『원사(元史)·여복지(輿服志)』]. 설사 어느 시기의 법령이 약간 느슨하다고 하더라고 복식 참람(僭濫) 행위는 적어도 여론의 견책(譴責)을 받았다. 이의산(李義山)의 『잡찬(雜纂)』에서 "하인은 신발과 양말을 신어야 하는데, 의상이 널찍하고 길면 하인의 본분을 잃는 것이다."라고 했다. 이로 보아 당시 규칙에 따르면 하인은 각반을 차고 짧은 옷을 입어야 했으며, 만일 약간 그럴듯하게 입으면 본 면모를 벗어났다는 비판을 받았음을 알 수 있다. 청나라 시대의 정적(鄭績)은 당시 사람이 "서시완사도(西施浣沙圖)"에 서시를 "머리에 금비녀와 옥귀고리 장식에 금수(錦繡) 의상을 입은" 여인으로 그린 것을 비판했다[『몽환거화학간명(夢幻居畵學簡明)』]. 오(吳)나라에 들어가기 전 처음에는 단지 시골 아가씨에 불과했던 서시를 뒷날 관왜궁(館娃宮) 귀인의 복식차림으로 그린 것은 그녀의 신분에 맞지 않는 역사적 진실을 위배한 것이다.

역대 관복의 등급 표지와 표기가 다 같지 않았다. "12장"의 옛 제도는 뒷날 개혁되었다. 예로 명나라 시대 관리의 공복(公服)은 꽃을 사용해 등급을 표시했다. 1품은 지름 5촌의 큰 꽃 한 그루를, 2품은 지름 3촌의 작은 꽃 한 그루를, 3품은 지름 2촌의 잎이 없는 진 꽃을, 4품과 5품은 지름 1촌 반의 작은 잡화(雜花)를, 6품과 7품을 지름 1촌의 잡화를 사용했다. 8품과 9품은 꽃이 없었다. 상해(上海)의 속담에 소위 "무사화두(嘸啥花頭)"라는 것이 있다. 이 옷은 조정에 나아가 일을 주청(奏請)할 때 은혜에 감사함을 표시하고자 입었다. 관리가 평상시 공무를 처리하면서 입었던 평상복 도안 역시 달랐다. 문관(文官)은 일률적으로 조류(鳥類)로써 등급의 고하를 구별했다. 1품은 선학(仙鶴)을, 2품은 금계(金鷄)를, 3품은 공작(孔雀)을, 4품은 운안(雲雁 : 구름을 나는 기러기)을, 5품은 백붕(白鵬:하얀 붕새)을, 6품은 노사(鷺鷥 : 해오라기)를, 7품은 계칙(鸂鶒 : 비오리와 뜸부기), 8품은 황리(黃鸝 : 꾀꼬리)를 각각 사용했다. 무관(武官)은 일률적으로 수류(獸類)로 상하의 다름을 구분했다. 1품과 2품은 사자(獅子)를, 3품과 4품은 호표(虎豹)를, 5품은 웅비(熊羆 : 곰과 큰 곰)를, 6품과 7품은 표(彪)를, 8품은 서우(犀牛 : 코뿔소)를, 9품은 해마(海馬)를 각각 사용했다. 이는 문무백관이 모두 황제의 용맹한 신하임을 의미한 것이다. 이 밖에도 관식(冠飾), 속대(束帶), 패대물(佩帶物) 등등 도처에서 모두 다른 형상으로 등급을 구분했다. 예를 들면 청조(淸朝)의 관(冠) 꼭대기에 있는 동주[東珠 : 중국 동북 지방의 혼동강(混同江), 오랍하(烏拉河), 영고탑강(寧古塔江) 등지에서 산출되는 옥]의 유무와 숫자, 보석의 색깔과 크기는 황제의 자제나 고위 관직에서부터 7품의 말단 관리까지 모두 신분의 존비(尊卑)와 귀천(貴賤)에 따라 엄격한 규정이 있었다. 8품 이하의 관리는 옥도 없었고, 보

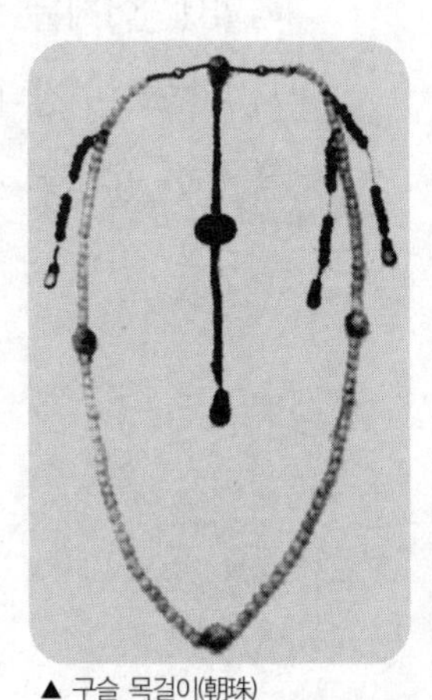

▲ 구슬 목걸이(朝珠)

석도 없는 단순한 장식이었다. 이러한 행정관리 중심 사회에서 어떻게 "옷만 알고 사람은 알지 못한다."라고 하지 않았겠는가?

이러한 복식으로 등급을 나누는 현상은 관리 사회에 있었을 뿐만 아니라, 일반 백성 사이에서도 유행했다. 루쉰(魯迅)은 함형(咸亨)주점 안의 고객을 두 등급으로 분류해서 묘사했다. 상등의 사람은 장삼(長衫)을 입었고, 하등의 사람은 단타(短打 : 가벼운 옷)를 입었다. 복장이 다르면 대우 역시 달랐다. 장삼을 입은 사람은 앉아서 술을 마셨고, 단타를 입은 사람은 서서 술을 마셨다. 장삼을 입었지만 별실에 앉을 수 없어 어쩔 수 없이 서서 마시고 있는 사람은 공을기(孔乙己) 한 사람뿐이었다. 그는 자기 힘으로 생활할 능력이 없는 실제적으로는 단타를 입은 사람보다 가난한 인물이다. 다리 하나는 이미 사회 계층의 가장 낮은 층에 있었지만, 그 오래되어 허름한 장삼을 절대 벗으려고 하지 않았고, "공자 왈 맹자 왈"의 틀을 놓을 수 없었고, 또 다른 다리는 약간 윗쪽의 한 단계 위를 향해 힘을 다했다.

『홍루몽(紅樓夢)』 제1회에서 견사은(甄士隱)이 「호료가(好了歌)」를 풀이하면서 "오사모(烏紗帽)가 작다는 혐의를 받아 칼과 족쇄를 차게 되었네. 어제는 두루마기가 터져 추위를 불쌍히 여기더니, 오늘은 자망(紫蟒)이 길다고 의심하네."라고 했다. 계급사회 안의 복식 변환을 통한 인간 희비극의 연출을 보여주는 것이다.

"우(禹) 임금이 나체국(裸體國)에 들어갔다."라는 이야기부터 말하며

– 복식의 민족성

전국(戰國) 말년의 『여씨춘추(呂氏春秋)』[『귀인편(貴因篇)』]에서부터 동한(東漢) 응소(應劭)의 『풍속통의(風俗通義)』[『태평어람(太平御覽)』 권696 궐문 인용]까지 전후 400여 년 간 "우(禹)임금이 나체국(裸體國)에 들어갔다."라는 이야기가 널리 퍼졌다. 우임금이 나체국에 들어갔을 때 현지의 습속을 존중해 의상을 벗고 들어갔다가, 이 나라를 떠날 때 다시 의관을 새롭게 착용했다는 이야기이다. 이것은 분명 단순한 이야기이지만 전국진한(戰國秦漢) 대통일의 형세 하에서 화하족(華夏族)이 영남(嶺南)지역에 침입했음을 말해주는 산물이다. 『예기 · 왕제』에서 "중국 융이(戎夷), 5방(五方)의 민족은 모두 습성이 있어 이를 변화시킬 수 없다."라고 했다. 이어서 "동쪽의 이인(夷人)은 '머리를 풀어헤치고 문신을 하고', 남쪽의 만

(蠻人)은 ‘이마에 여러 가지 무늬를 세기고 발을 교차하고’, 서쪽의 융인(戎人)은 ‘머리를 풀어헤치고 가죽을 입고’, 북쪽의 적인(狄人)은 ‘깃털을 입고 굴에서 산다’라고 했다. 이른바 5방이란 바로 4방(四方)에 중원을 더한 것이다. 화하족이 사방의 이민족과 접촉하고 나서 그들 민족은 각자의 습성이 있고, 또 이를 강제로 변화시키기 어려움을 발견한 것이었다. 때문에 유식한 사람은 이민족과의 관계를 좋게 하기 위해 “그 나라에 갈 때는 그 나라의 풍속을 따를 것”을 제기했다. 이 때문에 설사 “이융(夷戎)무리의 나체나라”에 가서도 곤란함이 없었다[『회남자 · 제속훈』].

▲ 요족(瑤族)의 오색복(五色服)

이민족의 생활 습성이 왜 다를까? 이 문제에 대해 『예기 · 왕제』에서 “천지의 차고 따뜻하고 건조하고 습하고 넓은 골짜기 큰 내가 다르게 만들어져 있기 때문이다.”라고 했다. 이는 지리적 환경에서 복식의 민족성을 설명한 것으로 분명한 이치가 있다. 『열자(列子) · 탕문(湯問)』에서 “남국(南國) 사람은 머리를 자르고 옷을 입지 않고, 북국(北國) 사람은 두건으로 머리를 묶고 갖옷을 입고, 중국(中國) 사람은 관면(冠冕)을 쓰고 의상을 입는다.”라고 말했다. 나체국은 남쪽 열대나 아열대

지역에 있었다. 그 구체적인 위치는 고대 역사서의 기록에 근거하자면, 대략 지금의 광서(廣西) 장족자치구(壯族自治區) 경내부터 남쪽의 중화반도(中華半島)의 일부 지역까지라고 말할 수 있다. 『사기 · 남월위타열전(南越尉佗列傳)』에 남월왕(南越王) 조타(趙佗)의 이야기가 기록되어 있는데 그 안에 "구락나국(甌駱裸國)"이란 말이 있다. 진한(秦漢)시대의 구락(甌駱)을 어떤 사람은 바로 광서 장족(壯族)의 조상이라고 여긴다. 광서 영명현(寧明縣) 화산(花山)에 화폭이 매우 넓은 신기한 벽화가 한 점 있다. 그 위에 그려진 사람의 초상은 모두 나체로 되어있다. 『양서(梁書) · 제이전(諸夷傳)』에서 "부남국(扶南國)의 습속은 나체를 하고, 문신에 머리를 풀어헤치고, 의상을 제작하지 않는다."라고 했다. '부남국'의 위치는 지금의 캄푸치아(Kampuchea)이다. 나체라고 말했지만 사실 반라[『한서 · 서남이양월조선전(西南夷兩粵朝鮮傳)』 참고]로 하반신은 다른 물건으로 가렸다. 열대, 아열대 지역의 고대 민족에게는 나체의 습속이 있었다. 이것은 지리적 환경과 상당히 유관하다. 그러나 더욱 중요한 것은 당시 이러한 지역의 생산력이 비교적 낙후되어 있어 경제 활동은 대부분 수산물을 잡는 것으로 그 방식은 비교적 원시적이었다. 생활과 문명 수준 모두 그렇게 높지 않았고 기풍 또한 폐쇄적이었다. 일단 이러한 조건이 바뀌더라도 지리적 환경이 변하지 않을 뿐만 아니라, 나체국의 습속 역시 바뀌기 어려웠다. 역사의 발전은 이미 이 점을 증명했다.

복식문화는 민족 개성을 나타내는 중요한 지표의 하나이다. 복식은 일종의 민족 현상으로 선명한 민족성을 가지고 있다. "화하족"이란 이름에 왜 "하" 앞에 "화"자가 더해졌을까? 이는 바로 중화 고대의 복식이 사방 이민족의 복식보다 재료, 색깔, 양식에서 모두 화려

▲ 고관[高冠: 남관(南冠)]

하고 아름다운 것과 직접적인 관련이 있다. 이 자체에 화하(華夏)의 옛 민족의 생산력과 생활방식, 그리고 심미의식이 당시에는 모두 비교적 선진의 수준에 있었음이 드러나 있다.

복식문화에 드러난 민족성은 전국 진한 시대의 문인들이 자주 논의했던 화제 가운데 하나이다. 『장자 · 소요유(逍遙遊)』에서 “어떤 송나라 사람이 ‘장보(章甫)’라는 은족(殷族) 전통의 현관(玄冠)을 월족(越族) 거주지까지 가서 판매했다. 옛 월인(越人)의 습속은 머리를 짧게 자르고 관을 쓰지 않았기 때문에 이 물건은 쓸모없는 물건이었다.”라고 했다. 『회남자 · 설산훈(說山訓)』에서는 이 우언(寓言)을 가공하여 “노(魯) 나라의 부부가 있었다. 남자는 관을 잘 만드는 손재주가 있고, 여자는 신발을 짜는 데 정통했다. 하지만 월(越) 나라로 이주했기 때문에 극도의 곤궁함에 빠지게 되었다. 왜냐하면 월나라 사람은 관을 쓰지 않을 뿐만 아니라 맨발로 다니는 습관이 있었기

때문이었다."라고 했다. 『설원(說苑)·반질(反質)』에서 역시 내용은 그대로 두고 약간의 형식만을 바꾸어 이 이야기를 반복했다. 그들은 같은 이야기를 여러 번 되풀이하면서 다른 나라에 들어갈 때 습속을 묻지 않았기 때문에 복식 장사를 할 수 없었던 이유를 말했다. 여기에는 당연하게 작은 것으로 큰 것을 비유한 함의가 내재되어 있다.

고서(古書)에서 화족이 소수민족의 복식문화를 존중했음을 칭찬한 것에는 "우임금이 나체국에 이르러 나체로 들어갔다가 옷을 입고 나왔다."라는 방식 이외에, "이민족의 사자(使者)가 중국 경내로 들어올 때 그들 본 민족의 옷차림을 허용했다"라는 방식이 있다. 『한시외전(韓詩外傳) 8권』에는 다음과 같은 이야기가 있다. 월왕(越王) 구천(勾踐)이 염계(廉稽)를 사신으로 삼아 초나라에 파견하자 초나라의 사신을 접대하던 관리가 월나라가 "오랑캐(夷狄)의 나라"라고 경시하며 염계에게 "당신이 왕을 뵙고자 한다면 반드시 우리의 습속에 따라 관을 착용해야합니다. 그렇지 않으면 왕을 접견할 수 없습니다."라고 말했다. 염계가 "월 나라 땅은 강과 바다 사이의 언덕에 위치하고 있어 늘 어별(魚鼈) 등의 수산품과 접촉합니다. 때문에 문신을 하고 머리를 짧게 자르기 때문에 관을 쓰는 습관이 없습니다. 현재 귀국에 온 제가 반드시 관을 써야만 왕을 뵐 수 있고, 쓰지 않으면 왕을 뵐 수 없다고 하시니, 그렇다면 귀국의 사자가 우리 월나라에 올 때 역시 그에게 문신을 하고 머리를 짧게 잘라

야만 대왕을 볼 수 있도록 해도 되겠습니까?"라고 말했다. 초나라 왕은 이 말을 듣고 즉시 옷을 갖추어 입고 나와 접견했다. 『설원 · 봉사(奉使)』에 역시 이와 같은 이야기가 기록되어 있지만 인명이 다르다. 민족 간의 왕래에 있어서 상대방의 복식 습속을 존중하는 일은 중화민족의 우수한 전통이다. 당나라 시대 수도 장안(長安)에는 외국에서 온 사자와 상인이 매우 많았다. 당나라 덕종(德宗) 정원(貞元) 14년 홍려사(鴻臚寺)에 "번객(蕃客 : 외국 손님)이 서울에 오면 각자 본국의 복식을 입는다."라고 조령(詔令)을 내려 그들에게 본 민족의 복장을 입을 것을 요구했다.

다른 민족이 서로 장기적으로 교류하면서 복식 문화는 서로 영향을 주고 침투되었고, 심지어는 의식적으로 거울로 삼거나 모방하기도 했다. 이러한 모든 현상은 피할 수 없는 추세였다. 게다가 화하족과 이후의 한족(漢族)은 자신을 형성하는 과정에서 부단하게 원래부터 가까이 접하고 있던 이민족과 뒤섞여 살면서 서로 융합되었다. 이렇게 하여 화하족(한족)의 복식문화는 민족 특색이라는 큰 단계 하에서 매우 다양한 지방 특색을 구비하게 되었다. 예를 들면 춘추전국시기의 초나라 문화는 바로 화하 문화의 지방적 분파의 하나로 초나라 땅의 복식에는 선명한 지방적 특색이 있다. "관(冠)"을 가지고 말하자면 초나라 관의 형상과 구조는 중원의 것과 달랐다. 중원 사람들은 초나라의 관을 "남관(南冠)"이라 칭했다. 『좌전』 성공(成公) 9년에는 "춘추시대 초나라의 종의(鍾儀)는 1차 전쟁 중 정(鄭)나라에 체포되었다가 후에 진(晉) 나라로 압송되어 2년 간 수감되었지만, 고향의 습속을 바꾸지 않고, 시종 남관을 썼다. 진나라의 범문자(范文子)가 "본분을 저버리지 않고, 옛날을 잃지 않으니 군자다."라고 그를 칭찬한 내용이 기록되어 있다. 전국 후기 여불위(呂不韋)가 정치적 투기를 위해, 조(趙)나라에 있던 인질 이인(異人)이 진 나라에 돌아와 태자(太子)의 신분을 획득할 수 있도록 도와주었다. 이때 사용한 매우 중요한 방법은 바로 당시 진나라 왕후 화양부인(華陽夫人)의 원적(原籍)이 초나라임을 정확히 인식하고 이인에게 초나라 복식을 입고 화양부인을 만나러 가게 한 것이다. 화양부인은 이인의 옷차림을 보고 매우 기쁜 나머지 그 자리에서 그의 이름을 "초(楚)"로 바꾸었고, 아울러 그를 양아들로 삼았다[『전국책(戰國策) · 진책(秦策)』]. 이를 통해 복식의 지방 특색을 향토적 정서와 연결시킬 수 있고, 또한 향토적 정서에 기탁할 수 있음을 알 수 있다. 특히 고향과 멀리 떨어진 타향에서는 더욱 그러했을 것이다. 이 역시 한 민족의 복식 문화가 그 민족의 심리 안에서 얼마나 중요한 위치를 차지하고 있는지 설명해준다. 공자는 "관중(管仲)이 없었다면 나는 머리를 풀어헤치고 왼쪽으로 임(衽)을 여미었을 것이다."라고 했다. 여기서 말하는 임(衽)은 바로 옷깃이다. 임은 고대 상의(上衣)의 스타일로, 그때는 옷깃을 비스듬하게 했다. 화하족은 오른쪽을 향해 가렸기 때문에 우임(右衽)이라고 했다. 이인(夷人)은 왼쪽을 향해 가렸기 좌임(左衽)이라 했다. 관중이 일찍이 제(齊)나라 환공(桓公)을 보좌해 왕을 존중하고 이(夷)를 물리쳤다. 그가 이족의 세력을 물리치고, 화하족의 중원 통치를 공고히 했기 때문에 공자가 그를 칭찬한 것이다. 공자의 마음 가운데 복식문화는 일종의 민족이 존재하는 표지이자, 매우 귀중하게 여기는 것이었다.

상양궁인(上陽宮人)의 "유행에 따른 차림새(時世妝)"

–복식의 시대성

복식문화는 민족 특색이 존재하지만 민족 특색은 결코 정체된 개념이 아니다. 그것은 많은 요소의 작용을 통해 늘 계승되면서 발전했고, 안정 속에서 변화했다. 특히 복식은 시세의 변화에 따라 쓸모없는 것을 버리고 좋은 것을 찾아내면서 새로운 방향으로 발전했다. 외래적 영향, 스스로의 신진대사 작용은 그것을 계속 변화시켰다. 역사를 살펴보면 사회적 생산이 부단하게 발전하고 물질생활이 계속 발전하면서 사람의 생활 개선, 생활 미화에 대한 요구는 끊임이 없었다. 이는 복식이 시대성을 반영하는 근본 원인이다. 호남(湖南) 장사(長沙)에서 출토된 서한(西漢) 사면포(絲綿袍)에 대해 말해보자. 앞쪽의 재료는 연황색(煙黃色)이고 오른쪽 옷깃이 기울어져 있는 것으로 보아 당시 귀족의 옷차림이라는 것은 의

심할 여지없는 사실이다. 그러나 지금의 입장에서 보면 그것의 스타일은 매우 조잡하고 색깔 역시 암담하다. 이는 사람들에게 복식미에 매우 분명한 시대성이 존재함을 깊이 알게 해준다.

▲ 당나라 시대의 호복(胡服)

백거이(白居易)의 작품 가운데 「상양백발인(上陽白髮人)」이란 신악부(新樂府)가 한 편 있다. 이는 한 궁녀가 상양궁(上陽宮)에서 헛되이 45년을 보내 결국 "붉은 얼굴의 소녀가 백발의 노인이 되는 비극"을 노래한 것이다. 당나라 현종(玄宗) 말년 그녀는 간택되어 궁중으로 들어왔다. 그때 얼굴이 부용(芙蓉)같고, 가슴이 옥(玉)같았던 소녀가 군왕을 만나보지도 못하고, 양귀비(楊貴妃)의 감시 대상이 되었다. 이 때부터 "몰래 상양궁에 배치되어", 일생 동안 독수공방(獨守空房)해야 하는 운명이 결정되었다. 그녀가 60세가 되었을 때는 덕종(德宗) 정원(貞元) 연간이었다. 이때 그녀에게는 단지 "궁중에서 나이가 제일 많다는 이유"로 "여상서(女尙書)"의 직함이 내려졌다. 백거이는 그녀가 천보(天寶 : 당나라 현종의 연호) 말년 입궁했을 때의 '유행'을 간직한 채 치장을 한 것을 "작은 머리에 신발 신고 꽉 끼는 옷을 입

고, 먹 바른 눈썹 가늘고 기네. 외부 사람이 보지 않아서 그렇지, 보면 웃음이 절로 나오겠네, 천보 말년의 유행차림이네."라고 매우 안타깝게 묘사했다. 꽃다운 젊은 시절은 쉽게 지나갔다. 45년의 세월이 순식간에 지나갔고, 외부의 복식은 이미 크게 변했다. 천보 연간 귀족과 백성 사이에서 호복(胡服)이 유행했다. 부녀자의 홑옷은 옷소매가 좁고 작았다[『신당서(新唐書) · 오행지(五行志)』]. 안사(安史)의 난을 겪은 이후 민간에서는 호복에 대한 반감 심리가 작용해 정원(貞元) 연간에 "넓은 복장"으로 변했다[백거이의 『화몽유춘(和夢遊春)』]. 천보 연간 부녀자의 눈썹은 가늘고 길게 그리는 것이 중시되었다. 「장한가(長恨歌)」는 당나라 명황(明皇)이 마외파(馬嵬坡)에서 죽은 양귀비를 사념하는 내용을 노래했다. 그 안에 "부용(芙蓉)같은 얼굴, 버들 같은 눈썹"이란 글귀가 있다. 여기서 버들 같은 눈썹이란 그 가늘고 긴 모양을 나타냈음을 알 수 있다. 정원 연간이 되어 눈썹 모양도 변해 가늘고 긴 형태는 더 이상 유행하지 못하고 짧고 넓은 형태에게 그 자리를 내주었다. 이는 원진(元稹)의 「유소교(有所教)」에 있는 "긴 눈썹을 그리지 않고 짧은 눈썹을 그렸다."라는 글귀를 통해 알 수 있다. 상양궁 사람은 깊은 궁궐에 살면서 문을 닫고 나오지 않았기 때문에 외부의 복식 변화에 대해 전혀 알지 못하고, 작은 세계 안에서 여전히 45년 전의 옷차림과 치장을 유지했다. "외부 사람이 보지 않아서 그렇지 보면 웃음이 절로 나오겠네."라는 말에는 많은 고통과 비애가 내포되어 있다.

복식의 문화는 대부분 왕조가 바뀌면서 조성된 것으로 왕조마다 개국을 하고 황제가 등극하면 모두 복색(服色)을 바꾸고 복제(服制)를 정하는 조치를 시행했다. 복식은 그 가운데서 매우 중요한 분야였다. 그러나 고금의 복식 변화는 대부분은 시대적 풍조와 습속이 자연스럽게 변화면서 조성된 것이었다. 대체적으로 사회가 경제적 정체에 있고, 정치적으로 속박되고 대외교류가 봉쇄된 상태에서 복식의 변화는 비교적 완만했다. 반대로 경제가 발전하고 정치가 자유롭고 대외교류가 개방된 상태일 때 복식의 변화 리듬은 매우 신속했다. 수당(隋唐) 시기는 바로 후자에 속하는 시기로 백거이는 시에서 "시세장(時世妝)"이란 말을 사용해 당시 복식이 시세에 따라 변하고 세대의 조류에 따라 변하는 사회 현상을 반영했다.

복식의 시대성에 대해 역사적인 고찰을 하는 것은 하나의 학문이다. 고고학자는 이 점을 이용해 출토유물의 연대를 판정한다. 『수서(隋書) · 최곽전(崔廓傳)』에 다음과 같은 기록이 있다. 수(隋)나라 양제(煬帝) 대업(大業) 4년, 남전현(藍田縣) 현령 왕담(王曇)이 남전산(藍田山)에서 길이 3척 4촌의 대령의(大領衣)를 입고 머리에 머리를 덮는 두건인 책(幘)을 쓴 옥인(玉人 : 옥으로 만든 사람)을 발굴했다. 왕담이 양제에게 진상하자 황제는 여러 신하에게 조서를 내려 물었지만 모두 그 까닭을 몰랐다. 단지 최색(崔賾)만이 "한(漢)나라 문제 이전에는 관책(冠幘)이 없었습니다. 때문에 이것은 한나라 문제 이후에 제작된 것입니다."라고 대답했다. 그는 다시 위(魏)나라 노원명(盧元明)의 『숭고산묘기(嵩高山廟記)』를 인용해 "길이가 수촌(寸)인 옥으로 된 신인(神人)이 어떤 시대는 나타나고 어떤 시대에는 나타나지 않는데, 나타나면 왕조가 오래 지속된다."라고 말해 옥인은 악신(岳神 : 산신)으로, 지금 출현하는 것은 수(隨)나라 천하가 오래도록 성대하게 유지됨을 알리기 위함이라고 단정했다. 이러한 견해가 나와 백관들이 축하 인사를 올리자 천자가 매우 기뻐해 조정이 참으로 떠들썩했다.

▲ 당나라 능연각(凌煙閣)의 공신도(功臣圖)

하지만 10년이 못되어서 수나라 양제가 나라를 잃고 죽게 될지는 아무도 몰랐다. 최색이 경전중의 어구를 사용해 옥인을 악신(岳神)이라고 억지로 갖다 부친 것은 황제에게 아첨하기 위한 것으로 밖에 취할 수 없다. 그러나 그가 복식을 근거로 옥인의 연대를 결정한 방법은 취할만하다. 그러나 『한궁의(漢宮儀)』의 기록을 살펴보면 책은 "옛날 비천해 심부름을 하며 관을 쓰지 않은 사람이 옷"으로 그것이 뒷날 상층 사회에 진입한 것은 한나라 문제(文帝) 때가 아니라 원제(元帝) 때이다. 전하는 바에 따르면 원제의 이마 위에 뻣뻣한 머리가 자라나 있어 남에게 보이고 싶지 않았지만 다른 사람에게 책을 씌우게 했기 때문에 많은 관리들이 그것을 알게 되었다고 한다. 그렇다면 최색이 말한 "한나라 문제"는 아마도 "한나라 원제"를 잘못 말한 듯하다.

영화, TV 예술 안의 역사극, 역사 소설, 역사 인물을 주제로 한 회화 조소 등 예술품은 모두 인물의 복식이 역사적 진실의 문제에 부합되는지 여부와 관련이 있다. 작가나 예술가가 복식의 시대성에 대해 정확하게 파악하고 있지 않다면, 창작에 있어서 역사 인물과 풍모를 성공적으로 재현하는 데 영향을 받게 된다. 당나라 초의 유명한 화가 염립본(閻立本)은 초상화에 매우 능숙했다. 이세민(李世民)이 아직 진왕(秦王)으로 있을 때, 그가 진부(秦府) 18학사의 초상화를 그렸다. 두여회(杜如晦), 방현령(房玄齡), 육덕명(陸德明), 공영달(孔穎達), 오세남(吳世南) 등과 같은 유명한 학자 한 사람 한 사람은 모두 그의 붓 아래에서 생동적으로 태어났다. 이세민이 황제가 된 후 그는 또 능영각(凌煙閣)에서 당나라 24명의 개국 공신의 초상화를 그렸다. 장손무기(長孫無忌), 이정(李靖), 이적(李勣), 위치경덕(尉遲敬德), 진숙보(秦叔寶) 등과 같은 풍류인물들 또한 모두 그의 붓 아래에서 부르면 뛰어 나올 듯이 생동감 있게 묘사되었다. 그 때는 그 사람들이 아직 살아 있거나, 죽은 지 얼마 되지 않았기 때문에 약간 다르게 그리기만 해도 다른 사람의 눈에 쉽게 드러났다. 그러나 그는 결국 언제나 진짜와 같이 생동감 있게 그림을 그리는 기술 때문에 수도에서 이름이 널리 알려졌다. 왜냐하면 대상(對象)의 용모와 자태는 그가 잘 알고 있던 것이었고, 대상의 복식은 그가 자주 보아온 것이었다. 그의 형 염립덕(閻立德) 또한 당나라 고조가 천하를 얻은 후 곤면대구(袞冕大裘) 등 6복(六服)을 제작하는 주요 책임자였다. 때문에 염립본은 당시의 복식에 대해 아주 잘 알고 있었다. 그러나 이처럼 한때 세상에 이름이 널리 알려진 대 화가인 그도 역사인물을 그릴 때 오히려 작은 실수를 범했다. 당나라 예종(睿宗) 때의 좌서자(左庶子) 유자현(劉子玄)은 일찍이 염립본의 『소군출새도(昭君出塞圖)』에 대해 비난을 가했다. 그 비난의 소재는 바로 복식에 있었다. 유자현은 "왕소군(王昭君)이 흉노(匈奴) 땅에 진입한 것을 그렸는데, 휘장이 달린 모자, 즉 유모(帷帽)를 쓴 부인으로 그렸다. 유모는 수대(隋代)에 창작된 것으로 한나라 왕실에서 쓰던 것이 아니다."라고 했다. 한 세대의

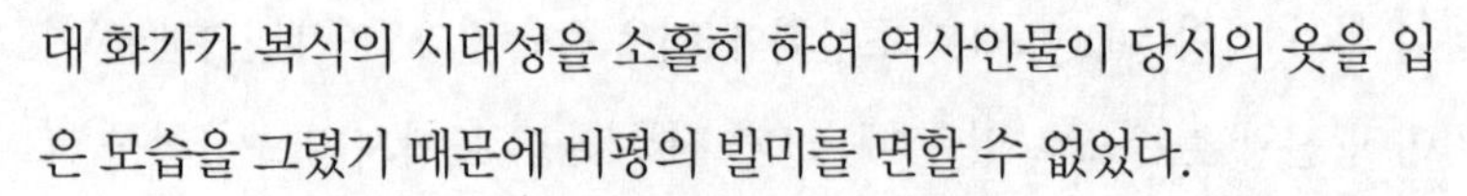

대 화가가 복식의 시대성을 소홀히 하여 역사인물이 당시의 옷을 입은 모습을 그렸기 때문에 비평의 빌미를 면할 수 없었다.

청나라 섭몽주(葉夢珠)의 『열세편(閱世篇)·관복(冠服)』에서 "한 시대의 부흥은 반드시 한 시대의 관복제도를 만든다. 이 제도는 그 기간 시세에 따라 변경되지만 크게 변하지 않는다. 중요한 것은 시세의 흐름에 따른 변화는 단지 일시의 이목을 새롭게 할 뿐, 그 대강이나 중요한 이치는 결국 바꿀 수 없다."라고 했다. 그는 여기에서 "한 시대 관복제도"에 대해 분석했다. 첫째는 비교적 긴 시간적 길이 안에서 복식 형식이 대체적으로 하나의 규범이 있다는 것이고, 둘째는 그 사이의 각기 비교적 짧은 시간 단계에서 복식의 형식이 모두 시세의 변화를 따른다는 것이다. 이 두 가지 측면의 통일이 우리가 말하는 복식의 시대성을 형성했다.

성(城) 안에서 좋아한 큰소매는 사방이 모두 비단 한 필이나 되었다.

–복식의 유행성

고대에서부터 지금까지 복식문화는 부단히 변화되고 있다. 복식의 변이성(變異性)을 종적 측면에서 말하면 시대성의 표현이고, 횡적 측면에서 말하면 유행성(流行性)의 표현이다. 복식은 아마도 인류의 사회생활에서 가장 쉽게 유행 추세를 형성하는 현상이다. 아름다운 것을 사랑하는 마음은 사람이 모두 가지고 있고, 몸밖으로 옷차림과 치장을 드러내는 것은 사람들의 공통된 취향이다. 이목을 새롭게 하는 형식이나, 기이함과 아름다움을 다투는 변혁은 매우 쉽게 상호 경쟁하며 모방하는 효과를 낳는다.

좀더 세밀하게 분석해보면 복식 유행은 변이(變異)와 동화(同化)의 두 과정이 포함되어 있다. 갈홍(葛洪)의 『포박자(抱朴子) · 기혹(譏惑)』에서 동진(東晋)의 복식 유행 상황을 "상란(喪亂) 이후에 사물이 자주

변해 모자, 신발, 의복, 소매의 양식이 날로 바뀌어 더 이상 일정하지 않았다. 갑자기 길어졌다 갑자기 짧아지거나 일시에 넓어졌다 일시에 좁아졌고, 갑자기 높아졌다 갑자기 낮아졌다. 혹은 굵어졌다 세밀해졌다. 꾸밈에 일정함이 없었고 같아짐을 즐거움으로 여겼다. 그 일을 좋아하는 사람은 아침저녁으로 모방했다."라고 지적했다. 이 내용 중의 이른바 "자주 변하고, 바뀌고, 일정함이 없다." 등이 가리키는 것은 바로 "변이"이고, "같아짐을 즐거움으로 여겼다."가 가리키는 것이 바로 "동화"이다.

봉건 사회에서 복식 변이의 발원지는 늘 궁궐이나 수도였다. 『후한서 · 마원전(馬援傳)』에서 이른바 "성안에서 높은 상투를 좋아하니, 성밖 사방에서의 높이는 1척이 되었다. 성안에서 넓은 눈썹을 좋아하니, 성밖 사방에서는 이마 절반을 차지했다. 성안에서 큰소매를 좋아하니, 성밖 사방에서는 모두 비단 한 필이었다."라고 했다. 백거이 역시 「시세장(時世妝)」에서 "시세장(時世妝), 시세장, 성안에서 나와 사방으로 전파되었네."라고 했다. 여기의 "성안"이란 경사(京師), 즉 수도이다. 왕안석(王安石)은 『풍속(風俗)』에서 "경사(京師), 즉 수도는 풍속의 중심지이다. ……아침에 다시 기이하게 제작하면, 저녁에 제하(諸夏 : 중국)에 전파된다."라고 했다. 진순경(陳舜卿) 역시 『도관집(都官集) · 순화(敦化)』에서 "지금 '제하' 에

▲ 한나라 시대 고계장수무녀(高髻長袖舞女) (A)

▲ 한나라 시대 고계장수무녀(高髻長袖舞女) (B)

서는 반드시 '경사'에서 그 법을 취한다. 이른바 경사가 무엇인가? 많은 기이한 못이 있고 인공적으로 만든 집이 많다. 기이한 복식이 아침에 궁궐에서 새롭게 나오면, 저녁에 시내에서 모방해, 몇 달이 되지 않아 천하에 가득 찬다."라고 했다. 유행은 원래 점(點)에서 면(面)으로 신속하게 전파한다. 복식의 새로운 스타일이 궁궐에서 시내까지 단지 아침저녁 사이에 전파되고, 수도에서 천하까지도 몇 개월 걸리지 않았다. 정보 전달이 비교적 완만한 고대 사회에 있어서 약간 과장된 말이지만 그 단면을 엿볼 수 있다.

『한비자(韓非子)·외저설좌상(外儲說左上)』에 다음과 같은 우언(寓言)이 있다.

제(齊)나라 환공(桓公)이 자줏빛 옷을 입기 좋아했다. 그래서 온 나라 안이 모두 자줏빛 옷을 입고 다니기 시작했다. 한 필의 자줏빛 비단의 가격이 다섯 필의 하얀 비단 보다 비싸게 되었다. 환공은 이것이 큰 문제가 된다고 여기고 관중에게 가르침을 청했다. 관중이 "환공께서 이러한 국면을 바꾸려고 생각하면서 왜 자줏빛 옷 입는 일을 그만두지 않으십니까? 좌우에 염료로 쓰이는 자줏빛 풀의 냄새를 싫어한다고 말씀하십시오."고 말했다. 환공이 관중의 말대로 좌우에 이를 말하자 그 날 궁궐 안의 관리들이 자줏빛 옷을 입지 않았고, 다음날 모든 성안의 사람들이 자줏빛 옷을 입지 않았고, 셋째 날 이후

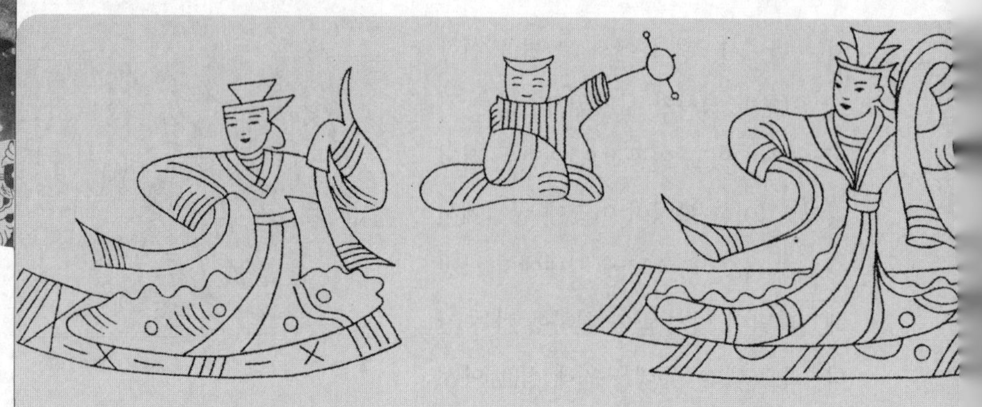

▲ 한나라 시대 고계장수무녀(高髻長袖舞女) (C)

나라 안에서 자줏빛 옷을 입은 사람을 더 이상 찾아볼 수 없었다.

이 우언은 복식의 유행 역시 윗사람이 하는 것을 아랫사람이 따라 하는 상행하효(上行下效)의 현상이 있음을 설명해준다. 심지어는 윗사람이 좋아하는 바를 아랫사람은 그보다 더 좋아하기도 했다. 때문에 『풍속통의(風俗通義)』의 일문(逸文)에서 "조(趙)나라 왕이 큰 눈썹을 좋아하자 민간에서는 눈썹을 이마 절반까지 길렀다. 초(楚)나라 왕이 넓은 옷깃을 좋아하자 나라 사람들은 모두 목을 가릴 정도로 크게 했다. 제(齊)나라 왕이 가는 허리를 좋아하자 후궁 가운데는 굶어죽는 이도 있었다."라고 했다[『태평어람』권 389 인용]. 이 같은 취향과 유행의 지배적 작용은 이미 심미적 가치가 아닌 모종의 정치적 요소였다. 그러나 이것은 여전히 복식의 유행 현상에 속했다. 왜냐하면 윗사람이 하는 것을 아랫사람이 따라 하는 것이나, 윗사람이 하는 것을 아랫사람이 그보다 더 좋아했던 것 모두 자발적인 동화(同化) 현상이였기 때문이다. 전하는 바에 따르면 명나라 태조가 한번은 원나라의 유신(遺臣) 양유정(楊維楨)을 접견했다. 태조는 양유정이 직접 설계해 착용하고 있던 흑색 방건(方巾)을 보고 나서 무슨 건이냐고 물었다. 양유정은 "이것을 사방평안건(四方平安巾)이라고 합니다."라고 상서로운 말을 만들어했다. 이 말을 들은 태조가 크게 기뻐했다. 그는 양유정이 뛰어난 말재주를 가졌다고 여기고, 즉시 이 두건을 착용하도록 천하에 공포했다. 또 한번은 태조가 미복 차림으로 잠행을 하다가 신락관(神樂觀)에 이르렀을 때 한 도사가 망건(網巾)을 짜고 있는 것을 보고 또 이것이 무엇이냐고 물었다. 도사가 "이것은 망건입니다. 머리를 쌀 때 쓰는 것으로 '만발구제(萬發俱齊)' 할 수 있습니다."라고 대답했다. "發(fa)"과 "法(fa)"는 같은 음으로 천하가 처음 만들어 질 때 '만발구제', 즉 '우주의 온갖 법도가 모두 정돈될 것이 요구되었다' 고 회답했다. 이 역시 상서로운 말이었다. 이에 태조는 다시 이를 착용하도록 천하에 공포했다. 이 두 가지 두건 스타일은 명나라 300여 년 동안 천하에 통행되었다. 그러나 그것은 자발적으로 보급된 것이 아니라 주원장(朱元璋)의 명령에 의한 것으로 우리가 논의하고 있는 "유행성(流行性)"의 범위에 속하지 않는다.

동한(東漢)의 명사 곽림종(郭林宗)의 도덕과 학문은 모든 사람들의 존경을 받

▲ 주원장상(朱元璋像)

았다. 『후한서』에 그의 사적이 기록되어 있는데, 세 곳에서 "천(千)" 자가 사용되었다. 첫 번째는 낙양(洛陽)에서 고향으로 돌아갈 때 배웅해주러 나온 사람이 탄 수레만 "수 천량(數千輛)"에 달했다. 두 번째, 환제(桓帝) 때 당고[黨錮 : 환관(宦官)들이 전권을 휘두르자 사대부 이응(李膺), 진번(陳蕃) 등이 태학생(太學生) 곽태(郭泰), 가표(賈彪) 등과 연합해 환관들을 맹렬하게 비판하자 환관들이 그들이 붕당(朋黨)을 조성해 조정을 비방했다는 무고죄를 적용해 이웅 등 200여 명을 체포했다 석방한 사건]가 발생하자 곽림종은 문을 닫고 글을 가르쳤는데 제자가 "천 명(千數)"에 달했다. 세 번째, 그가 세상을 떠나자 사방에서 몰려와 그의 장례에 참석한 선비들이 "천 여인(千餘人)"에 달했다. 이 세 곳의 "천(千)"은 그가 선비 계층에서 영향력이 컸었던 인물임을 설명해준다. 그가 한번은 외출했다가 비를 만나 쓰고 있던 두건의 한쪽 귀퉁이를 받쳐 든 적이 있었다. 이 때 옆에 있던 사람이 이를 보고 따라했고, 이것이 널리 퍼져 한 때 유행스타일이 되었다. 당시 사람들은 이를 "임종건(林宗巾)"이라 칭했다. 건(巾)은 원래 평민 백성과 재야인사들이 착용했다. 한(漢)나라 말에 이르러 일부 귀족이나 대신들 심지어 원소(袁紹)와 같은 군벌들이 문화 활동에 참여하면서 이를 착용하기 시작했다. 순제(順帝)부터 환제(桓帝)에 이르는 연간 권신(權臣) 양익(梁翼)이 세력을 얻자 제멋대로 날뛰며 거만하게 굴고 제멋대로 횡포를 부렸다. 그러나 그는 오히려 복장의 신조류를 이끈 인물이다. 그는 직접 비책(埤幘), 협관(狹冠), 절상건(折上巾), 호미단의(狐尾單衣) 등의 복식을 설계하기도 했다. 그의 부인 손수(孫壽)는 일대의 뛰어난 미인이었다. 『후한서』에서 그녀를 "미모가 아름답고 요염한 태도를 잘 지었다. 수미(愁眉)하고 제장(啼妝)하고 타마계(墮馬

髻)를 해…… 매혹적이다. 먼저 수도에서 유행되었고, 그 후 전 중국에서 모두 본 받았다."라고 했다. 수미(愁眉)란 바로 눈썹을 "가늘고 구불구불하게 그린 것"이다[『태평어람』 권 365의 「풍속통」 인용]. 추측해보면 "수(愁)"라고 칭한 것은 눈썹은 가늘고 컸지만 다소 찡그린 모습이 있기 때문이었다. 제장(啼妝)에 대한 자세한 상황이 기록된 역사서는 없다. 타마계(墮馬髻)는 진나라 시대 최표(崔豹)의 말에 의하면 그때에는 머리를 빗는 사람이 없었고, 또 "왜타계(倭墮髻)라고 말하던 것도 타마계의 잔형일 것이다."라고 했다[『고금주(古今注)』]. 남조(南朝) 양소자현(梁蕭子顯)의 『일출동남행(日出東南行)』 안에 분명히 "위이양가계(逶迤梁家髻)"란 시구가 있다. 왜타(倭墮)와 위이(逶迤)의 고음(古音)은 거의 비슷했다. 한나라 시대의 악부 「맥상상(陌上桑)」의 아름다운 나부(羅敷)가 빗질한 것이 바로 "왜타계"이다. 만일 최표의 말이 사실이라면 의외로 이를 근거로 「맥상상」이 만들어진 연대를 추정할 수 있다. 당나라 시대에 이르러 다시 타마계가 유행했다. 백거이는 「대서시일백운(代書詩一百韻)」에서 "멋들어진 타계, 시세에 제미(啼眉)를 다투네."라고 노래했다. 스스로 "정원(貞元) 말 성중에 다시 타마계, 제미장"이 유행했다."라고 주를 달았다. 이는 아마도 한나라 시대 옛 이름을 계속 사용한 것이지 반드시 손수소(孫壽梳)의 머리 모양은 아니었을 것이다. 그러나 이 역시 복식 유행이 때로는 복고를 유행으로 삼아 돌고 돌았다는 현상을 명시해준다.

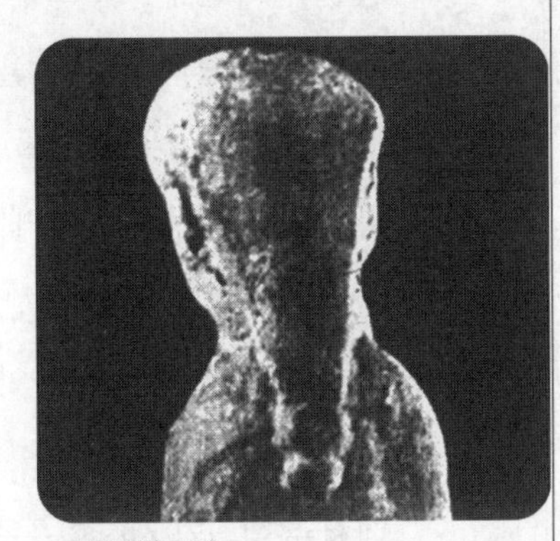

▲ 타마계(墮馬髻)

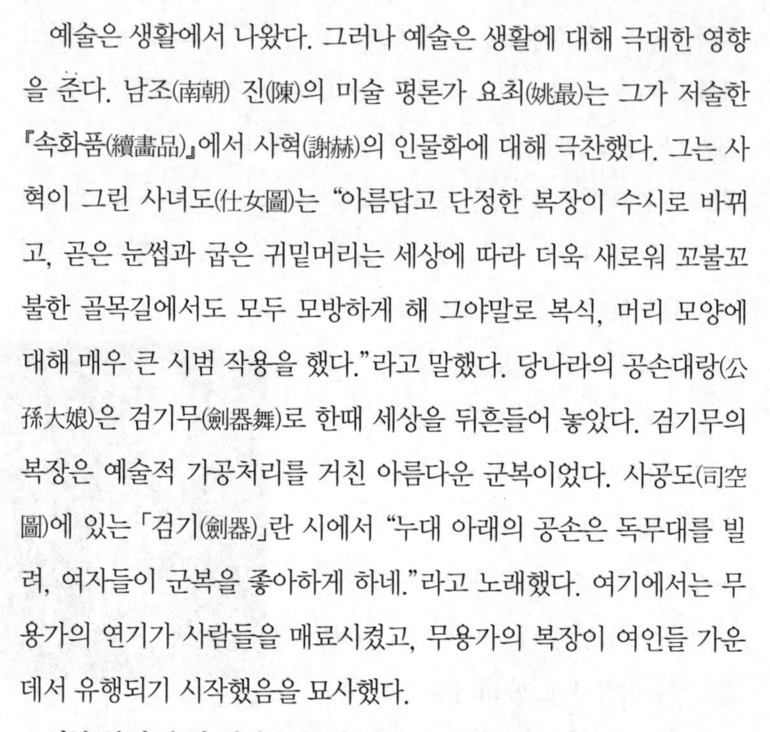

예술은 생활에서 나왔다. 그러나 예술은 생활에 대해 극대한 영향을 준다. 남조(南朝) 진(陳)의 미술 평론가 요최(姚最)는 그가 저술한 『속화품(續畵品)』에서 사혁(謝赫)의 인물화에 대해 극찬했다. 그는 사혁이 그린 사녀도(仕女圖)는 "아름답고 단정한 복장이 수시로 바뀌고, 곧은 눈썹과 굽은 귀밑머리는 세상에 따라 더욱 새로워 꼬불꼬불한 골목길에서도 모두 모방하게 해 그야말로 복식, 머리 모양에 대해 매우 큰 시범 작용을 했다."라고 말했다. 당나라의 공손대랑(公孫大娘)은 검기무(劍器舞)로 한때 세상을 뒤흔들어 놓았다. 검기무의 복장은 예술적 가공처리를 거친 아름다운 군복이었다. 사공도(司空圖)에 있는 「검기(劍器)」란 시에서 "누대 아래의 공손은 독무대를 빌려, 여자들이 군복을 좋아하게 하네."라고 노래했다. 여기에서는 무용가의 연기가 사람들을 매료시켰고, 무용가의 복장이 여인들 가운데서 유행되기 시작했음을 묘사했다.

일부 복식 유행 현상은 특정 시대의 사회심리와 관계가 있다. 예를 들면 당나라 중엽 이후 여성의 머리 모양은 일종의 "포가계(抛家髻)"가 유행했다. 이는 안사의 난 후 해마다 계속되는 전화로 인해 집도 잃고 가족도 잃는 사회적 비극이 증가되는 것과 관계가 있다. 육유(陸遊)의 『노학암필기(老學庵筆記)』에서 "선화(宣和) 말년, 여성의 신발 밑과 코가 두 가지 색으로 합성이 되어 있어 '착도저(錯到底)'라고 칭했다."라고 했다. 이 역시 북송(北宋) 말년 사람들이 시국에 만족하지 못하는 사회심리가 작용한 것으로 이는 이러한 모양을 한때 유행시켰다.

위에서 언급한 것으로부터 우리는 사람들이 어떤 특정한 시기 내에 옷차림과 치장을 숭상하고 심미의식이 매우 복잡한 각종 사회관념의 영향을 받았음을 알 수 있다. 새로운 양식 추구에 대한 심취는 미적 추구 이외에도 어떤 때는 모종의 사상적 경향에 나타나고, 또 어떤 때는 각종 낮은 품위의 격조에 나타날 수 있었다. 예를 들면 정신적 공허, 아부와 총애 다툼, 허영심, 맹목적 모방, 문화적 겉치레 등. 그러나 봉건 사회에서 복식 유행은 등급제도와 등급관념에 대한 일종의 충격으로, 경시할 수 없는 적극적 의의가 있다. 거시적 관점에서 말해도 역시 사회적 물질생활과 정신생활이 부단하게 풍부해짐을 표현하는 것의 하나였다.

▲ 포가계(抛家髻)

복식의 유행은 때로는 일시적인 것이었다. 한차례 새로운 스타일이 유행하면 일부 사람들에 의해 새로운 변이가 일어나고 새로운 경향이 나타났다. 바로 청나라 사람 하이손(賀貽孫)이 『수전거사문집(水田居士文集) · 여우인논문제이서(與友人論文第二書)』에서 "아침의 무궁화 저녁보다 무성함을 알지 못하고, 봄의 복숭아 여름의 수려함을 알지 못하네, 새로움을 추구할 때는 이미 그것이 반드시 쇠퇴함을 알았네."라고 한 것처럼 유행 역시 성행하면 퇴행할 때가 있었다. 때문에 정판교(鄭板橋)의 『여강빈곡(與江賓谷) · 강우구서(江禹九書)』에서 "절대 풍조를 따라서는 안 된다. 만일 양주(揚州) 사람이 경사(京師) 사람의 옷을 입고 모자 쓰는 법을 배워서 따라할 수 있지만, 그때 경사 사람들은 다시 변한다."라고 한 것은 확실히 탈속적 이야기이다. 그러나 세계적으로 일반적인 구 습속의 영향을 벗어나지 못한 사람이 대다수를 점유하고 있기 때문에 복식 유행 현상은 그치지 않을 것이다.

"문질빈빈(文質彬彬)"
- 유가의 복식에 대한 심미관

다음과 같은 이야기가 전한다. 공자가 제자를 데리고 자상백자(子桑伯子)를 방문했다. 자상백자가 관을 쓰지 않고 손님을 접대하는 옷차림도 하고 있지 않은 것을 보고 공자의 제자가 말했다.

"선생님께서는 왜 이 같은 사람을 만나러 오셨습니까?"

공자가 "이 사람은 바탕(質)은 아름답지만 겉모양이 우아하지 못하다. 해서 내가 그를 설득해 점잔해지도록 하기 위해서 왔다."라고 말했다.

공자가 떠난 후 자상백자의 제자들이 매우 불쾌해 하며 말했다.

"선생님께서는 왜 공자를 맞이하셨습니까?"

자상백자가 "이 사람은 바탕은 아름답지만 겉모양이 번거롭다. 해서 나는 그를 설득해 번잡함을 없애고자 그를 맞이했다."라고 말

했다.

이 이야기는 유향(劉向)의 『설원(說苑) · 수문(修文)』에 등장한다. 자상백자의 이름은 『논어(論語) · 옹야(雍也)』에 한 차례 나타난다. 여기에서 공자는 단지 그가 "간(簡)", 즉 번거롭지 않다고 말했다. 공자가 그를 방문한 일은 아마도 후인이 이에 근거해 엮어낸 이야기인 듯하다. 이야기 안에서 공자와 자상백자가 "바탕"이 아름다워야 한다는 데에 대해 다른 견해를 가지고 있다. 한 사람은 복식이 "우아해야 한다."라고 여기고, 다른 한 사람은 복식은 "우아하지 않아야 한다."라고 여기는데 그 차이가 있다. 이는 대체로 유가와 도가의 복식미에 대한 견해가 반영된 것이다.

또 하나의 이야기가 있다. 자로(子路)가 매우 풍채 나는 옷을 입고 공자를 만났다. 공자가 타이르며 말했다.

"네 옷은 너무 화려하고 얼굴에는 의기양양한 기색이 가득하구나. 천하의 누가 너에게 의견을 제시하려고 하겠느냐?"

자로가 이 말을 듣고 바로 나가 적합한 옷으로 바꿔 입고 들어오자 사람이 겸허하고 온화하게 보였다. 공자는 자로에게 "자기를 표현하기 좋아하는 사람은 소인(小人)이지 군자(君子)가 아님"을 기억하게 했다. 이 일은 『순자(荀子) · 자도편(子道篇)』에 기록되어 있고, 『한시외전(韓詩外全)』과 『설원(說苑) · 잡

▲ 증삼상(曾參像)

언(雜言)』에서 모두 인용했다. 공자는 자상백자에게 문식(文飾), 즉 장식을 중시할 것을 설득했고, 또 자로가 너무 풍채 나는 옷을 입었다고 비평했다. 이 사이에는 약간의 모순이 있는 것 같다. 사실 공자의 복식에 대한 심미관은 바로 모순적 통일에 있다. 그는 "본바탕(質)이 겉모양(文)보다 뛰어나면 촌스럽고, 겉모양이 본바탕보다 뛰어나면 겉치레만 잘하는 것이니, 겉모양과 본바탕이 적당히 배합된 뒤에야 비로소 군자이다."라는 명언을 남겼다[『논어 · 옹야』]. 공자의 입장에서 보자면 "겉모양이 본바탕보다 뛰어난 자상백자의 옷차림"이나, "본바탕이 겉모양보다 뛰어난 자로의 옷차림은 모두 그의 심미적 요구에 부합되지 않았다.

공자의 학생 중 증자(曾子)가 비교적 빈궁했다. 『장자(莊子) · 양왕(讓王)』에서 "증자는 위(衛)나라에 살 때 10년 간 새 옷을 지어 입지 않았기 때문에 관을 바르게 쓰면 관의 끈이 끊어지고, 옷깃을 잡아 당기면 팔꿈치가 나오고, 신발을 신으면 신발의 뒤축이 찢어졌다."라고 했다. 『설원 · 입절(立節)』에서도 증자가 낡은 의복을 입고 농사를 지었다는 대목이 있다. 노(魯)나라 왕이 사람을 파견해 녹봉을 주면서 그에게 의복을 수선하게 하였으나 증자가 받지 않았다. 사자가 두 번째로 가서 '선생님께서 다른 사람에게 요구한 것이 결코 아니라 다른 사람이 집까지 가져 온 것인데 왜 받지 않으십니까?' 라고 물었다. 증자가 '다른 사람 것을 가지면 사람을 두려워하게 되고, 남에게 준 사람은 다른 사람을 무시하게 된다고 들었습니다. 설사 상으로 나에게 주었다면 이것이 결코 나를 무시한 것은 아닐 것입니다만, 만일 내가 받는다면 어떻게 두려워하지 않겠습니까' 라고 대답하고 끝내 받지 않았다. 공자가 이를 듣고 나서 '증삼(曾參)의 말은 그

의 절조(節操)를 보존할 수 있다.' 라고 말했다. 이런 점으로 보아 공자가 비록 군자에게 "점잖고 고상함"을 요구했지만 두 가지가 다 갖추어질 수 없는 상황 하에서 그가 먼저 중시한 것은 '본바탕' 이었음을 알 수 있다. 이것이 바로 동중서(董仲舒)의 "'겉모양' 과 '본바탕' 이 두 가지가 구비된 이후에 그 예가 이루어진다. ……모두 갖추어지지 않고 치우쳐서 행해진다면 차라리 '본바탕' 이 있고 '겉모양' 이 없는 것이 낫다."라는 말과 같은 것이다[『춘추번로(春秋繁路) · 옥배(玉盃)』].

동중서는 서한(西漢)의 대학자였지만 일부 중요한 문제에 있어서는 유가적 학설을 다소 신학화(神學化)했다. 양웅(揚雄)은 이러한 그를 매우 못마땅하게 여겨 『법언(法言), 오자(吾子)』에서 그가 공자의 옷을 입고 공자인체 했다고 은근히 풍자했다.

▲ 동중서상(董仲舒像)

"어떤 사람이 스스로 성이 공(孔)이고 자(字)가 중니(仲尼)라고 말하고, 공자의 집 문으로 들어가 당(堂)에 올라 책상 앞에 앉아 공자의 복장을 하고 있다면 공자라고 말할 수 있느냐고 물으면 '그 겉모양은 옳으나, 그 본바탕은 아니다' 고 말한다. 감히 본바탕을 물으면 호랑이 가죽을 쓰고 있지만 본바탕이 양이어서 풀을 보면 좋아하고, 표범을 보면 두려워서 그가 호랑이 가죽을 쓰고 있음을 잊어버린다고 말한다. 이는 양이 호랑이 가죽을 쓰고 있지만 풀을 보면 좋아하고, 표범을 보면 두려워서 벌벌 떨기 때문에 본질적으로 여전히 양이라는 것을 말한 것이다."

겉모양은 한 사람의 복식의 미를 가리키고, 본바탕은 한 사람의 자질의 미를 가리킨다. 공자는 일찍이 선비의 미질(美質)을 잃는 다섯 가지 행위를 평론했다. 즉 "세력이 존귀한 사람"이 백성을 사랑하지도 않고 의도 행하지 않으면서 잔악하고 오만한 경우, "집이 매우 부유한 사람"이 빈궁을 구휼하지 않으면서 사치스럽게 낭비해 절제하지 못하는 경우, "자질이 용맹한 사람"이 군주를 보위하는 일에 힘을 다하지 않으면서 침해하고 욕을 보이며 사적으로 싸우는 경우, "마음이 지혜로운 사람이" 정정당당하게 좋은 생각을 하지 않고 사악한 일을 간교하게 하고 거짓으로 꾸미는 경우, "용모가 아름다운 사람"이 정사를 처리할 때 백성을 가까이 하지 않으면서 여자에 미혹되어 육욕에 빠지는 경우이다[『한시외전(韓詩外傳) 권 2』]. 공자가 귀(貴)하면 의(義)를, 부(富)하면 인(仁)을, 용감하면 충(忠)을, 지혜로우면 단(端)을, 용모가 아름다우면 정(正)을 잘해야 한다고 여긴 것이 모두 "미질(美質)"에 속함을 알 수 있다. 이러한 미질 위에 아름다운 복식이 더해진 사람이 바로 문질빈빈(文質彬彬)한 군자이다. 무릇 미질을 잃은 사람은 설사 화려한 복식을 입는다 해도 결국은 겉모양이 본바탕보다 지나치기 때문에 군자라고 할 수 없다. 유가(儒家)는 복식미(服飾美)를 중시했고 자질미(資質美)도 중시했다. 이러한 점에서 굴원(屈原)의 심미관은 오히려 유가와 상통한다. 굴원은 "나에게 이 내재적 미가 여러 형태로 섞여 있고, 그것으로 수식할 수 있다."라고 말했다. 굴원은 내적 미의 기초 위에서 자기의 외관을 수식하는 것

을 매우 중시 했다. 유가의 관점에서 본다면 훌륭한 옷차림을 하고 인의(仁義)를 행하지 않은 사람, 돈을 헤프게 쓰는 방탕한 귀족의 자제, 겉모습은 그럴듯하지만 실속이 없는 사람 등은 모두 아름답지 못했다. 『유자(劉子)·언원(言苑)』에서는 볼품없이 생긴 사람이 짙고 요염하게 화장한 것을 더욱 바르지 않다고 여기고 있다. "붉은 눈썹 먹으로 용모를 꾸며 요염하게 하려고 하지만 눈을 움직이는 사람이 드무네……질이 아름답지 않기 때문이다. 질이 아름답지 않은 사람은 수식을 존중하지만 화려하지가 않다." 고대 문헌 중 "문"과 상대적인 "질"을 논할 때 남성은 왕왕 내재적 소질을 가리켰고, 여성은 천부적인 외형을 가리켰다.

▲ 서주(西周)의 귀족 복식

복식의 문질(文質), 즉 내적 미와 외적 미가 통일된 심미관은 결코 계급을 초월한 것이 아니라 계급 관념과 밀접하게 연결되어 있다. "질승문즉야(質勝文則野), 즉 질이 문을 이기면 야(野)이다."의 "야"를 고대 주석가(注釋家)들은 "야인(野人)"으로 풀이했다. 맹자는 『맹자·등문공(滕文公)』에서 "군자가 없으면 야인을 다스리지 못하고, 야인이 없으면 군자가 길러지지 않는다."라고 말했다. 여기의 "야인"이

가리키는 것은 성밖의 사람, 즉 농업생산자이다. 공자의 눈 속에는 이러한 사람들은 그 "질"을 논할만한 가치가 없다고 비추어졌을 것이다. 질로써 문을 이길 수 있는 "야인"은 대개 재야사람, 즉 은일(隱逸)하는 선비를 가리켰다. 자상백자는 바로 이 같은 "야인"이었다. "문승질즉사(文勝質卽史), 즉 문(文)이 질(質)을 이기면 사(史)이다."의 "사(史)"를 고대 주석가들은 "사관(史官)"으로 풀이했다. 주(周)나라 때의 사관의 신분은 결코 고귀하지 않았다. 태사(太史)는 단지 하대부(下大夫) 벼슬에 불과했고, 어사(御史)는 단지 중사(中士) 벼슬에 해당했다. 그러나 사관이 제사를 관리했다. 제사 활동은 국가의 중대한 전례로 사관은 천자를 모시고 위로는 천신(天神)을 맞이하고 아래로는 지신(地神)을 맞이해야 했고, 입는 제복은 매우 화려하고 진귀해 그의 실제 신분을 초과했다. 공자가 사관을 "문이 질을 이긴다."의 전형으로 본 것은 대체로 여기에서 기인했다. 이러한 비유는 완전히 등급관념의 산물이다. 순자(荀子)는 사람의 마음은 모두 '화려한 무늬가 들어간 옷'을 입고자 한다[『순자 · 영욕(榮辱)』]고 여겼지만, 사람들이 모두 화려한 무늬가 들어간 옷을 입을 수는 없는데, 이는 반드시 "귀천(貴賤)의 등급이 있고, 장유(長幼)의 차이가 있고, 빈부(貧富) 경중(輕重)을 모두 가늠해야 하기 때문"이라 간주했다. 때문에 "천자는 주권의면(袾裷衣冕)을, 제후는 현권의면(玄裷衣冕)을, 대부는 비면(裨冕)을, 선비는 피변복(皮弁服)을 착용한다"[『순자 · 부국(富國)』]고 주장했고, "관변(冠弁), 의상(衣裳), 보불(黼黻), 문장(文章), 조탁(雕琢), 각루(刻鏤)를 수식하는 데에도 모두 등급의 차이가 있다"[『순자 · 군도(君道)』].고 보았다. 하늘과 땅 사이에 소생하는 재물은 "반드시 위에서 재능과 덕행이 있게 꾸며야" 했고, 사

람을 다스리는 이들은 아름답게 입도록 하였다. 아래에 대해서는 "단지 백성을 기르고 백성을 편안하고 즐겁게 해주면 되고"[『순자 · 왕제(王制)』], 그들에게 잘 입게 해서는 안된다고 생각했다. 특히 "다른 사람의 군주가 된 사람은 아름답지 않거나 꾸미지 않으면", "백성을 하나로 묶기에 부족하다."[『순자 · 부국』]고 주장하면서, 가장 아름다운 복식을 누려야 한다고 보았다. 이처럼 유가의 복식 심미적 문질(文質)통일론에는 등급제도를 공고히 하려는 의의가 있었음이 매우 분명하다.

▲ 옥을 찬 목용(木俑)

"갈 옷을 입고 옥을 품다"
– 도가의 복식에 대한 심미관

유가의 복식미 중시는 묵자와 장자의 비난을 받았다. 묵자는 『묵자 · 사과(辭過)』에서 당시 왕실 귀족이 백성에게서 과도하게 세금을 거두고 백성의 재물을 지나치게 수탈해 비단에 수나 아름다운 문양을 새겨진 곱고 부드러운 옷을 입는 것은 "성인의 옷은 신체에 맞고, 피부를 따뜻하게 하면 족하다."라는 실용 목적과 서로 위배된다고 일격을 가했다. 그는 『묵자 · 비유(非儒)』에서 안영(晏嬰)의 입을 빌려 "공(孔) 아무개는 외모를 잘 꾸며 세상을 미혹시켰고, …… 그 학문은 대중을 이끌만하지 않다."라고 하면서 더욱 직접적으로 공자를 비판했다. 장자는 교묘하게 우언을 이용해 유학자들이 입으로 "문질빈빈"을 이야기하지만 실제적으로는 '문'만 있고 '질'이 없다고 풍자했다. 『장자 · 전자방(田子方)』에서 다음과 같은 내용이 있다.

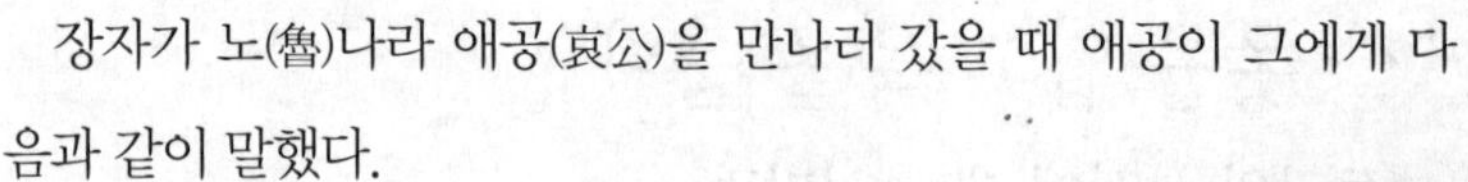

장자가 노(魯)나라 애공(哀公)을 만나러 갔을 때 애공이 그에게 다음과 같이 말했다.

▲ 자공상(子貢像)

"노나라에는 유학자들은 많이 있지만, 선생의 주장을 실행할 사람은 그다지 많지 않을 것입니다."

장자가 "노나라의 유학자는 아주 적습니다."라고 말했다.

애공이 "선생께서는 나라 사람들이 모두 유학자의 복식을 입고 있는 것을 보지도 않고 어찌 유학자가 적다고 말하십니까?"라고 물었다.

장자가 "제가 듣기로는 유학자는 원관(圓冠)을 써서 천시(天時)를 알고 있음을 나타내고, 구혜(勾鞋)를 신어 지형(地形)을 알고 있음을 나타내고, 옥결(玉玦)을 차 결단 능력이 있음을 나타내지만, 진정으로 "도(道)"가 있는 사람은 유학자의 복장을 입을 필요가 없기 때문에 유학자의 복장을 한 사람은 진정으로 도를 알고 있는 사람이 아니다고 들었습니다. 공께서 만일 제 말이 옳지 않다고 여기신다면, 전국에 이 도를 모르면서 이 복장을 입은 사람은 모두 죽어 마땅하다고 어찌 명령을 내리지 않으십니까?"라고 말했다. 이에 애공이 명을 내렸다. 닷새 후 노나라에서 유학자의 복식을 착용한 사람은 아무도 없었다. 오직 한 사람만이 유학자의 옷차림을 하고 애공의 궁전 앞에 서 있었다. 애공이 그를 들어오게 한 뒤 국사(國事)를 물었다. 그러나 아무리 해도 그를 넘어뜨릴 수 없었다.

장자가 "노나라 같이 큰 나라에 유학자는 단지 한 명밖에 없는데 이를 많다고 할 수 있습니까?"라고 물었다.

묵가(墨家)는 당시 노동자와 생산자의 이익을 대표했고 복식의 실용적 의의를 중시했다. 즉 "신체를 위한 것이 아니라 모두 보기 좋게 하기 위한" 복식미에 대해 전면적으로 부정적인 태도를 가졌다. 이는 약간 극단적인 면을 면치 못했다. 『묵자』의 일문(佚文)에 "옷은 반드시 따뜻함을 구하고, 그런 후에 화려함을 구한다."라는 말이 있다[손이양(孫詒讓)의 『묵자간고(墨子間詁) · 부록(附錄)』 인용]. 의식이 풍족한 후에 복식과 관계된 심미적 심리를 다소 언급하고 있는 것 같지만, 애석하게도 진일보된 설명은 없다. 이 때문에 복식의 심미관에 있어서 묵가는 유가와 서로 맞먹을 만한 그럴 듯한 미학 이론을 제시하지 않았다. 도가는 자체적 심미관이 있었다. 그것은 바로 『노자』 제27장에서 언급한 "성인은 갈(褐) 옷을 입고 옥(玉)을 지녔다."이다.

갈(褐)은 고대 하층 사회의 의복이다. 『시경 · 빈풍(豳風)』의 "갈이 없이 어떻게 해를 보내겠는가?"에서 알 수 있듯이 '갈'은 빈민과 농노가 겨울을 지내고 추위를 막는 최저의 요구조건이었다. '갈'은 통상적으로 삼이나 짐승의 털을 꼬아서 실로 만들고 이를 다시 짜고 봉제해서 만들었다. 그 질이 거칠고 조잡해 자주 금수(錦繡)와 비교되었다. 『사기 · 평원군열전(平原君列傳)』에서 전국시대의 조(趙)나라 귀족과 한단(邯鄲) 빈민의 현저한 생활 차이를 묘사하면서 바로 "귀족의 부인과 첩은 비단 옷을 걸치지만 백성은 제대로 된 갈 옷도 입지 못함"을 예로 들었다. 유가의 입장에서 볼 때 '갈'에는 당연히 "문"이 결여되어 있다. 옥은 고대 상층 사회의 패용 장식이다. 『예기』에서 "군자는 이유 없이 옥을 몸에서 제거하지 않는다[「곡례(曲禮)」]."라고 했고 "옛날 군자는 반드시 옥을 패용했다[「옥조(玉藻)」]."라고 했다. 왜 그랬을까? 이는 "군자의 덕을 옥에 비유[「빙의(聘義)」]"

하는 데에서 기인한다. 옥의 번지르르한 광택, 두드릴 때 나오는 청아한 소리는 바로 "군자의 인격미(人格美)"의 상징이었다. 노자의 "성인은 갈 옷을 입고 옥을 지녔다."라는 말은 한편으로 귀족이 "비단 옷을 걸치고, 반드시 옥을 패용했다."라는 말과 대립되며 옥 장식 패용을 반대한 실재적 의의가 있다. 다른 한편으로 "옥을 품었다"는 상징적 의의가 있다. 바로 사람의 내재적 도덕미(道德美)와 품격미(品格美)를 가리킨다. 도가의 심미관은 '질'을 강조하고 '내재적 미'를 중시하고 겉치레(文飾)를 없앨 것을 요구했고 형식적 번거로움에 반대했다.

▲ 원관상(原寬像)

『장자 · 산목(山木)』에 장자가 헝겊 조각으로 기운 거친 베옷을 입고 헤어진 신발을 신고 위(魏)나라 왕을 찾아가자, 위나라 왕이 "어찌 선생께서 비(憊)합니까?"라고 묻는 장면이 있다. 여기서 "비(憊)"는 정신이 진작되지 않았다는 뜻이다. 『홍루몽』 제3회에 "대옥(黛玉)이 처음으로 영국부(榮國府)에 들어갈 때 계집종이 보옥(寶玉)에게 알리자 대옥은 마음속으로 '보옥이 어쩌면 단정치 못한 비라(憊懶)한 인물일지 모르겠다' 고 의심하는 장면이 있다. 여기의 "비"와 위 왕이 말한 "비"는 같은 뜻이다. 장자는 "빈(貧)"해도 "비(憊)"하지 않습니다."라고 대답을 잘했다. "비(憊)"는 정신적 부족을, "빈(貧)"은 물질적 부족을 말하는 것으로 똑같이 취급할 수 없다. 빈자(貧者)라고 반드시 "비"하다는 법이 없고, 귀공자가 오히려 "비"할 수도 있다.

심미관은 물질적 궁핍을 꺼리지 않는다. 이는 바로 유가의 "달(達)"을 구하지만 얻을 수 없는 조건에서 "궁(窮)"을 편안히 여기는 사상과 서로 통하는 점이다. 『장자 · 양왕(讓王)』에 인물만 바뀌고 내용은 대동소이한 일이 기록되어 있다. 자공(子貢)의 수레가 궁항(窮巷)에 들어갈 수 없게 되어 자공이 몸집이 큰 말을 타고 안에는 감색 옷을 입고 밖에 하얀 옷을 걸치고 오랜 친구 원헌(原憲)을 찾아가자 원헌이 자작나무 껍질로 만든 관을 쓰고 굽이 없는 신을 신고 지팡이를 집고서 문을 열어주었다.

자공이 "아! 선생께서는 어찌 이리 피폐하십니까?"라고 물었다. 여기의 "병(病)"이란 말은 위에서 말한 "비"의 뜻이다. 원헌이 "제가 듣기로 재물(財)이 없는 것을 가난(貧)이라고 하고, 배우고도 행할 수 없는 것을 피폐(病)라 한다고 합니다. 지금 저는 가난한 것이지 피폐한 것이 아닙니다."라고 대답했다. 자공이 이 말을 듣고서 제자리에서 빙빙 돌면서 매우 부끄러워했다. 이 이야기는 또 사마천(司馬遷)의 『사기 · 중니제자열전(仲尼弟子列傳)』에도 수록되어 있다. 원헌은 유가의 제자이다. 그는 스승의 "문질빈빈"의 실천을 주장했다. 그러나 "문"은 물질적 토대가 있어야 했다. 그는 "무재(無財)"는 "문"할 수 없기 때문에, 스승의 가르침을 따르

▲ 진(晉)나라 문공(文公)의 복국도(復國圖)(부분)

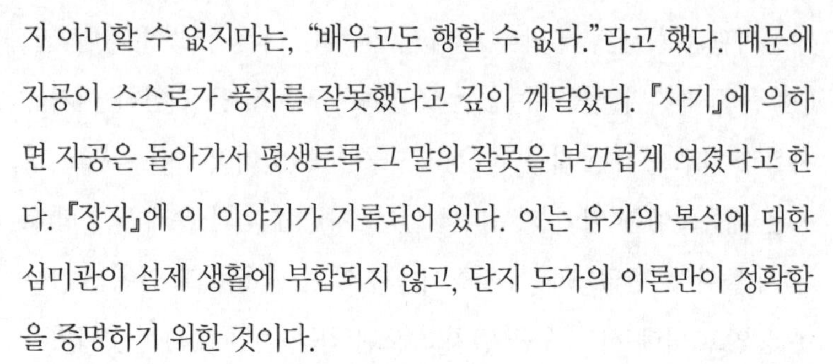

지 아니할 수 없지마는, "배우고도 행할 수 없다."라고 했다. 때문에 자공이 스스로가 풍자를 잘못했다고 깊이 깨달았다. 『사기』에 의하면 자공은 돌아가서 평생토록 그 말의 잘못을 부끄럽게 여겼다고 한다. 『장자』에 이 이야기가 기록되어 있다. 이는 유가의 복식에 대한 심미관이 실제 생활에 부합되지 않고, 단지 도가의 이론만이 정확함을 증명하기 위한 것이다.

『한비자』와 『회남자』의 미학 사상은 다른 수준에서 도가와 서로 비슷한 관점을 표현했다. 『한비자 · 해로(解老)』에서 "군자는 질(質)을 좋아하고 식(飾)을 싫어한다. 모든 질이 지극히 아름다우면 물(物)이 그것을 장식하기에 부족하고, 물(物)이 장식된 이후에 행하는 것은 그 질이 아름답지 않다."라고 했다. 『회남자 · 설산훈(說山訓)』에서 "백옥은 쪼지 아니하고, 아름다운 구슬은 문이 없지만 질은 남음이 있다."라고 했고, 『회남자 · 전언훈(詮言訓)』에서는 "그 밖을 장식하는 것은 그 안이 상처를 입고, 그 문을 드러내는 것은 그 질을 감춘다. 두 가지가 아름다운 것은 천하에 없다."라고 했다. 이 말은 모두 '문'과 '질' 사이의 모순을 강조해, '문'과 '질'은 "빈빈(彬彬 : 함께 갖추어짐)"이 불가능함을 증명하기 위함이었다. 이는 유가의 심미관에 대한 부정이자 도가의 심미관을 널리 드러낸 것이었다. 그러나 한비(韓非)가 순자에게 배웠고, 『한비자』의 작자가 한 사람이 아니기 때문에 『한비자』, 『회남자』의 미학사상에는 역시 유가의 관점이 뒤섞여 있고, 자가당착의 복잡한 상황이 드러나 있다. 예로 『한비자 · 외저설좌상(外儲說左上)』에 "진(秦)나라 목공(穆公)의 딸 출가"에 관한 다음과 같은 우언이 있다.

진나라 목공이 딸을 진(晉)나라 공자에게 시집보내면서 진나라 공자에게 딸을 위해 새 옷을 만들어 줄 것을 요구했다. 이 때문에 시집갈 때 딸려 보낸 첩 70명이 모두 예쁘게 차려 입었으나 딸만 치장하지 않았다. 그 결과 진나라 사람들이 그 첩을 좋아하고 목공의 딸을 경시했다.

이 우언은 『한비자 · 해로』편에서 "미질(美質)은 문식(文飾)이 필요없고, 문식이 필요한 것은 질이 아름답지 않은 데에 있다."라고 한 논점과 다르다. 『회남자 · 수무훈(修務訓)』에서 "모장(毛嬙)과 서시(西施)에게 향기 나는 기름을 바르고, 눈썹을 바르게 그리고, 귀고리를 차고, 가늘게 짠 주름비단 옷을 입고, 제(齊) 땅에서 나는 가는 명주로 된 긴 띠를 걸치고, 하얀 분과 눈썹먹 등을 바르게 하면 비록 천자나 대인, 엄정한 뜻이 있거나 굳세게 행동하는 사람이라도 마음속에 그녀들의 미색을 탐하고 싶은 생각이 있을 것이다."라고 했다. 이 논의 역시 『회남자 · 전언훈』의 "밖을 장식하면 안을 상하게 하고, 문으로 그 질을 가린다."라고 한 논점과 다르다.

위진의 현학(玄學)은 유도(儒道)를 융합하고 노장(老莊)을 숭상했다. 사대부의 심미정취는 노장의 영향을 매우 깊게 받아 인물을 평할 때 항상 유가의 명교(名敎)를 초월했고, 문식을 중시하지 않고 사람의 풍자(風姿), 풍채(風采), 풍도(風度), 풍운(風韻)을 중시하는 경향이 있었다. 이러한 인물 품평의 예는 『세설신어(世說新語)』에서 적지 않게 찾을 수 있다.

산도(山濤)는 혜강(嵇康)을 "높은 것은 홀로 서 있는 외로운 소나무 같고, 그 취해서 무너짐은 곧 붕괴하려는 옥산(玉山)과 같다."라고 평

▲ 완적상(阮籍像)

했다[『용지(容止)』].

공손도(公孫度)는 병원(邴原)을 "이른 바 구름 속의 백학(白鶴)은 제비나 참새의 그물로 잡을 수 없다."라고 평했다[『상예(賞譽)』].

당시 사람들은 이원례(李元禮)를 "우뚝 솟은 소나무 아래에서 바람이 이는 것 같다."라고 평했다[『상예』].

사람들은 왕희지(王羲之)를 "떠도는 구름처럼 떠돌고 놀란 용처럼 강하다."라고 평했다[『용지』]

사람들은 왕공(王恭)을 "봄 달의 버들 같이 맑고 시원하다."라고 평했다[『상예』].

이와 같은 것들의 착안점은 모두 그 사람의 내재적 기질에 드러난 용모이지 복식에 대해서는 거의 소홀히 하고 언급하지 않았다. 특별한 것은 "배령공(裵令公)은 준수한 용모를 가지고 있었다. 관면(冠冕)을 벗으면 단정치 못한 복장과 흐트러진 머리가 모두 아름다웠기에 사람들은 옥인(玉人)이라고 여겼다."라는 내용도 있다[『용지』].

이러한 "단정치 못한 복장과 흐트러진 머리"를 한 옥인(玉人)은 유가적 심미관에서 보면 당연히 "질이 문을 이긴다."이나 "야(野)"에 해당하여 절대적으로 취할 수 없었다. 단지 노장의 미학 사상을 신봉하는 사람만이 칭찬할 수 있다. 이른바 "맑은 물이 부용에서 나와, 자연스러우니 지나친 수식이 없다."는 것이다. 시를 논하지 않고 사람을 논한 것은 바로 도가의 복식의 심미관에 대한 주석으로 볼 수 있다. 이러한 관점은 풍속을 따라 널리 전파되어 후세에 매우 심원한 영향을 주었다. 설사 이어(李漁)처럼 수식을 중시한 사람도 "최고의 사물은 옷이 옷을 가려야 더욱 아름답게 느껴진다."라고 여겼다[『규사관견(窺詞管見)』]. "갈 옷을 입고 옥을 품었다."와 "문질빈빈"이 서로 상충한 것임을 알 수 있다.

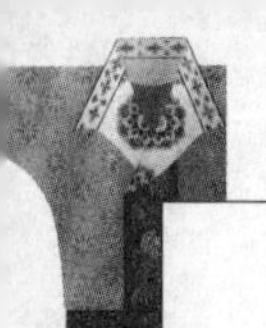

자로(子路)의 진부함과 초(楚)나라 장왕(莊王)의 활달함

– 예교(禮教)와 복식(服飾)

남조(南朝) 송(宋)나라와 제(齊)나라 즈음 지금의 안휘(安徽) 수계(濉溪) 지방[고대 명칭 : 패(沛)국 상현]에 공부만 알고 세상일에 어두운 형제가 있었다. 형 유환(劉瓛)은 "효" 때문에 그의 어머니가 "오늘날의 증자(曾子)"라 불렀다. 동생 유진(劉璡)은 유가의 예의효제(禮儀孝悌)를 배워 융통성 없기가 형보다 더하면 더했지 못하지는 않았다. 어느 날 밤 유진이 먼저 잠이 들었다. 이웃에 살던 유환은 동생과 이야기를 하고 싶어서 동생을 불렀다. 그러나 아무런 대답이 없어서 동생이 자고 있다고 여겼다. 뜻밖에도 한참 후에 유진이 대답을 했다. 유환은 약간 의외라는 생각이 들어 "왜 내가 너를 부른지 한참 만에 대답을 했느냐?"라고 물었다. 유진이 "형의 부르는 소리를 듣고 바로 일어나서 의복을 입고 관끈을 바르게 묶느라 대답이 늦었습니다. 감히 예의에 어긋나게 의관을 제대로 갖추지 않고 똑바로 서서 대답할 수 없었습니다."라고 대답했다. 유진은 예를 알았으므로 형에게 공경을 표하려고 했고, 또한 감독하는 사람이 아무도 없는 실내이지만 예를 소홀히 하고 싶지 않았기 때문이었다. 이 작은 일이 일시에 미담으로 퍼져 뒷날 『남제서(南齊書) · 유진전(劉瑱傳)』에 기록되었다.

▲ 자로상(子路像)

고대 유가의 예교는 의용(儀容), 복식을 매우 엄격히 요구하였다. 복식이 바르고 바르지 않음이 한 사람이 상층 사회에 설 수 있는지 없는지의 대사(大事)로 간주했다. 공자가 "사람을 대할 때는 꾸미지 않으면 안 된다. 꾸미지 않으면 예모가 없고 예모가 없으면 공경하지 않고 공경하지 않으면 예가 없고, 예가 없으면 서지 못한다[『공자집어(孔子集語)』 『대대례(大戴禮) · 권학(勸學)』]."라고 말한 것이 바로 이 뜻이다. 더군다나 특정한 복식이 특정 한 사회신분을 대표했다. 이 때문에 의관이 바르지 않은 것을 군자는 부끄럽다고 여겼다. 공자의 마음에 들었던 제자 자로(子路)는 심지어 관을 바르게 하는 것을 목숨보다 중요하게 여겼다. 기원전 480년 위(衛)나라에 정변이 발생했다. 당시 자로와 또 다른 공자의 제자 자고(子羔)는 모두 위나라

를 집정하던 대부 공리(孔悝) 밑에서 읍재(邑宰)로 있었다. 위나라에는 이미 지위를 잃은 태자 괴외(蒯聵)가 있었다. 그는 일찍이 어머니를 시해하려다 미수에 그쳐 재외로 15년 간 도망을 쳤다가, 이때 사람을 매수해 비밀리에 귀국해 전신 무장을 한 다섯 명의 무사를 이용해 공리를 위협하고 급기야 그를 핍박해서 맹약(盟約)을 체결하고 보위에 올라 자기가 국군(國君)임을 선포했다. '자고'는 형세가 예사롭지 않음을 알아차리고 급히 노(魯)나라로 귀국하여 공자에게로 도피했다. 공자에게서 "호용(好勇)"하다는 칭찬을 받고 성격이 강직하고 사람됨이 정직했던 자로는, 이 소식을 접하고 개인의 안위 따위는 아랑곳하지 않고 직접 문을 밀치고 공정(公庭)으로 들어가 큰소리를 치면서 공리를 풀어주지 않으면 불을 지르겠다고 '괴외'를 협박했다. 당황한 '괴외'는 급히 두 명의 무사를 불러 자로와 맞서게 했다. 두 주먹으로 네 주먹을 대적하기도 어려운데 하물며 맨손으로 전신 무장한 사람과 싸워서 어떻게 되었겠는가? 자로는 단번에 불리하게 되었고 무사가 휘두르는 창에 의해 관을 묶고 있던 끈이 끊어졌다. 관끈이 끊어지자 관이 곧 떨어지려고 했다. 이때 자로는 "군자는 죽어도 관은 벗지 않는다."라고 크게 소리쳤다. 흉악무도한 적수 앞에서 반격도 하지 않고, 두 번째로 삼십육계의 상책인 도망도 치지 않고 제일 중요하게 여긴 일은 의외로 관을 바르게 하고 관끈을 묶는 것이었다. 그 결과는 미루어 짐작하면 알 수 있듯이 바로 "조금의 두려움도 없이 정의를 위한 희생"이었다.『좌전』 애공(哀公) 15년에 이 일이 기록되어 있고, 바로 뒤에 위나라의 동란 소식을 접한 이후 공자가 "자고는 돌아오지만 자로는 죽겠구나."라고 한 말이 언급되어 있다. 제자를 아는 데는 스승만한 사람이 없다고 하더니, 위나

▲ 관(冠)과 영(纓)

라 동란 중에 있던 두 제자에 대한 공자의 예상은 완전히 정확했다.

고대의 관은 사람마다 모두 착용할 수 있었던 것은 아니다. 서민, 노예는 말할 필요 없이 설사 귀족 청년이라도 20세가 되어서야 관례(冠禮)를 행해 머리를 묶고 관을 써서 이때부터 "머리를 길게 늘어뜨리던" 소년시대를 마감하고 이미 성인이 되었음을 나타냈다. 진시황은 13세에 즉위했다. 하지만 관례를 행하기 전이었기 때문에 실권은

중부(仲父)라 부르던 상국(相國) 여불위(呂不韋)의 손에 있었다. 진왕(秦王) 정(政)의 관례는 규정된 20세보다 2년(실제 나이로는 1년) 더 늦게 거행되었다. 이는 아마도 여불위가 꾸물거리며 병권(兵權)을 넘겨주려 하지 않았기 때문이었을 것이다. 그러나 관례를 행하자마자 그는 친정을 실시했다. 친정 첫 해에 노애(嫪毒)의 반란을 진압하고, 다음해에 여불위의 상국 직위를 파면시켰다. 이를 통해 관이 있고 없는 그 차이가 확실히 크다는 것을 엿볼 수 있다. 고대의 "군자"들이 관을 바르게 하는 것을 매우 중시했음을 이해할 수 있다.

그러나 우리가 살고 있는 오늘날에 볼 때, 관끈을 매다가 죽은 자로의 개인의 존엄을 지키는 정신을 매우 높이 살만하지만 매우 진부함을 면할 수 없다. 실제 그는 유가 예교(禮敎)의 희생양이었다. 이 점에서 맹자는 그보다 융통성 있고, 일시적 도리를 많이 알고 있는 듯 하다. 맹자는 『맹자 · 이루(離婁)』에서 "지금 같은 집에 있는 사람 중 다투는 자가 있어 그들을 말려야 한다면, 비록 머리를 풀어헤치고 관끈을 매고 가서 말려도 괜찮다."라고 했다. 여기에서 말한 "머리를 풀어헤치고 관끈을 맨다."란 바로 일이 급해 머리를 묶지 않고 계(笄 : 남자의 관이 벗어지지 않게 꽂는 핀)로 관을 고정시킨 후 관의 끈을 매는 것, 또는 머리를 풀어헤친 상태에서 계를 꽂지 않고 아무렇게나 관을 머리에 쓰고 관끈을 매는 것을 의미한다. 이는 얼토당토 않는 일이고 예의에 어긋난 처사이다. 싸움을 말리기 위해 복식예절을 다소 소홀히 한 것이다. 이를 통해 맹자가 예교를 중시했지만 특별한 상황에서 다소 변통하는 것을 윤허했음을 알 수 있다.

전설 중 초나라 장왕(莊王)이 관끈을 끊어 혐의를 벗겼다는 이야기는 오히려 이 정치가의 문제 처리가 자못 활달했음을 보여준다. 한

번은 초나라 장왕이 많은 신하들을 불러 놓고 만찬을 열었다. 연회 도중 궁전의 불이 갑자기 꺼져서 일시에 연회장이 칠흑같이 어두워졌다. 이때 어떤 신하가 이 기회를 틈타 점잖지 않은 일을 저질렀다. 『한시외전(韓詩外傳)』에 의하면 왕후의 의복을 잡아당겼다고도 하고, 『설원 · 복은(復恩)』에 의하면 초나라 장왕 옆에 있던 미인의 의복을 잡아당겼다고도 한다. 이를 당한 왕후 또는 미인 역시 매우 영민하고도 신중했던 터라 즉시 손으로 이 신하의 관끈을 잡아당겨서 끊어버리고 장왕에게 이 일을 알렸다. 이때 불을 다시 밝히기만 하면 감히 왕후 또는 미인을 희롱한 진상을 똑똑히 밝혀 여러 사람 앞에서 망신을 줄 수 있었다. 또 초 장왕이 "사람 탈을 쓴 짐승"이라고 꾸짖고 법으로 다스릴 수도 있었다. 그러나 장왕은 그렇게 하지 않았다. 국가의 군주로서 융(戎)을 칠 때 군사를 동주(東周) 강역까지 끌고 들어가서 주정[周鼎 : 동주 정권을 대표하던 전국보(傳國寶)]에게 대소경중을 물으면서 영토를 빼앗으려는 마음을 가졌던 인물이 바로 그였다. 그는 왕후 또는 미인의 말을 듣고 오히려 아무런 내색도 하지 않고 어둠을 틈타 그 자리에 있던 모든 신하들에게 자신의 관끈을 끌어당겨서 끊으라고 명령을 내렸다. 이렇게 하여 불을 밝힌 이후에도 연회가 계속되었고, 색을 밝히던 신하의 추태를 일시에 가릴 수 있었다. 그 때의 장면은 당연히 보기 좋지 않았을 것이다. 술자리에서 모든 대신들은 관이 비뚤어지고 관끈이 끊어지고 심한 추태를 부려 조금의 예의라고 찾아볼 수 없었다. 뒤에 오(吳)나라가 초나라를 공격했을 때 초나라의 군대 가운데서 사력을 다해 적진으로 뛰어드는 한 사람이 있었다. 장왕이 그에게 누구냐고 묻자 그는 "신은 지난번 궁전에서 관끈이 끊긴 사람입니다."라고 대답했다. 보아

하니 장왕의 활달함이 비록 예교에 위배되었지만 오히려 인심을 얻었다. 장왕은 당연히 이렇게 할 능력이 있었으며, 초나라의 풍속이 당시에는 예교의 속박을 그리 깊게 받지 않았던 것과도 직접적 관계가 있다. 『초사(楚辭) · 초혼(招魂)』에 초나라 궁정에서 잔치를 베풀어 즐기는 것을 "선비와 여인이 뒤섞여 앉아 있어, 어지러워 구분이 되지 않네, 관과 조영(組纓)이 풀어져 서로 난잡하게 나뉘어져 있네."라고 묘사했다. "조(組)"는 바로 관인(官印)을 묶는 끈이고, "영(纓)"은 관끈이다. 귀족과 대관들이 인사불성이 되도록 술을 마시고 관인과 관이 모두 아무렇게나 나뒹굴고 있었으니 어찌 예교가 크게 망가진 것이 아니었겠는가! 게다가 『예기 · 곡례(曲禮)』에 "남자와 여자는 뒤섞여 앉지 말라."라고 분명하게 규정되어 있지 않은가? 그러나 이 역시 노예주(奴隷主)와 봉건통치자의 예교 제창이 자기의 통치를 지키기 위함이고, 그들 스스로는 항상 자로와 유진처럼 성실히 준수하지 않았음을 분명히 알게 한다.

조복(朝服) · 공복(公服) · 제복(祭服) · 상복(常服)

중국의 예법에는 다른 장소에서는 다른 복식을 착용해야 하는 일에 대한 매우 번잡하고 상세한 규정이 있다. 고대 수도의 관리에게는 집에서 자주 착용하는 복장 이외에도 최소한 세 가지 복식, 즉 조복(朝服), 공복(公服), 제복(祭服)을 항상 준비해 놓아야 했다.

『홍루몽』 제16회에서, 가정(賈政)의 생일날 영(寧)과 영(榮) 이부(二府) 사람들이 한자리에 모여 생일 축하잔치에서 공연을 즐기며 매우 왁자지껄하게 놀고 있을 때, 갑자기 육궁(六宮)의 도태감(都太監) 하나리(夏爺爺)가 성지를 가지고 와서 가정(賈政)에게 입궁하여 폐하를 알현하라고 하자 가정(賈政)은 즉시 바쁘게 옷을 갈아입고 입궁한다. 가정(賈政)은 생일을 쇠고 있었기 때문에 분명 매우 화려하고 귀한 옷을 입었다. 그러나 "상복(常服), 즉 평상복"의 범위를 넘어서진 않았다. 황제를 알현하러 가야했기 때문에 반드시 "조복"으로 갈아 입

어야 했다. 뒤에 전해온 소식에 따르면 가원춘(賈元春)이 봉조궁(鳳藻宮) 상서(尙書)로 봉해졌고 또한 현덕비(賢德妃)로 봉해져 노마님들에게 감사를 표하러 가야했다. 이에 가모(賈母) 등은 모두 "품계에 따라 장식을 했고", 가사(賈赦), 가진(賈珍) 역시 조복으로 갈아입고 가장(賈薔), 가용(賈蓉)을 데리고 가모를 모시고 길을 나섰다.

역대 조복의 형식과 색깔은 각기 변화가 있었지만 매 왕조마다 정해진 형식이 있었다. 공자는 『예기 · 옥조(玉藻)』에서 "조복을 입고 조회를 한다."라고 하면서 궁에 들어가 조회를 할 때는 황제의 특별한 비준이 아니고서는 반드시 조복을 착용해야 하며 만일 그렇지 않으면 "불경(不敬)"의 죄가 있다고 했다. 『한서 · 강충전(江充傳)』에 "한나라 무제가 견태궁(見太宮)으로 강충(江充)을 불렀을 때 강충이 "평상시의 피복관(被服冠)을 착용하고 황제를 알현하고 싶다."라고 제의하자 무제가 이를 허가했고, 강충은 뒷섶이 제비꼬리처럼 내려간 "사곡단의(紗縠褝衣)"을 입고 "단리보요관(褝纚步搖冠), 비핵지영(飛翮之纓)"을 쓰고 와서 무제를 알현했다."라고 기록되어 있다. 개성적 색채가 매우 농후한 평상복 차림이었으나 황제가 허락했기 때문에 문제될 것이 없었다. 이 외에도 『한서 · 외척은택후표(外戚恩澤侯表)』에 "습작 무안후(襲爵無安侯) 전념(田恬)이 조복을 입지 않고 첨유(襜褕)를 입고 입궁했다가 무제에게 '불경(不敬)' 스럽게 보여 작위를 박탈당하고 나라에서 제거되었다."라는 기록이 있다.

▲ 송나라 시대 관리의 조복(朝服)

▲ 송나라 시대 관리의 편복(便服)

백관의 알현을 받는 황제도 조복을 입어야지 이를 어기고 복장을 아무렇게나 입을 수 없었다. 한번은 위(魏)나라 명제(明帝)가 "수모(繡帽)"에 "표릉반수(縹綾半袖)"를 착용하고 양부(楊阜)를 접견했다. 이 옷차림은 황제가 후궁에 있을 때의 평상복이었다. 예절을 매우 중시했던 양부는 무례하게 황제에게 "이것이 예로 본다면 법복(法服)이라 할 수 있습니까?"라고 말했다. 위나라 명제는 아무런 대답도 하지 않고 단지 묵묵하게 있을 뿐이었다. 이후에 그는 항상 조복을 입고 양부를 만났다고 한다. 이는 『삼국지(三國志)·위서·양부전(楊阜傳)』에 전한다.

복식 예절에 비교적 관용적인 왕조나 황제도 있었다. 예를 들면 『남제서·예장왕억전(豫章王嶷傳)』에 남송(南宋) 문제(文帝) 원가(元嘉) 연간에 "제왕(諸王)이 재각(齋閣)에 들어갈 때 그냥 평상복을 입었다."라는 기록이 있다. 여기서 말하는 재(齋)나 각(閣)은 황제가 궁중에 책을 읽거나 휴식을 취하는 곳이었다. 제왕은 황제의 형제 친족으로 군신의 대례(大禮)가 면제되어 평상복을 입고 서로 만날 수 있었는데 다소 인정미가 더해졌다. 그러나 재나 각을 나와 태극전(太極殿)에 들어가려면 반드시 사상(四廂)에서 의복을 갈아입었다. 왜냐하면 태극전은 의정(議政)의 장소였기 때문에 평상복을 입을 수 있는 장소가 아니었다. 『구당서·여복지(輿服志)』에 의하면 북제(北齊) 때

는 이에 대한 규제가 더욱 관대해 신하가 평상복을 입었다. 비록 임금을 알현하고 성(省)과 사(寺)를 출입할 때 역시 원정대회(元正大會)가 아니라면 모두 통용되었다. 이는 북제 황실의 선비화(鮮卑化)와 관계가 있을 것이다. "원정대회"는 바로 원단(元旦)의 대조회(大朝會)를 말한다. 원단은 이른바 "삼원지일(三元之日)", 즉 한 해의 으뜸이자 계절[춘계(春季)]의 으뜸이고 달[정원(正月)]의 으뜸인 날이다. 이 날에는 백관이 조정에 들어 임금을 알현할 뿐만 아니라, 외국의 사자도 참가했기 때문에 평시의 조회보다 훨씬 성대했다. 북제의 복식 예절이 비록 엄하지 않았지만 이날만큼은 조복 착용을 등한시 할 수 없었다.

백관은 조회에서 물러 나온 이후에 일상 공무를 처리해야 했다. 때문에 이때 착용하는 관복을 공복(公服)이라 했다. 지방관은 조정에 들어갈 수 없었기 때문에 관복을 입고 관청의 공당(公堂)에 앉아 있어야 했다. 『송사(宋史) · 여복지(輿服志)』에서 "조복은 갖추어 입는 것을 말하고, 공복은 생략해서 입는 것이다."라고 한 것에 근거하면 조복과 공복의 구별은 주로 번잡과 간소의 차이에 있었다. 예를 들면 송나라 시대 관원이 조복과 공복을 입을 때 머리에 착용하는 것이 달랐다. 조복은 관을 착용해야 했다. 일반적으로 문관은 진현관(進賢冠)을, 무관은 표선관(豹蟬冠), 법관은 해치관(獬豸冠)을 착용했다, 그 가운데서 진현관만이 7개 등급으로 구분되었다. 공복은 복두(幞頭)를 착용했다. 제후부터 말단 관직의 선비까지 모두 함께 착용했다[이상 모두 『송사 · 여복지』 참조]. 그 구체적인 형태는 역대마다 완전히 같지 않았다.

남조(南朝) 송(宋)에 영주(郢州) 자사(刺史)로 있던 유습(劉襲)이라는 황제의 친척이 있었다. 정주 주서(州署) 소재지는 지금의 호북성(胡北省) 무한시(武漢市)에 해당된다. 이 곳은 더운 날이면 거의 "화로"와 같았다. 더위를 참지 못했던 유습은 관청에서 업무를 처리할 때 공복을 입지 않았다. 더운 여름 달에 "노곤(露褌)"차림으로 공무를 처리했다. "노곤"이란 바로 몸에 달라붙는 짧은 바지를 입고 있었다는 뜻이다. 당당한 자사대인이 공무를 처리할 때 몸에 달라붙는 짧은 바지를 입고 있었다는 것은 자연히 고상한 일이 아니다. 비록 하늘 같이 높으신 황제와 멀리 떨어져 있어 영주 땅 안에서는 그가 가장 높은 자리에 있었기 때문에 이로 인해 관직을 잃을 일이 아니었지만 이 일은 오히려 심약(沈約)의 『송서(宋書)·장사경왕전(長沙景王傳)』에 기록되었으며, 아울러 그를 "용렬(庸劣)하고 비천(鄙淺)하다."라고 평했다. 공복은 관원이 공무를 집행할 때의 제복이므로 아무리 날씨가 더웠다고 하더라도 반드시 입어야 했다. 똑같은 이치로 겨울에는 공복이 얇아도 공복 밖에 다른 옷을 걸칠 수 없었

▲ 송나라 시대 선비의 복식

고, 안에다 옷을 많이 입을 수 있을 뿐이었다. 북송(北宋) 초년 때 단오와 초겨울에 관원에게 공복을 보급했지만 단포(單袍)뿐이었다. 왕벽(王辟)의 『엄수연담록(淹水燕談錄)』 권 5에 "태조가 겨울에도 여전히 단의(單衣 : 얇은 옷)를 주는 것을 의아해 하고 협복(夾服 : 겹옷)으로 바꿀 것을 명했다. 이때부터 사대부들의 공복은 겨울에는 협복을 사용했다."라는 기록이 있다.

제사는 고대에는 큰일이었다. 『예기 · 곡례(曲禮)』에서 "천자는 매년 천지(天地), 사방(四方), 산천(山川), 오사(五祀)에 제사지내야 한다."라고 했다. 중국의 옛 민족은 많은 원류가 융합된 대가족으로 종교적으로 다신 숭배를 수용했다. 천자는 존엄으로써 여러 방면에서 향을 피워 어느 측면의 신령으로부터도 죄를 면하고, 가능하면 가호를 많이 받고 재앙과 번거로움이 적게 오기를 기원했다. 등급에 따라 내려가면 제후는 방사(方祀)를 거행해 산천, 오사에게 제사지내야 했고 대부는 오사에게 제사지내야 했다. 선비는 단지 자기의 조상에게만 제사를 지내면 되었다. 이후 역대의 제사가 각기 변화되고 명목이 번잡하고 많아졌다. 여기에서 이를 자세하게 고찰할 수 없다. 그러나 제사 때는 특정한 제복을 입어야 했고 이에 대한 예법(禮法) 규정이 있다. 『예기 · 곡례』에서 "군자는 비록 추워도 제복을 입지 않는다."라고 했다. 이는 제복은 평시 아무렇게나 입을 수 없고 단지 제사를 지내는 특정 장소에서 사용할 수 있음을 설명한다.

『동경몽화록(東京夢華錄)』 권 10의 "송나라 휘종이 교외의 제단에 이르러 예를 행했다."라는 기록을 실례로 들어 황제의 제복에 대해 살펴볼 수 있다. 송나라 휘종이 출발할 때의 복식은 "머리의 관 전체에는 북주(北珠)가 치렁치렁 달려 있는 정통천관(頂通天冠)이었고",

▲ 옹정(雍正) 황제가 선가단(先家壇)에서 신농(神農)에게 제사 지내는 그림

"옷은 강포(絳袍)를 입고 원규(元圭)를 잡고 있었다." 교외의 제단에서 제사를 거행하기 전에 제복으로 갈아입어야 했다. "평천관(平天冠), 24개의 깃발(旒), 파란 곤룡복(衮龍服), 중단(中單 : 속옷), 주석(朱舃 : 붉은 신), 순수한 옥패(玉佩)"가 어쩌면 일신의 옷차림이었을 것이다. 제사례(祭祀禮)를 마치면 다시 곤면(衮冕)으로 갈아입어야 했다. 역대의 제복은 결코 같지 않다. 설사 같은 왕조라고 해도 제사의 대상이 달랐기 때문에 제복 역시 동일하지 않았다. 예로『한서 · 교사지(郊祀志)』에는 "한나라 문제가 오치[五畤 : 천지(天地)와 오제(五帝)에게 제사지내는 제단]에서 제를 올릴 때 '사의(祠衣)는 모두 적색'이었고, 한나라 무제가 후토(后土 : 땅의 신)에 제사지낼 때 '사의는 모두 황색'이었다."라고 기록되어 있다. "사의"는 바로 제복이고, "모두"라는 것은 제사를 돕는 사람들이 모두 이러한 색깔의 옷을 입었다는 말이다. 한나라 시대에는 고조 유방(劉邦) 스스로가 "적제(赤

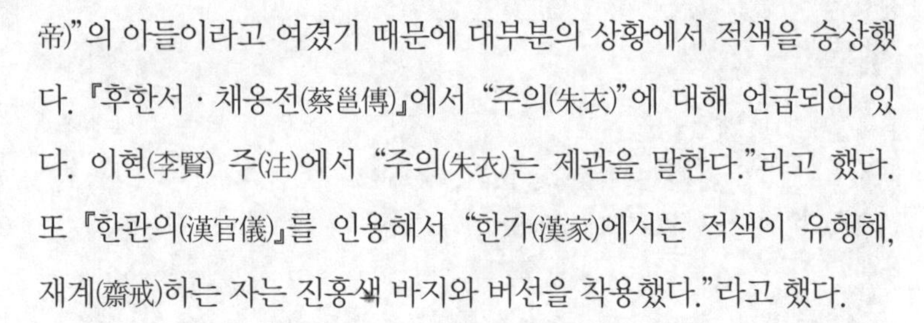

帝)"의 아들이라고 여겼기 때문에 대부분의 상황에서 적색을 숭상했다. 『후한서 · 채옹전(蔡邕傳)』에서 "주의(朱衣)"에 대해 언급되어 있다. 이현(李賢) 주(注)에서 "주의(朱衣)는 제관을 말한다."라고 했다. 또 『한관의(漢官儀)』를 인용해서 "한가(漢家)에서는 적색이 유행해, 재계(齋戒)하는 자는 진홍색 바지와 버선을 착용했다."라고 했다.

실지로 뒷날 일반적 가제(家祭)에는 무슨 특정한 제복이 없었다. 『홍루몽』 제53회에 "영국부(寧國府)에서 제야에 조상에게 제사지내는 장면"이 있다. 가모 이하 "작위를 받은 자들"은 모두 "등급에 따라 조복을 입고" 입궁해서 황제를 알현한 이후 곧바로 영국부로 돌아와 사당에서 역대의 조상들에게 제사를 올렸다. 영(寧), 영(榮) 2부의 높은 사람들 역시 따로 제복을 마련하지 않고 단지 조복으로 이를 대신했다. 조복이 없는 사람이 집에서 제사를 지낼 때는 성실한 마음을 나타내기 위해 목욕재계 한 뒤 청결한 옷을 입으면 되었다. 이 것이 바로 맹자가 『맹자 · 이루(離婁)』에서 "서자(西子)가 불결한 것을 뒤집어쓰고 있으면 사람들이 모두 코를 막고 지나간다. 비록 누추한 사람이라도 목욕재계를 하면 상제(上帝)에게 제사지낼 수 있다."라고 한 것이었다.

조복, 공복, 제복은 모두 예복으로 법복(法服)이라고도 칭한다. 예복과 상대되는 것이 바로 상복(常服)으로 편복(便服), 야복(野服)이라 칭하기도 한다. 어떤 고서에서는 공복을 평상복이라고 하기도 했는데 이는 용어상의 불일치에 해당한다. 『학림옥로(鶴林玉露)』 권 8에 "주문공(朱文公)이 만년에 야복(野服)차림으로 손님을 만났다."라는 기록이 있다. 여기에서 말하는 "야(野)"가 바로 가정의 일상생활에서 입는 평상복이다. 이른바 "예는 서인(庶人)에게까지 미치지 않는다."라고 했듯이 "서인"은 예복을 입을 자격이 없었다. 그들의 평상복은 매우 초라했고 심지어 "단갈(短褐)"도 변변하지 못했다. 한나라 영제(靈帝) 말년 대장군 하진(何進)이 일시에 권력을 장악하게 되었다. 그는 당시의 대 유학자 정현(鄭玄)을 초빙해오려고 안달했지만 정현이 "조복을 받지 않고, 폭건(幅巾)을 입고 만났다."

▲ 주희상(朱熹像)

라는 기록이 『후한서 · 정현전(鄭玄傳)』에 실려 있다. 조복을 받지 않았다는 것은 바로 벼슬을 하지 않겠다는 뜻이었고, "폭건"은 바로 당시 평민의 평상복이었다. 한나라 환제(桓帝)는 은사(隱士) 한강(韓康)이 약초를 캐서 직접 팔면서 깍지 않는 매우 청렴하고 고상한 명성이 있는 사람이라는 말을 듣고, 현훈(玄纁)이 있는 편지와 안거(安車)를 보내 그를 초빙했다. 현훈은 현의(玄衣 : 검은색 상의)와 훈상(纁裳 : 분홍색 하의)으로 된 예복으로 그에게 벼슬을 하라는 뜻이었다. 한강은 안거를 거절하고 타지 않고 직접 우마차를 몰고 떠나버렸다. 도중에 사람과 소를 파견해 길을 수리하고 있는 정장(亭長 : 진한시대의 향촌의 장)을 만났다. 그는 황제가 초빙한 한 은사가 안거를 타고 지나갈 길을 닦는다고 말하면서, 자줏빛 수레를 타고 폭건을 입은 한강을 보고 농사짓는 늙은이로 여기고 그 소를 빼앗았다는 기록이 『후한서 · 일민열전(逸民列傳)』에 있다. 이를 통해 농부 역시 폭건을 착용했음을 알 수 있다. 한나라 말기의 "황건(黃巾)"은 바로 농민이 일으킨 군대이다. 명사(名士) 정현과 한강 같은 사람들은 모두 "야복

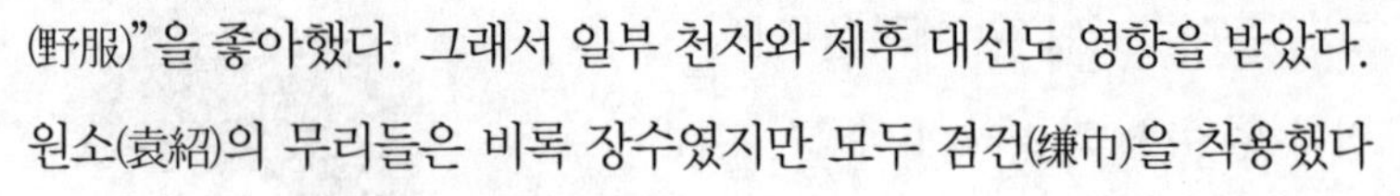

(野服)"을 좋아했다. 그래서 일부 천자와 제후 대신도 영향을 받았다. 원소(袁紹)의 무리들은 비록 장수였지만 모두 겸건(缣巾)을 착용했다고 『태평어람』 권 687의 「전자(傳子)」에 기록되어 있다. 그러나 귀족은 언제나 귀족이었다. 귀족의 평상복은 농부의 것과 비교하면 비교할 수 없을 정도로 화려했다. 복식문화의 발전 가운데 상층 사회의 평상복은 하나의 중요한 영역이다.

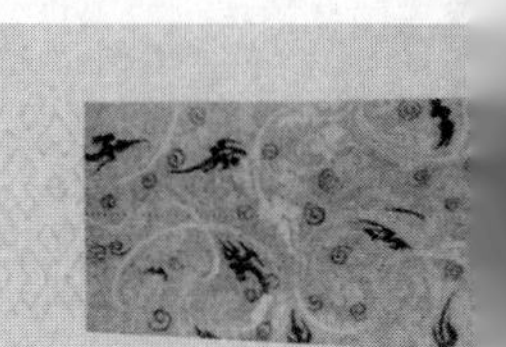

예복과 평상복의 형상과 구조는 역대에 모두 변화가 있었다. 여사면(呂思勉)은 『양진남북조사(兩晉南北朝史)』에서 중고시기에 하나의 분명한 변화는 바로 고대 귀족이 "상의하상(上衣下裳)"을 예복으로, "의(衣)"와 "상(裳)"이 서로 연결된 "심의(深衣)"를 평상복으로 삼았으나 위진(魏晉) 후로 진입하면서 오히려 "심의"에서 변화 발전된 포(袍)와 삼(衫)이 예복이 되었고, "의"와 "상"에서 변화 발전된 "유(襦)"와 "군(裙)"이 의외로 평상복이 되었다고 여겼다. 이 주장은 대략적으로 정확하다. 그러나 일찍이 한나라 시대 귀족의 평상복으로는 대부분 단의(短衣)를 사용했음을 주의하지 못한 것 같다. 위에서 열거한 전념(田恬)의 예 이외에도 동한(東漢) 초의 제오륜(第五倫)은 식록(食祿)이 2000석이나 되었지만 "항상 포유(布襦)을 입었다."라는 또 하나의 실례가 『태평어람』 권695의 「동광한기(東觀漢記)」에 기록되어 있다. 마왕퇴(馬王堆) 한묘(漢

墓)에서 출토된 유군, 무량사(武梁祠) 화상석(畵像石)의 인물 복식은 모두 이를 증명할 수 있다. 이를 통해 복식의 시대성이 하나의 영원한 규율이자 하나의 매우 복잡한 현상임을 알 수 있다.

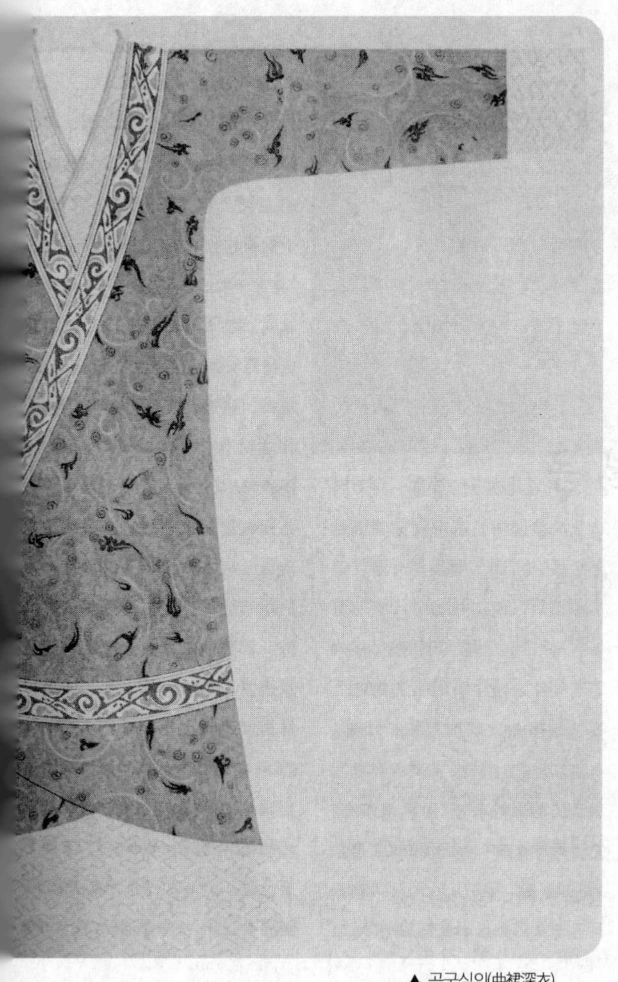
▲ 곡군심의(曲裙深衣)

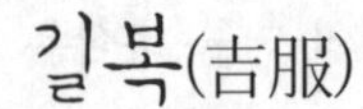

길복(吉服)

복을 바라고 흉을 피하는 것은 인간의 보편 심리로 중국인 역시 예외가 아니다. 명절, 생일, 결혼은 길사(吉事)이고, 흉년, 패전, 사망은 흉사(凶事)이다. 중국의 예법에서는 길사 때 길복(吉服)을 입고, 흉사 때 흉복(凶服)을 입는 것을 매우 중시한다. 이 점은 복식문화가 단지 물질생활뿐만 아니라 정신생활까지 밀접하게 연결되어 있음을 증명해준다.

중국인은 전통 명절을 지낼 때 능력이 미치는 범위 내에서 옷차림을 최대한 예쁘게 하는 것을 중시한다. 송름(宋懍)의 『형초세시기(荊楚歲時記)』에 정월 초하루에는 "어른이나 아이 모두가 의관을 바르게 했다."라고 하는 남조(南朝) 풍속이 기록되어 있다. 맹원로(孟元老)의 『동경몽화록(東京夢話錄)』에 송나라 변경[汴京 : 지금의 개봉(開封)]에서 설을 지낼 때 떠들썩한 곳에서는 모두 "채붕(彩棚)을 달고, 관수(冠梳), 주취(珠翠), 두면(頭面), 복장, 꽃, 영말(領抹), 신발"을 진열해

놓아 시민들이 이를 사서 명절을 쇨 수 있도록 했다. "백성이 비록 가난했지만 또한 반드시 깨끗한 의복이 있어야 했다."라고 기록되어 있다. 방원영(龐元英)의 『문창잡록(文昌雜錄)』에서 "(음력) 원단부터 입춘 날까지 부녀자들은 모두 오채색(五彩色) 비단으로 만든 화승(華勝)을 착용했다. 공경대부의 집에서는 비단에 금을 아로새겼으며 거기에 진취나 비취 같은 구슬 또는 금은으로 매우 정교하게 장식했다."라고 했다. 당나라 예종(睿宗) 선천(先天) 2년 정월 15, 16, 17일 밤 장안(長安)의 안복문(安福門) 밖에서 등불놀이가 거행되었다. "궁녀 수천이 하나같이 화관(花冠)에 건피(巾帔) 차림을 했는데 모두 만전(萬錢)에 달했다. 기녀 한 명을 치장하는 데 모두 300관(貫)이 들어갔다. 또 아리따운 민간의 소녀와 젊은 부인을 선발해 의복을 입히고 꽃비녀(花釵)를 꽂게 하니 사랑하는 사람 또한 이를 칭찬했다. 20장 높이의 등륜(燈輪) 아래에서 3일 저녁을 춤추고 노래했다."라고 장오(張鷟)의 『조야첨재(朝野僉載)』에 기록되어 있다. 음력 3월 3일 물가에서 행하는 발계(撥禊) 역시 고대의 전통 풍속이다. 서진(西晉)의 왕공(王公) 대인 역시 앞다투어 낙수(落水) 가로 갔고, "남자의 주복(朱服)이 길을 빛내고, 여자의 금기(錦綺)가 찬란(粲爛)하다."라고 『태평어람』 권30에서 『하중어별전(夏中御別傳)』을 인용하고 있다. 당시 장

▲ 상(商)나라 시대의 관(冠)

협(張協)은 그가 쓴 「낙계부(洛禊賦)」에서 "새 옷이 이미 완성된 것을 보고 장차 물가에서 부정을 깨끗이 없애려고 한다."라고 특별히 언급했다. 송나라 때 동지(冬至) 역시 큰 명절 중의 하나이다. "경도(京都)에서는 이 명절을 가장 중시해 비록 가난한 사람이라도 일년간 저축해 놓은 것을 이 날 새 옷으로 바꿔 입는다[『동경몽화록(東京夢華錄)』]. 빈부의 차이가 비록 현저하지만 모두 복식에 경사스러운 기상을 드러내는 데 적극적으로 힘을 섰다.

생일 쇠는 일은 중국 고대 사회에서 특히 중시했다. 특히 어린아이의 돌, 성년의 의미로 관을 씌어주는 청년의 20세 생일과 노년은 십으로 끝나는 나이에 맞는 생일을 중시했다. 『안씨가훈(顔氏家訓) · 풍조(風操)』에 "강남의 풍속에는 아이를 낳은 지 1년이 되면 새 옷을 만들고 목욕을 하고 장식을 한다."라고 기록되어 있다. 안씨가훈에 근거하면 이후에 만일 아버지 어머니 양친 모두가 존재하면 자식이 매년 생일을 왁자지껄하게 쇠는 것은 괜찮으나, 만일 부모가 계시지 않는 데 자식이 이 슬픔을 망각한 채 생일을 크게 쇠서는 안 되었다. 그렇지 않으면 바로 "가르침을 받지 못한 무리"가 된다. 자기에게 자식이 있고, 자식이 자라 성인이 되면 자식에게 생일 축하를 받는다. 그러나 20세가 되어 관례를 행하는 것은 하나의 길한 일이다. 『의례(儀禮)』에 『사관례(士冠禮)』가 첫 번째로 배열되어 있다. 여기에서 우리는 고대 귀족 남자의 관례가 매우 성대 · 장중하고 매우 많은 번거롭고 세세한 의식을 거행했음을 알 수 있다. 만 20세 청년의 머리부터 발까지를 성인의 옷으로 바꾸고, 이를 빌어 "어린 아이의 뜻을 버리고 성덕(成德)을 따르라고 교육"했다. 무엇을 성덕이라 하는가? 가공언(賈公彦)은『예의주소(禮儀注疏)』에서 "관을 쓰고 부자(父子), 군신

(君臣), 장유(長幼)의 예를 책임지는 것을 모두 성인의 덕이다."라고 설명하고 있다. 여자는 "15세가 되면 비녀를 꽂고(머리를 둘둘 말아 비녀를 꽂는 것을 말함)", 영(纓 : 목 장식의 일종)을 차고, 복식에도 변화를 주어 이미 출가(出嫁)할 나이가 되었음을 나타낸다[『예기 · 곡례』]. 남자 나이 20세, 여자 나이 15세 되는 해의 생일은 남녀에게 모두 중대한 의의가 있다. 이 밖에도 민간에서도 생일을 쇨 때 경축을 하고 예복으로 갈아입는 습속이 있다. 『홍루몽』 제62회에 의하면 보옥(寶玉), 평아(平兒) 등 네 사람이 공교롭게 같은 날이 생일이라 보옥은 새벽에 일어나 머리를 빗고 세수를 다하고 관을 차고, 평아도 화려하게 몸단장을 한다. 제71회에 의하면 가모(賈母)의 80세 생일에 남안태비(南安太妃)와 북정왕비(北靜王妃)가 와서 축하를 하고, 가모 등도 모두 등급에 따라 성대한 치장을 하고 손님을 맞이한다. 이는 생일을 축하하기 위해 온 사람의 신분이 매우 높았기 때문이었다. 다음날 가문의 조카들이 와서 축하인사를 했을 때, 가모는 단지 평상복을 입고 대청으로 나와 축하인사를 받는다. 이 평상복이 화려하고 진귀했다는 것은 설명하지 않아도 당연히 알 수 있는 자명한 사실이다.

중국인은 결혼을 일생의 가장 큰 일로 간주한다. 때문에 경사스러운 분위기와 장식을 매우 중시하고 신랑 신부 모두 복식에 특별한 신경을 쓴다. 『예기 · 사혼례(士婚禮)』에 반영된 것은 한나라 시대 이전의 상황이다. 그 때 신랑은 흑색 바탕에 홍색이 있는 예관(禮冠), 흑색 상의, 흑색 테두리를 두른 진홍색 하의를 착용해야 했고, 신부는 머리에 가발로 엮은 머리 장식을, 상하에는 짙은 붉은 색으로 테두리를 두른 짙은 푸른 색 견직물로 된 의상을 착용해야 했다.

『동경몽화록』에 기록된 북송 변경(汴京)의 풍속에 의하면 혼례를

올리기 하루 전날이나 당일 날 아침 신랑집에서 신부집으로 관(冠), 피(帔), 화분(花粉) 등의 선물을 보내면 신부집에서는 공상(公裳), 화복두(花幞頭) 등으로 답례했다. 이를 통해 신부의 예복을 신랑집에서 보내면 신부집에서 이에 대한 답례로 신랑의 예복을 보냈음을 알 수 있다. 신랑의 관을 이 책에서는 화관자(花冠子)라고 칭했다. 피(帔)는 고대 여인의 걸치고 다니는 옷이었다. 신랑의 공상(公裳)은 바로 공복(公服)으로 원래는 관계의 인사들만이 입을 수 있었다. 복두(幞頭)는 당시 남자라면 귀천에 관계없이 모두 착용하던 두건이었지만 화복두는 혼례를 위해 특별히 만들어진 것이었다. 민간의 습속에서도 결혼은 대단히 기쁜 날로 여겼기 때문에 의복에 나타난 약간의 참람(僭濫) 현상은 이상하다고 할 수 없다. 사실상 명나라 때부터 관청에서 이러한 참람 행위를 승인하기 시작했고, 서민이 결혼 때 9품의 명복(命服)을 예복으로 사용할 수 있도록 정식으로 규정했다. 때문에 후대에 와서 봉관하피(鳳冠霞帔)가 신부의 통일된 예복이 되었다. 일반 백성은 혼례가 거행되는 잠시 동안 9품의 말단 관리가 될 수 있었다. 강남(江南)에서 신랑을 "신랑관(新郎官)" 또는 "신관인(新官人)"이라고 속칭하는데 그 기원은 아마도 여기에서 비롯된 듯하다.

구식 결혼에서 신부의 얼굴을 가리는 짙은 붉은 색 개건(蓋巾)이 도대체 어느 시대부터 기원되었는지에 대한 선인들의 견해가 다르다. 고승(高承)의 『사물기원(事物紀源)』 권3에서는 "당나라 초 궁녀들이 멱리(冪䍦)를 사용하다가 영휘(永徽 : 당나라 고종의 연호)이후에 유모(帷帽)를 사용하면서 변화 발전되었다."라고 말하고 있다. 멱리(冪䍦)는 서역에서 전래된 모자 테두리로부터 아래로 사유(紗帷 : 비단 휘장)를 늘어뜨린 것으로 전신을 가리는 일종의 여성복이었다. 유모는

▲ 설보차의 출가(出嫁) 대례(大禮)

멱리보다 못한 것으로 사유가 목까지 내려와 단지 얼굴 부위를 가리는 데 불과했고 어떤 때는 정면이 약간 노출되기도 했다. 이는 현재 소수 이슬람교 국가의 여성들이 외출 할 때 얼굴을 가리는 면사(面紗)와 그 기원이 같은 것으로 한족 고유의 복식이 아니다. 두우(杜佑)의 『통전(通典)』 권 59에서는 결혼할 때 신부의 머리를 뒤덮는 풍속은 동한(東漢), 위진(魏晉) 사이에 기원한 것으로 보고 있다. 당시는 세상이 어수선한 전시로 민간에서는 결혼을 매우 서둘렀다. 바로 사곡(紗縠)으로 신부의 머리를 가리고 신랑집으로 가서 시부모에게 인사를 드리면 바로 부인이 되었다. 이러한 습속이 변화 발전해 뒷날의 개건이 되었다. 두우는 당나라 사람이고, 고승은 송나라 사람이다. 이 두 사람의 견해를 서로 비교해보면 비교적 두우의 견해에 설득력이 더 있는 것 같다. 남송의 습속에서는 신부의 개건은 혼례를 거행하기 전에 신랑집에서 부모가 모두 있는 여자 친척에게 저울대나 베틀의 북을 이용해 메고 가게 한다[오자목(吳自牧)의 『홍루몽』 권 20]. 개건을 메는 사람은 반드시 부모가 모두 존재한다는 의미로 당연히 상서로운 뜻을 가지고 있고, 저울대와 베틀의 북은 주부의 살림을 상징하고 있다. 『홍루몽』에서 보옥이 신부의 개건을 직접 벗기자 아름다운 얼굴이 똑똑히 드러난다. 마음 속에 담아 두었던 임대옥이 현실에서는 설보채로 변해있자 바로 두 눈을 직시하면서 한 마디 말도 하지 못한다.

빈부의 차이가 분명한 등급 사회에서 혼례의 예복 법칙은 매우 큰 차이가 있다. 당나라 시대 황실에서 딸을 시집보낼 때 사용하는 화관자 하나의 가치가 70만전(錢)에 달했다. 당 덕종(德宗)은 동시에 11명의 현주(縣主)를 강등시켰다. 아마도 현주의 신분이 공주, 군주(郡主)

보다 한 등급 낮기 때문이었을 것이다. 당나라 덕종은 화가 나서 "용화수식(籠花首飾)을 하는 여인의 예를 없앨 수 없지만 너무 많은 비용을 쓰면 의미가 없다. 감소시키고 다시 감소시켜도 마땅하다."라고 말하고 화관자의 가치를 3만으로 감소시켰다『구당서 · 덕종순종제자전(德宗順宗諸子傳)』. 당시 민간에서 신부의 머리 장식은 어떠했을까? 같은 시대 왕건(王建)이 쓴 시 「실차원(失釵怨)」에서 이를 비교할 수 있다. "가난한 여인이 옥같이 소중히 여기던 동비녀를 잃어버리고 찾느라 하루 종일 우네. 시집갈 때 반려자 혼수로 주니, 머리에 이 비녀 봉황처럼 꽂는다. 술을 두 잔 권하니 육친(六親)이 기뻐한다. 우리 집 신부는 사당에 절해도 마땅하다. 거울 속에서 잠시도 상투의 상서로움을 잃지 않으니, 처음 일어나 침대에서 망설인다." 동비녀 하나는 바로 가난한 집 여인의 유일한 신혼 머리 장식품이었다.

왕건은 「당창직(當窓織)」이란 시에서 "동산에 있는 대추 나그네가 먹고, 가난한 집 여인 부자집을 위해 옷을 짜네."라고 묘사했다. 이는 진나라 도옥(韜玉)의 「빈녀(貧女)」란 시를 생각하게 만든다. "고생스럽게 해마다 돈을 모아서, 시집갈 의상을 만드네." 그 비녀를 잃어버린 가난한 여자는 해마다 결혼 예복을 만드느라 시집을 가지 못하는 여자보다 행운이 있다.

흉복(凶服)

길복(吉服)이 화려하고 깨끗함을 취했다면 흉복(凶服)은 그 반대로 흰 빛깔을 중시했다. 『예기 · 옥조(玉藻)』에 "그 해의 작황이 순조롭지 않으면 천자가 소복(素服)을 입는다."라고 했다. 또 "한 해의 작황이 순조롭지 않으면 군왕(君王)은 포의(布衣)를 입는다."라고 했다. 고대에는 한 해의 작황이 좋지 않은 것을 흉사(凶事)로 간주하고 천자는 하얀 색 옷을, 제후는 포의를 입었다. 『주례(周禮) · 춘관(春官) · 사복(司服)』에서는 한 걸음 더 나아가 모든 큰 질병, 큰 기황, 큰 재해를 만나면 천자는 모두 소복으로 갈아입어야 한다고 했다. 여기에는 흉사를 하늘이 내린 징벌로 여기고 경외시 하는 고대인의 미신사상이 반영되어 있다. 뿐만 아니라 여기에는 고인의 비교적 질박한 모습이 반영되어 있다. 흉사가 눈앞에 닥칠 때의 약간의 우환의식은 후세 민간에서 재난 질병 기황이 발생하는 것에 관계없이 예전대로 극도의 사치를 일삼던 일부 제왕 귀족보다 더 낫다.

군사(軍事)의 패배 역시 고인들은 흉사로 보았다. 기원전 672년 진

▲ 성적도(聖迹圖)

진전(秦晉戰)이 효[殽 : 지금의 하남성(河南省) 낙녕현(洛寧縣)]에서 발생했다. 이 싸움에서 진(秦)나라의 전군이 전멸당했다. 세 명의 사령관 모두 잡혔다가 다행으로 진나라 여인인 진문공(晉文公)의 부인의 도움을 받아 기사회생할 수 있었다. 진나라 목공은 소복을 입고 교외에 나와 이들을 맞이했다. 그는 울면서 세 명의 장수들에게 "이 번 싸움에서 실패한 것은 과인의 정책 결정의 착오 때문이니 경들은 죄가 없소."라고 말했다[『좌전』 희공(僖公) 33년]. 진나라 목공이 흉복을 입은 것은 자책의 표시였다.

최고의 흉사로는 응당 사망을 들어야 할 것이다. 상사(喪事)를 당하면 관련된 사람들은 망자와의 관계가 멀고 가까움에 따라 다른 기한에 다른 상복을 입는데, 예법의 규정은 매우 까다롭다.『의례』 50권의 5분의 1이 전문적으로 상사의 처리에 대해 언급되어 있다. 그 가운데 상례에 관한 것이 겨우 3권이고 상복에 관한 것이 7권이나 된다. 무거운 것에서부터 가벼운 순으로 참최(斬衰), 제최(齊衰), 대공(大功), 소공(小功), 시마(緦麻)의 다섯 종류의 상복으로 나뉘어지고

▲ 가보옥이 길에서 북정왕(北靜王)을 알현하는 모습

이를 합해서 오복(五服)이라 한다.

참최는 가장 무거운 상복이다. 예를 들면 아들과 아직 출가하지 않은 딸은 아버지나 홀로 계시던 어머니가 사망하면 참최를 입어야 한다. 참최란 가장 성긴 마포로 만들어지고 마포를 자른 곳에 박음질이 되지 않은 상복으로 기한은 3년이다. 고대 여자는 "20살이 되면 출가를 했다." 만일 20세 때 아버지의 상을 당하면 3년 동안 상복을 입고 23세가 되어서야 출가할 수 있다[『예기 · 내칙(內則)』]. 부인은 남편이 죽으면 역시 참최를 3년 입어야 했다. 반대로 남편은 부인이 죽으면 겨우 재복을 1년 입었다. 재복이란 마포를 자른 곳에 박음질이 되어 있는 상복을 말한다. 여기에서 남녀 사이의 불평등을 엿볼 수 있다.

춘추시대 제(齊)나라 대부 안영은 아버지가 사망하자 참최를 입었다. 그밖에도 머리에 "수질(首絰)"이라고 하는 마포 띠를 묶었고, 허리에는 "요질(腰絰)"이라는 마포 띠를 찼고. 손에는 "저봉(苴棒)"이라고 하는 지팡이를 쥐었고, 발에는 "관려(菅屨)"라는 짚신을 신었다. 이 전부를 갖춘 것이 바로 소위 말하는 "피마대효(披麻帶孝)"이다. 이 밖에도 죽을 먹고, 움막 안에서 볏짚으로 된 자리를 깔고 풀로 된 베개를 쓰면서 살았다. 이 같이 고통스러운 나날을 3년(27개월 정도, 각 시대마다 오차가 있음)을 보내면서 부모를 여읜 애통을 기탁했다. 집안의 장로 역시 "이처럼 부모의 상에 임하는 것은 대부의 예가 아니다."라고 하며 안영을 설득했다[『좌전』 양공(襄公) 17년]. 단지 뒤에 공자가 안영의 정신을 매우 드높여 "삼년상은 천자에게도 이른다. 부모의 상은 귀천에 관계없이 동일하다."라고 했다. 그러나 이렇게 한 천자는 몇 명에 불과하고 이는 단지 하늘만이 알뿐이었다.

원점으로 돌아와서 예교의 속박은 어떤 때나 매우 심했다. 『책부원귀(册府元龜)』의 기록에 의하면 당나라 헌종(憲宗) 원화(元和) 19년 4월 계미(癸未)일에 경조부(京兆府)에서 육박문(陸博文), 육신여(陸愼餘) 형제가 아버지의 거상기간에 "화려한 옷을 입고 시장에 가서 술을 마시고 고기를 먹었다."라는 소가 올라오자 조령(詔令)으로 각각 40대의 곤장을 치고 형은 원적지로 압송하고, 동생은 순주[循州 : 지금의 광동성(廣東省) 지경(地境)]로 유배를 보냈다. 거상 기간에는 화려한 복장을 할 수 없었다. 조복, 공복은 모두 화려한 복장이다. 때문에 고대 벼슬을 하는 사람이 만일 부모의 상을 당하면 조정에서 3년의 휴가를 주어 집으로 돌아가 자식으로서의 효도를 다하게 했다.

일반 백성에게만 곤장을 쳤을까? 그렇지 않다. 당나라 헌종 12년 4월 신축(辛丑)일에 헌종의 사위이자 우옹(于顒)의 아들인 부마도위(駙馬都尉) 우계우(于季于)는 어머니의 거상기간에 진사 유사복(劉師服)과 연회를 베풀고 밤새 술을 마셨다. 이 때문에 두 사람 모두 곤장 40대를 맞았다. 우계우는 관직을 박탈당했고, 유사복은 비록 손님을 접대했지만 비호해줄 세력이 없었기 때문에 연주(連州 : 지금의 광동성 경계)로 귀양

▲ 상소공(殤小功)

▲ 소공복도(小功服圖)

갔다. 우옹 역시 "자식을 가르치지 못했다."라는 죄명으로 관직을 박탈당했다[『구당서 · 헌종기(憲宗紀)』]. 역사서에 우계우가 화려한 옷을 입었다는 내용이 없는 것을 보면 그는 상복을 입고 있었다. 상복을 입고는 연회에서 밤새 술을 마시지 못할 뿐만 아니라 공자의 견해대로라면 음악을 들어서도 안 되었다. 자최저장(資衰苴杖) 자는 음악을 들어서는 안된다. 귀로 들을 수 없다는 것이 아니라, 복제(服制)가 그렇게 만든 것이다[『순자 · 애공(哀公)』]. 여기서 말하는 "자최저장"이란 바로 상복을 입고 손에 지팡이를 쥐고 있다는 의미이다. 이는 상복이 상복을 입은 사람에게 구속 작용을 함을 말해준다.

『수호전』 제26회에는 반금련(潘金蓮)이 무대(武大)를 독살하고 상복을 입는 장면이 나온다. 그러나 매일 같이 농염하게 화장을 하고 서문경(西門慶)과 환락을 즐긴다. 무송(武松)이 돌아왔다는 소식을 듣고 황급히 얼굴의 연지와 분을 씻어내고 머리 장식과 비녀와 귀걸이를 빼고, 머리를 당겨 헝클어트리고 빨간 치마와 비단 적삼을 벗고 상복으로 갈아입고 이층에서 거짓으로 울면서 내려온다. 옷과 신발과 버선을 새로 입고 신고 새 두건을 쓰고 기쁜 마음으로 형을 보러 온 무송은 형 무대가 죽었다는 소식을 듣고 한참을 깊이 생각한 뒤 문을 나와 곧바로 현(縣)으로 간다. 자물쇠를 열고 방으로 들어가서 수수하고 깨끗한 옷으로 갈아입고 병사를 불러 삼으로 만든 자루를 만들게 하고 허리춤에 찬다. 이를 통해 상복을 어떤 때는 진심으로 슬픔을 기탁하기 위해 입고, 어떤 때는 거짓으로 남에게 보여주기 위해 입었음을 알 수 있다. 당나라의 고공언은 "효자가 부모님의 상을 당하면 상복으로 마음을 표시한다."라고 했다.

『홍루몽』 제14회에는 다음과 같은 장면이 나온다. 진가경(秦可卿)이 관을 묘지로 옮길 때 영부(寧府)의 사람들이 위풍당당하게 은산(銀山)을 누르는데 북쪽으로부터 이르렀다. 그 가운데 아직 출가하지 않은 여자의 몸으로 효를 다하던 보주(寶珠)는 당연히 상복을 입어야 했지만 보주는 의로 맺은 딸이었기 때문에 "영전 앞에서 애절하게 울기만" 했다. 아마도 서주(瑞珠)가 "기둥에 부딪쳐서 죽는" 막다른 길에서 벗어나기 위함일 것이다. 가용(賈蓉)이 처가 죽었을 때도 응당 상복을 입어야 했다. 그러나 가진(賈珍)은 상사를 잘 치르기 위해서 은자 1천냥을 주고 아들을 위해 5품 용금위(龍禁尉)를 샀고, 가용은 의외로 다음날 "예복으로 갈아입고" 가서 품작(品爵) 증서를 가져온다. 이는 옛날의 예절에서는 매우 꺼리는 것으로 그가 죽은 처에게 얼마나 많은 애도의 마음을 기탁했는지를 알 수 있다. 이 두 사람을 제외하고 그 "은산을 누르는"데에서 관계가 점점 멀어졌기 때문에 대다수가 아마도 대공, 소공,

▲ 대공포최(大功布衰)

시마 같은 몇 가지의 다소 가벼운 상복을 입어야 했다(대공 이하는 모두 비교적 가는 숙마포로 만들어진 상복으로, 소공은 대공보다 가늘고, 시마는 소공보다 더 가늘다. 가늘수록 관계가 멀다.) 그러나 그 기간 "옷으로 마음을 나타낸다"는 것은 아마도 몇 사람에 불과할 것이다.

▲ 대공복도(大功服圖)

오복(五服) 이외에 고대에는 일종의 더욱 가벼운 상복을 입는 방식이 있었는데, 이를 "단면(袒免)"이라 했다. 『의례 · 상복(喪服)』에 의하면 친구 사이에 만일 직접 분상(奔喪)을 가더라도 영당(靈堂)에서나 빈장(殯葬) 때 상복을 입어야 한다. 만일 "다른 나라(他邦)에 있을 때"는 "단면(袒免)"이면 된다. 단(袒)은 왼쪽 어깨를 노출시키는 것을 말하고, 면(免)은 관(冠)을 쓰지 않고 베로 된 끈으로 상투를 묶는 것을 말한다. 진나라 말 항우(項羽)는 초나라 왕의 직계 자손 의제(義帝)를 내세우고 병사를 일으켜 진을 멸망시킨 뒤 그 스스로가 서초패왕(西楚霸王)에 등극하고 의제(義帝)를 살해했다. 유방(劉邦)은 이 점을 잡아 항우의 "대역무도(大逆無道)"함을 널리 드러내고 의제의 장사를 지내주었다. 이 때 유방은 "단(袒)차림으로 크게 통곡하면서 3일간 애도를 했고", "병사들에게는 모두 흰옷을 입게 했고", 사자를 제후들에게 보내 힘을 모아 "초나라의 의제를 죽인 자를 처단하자"라고 호소했다[『한서 · 고제기(高帝紀)』]. 유방은 친구의 예로

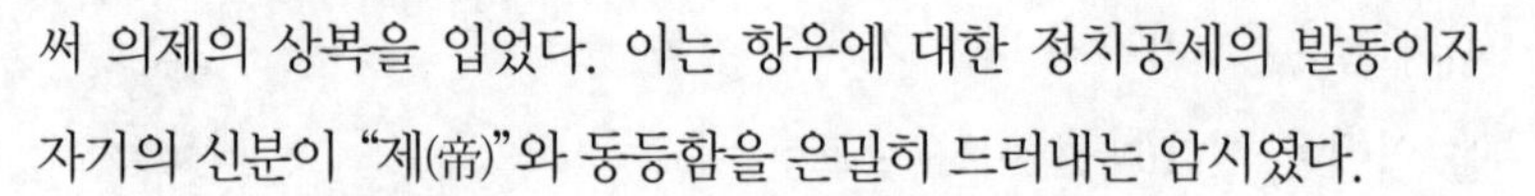

써 의제의 상복을 입었다. 이는 항우에 대한 정치공세의 발동이자 자기의 신분이 "제(帝)"와 동등함을 은밀히 드러내는 암시였다.

상복은 정교함을 피하고 성김을 추구했고, 화려함을 꺼리고 흰 것을 숭상했다. 이를 복식문화의 발전에서 이야기하자면 실제로는 일종의 역행이었다. 당연히 이러한 역행에는 특수한 사회적 의의가 내포되어 있다. 예법이 지나치게 번거롭고 까다로웠으며, 또한 실행 과정에서 쉽게 형식화되었다. 때문에, 봉건제도의 매장에 따른 개혁이 요구되었는데, 이는 필연적인 결과였다. 사실상 주나라 시대의 상복은 바로 간소화된 형식으로 길이 6촌 너비 4촌(주대의 1촌은 지금의 2㎝정도)의 마포(麻布)를 흉부에 걸쳐 베옷을 대신했다. 이 마포를 "최(衰 또는 縗)"라 했다. 지금 죽은 망자(亡者)와 이별하고 망혼(亡魂)을 애도할 때 왼쪽 가슴에 노란 꽃 한 송이를 다는 것이 바로 "최"의 유제(遺制)이다. 일부 여인들은 직계 친족이나 배우자가 죽으면 머리에 하얀 융화(絨花)를 꽂는데 바로 "수질"의 유제이다. 이러한 상징적인 애도를 나타내는 방식을 고대의 상복에 비유하면 매우 간소화되었을 뿐만 아니라 어떤 부분에서는 미화되었다.

중국인의 기이한 복장에 대한 전통적인 견해

복식은 아름다움과 실용의 원칙에 따라 계속 발전한다. 보수적 태도를 가지고 복식문화의 발전을 저지하려는 생각은 헛수고에 불과하다. 그러나 복식문화의 발전이 만일 아름다움과 실용의 궤도를 벗어나 어떤 퇴폐적 생활 방식과 진부한 심미관점의 필요에 단순하게 적응된다고 하면 갈림길로 들어서게 된다.

중국 고래의 예법과 전통은 기이한 복장에 대해 줄곧 배타적인 태도를 취했다. 이러한 태도가 옳은지 그른지에 대해 구체적인 분석이 필요하다.

『예기 · 왕제(王制)』에 의하면 고대의 천자는 매년 밖으로 나와 순시를 하면서 제후국의 "예(禮), 악(樂), 제도(制度), 의복(衣服)"이 바른지 아닌지를 검사했다. 만일 "예와 악의 변혁"이 발견되면 제후는 "불복종"의 죄명으로 유배를 가야했다. 만일 "제도나 의복의 개혁"

이 발견되면 "반역"의 죄명으로 토벌의 대상이 되었다. 당연히 여기서 말하는 "의복"은 조복, 공복, 제복을 가리킨다. 상복(常服)에 대해서는 『예기 · 왕제』에 "기이한 복장을 금한다."라고 명문으로 규정되어 있고, 또 "음탕한 소리, 기이한 복장, 기이한 기술, 기이한 그릇으로 대중을 현혹시키면 죽인다."라고 규정되어 있다. 왕궁의 간수(看守)가 입궁을 저지하는 세 종류의 사람이 있었다. 상복(喪服)을 입은 사람, 중갑(重甲)을 입은 사람, 기이한 복장을 입은 이상한 사람이다[『주례 · 천관(天官) · 혼인(閽人)』]. 궁정 안의 비빈(妃嬪)에게도 "옷을 바르게 하고, 기이하고 사특한 옷을 금한다[『주례 · 천관 · 내재(內宰)』]."라는 규정이 요구되었다.

이렇게 엄격하게 지켜지던 계급제의 보수적 규정이 서주(西周) 시대에 제대로 실시되었는지의 여부에 대해서는 알 수 없다. 그러나 춘추(春秋)시대에 들어서면서 점점 유명무실한 규정으로 전락하게 되었다. 왕실이 쇠락하고, 예법이 통제를 잃으면서 복식과 관련된 금령은 도전을 받았다. 전국(戰國)시대에 들어서자 "마침내 기이하고 미려한 수식을 한 복장"의 조류가 다시 나타났다[『후한서 · 여복지』].

근래에 도입된 유행 패션 가운데 다른 색을 사용해 좌우를 분별해 일부로 비대칭의 효과를 드러낸 종류가 있다. 엄밀히 말하자면 이러한 복장 설계는 그다지 희한하지 않다. 왜냐하면 기원전 660년 중국 고대에 이미 존재했기 때문이다. 그 해 진헌공(晉獻公)이 태자 신생(申生)에게 군사를 이끌고 적적(赤狄)을 토벌하게 하면서 신생에게 특별히 "편의(偏衣)"를 만들어 주었는데, 이 것이 바로 좌우의 색이 다른 비대칭을 살린 옷이었다. 당시 진나라의 대부들의 의견이 분분했다. 어떤 이는 “색이 알록달록하고 형태가 기이함이 상례에 어긋났다.”고 비평했다. 어떤 이는 “이러한 옷은 미치광이도 입지 않으려고 한다.”고 비평했다. 어떤 이는 신생에게 이러한 이상한 복장을 입게 한 것은 진헌공에게 태자를 폐위시키려는 마음이 있어서 그랬다고 여겼다.[『좌전』 민공(閔公) 20년]

▲ 제후의 조복(朝服)

기원전 636년 정(鄭)나라의 자장(子臧)이 아버지 문공(文公)에게 죄를 짓고 송(宋)나라로 도주했다. 송나라에서 만일 아무 일도 없었다면 그는 평안무사했을 것이다. 그는 의외로 물총새의 깃으로 장식한 ‘휼관(鷸冠)’ 수집을 좋아하는 등 기이한 복장에 대해 관심을 불러일으켰다. 이에 그 소식을 듣고 싫어하던 정백(鄭伯)이 사람을 보내 그를 진(陳)나라와 송나라의 사이로 유인해 살해해버렸다. ‘휼관’ 수집을 좋아한 것이 죽음을 자초한 원인이 되었다. 지금 이해하기에 쉽지 않겠지만 그 시대는 개성을 억누르는 시대였다[『예기 · 왕제』]. “기이한 복장을 한 자는 죽인다.”라고 하지 않았는가? 정나라 문공은 “군주(君)”와 “아버지(父)”의 신분으로서 “신하(臣)”와 “아들(子)”을 죽였다. 이는 당시에는 변하지 않는 천지의 대의였다. 때문에 『좌전』 희공 24년에 이 사건 이후에 대해 “군자가 ‘복장이 맞지 않으면 몸의 재앙이 된다.”라고 했다. 『시경』에서는 “‘저 군자는 그 복장이 걸맞지 않다’. 자장의 복장은 걸맞지 않았구나!”라고 했다.

정통적인 여론은 정나라 문공을 지지했지만, ‘휼관’이나 기타 새

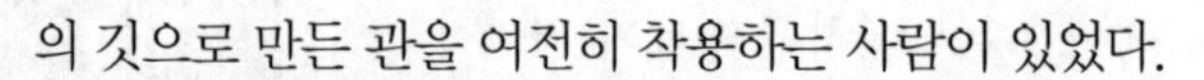

의 깃으로 만든 관을 여전히 착용하는 사람이 있었다.

전국 시대에 이르러 기이한 복장은 많아지기 시작했다. 이는 『순자 · 비상(非相)』의 한 단락의 논의를 통해 살펴볼 수 있다.

> "지금 세속의 난민, 향리의 경박하고 교활한 소년은 모두가 미려하고 요염하게 치장하고. 기이한 옷을 입고 부녀자의 장식을 하고, 혈기와 태도 역시 여자를 모방한다. 부인이 보고 남편으로 삼고, 처녀가 보고 연인으로 삼고 싶어한다. 급기야 자기의 배우자나 가정을 버리고 사랑의 도피를 하려고 생각하는 사람들이 매우 많다. 그러나 평범한 군주라도 그를 신하로 둔 것을 수치로 여기고, 평범한 아버지라도 그를 자식으로 둔 것을 수치로 여기고, 평범한 형이라도 그를 동생으로 둔 것을 수치로 여기고, 평범한 사람이라도 그를 벗으로 둔 것을 수치로 여긴다. 이윽고 관리에게 묶여 큰 시장에서 죽는다."

위로는 난군(亂君)에서 아래로는 향리의 경박한 사람들까지 모두 기이한 복장을 착용하고 남자는 남자 같지 않고 여자는 여자 같지 않게 치장했다. 이러한 복식의 목적은 이성을 매료시키기 위함으로 보여진다. 이 때문에 부녀자들과 처녀들이 좋아하게 되었고 모두 그들과 사랑의 도피를 꾀했다. 이러한 기이한 복장을 부러워하고 모방하는 태도를 가진 사람들은 당연히 얼마든지 있었다. 그러나 중군(中君), 중부(中父), 중형(中兄), 중인(中人)은 모두가 여전히 이를 배척했다. 중자(中者)는 상지(上智)와 하우(下愚) 사이에 끼어 있는 무리의 대다수이다. 순자의 논리대로라면 기이한 복장에 대한 억압은 추구보다 여전히 많다. 향리의 경박한 사람들이 최후에 감금되고 형장의 이슬로 사라진 것이 기이한 복장을 한 직접적인 원인에서 비롯된 것인지, 아니면 양가의 부녀자를 유인했거나 기타 죄로 인해 조성된 것인지는 알 수 없다.

서한 말년 유향(劉向)이 저술한『홍범오행전론(洪範五行傳論)』에서는 먼저 "복요(服妖)"의 설을 제기했다. 반고는『한서 · 오행지(五行志)』에서 "풍속이 사납고 냉담하고 규칙이 변혁되면 사납고 재빠르게 기이한 복장을 만들기 때문에 '복요'가 있다."라는 의사를 표시했다. 여기서부터 역대 역사 편수에 있어 "복요"에 대해 탐구를 하지 않은 것이 없다. "복요"란 개념을 분석해 보면 그것은 기이한 복장을 사회 풍조라는 큰 배경 위에 놓고 고찰한 과학적인 안목이 내재되어 있다. 그러나 또한 기이한 복장의 출현을 어떤 불길한 사태의 조짐으로 보는 미신적 색채가 함유되어 있다.

『후한서 · 오행지』에서는 한나라 환제(桓帝) 원희(元喜) 연간 경사(京師) 부녀자들 사이에서 유행된 양익(梁翼)의 처 손수소(孫壽所)의 수미(愁眉), 제장(啼妝), 타마계(墮馬髻) 등을 복요라고 보았으며, 아울러 이러한 기이한 복장을 양익이 "종족을 이끌고 오랑캐를 토벌한다."는 징조로 인식했다. 이에 대해 구체적으로 분석을 해야 한다. '수미', '제장' 등은 지위나 신분이 높은 집 여자의 공허한 사상과 무료한 생활의 산물이다. 사회적으로 유행되었으나 실용적 관점에서 보면 사용하기가 불편했고, 미관의 원칙에서 보더라도 건강한 심미적 정취에 부합되지 않는다. 복요라는 칭호에 대해 견책을 가하는 것은 풍속과 교화에 유익하다. 그러나 양익이 이후에 오랑캐를 토벌할 수 있음을 이미 '수미', '제장' 안에 숨어 있는 징조라고 인식하

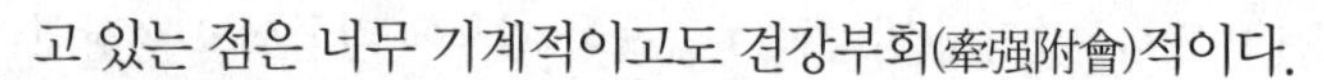

고 있는 점은 너무 기계적이고도 견강부회(牽强附會)적이다.

같은 책에서 복요에 대한 인식을 다음과 같이 하고 있는 예가 하나 있다. 한나라 환제 연희(延熹) 연간, 경도의 어른들 사이에 목극(木屐)이란 나막신이 유행했다. 그 기풍이 확산되어 여성이 출가할 때도 오색 칠을 한 나막신 한 켤레를 매달고 갔다. 연희 9년 유명한 당고(黨錮) 사건이 발생했다. 이응(李膺) 등 200여 사람이 "구족이 구금"되어 나이가 많거나 적은 여성 모두가 질곡(桎梏)을 당했다. 범엽(范曄)은 두 가지를 연계시켜 후자를 모두 "나막신의 형상" 때문이라고 여겼다. 이러한 견해는 내재적 관련이 없는 일을 하나로 연루시킨 비과학적인 것일 뿐만 아니라, 복식 문화의 발전 가운데 나타난 정상적 현상마저 기이한 복장의 범위 안으로 넣어버린 비과학적인 것이다.

몇 년 전 서방에서 "거지패션"이 출현한 적이 있다. 돈 많은 사람들이 부유한 생활에 너무 실증을 느낀 나머지 일부러 너덜너덜한 남루한 옷을 입었다. 그들은 이러한 기이한 복장이 조성한 강렬한 차이 속에서 쾌감을 추구했다. 그러나 의외로 중국의 고대에 이미 존재하고 있었다. 『수서 · 오행지(五行志)』에 북조(北朝)의 복요를 "북제(北齊) 후주(後主)가 궁원(宮苑)에 있을 때 빈아촌(貧兒村)을 만들어 직접 남루한 옷을 입고 거기에서 구걸을 하면서 웃고 즐거워했다."라고 기록되어 있다. 이것이 바로 그가 뒷날 북주(北周)에 감금되는 신세로 전락하는 전조였다. 황제 신분으로 국정을 다스리지 않고 서민들의 의

▲ 이응상(李膺像)

식의 부족함을 걱정하지 않고, 반대로 구걸을 통해 웃고 즐기고도 나라가 망하지 않음은 오히려 이상한 일이다. 이 복요에 관한 기록은 오히려 약간의 내재적 관계가 있는 점을 드러냈다.

"복요설(服妖說)"이 중국 봉건사회 보수파의 정통윤리로서 기이한 복장에 대한 전통적인 배척사상이다. 여기에는 계승할 가치가 있는 점도 있고, 마땅히 비판해야 할 점도 있다. 중국 고대 복식문화의 풍부하고 다채로움은 대대손손 이어지는 창조적 결과로 "기이한 복장을 한 자는 죽인다."라는 금령과 계급제도를 보호 유지하는 보수세력이 결코 복식 문화의 발전을 저지할 수 없다. 그러나 몰락하고 진부한 사상과 불건전한 취미를 나타내는 기이한 복식 현상을 요사스럽게 보고 가한 억압은 오히려 적극적 의의가 있다.

중국인의 흉부 노출에 대한 전통적인 견해

중국인은 전통적으로 복식과 장소의 관계를 중시한다. 특히 사교 장소에서 얇고(薄), 투명하고(透), 신체의 일부가 드러나고(袒), 노출되는(露) 복장을 좋지 않게 보는 관념의 유래는 이미 오래 전에 나타났다. 공자는 "여름에 치치격(袗絺綌)을 입고 반드시 겉옷을 입고 나가야 한다."라고 말했다. 치(袗)는 홑옷을 말하고, 치격(絺綌)은 갈포(葛布)를 말한다. 아주 더운 날 집에서 갈포로 된 홑옷을 입으면 비교적 바람이 잘 통해서 서늘하다. 그러나 문을 나설 때는 반드시 그 위에 다른 상의를 걸쳐야 한다. 이는 당연히 남성에 대한 이야기이다.

『시경, 정풍(鄭風), 대숙우전(大叔于田)』에서 대숙(大叔)이 사냥에 매우 용감해 "단석포호(袒裼暴虎)"한 장면을 묘사했다. 단석(袒裼)은 옷을 벗어 알몸을 드러냈다는 의미이고, 포호(暴虎)는 맨손으로 호랑이와 격투했다는 의미이다. 귀족 신분이었던 대숙이 거리낌 없이 신체를 노출시킨 것은 특정한 장소에서의 결정이었다. 이러한 특정 장소가 아니고서는 옛사람들은 다른 사람의 면전에서 옷을 벗어 신체를 드러내는 것을 매우 예의에 벗어나는 행동으로 보았다. 맹자가 말한 다음의 말은 유하혜(柳下惠)의 소탈함을 형용하기 위한 것이다.

"비록 내 옆에서 웃옷을 벗고 알몸을 드러낸다고 하더라도 당신이 어찌 나를 더럽힐 수 있으리요!"

말은 비록 이렇게 했지만 맹자는 타인의 면전에서 알몸을 드러내는 사람은 바로 타인을 모욕하고 있다고 여겼다. 경극(京劇)에도 『격고매조(擊鼓罵曹 : 북을 두드리며 조조를 욕함)』가 있다. 사실 역사상의 미형(禰衡)은 결코 말로 조조(曹操)를 욕한 적은 없다. 그는 단지 조조와 많은 군사 앞에서 고사(鼓史) 제복으로 갈아입는 기회를 틈타 조용히 옷을 벗고 알몸을 드러낸 뒤 조조가 그

▲ 당나라 시대 궁장(宮裝)한 여인

에게 준 모욕에 대해 반격을 가한다. 조조에게 어찌 하해와 같은 넓은 도량이 있었겠는가? 마음에 원한을 품고 이때 비로소 남의 칼을 빌어 미형을 제거한다. 유명한 "부형청죄(負荊請罪)"의 고사에서 염파(廉頗)가 인상여(藺相如)에게 사죄한다. 『사기』 본전에는 그가 "상체를 드러내고 가시나무를 졌다는 육단부형(肉袒負荊)"으로 되어있다. 가시나무를 지고 상체를 드러낸 것은 바로 스스로를 욕보인 것이다. 초군(楚軍)이 정(鄭)나라를 격파하고 군인들이 궁문 안으로 진입하자 정백(鄭伯)이 "상체를 드러내고 양을 끄는 육단견양(肉袒牽羊)"을 하면서 앞으로 나아가 영접했다. "육단견양"은 신하의 복종을 나타낸다[『좌전』 선공(宣公) 12년]. 월(越)나라 왕 구천(勾踐)이 와신상담(臥薪嘗膽)으로 오(吳)나라를 대파하자 오나라 왕 부차(夫差)가 공손웅(公孫雄)을 파견해 "상체를 드러내고 무릎으로 걷는 육단슬행(肉袒膝行)"으로 월나라 왕에게 용서를 구했다[『사기 · 월왕구천세가(越王勾踐世家)』]. "육단슬행"은 스스로 죄를 벌하는 것을 나타낸다. 가시나무도지지 않고, 양을 끌지도 않고, 무릎으로 걷지도 않고 공연히 상체를 남에게 드러내 보이는 행위는 사죄와 용서를 구하는 것이 아니라 지극히 무례한 짓이다.

남경(南京)에서 출토된 죽림칠현(竹林七賢) 화상전(畵像磚) 속의 몇 명의 인사는 어깨를 드러내고 흉부를 노출시키고 있고 옷과 신발이 단정하지 못하다. 이는 그들이 당시 사회 현실과 봉건예교에 대해 나타낸 반항이다. 왕은(王隱)은 『진서(晉書)』에서 다음과 같이 말하고 있다.

위(魏)나라 말 완적(阮籍)은 술을 즐겨 마셨고 관을 벗고

▲ 당나라 시대 유모(帷帽)를 쓴 여인

머리카락을 풀어헤치고 알몸을 드러내고 다리를 뻗고 앉은 등 방자한 행동을 했다. 뒤에 귀족의 자제 완첨(阮瞻), 왕징(王澄), 사곤(謝鯤), 호무보(胡毋輔) 등이 모두 흉내를 내자, "대도를 깨달은 표본"이라 자칭하면서 매우 무례한 것을 "통(通)"이라 했고, 그 다음을 "달(達)"이라 했다.

왕은(王隱)은 그들이 "건책(巾幘)을 버리고, 의복을 벗고, 추악함을 드러내 금수와 같다."라고 비평했다.

『세설신어 · 덕행(德行)』에서 "왕평지(王平之), 호무(胡毋) 등 선비들은 방자함을 달(達)로 여겼으며 몸을 드러낸 자도 있었다. 낙광(樂廣)이 비웃으면서 명교(名教) 안에 스스로의 즐거운 곳이 있는데 어찌 당신에까지 이르겠는가!"라고 말하면서 그들의 행위를 풍자했다. 반예교(反禮教)는 당시 사회 현실 안에서 상당한 진보적 의의가 있었다. 그러나 이러한 퇴폐(頹廢), 방탄(放誕)적 방법을 이용한 예교의 속

박에 대한 반항은 실제로 단지 소극적이고 어쩔 수 없다는 태도의 표현이었다.

하남(河南)의 남양(南陽), 산동(山東)의 문상(汶上), 기남(沂南)과 사천(四川) 등지에서 출토된 화상전과 화상석(畵像石)에서 나타나는 많은 반라의 남성 형상은 대부분 노동자와 잡기(雜技)의 연기자들이다. 상반신을 드러낸 도부(屠夫), 즉 백정이 가축을 도살하고 있거나, 상반신을 드러낸 연기자가 장대를 휘두르는 잡기를 묘사한 것들로 일종의 사실적 풍속화라고 해도 의심할 여지가 없다. 노동자는 "반드시 겉옷을 입고 나가야 한다."라는 속박에서 벗어날 수 있었다. 이것은 혹시 "예가 서민에게는 미치지 않았음"을 말하는 것이 아닐까?

중국 고대에는 그리스 고전 예술처럼 인체미를 표현한 조형 예술 작품이 없었다. 비록 『춘궁밀희도(春宮秘戲圖)』처럼 때로는 매우 분명하게 그린 부류도 있었지만 사회적으로 널리 유행한 것은 아니었다. 한나라 선제(宣帝) 때 광천왕(廣川王) 유해양(劉海陽)이 집에서 남녀가 발가벗고 성교하는 그림을 그린 뒤 주연을 베풀어 제부(諸父)와 형제자매를 불러 술을 마시면서 그림을 보여주었다. 그 후 유해양은 이 일로 인해 직위를 박탈당했다. 이를 통해 고대 상류층 귀족 자제들이 "음란물"을 보면 처벌되었다는 사실을 알 수 있다. 위(魏)나라 명제(明帝)가 죽은 후 양아들 조방(曹邦)이 황제에 즉위했다. 그는 매일 어린 배우 곽회(郭懷), 원신(袁信) 등에게 벌거벗고 외설적인 연극을 하게 했다. 전하는 바에 의하면 여러 사람이 보는 앞에서 『요동요부(遼東妖婦)』라는 연극을 공연하자 "도로의 행인들이 모두 눈을 가렸다."[『진서 · 경제기(景帝記)』]. "요부(妖婦)"는 당연히 남자배우의 대역이었다. 그러나 도로의 행인들이 차마 눈으로 볼 수 없었다는 것은 "벌거벗는 연극"이 확실히 당시 국민 정서에 부합되지 않았음을 알 수 있다. 때문에 사마사(司馬師)가 황태후(皇太后)에게 상소를 올려 먼저 곽회와 원신 연기자 두 사람을 죽였고, 후에 조방을 폐하고 기품이 높은 향공(鄕公) 조모(曹髦)를 즉위시켰다.

남성이 반드시 겉옷을 입고 나가야 했으니 여성에 대한 요구는 자연히 더욱 엄격했다. 『예기 · 내칙』에서 "여자는 문을 나설 때 반드시 그 얼굴을 가려야 한다."라고 했다. 귀족가문의 처녀들은 규방에서만 지낼 뿐 좀처럼 외출하지 않았다. 만일 반드시 외출을 해야 할 경우에는 팔을 걷을 수도 없었고, 꽃과 옥같이 아름다운 얼굴을 반드시 가려야 했다. 당연히 민가(民家) 처녀들의 규칙은 이보다 덜했다. 사람마다 모두 규방의 은밀함이 있다. 사마상여(司馬相如)가 『미인부(美人賦)』에서 "웃옷이 느슨해지니 그 속옷 사이로 하얀 살결 이슬처럼 빛나고 연약한 뼈에 풍만한 살결 드러나네."라고 대담하게 여성을 묘사한 것은 오래 전에 도학선생들에게 자못 완곡한 비평을 받았다. 사실 사마상여의 묘사는 실제로 오늘날의 일반적인 수영복보다 훨씬 많이 가려졌고, 더욱이 "삼점식(三點式)"이라 불리는 비키니에 비하면 말할 바도 못된다. 규방의 은밀함 때문에 이러한 묘사가 대아(大雅)에 손상을 주지는 않는다. 만일 환한 대낮 큰 뜰의 여러 사람 앞에서 고대 대가집 규수가 몸에 달라붙는 속옷을 입고 그 모습을 드러냈다면 그녀는 차라리 죽는 편이 나았을 것이다.

그러나 봉건 사회에서 남성의 노리개가 된 일부 여성들에게는 이러한 자아 보호의 존엄한 권리가 결핍되어 있었다. 삼국 시대 조조의 사촌 동생 조홍(曹洪)이 마초(馬超)의 공격을 제압하자 마초의 군대가 퇴각했다. 조홍이 주연을 베풀어 부하들을 위로하는 자리에서

여자 광대에게 "나곡(羅縠)" 옷을 입고 북을 밟게 하자 온 좌석의 사람들이 모두 웃었다. "나곡"은 일종의 매우 얇고 투명한 견직물이다. 이 때 양부(楊阜)가 사나운 소리로 조홍을 나무라면서 "남녀유별은 국가의 큰 예절이거늘 어찌 여러 사람이 앉아있는 자리에서 여인의 몸을 드러내게 하는가! 걸주(桀紂)의 문란함도 이보다 심하지 않소이다."라고 했다. 말을 마치고 항의를 표시하기 위해 옷을 갖추어 입고 나가버렸다. 그가 이치에 맞고 날카로운 말을 하자 조홍 역시 그를 다소 꺼려하는 마음이 있었지만, 즉시 여자와 음악을 물리치고 양부에게 다시 와서 앉기를 청했다[『삼국지 · 위서 · 양부전(楊阜傳)』]. 송나라 인종(仁宗) 가우(嘉祐) 연간 정월 18일 상원절(上元節)에 황제가 친히 선덕문(宣德門)에 행차해 각종 예능인을 불러 각종 기예를 표현하게 했다. 그 가운데 여성이 옷을 벗고 씨름을 하는 놀이가 있었다. 인종이 이를 보고 금지시키지 않고 오히려 상을 주었다. 이를 보고 차마 지나칠 수 없었던 사마광(司馬光)은 특별히 옷을 벗고 씨름을 하는 놀이를 금해달라는 내용을 담은 편지인 『청정나체부인상박위희찰자(請停裸體婦人相搏爲戲札子)』를 올렸다[『사마문정공집(司馬文正公集)』]. 이는 풍속 교화에 관계되는 일로 그 뒤에는 이 같은 놀이가 더 이상 공연되지 않았다. 아마도 인종이 사마광의 간언을 받아들인 것 같다.

당나라 초 귀족 여인들은 외출할 때 말로 가마를 대신하기를 좋아했다. 때문에 "멱리(冪䍠)"가 성행했다. "멱리"란 한 둘레의 가벼운 비단을 큰 모자 테두리에 밑으로 향하게 달아 전신을 감싸는 것이다. 뒤에 긴 길이와 불편함 때문에 단지 목 부위만을 가리는 유모(帷帽)로 개선되었다. 무측천(武則天)이 황제가 되어 여성이 한바탕 활

개를 편 이후 당나라의 사회 풍조가 진일보 개방되어 마침내 여성이 외출을 할 때 유모를 쓰지 않아도 되었다. "여자는 문을 나설 때 반드시 그 얼굴을 가려야 한다."라는 고대의 가르침은 이 때에 이르러 점점 대당(大唐)의 기상에 의해 무너졌다. 그러나 그 사이의 투쟁 흔적은 매우 확연하다. 『구당서 · 여복지』의 기록에 의하면 당나라 고종(高宗) 영휘(永徽) 연간과 함형(咸亨) 2년 두 차례 조령을 내려 여성의 복장 개방을 금지시켰지만 "처음에 잠시 그쳤다가 오래지 않아 옛것을 그대로 따랐다." 고종은 일에 관여하지 않는 황제로 실권을 장악한 사람은 바로 무측천이었다. 이러한 조령은 당연히 "날로 나빠지는 세상의 풍조"를 우려하는 대신이 상소를 올린 이후에 비로소 내려졌다. 큰 모자가 "크게 예용(禮容)을 해치고, 의식에 어긋난다."라고 했기 때문에 상소를 기각할 수 없었다. 비록 조령이 내려졌지만 단지 형식적인 문장으로 금지 조치가 계속되지 않았다. 당나라 현종(玄宗) 개원(開元) 초 먼저 궁녀들을 필두로 말을 탈 때 "호모(胡帽)"를 쓰게 했다. 아름다운 장식을 하고 얼굴을 노출시키고, 상투를 드러낸 채 말을 달리게 했다. 사대부와 서민의 집에서도 서로 모방하여 매우 빠르게 유행되었다.

당나라 시대 여성 복식 기풍의 비교적 개방적인 또 다른 표현은 바로 여성의 형체미 노출이다. 이는 실제 생활과 예술 표현에서 모두 좋았고, 앞 시대보다 비교적 대담해졌다. 돈황벽화(敦煌壁畫) 가운데 일부 비천(飛天)과 보살(菩薩) 형상을 제외한 329 굴에서 한결같이 비단저고리를 입고 꽃을 잡고 꿇어앉아 있는 젊은 여성이 그려져 있는데, 화가가 연한 붓으로 윤곽을 그린 양쪽 유방을 은은하게 볼 수 있다. 주방(周昉)의 『잠화사녀도권(簪花仕女圖卷)』에 그려진 여성

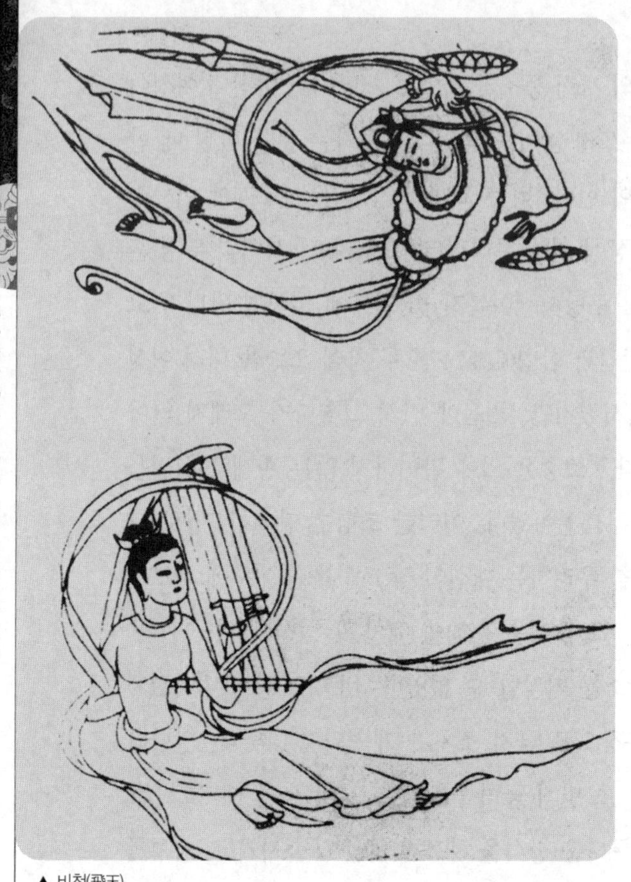
▲ 비천(飛天)

은 모두 배자(帔)를 걸치고 가벼운 적삼으로 가슴을 닦고 있는 것 같지만 필치가 그다지 드러나 있지는 않다. 영태공주묘벽화(永泰公主墓壁畵)에 그려진 시녀, 위욱(韋頊) 묘에 그려진 귀부인, 의덕태자묘석(懿德太子墓石)에 새겨진 궁정여관(宮廷女官) 등은 모두 가슴을 드러내고 유방을 노출시키고 있다. 아마도 일부러 흉부의 풍만한 윤곽을 묘사한 것 같다. 위동묘벽화(韋洞墓壁畵)에는 한 소녀가 몸에 가벼운 비단 적삼을 입고 있는 모습이 그려져 있는데 실제 반나체에 가깝다. 이러한 여성의 형체미에 대한 묘사는 이전에 없었다. 예술은 생활에서 근원하기 때문에 묘안의 벽화는 생활의 사실로 여기에서 당대 부녀의 복장이 적어도 집에 기거하면서 입었던 것이 엷고 투명하고 노출되는 정도에서 이전보다 훨씬 개방되었음을 엿볼 수 있다. 문인이 시(詩)를 읊고 부(賦)를 지으면서 또한 거리낌 없이 이를 다루었다.

심아(沈亞)의 『자지무부(柘枝舞賦)』
들쭉날쭉 거듭되며 비단으로 된 화려한 옷
노래가 끝나길 기다렸다 옮게 드러난다.

설능(薛能)의 『자지사(柘枝詞)』
급히 찢고 흔들흔들 재촉하니
비단 적삼 반을 벗은 어깨

이군옥(李群玉)의 『동정상병가기소음희증(同鄭相并歌妓小飮戱贈)』
가슴 앞의 서설(瑞雪) 등불에 비스듬히 비추고
눈 앞의 아름다운 여인 술에 반쯤 취했네.

최각(崔珏)의 『유증(有贈)』
치장이 나그네의 애간장을 끊는다고 말하지 마오
하얀 가슴 가는 손 백련(白蓮)향이 나네

당나라 시대 여성들에게 몸이 노출되는 옷이 확실히 있었다는 증거로 이 같은 작품을 들 수가 있다. 그러나 상체의 상반부에 국한되고, 하체는 치마를 입었기 때문에 절대 노출되지 않았다. 뿐만 아니라 남자 손님 앞에서 몸이 노출되는 옷을 입을 수 있었지만 그 신분은 늘 노래하고 춤추는 기생이었다. 시인의 노래는 양부(楊阜)의 도덕을 보위하는 태도와 현저히 다르다. 사회 기풍이 그렇게 되게 했다고 말할 수 있다. 송나라 이후 이학(理學)의 영향으로 여성의 복장은 다시 속박되기 시작했다. 1927년 제 1차 국내 혁명전쟁의 세례를 받은 광주(廣州)의 여학생들도 대부분 여전히 가슴을 묶고 있었다. 때문에 루쉰(魯迅)이 부득불 나와서 "첫째, 사회사상을 개량해야 하고 유방에 대해서 비교적 거리낌이 없어야 한다. 둘째, 의상을 개량해야 하고……유방에 맞게끔 해방시켜야 한다."라고 호소하기에 이르렀다[『이이집(而已集) · 우천유(憂天乳)』]. 이 역사는 아마도 오늘날 청년들은 모두 까마득하게 잊고 있을 것이다. 지극히 폐쇄된 산간벽지 마을을 제외하고 이미 루쉰과 같은 우려는 더 이상 할 필요가 없다. 주의할만한 가치가 있는 것은 오히려 일상생활 복장 안에서 보수적 전통에 대한 "거역"을 방지하려는 심리가 지나치게 드러나 있다는 점이다.

남자의 여장(女裝)과 여자의 남장(男裝)

『경화연(鏡花緣)』은 여아국(女兒國)에서 음양이 바뀌어 "남자가 반대로 치마를 입고 부인이 되어 집안일을 하고, 여자는 반대로 장화를 신고 모자를 쓰고 남자가 되어 바깥일을 하는" 모습을 그렸다. 이는 원래 이여진(李汝珍)이 환상적 줄거리로 남녀의 역할을 전환하여 남자가 "여성우월주의"하에서 귀를 뚫고 전족(纏足)을 하는 맛을 견뎌내는 상황을 통해 중국사회의 남존여비(男尊女卑)의 비합리성을 묘사한 것이었다. 임지양(林之洋)이 국왕에게 간택되어 왕비가 된 후 부딪히는 갖가지 웃을 수도 울 수도 없는 일들에 대해서는 언급하지 않고, 단지 소설 안 여아국의 복식에 관한 묘사만을 살펴보고자 한다. 당오(唐敖)와 다구공(多九公)이 성에 들어가 그곳 사람을 자세히 살펴보니 "노인과 젊은이가 없고, 아울러 수염도 없는데 남장을 하고 있었지만 여자의 목소리를 냈다."

당오가 참지 못하고 논평했다.

"그들은 원래 좋은 여자였으나 남자로 가장하려고 하니 몹시 어색하구나!"

다시 구레나룻을 기른 한 사람을 보니, 오히려 푸른 실처럼 검은 머리카락에 기름을 반짝반짝하게 발랐고, 머리위로 땋아 올린 낭자 위에는 천자의 관을 썼고, 귀밑머리 옆에는 진주와 비취가 있었다. 귀에는 갖가지 보석으로 장식한 금귀걸이를 차고, 몸에는 장미꽃 같은 자주색 장삼을 입었고, 아래에는 파같이 푸른 치마를 입고, 치마 아래로 드러나 보이는 작디작은 전족을 한 발에는 짙은 비단 신발을 신고 있었다.

▲ 한(漢)나라 광무제상(光武帝像)

당오는 이를 보고 나서 참지 못하고 비웃었다. 그러나 다구공이 부추기자 그 역시 자연스럽게 여아국이 "예로부터 이와 같았다."라고 생각하고, 중국의 전통과 다름을 인식했다. "우리가 보기에 그들이 비록 이상하지만, 그들이 우리를 보면 자연히 우리가 그르다고 생각한다."(32회 "요염한 복장을 하고 천천히 걷는 여아마을 관찰")

이여진이 묘사한 여아국은 옛 사람의 허구이다. 뜻밖에 20세기 90년대의 화가 섭천여(葉淺予)가 남쪽으로 내려가면서 여행할 때 그를 곤혹스럽게 만든 경험을 했다. 그는 『여정화안(8)[旅程畵眼(八)], 남녀이화(男女異化)』를 1983년 2월 23일 『신민만보(新民晩報)』에 발표했다. 글이 길지 않고 자못 재미가 있고 깊이 생각해 볼만한 가치가 있어 여기에 옮겨 적는다.

어느 날 광주(廣州)에서 화가 친구들과 월수공원(粵秀公園)의 청우헌(聽雨軒)에서 식사를 했다. 가까운 몇 개의 테이블에 있던 홍콩 남자청년들을 의외로 누가 남자이고 누가 여자인지 나는 알아보지 못했다.

화가 친구가 말했다.

"머리가 길고 꽃무늬 셔츠를 입은 쪽이 남자고, 머리가 짧고 수수한 옷을 입은 쪽이 여자 같네."

나는 참지 못하고 문득 크게 깨닫는 바가 있어 한숨을 쉬면서 말했다.

"아! 알고 보니 남녀가 뒤바뀌었네."

화가 친구가 다시 말했다.

"이 꽉 막힌 노인네 같으니라고, 세상이 빠르게 변하고 있는 줄 모르는군. 남녀의 심리상태가 변했으니 서로의 치장도 변해야 하네! 젊은이 노인 할 것 없이 변하고 있네! 왼쪽 테이블에 앉아 있는 몇 명의 노인들을 보게나 역시 꽃무늬 셔츠를 입고 있지 않나?"

"자네는 무슨 심리 상태가 변하고 있다고 하는가, 설마 남자는 여자로 변하길 원하고, 여자는 남자로 변하길 원하는 것은 아니겠지? 이것은 하늘과 땅이 뒤바뀌는 대란이 아닌가?"

화가 친구는 내가 너무 황당하게 물었다고 생각하는지 단지 야채

만 먹으면서 대답하려고 하지 않았다.

북경의 거리에서 우연히 홍콩식 복장을 한 남녀들을 만나면 북경인들은 그들을 "가짜 화교"나 "아마추어 화교"라고 하면서 매우 이목을 집중한다. 그 수가 많지 않기 때문에 가끔 시각적으로 비정상적인 반응을 이끌어낸다. 만일 내가 이 같은 남녀 성별이 서로 바뀐 환경에 처한다면 심리적으로 어떤 비정상적인 반응이 일어날 것 같고, 만일 나에게 홍콩에 가서 며칠 살라고 한다면 아마도 정신분열증이 생길 듯 하다.

화가 친구는 술을 한 모금 마시더니 갑자기 말문을 열었다.

"자네가 홍콩에 살고 있다면 아마도 머리를 길게 늘어뜨리고 꽃무늬 셔츠를 입었을 것일세."

말을 마치고 나를 향해 익살스런 표정을 지었다.

홍콩은 서방문화가 합류하는 지역으로 "홍콩식 복장" 역시 확실한 개념은 아니지만, 여러 면으로 도입하고 맹목적으로 모방한 이것도 저것도 아닌 스타일도 있다. 현지 의상 디자이너가 애써서 새로 만든 참신하고 파격적이며 매우 아름다운 것도 있다. 때문에 일률적으로 논할 수는 없다. 원로화가 섭천여의 눈을 거슬리게 한 것은 당시 홍콩에서 격조가 높지 않은 기이한 복장이었다. 이 글을 만일 1983년이 아닌 지금 썼다면 느낌에서 아마도 약간의 변화가 있을 것이다. 사실 화가 섭천여의 눈을 거슬리게 한 현상 역시 오늘날에 비로소 시작된 것이 아니다. 청나라 저인획(楮人獲)의 『견호집(堅瓠集)』은 일찍이 "우리 소주(蘇州)의 풍속이 경박하고, 근래 복식의 지나침이 너무 대단하다."라고 탄식하면서, 『한산일기(翰山日記)』기록된 오

▲ 무후 행종도(武后行從圖)

하가요(吳下歌謠)를 인용했다.

"소주에 세 가지 좋은 새 소식이 있다. 남자아이는 홍위령(紅圍領)이란 일종의 빨간 스카프를 두르고, 여자아이는 오히려 망건(網巾)을 쓰려고 하고, 가난한 아이는 부자 아이의 모양으로 꾸민다."

첫째, 둘째 소식이 바로 남녀이화(男女異化)가 아닌가? 망건은 명대(明代)에 남자들 사이에서 통용되던 것이고, 홍위령은 여성복이다. 시간이 흐르면서 습속이 변한다. 남자가 여장을 하거나 여자가 남장을 하는 변화는 자연히 "새 소식"이 되어야 한다.

일부 남자들의 여장 착용 선호는 예로부터 그러했던 것 같다. 순자는 일찍이 『순자 · 비상』에서 "기이한 옷과 여자의 장식, 혈기와 태도를 여자에게서 모방하는 남자"를 "속세의 난민(亂民)이다."라고 칭했다. 그는 남자도 아니고 여자도 아닌 치장을 매우 싫어했다. 『예기 · 내칙』에 "남녀는 의복을 통용하지 말라."고 분명히 언급되어 있다. 민속에서도 이와 같이 말하고 있다. 바지 한 벌밖에 없어 남녀가 부득이 함께 입어야 하는 가난한 집을 제외하고 평민 백성들도 남자는 남자다운 여자는 여자다운 치장을 좋아한다,

왕망(王莽) 말년 유현(劉玄)이 군사를 일으켜 경시장군(更始將軍)으로 개칭하더니 오래지 않아 직접 즉위하여 황제가 되었다. 유수(劉秀)는 그의 사촌 동생으로 당시 겨우 사강교위(司康校尉)에 불과했다. 유현은 큰 그릇이 되지 못했다. 천하가 아직 안정되지도 않았는데, 밤낮으로 뒤뜰에 주연을 베풀고 부인과 놀았다. 뿐만 아니라 상인, 요리사와 같이 격에 맞지 않은 뭇 소인들을 임용했다. 이들은 자질이 떨어져 대부분 수를 놓은 옷, 비단 바지, 짧은 홑옷, 짧은 소매가 달린 적삼을 입고 길거리에서도 욕을 했다[『후한서 · 유현유분자열전(劉玄劉盆子列傳)』]. 이로 인해 백성의 신망을 크게 잃었다. 왕망이 죽은 후 삼보(三輔) 문무관리와 병사들이 경시장군을 맞이하러 와서 부장들이 모두 건을 쓰고 여자 옷을 입고 있는 모습을 보고 웃지 않은 사람이 없었다. 어떤 사람은 이 해괴망측한 모습을 보고 바로 발전 가능성이 없음을 직감하고 일찌감치 달아났다. 유수가 통솔하던 부대만이 군용이 정돈되어 장수는 장수 같고 군사는 군사 같았다. 관리와 병사들이 매우 기뻐했다. 늙은 관리는 눈물을 흘리면서 "의외로 지금에 와서야 다시 한나라 황실의 예의와 위엄을 보게 되는구

나!"라고 말했다[『후한서 · 광무제기상(光武帝紀上)』]. 이를 통해 군용이 인심의 향배(向背)에 영향을 줄 수 있음을 알 수 있다. "향리의 경박한 소년"의 여장은 기껏해야 사람들의 눈에 거슬리는 정도였지만, 부장들의 "여자 옷 착용"은 체통을 크게 실추시켰다. 경시장군이 패하고 광무제(光武帝)가 중흥하게 된 대략적인 실마리를 복식 작풍에서도 찾을 수 있다.

삼국시대 때 위(魏)나라 상서(尙書) 하안(何晏)도 "여자 옷" 입기를 좋아했다. 부현(傅玄)이 그를 논평해서 "이것이 복요(服妖)이다. 옷을 만들 때 상하(上下)가 정해져 있고, 내외(內外)가 구별된다. …… 만일 안과 밖이 구별되지 않는다면 왕의 제도가 순서를 상실하여 복요가 이미 만들어진 것이니 몸이 망하게 될 것이다. 여자가 남자의 관을 쓰기 좋아했기에 걸왕은 천하를 잃었다. 하안이 여자의 옷을 입었기에 또 그 집안이 망했다. 그 허물은 모두 같다."라고 말했다[『진서 · 오행지상(五行志上)』]. 하안은 조조의 양자 겸 사위로 뒤에는 조상(曹爽)의 동지가 된다. 사마의(司馬懿)가 조상, 하안 등을 처단한 것은 완전히 권력 쟁탈의 투쟁이었지 하안의 생활, 취미와는 무관했다. 부현의 말은 견강부회적 성격을 면할 수 없다. 그가 말한 옷은 "내외가 구별되어야 한다."에서 '내(內)'는 바로 여장을 의미하고, '외(外)'는 바로 남장을 의미한다. 남자의 여장이 비록 반드시 몸을 망친다고 할 수 없지만, 전통 습속에서는 그것을 요사스럽다(妖)고 보았던 것이 오히려 역사적 사실이다.

명나라 시대 문학가 양신(梁愼)이 술에 취해 여장을 한 것은 순수하면서도 세상을 실없이 대한 처사로 완적(阮籍)의 알몸을 드러낸 성격과 대략 동일하다. 가정(嘉靖) 연간 양신은 황제의 심기를 거슬려

운남성(雲南省) 영창(永昌)으로 폄적(貶謫 : 벼슬의 등급을 떨어뜨리고 멀리 귀양보내는 일)되면서 정신적으로 큰 타격을 입게 된다. 한 번은 술을 매우 많이 마시고 술기운을 빌려 "호분(胡粉)"을 얼굴에 바르고 두 가닥으로 빗어 올려 귀 뒤에서 뿔처럼 둥글게 맨 머리에 꽃을 꽂고 여러 광대들과 함께 어울려서 도시 안을 돌아다녔다. 이러한 행동은 완전히 그 스스로가 "노쇠해지면 풍채를 내던지고 웅대한 뜻을 버리고, 재잘거리며 남은 해를 보내려고 한다."라고 말한 내용과 일치했다[전겸익(錢謙益)의 『열조시집소전(列朝詩集小傳) · 병집(丙集)』].

봉건 사회에서 남자가 여장을 하는 일이 많지 않았고, 여자가 남장을 하는 일도 드물었다. 목란종군(木蘭從軍), 영태구학(英台求學), 그리고 『여부마(女駙馬)』, 『맹려군(孟麗君)』 등 고사와 희곡은 여자가 남자 분장을 하고 연기한다. 그 목적은 본래의 성별을 가리기 위함이지 공공연하게 여자가 남장을 하는 것은 아니다. 당나라 고종의 딸 태평공주(太平公主)는 남자의 의관인 "자주색 적삼과 옥대", 검정색 비단으로 된 절상건(折上巾)을 하고서 고종 면전에서 노래하고 춤을 췄다. 고종과 무후(武后)가 "여자는 무관(武官)이 될 수 없거늘 왜 이 옷차림을 했느냐?"라고 꾸짖었다[『신당서 · 오행지』]. 사실 이는 단지 태평공주가 총애를 믿고 부린 응석이었다. 이것은 『홍루몽』 제31회에서 설보차가 사상운에게 말하는 옛 이야기와 같다.

> 이모는 그가 자신의 옷을 입는지 아니면 다른 사람의 옷을 입기 좋아하는지 몰랐다. 그러나 지난 서너 달간 살았던 일이 기억했다. 보형제(寶兄弟)의 포자(袍子 : 소매가 길고 발목까지 내려오는 중국 전통 옷)를 입고 신발도 신고, 액자(額子

: 모자에 다는 장식품)도 달았다. 살짝 한번 보니 오히려 보형제 같은 사람은 귀걸이를 두 개나 더 하고 있었다. 그는 저쪽 의자 뒤에 서서 노마님을 어르면서 '보옥, 이리로 오거라.' 라고 불렀다. 정신을 차려보니 그 머리에 매단 등 모양의 술이 눈을 어지럽게 했다. 그는 단지 웃기만 하고 가지 않았다. 모두가 참지 못하고 웃음을 터뜨리자 노마님도 웃으면서 "남자로 치장하니 보기 좋다." 라고 말했다.

이는 여자아이가 규방에서 치는 장난에 불과하다. 성당(盛唐) 이후 여자의 기풍은 비교적 개방적이었다. 여자가 큰 뜰이나 군중 사이에서 적지 않게 "남편 옷과 승마복을 입었고, 남녀의 높고 낮음이 일관되었다[『구당서 · 여복지』]. 이곽(李廓)의 「장안소년행(長安少年行)」 열수(首) 중 다섯 번째에 "돌아다니며 노닐 때 예쁜 기생을 데리고 가는데 옷차림이 남자아이 같았다." 라는 내용이 있다. 배우와 기녀들만 독점적으로 유행을 따랐을 뿐만 아니라, 선비 부류의 부인 역시 남편 옷을 입고 승마복을 입고 말을 타고 가죽 모자를 썼다 [『대당신어(大唐新語)』]. 아마도 아름다움 속에 영민하고 용맹스러운 기색이 드러나는 여자의 남장이, 암사내 같은 남자의 여장보다 한 단계 높을 것이다. 그러나 눈에 거슬리는 사람은 여전히 머리를 크게 흔들 것이다. "부인이 남편 모양을 하고, 남편이 부인의 옷을 입는다. 서로가 전도되는 것은 이보다 심한 것이 없다." 라는 말이 있다. 이는 이화(李華)의 『여외손최씨이해서(與外孫崔氏二孩書)』에 실린 말이다. 이화는 당나라 개원(開元) 23년 진사에 올라 대력(大歷) 초에 사망했다. 안사의 난을 겪었고, 뒤에 핍박에 의해 "반역"에 가담했다는 이유로 서민으로 강등되었다. 이 말은 서민으로 강등된 이후에 한 것

이 아니라 당시 안사의 난 이전에 예감한 말 같다. 그러나 이곽(李廓)은 원화(元和)에 진사에 급제했는데, 이는 안사의 난 이후의 일로 성당 때 시작된 여자의 남장 기풍이 여전히 존재했음을 알 수 있다. 이것이 바로 당오가 언급한 "습관이 천성이 된다."라는 이야기가 아닌가?

복식문제에 있어 개성 속박, 개인 취미 제한 등의 방법은 결코 취할 것이 못된다. 만일 전통관념이 보수보다 지나치다면 세차게 한번 부딪친다 해도 나쁠 것은 없다. 그러나 모두 국정(國情)과 민정(民情)으로부터 출발해서 여아국의 사람처럼 "너무 어색하게 꾸민 느낌을 주거나 '피식' 하고 비웃음이 나오지 않게 꾸며야 바람직하다. 유행을 좋아하지만 복식미를 그다지 알지 못하는 사람은 문화소양과 심미능력을 제고시키는 일이 요구된다. 그밖에 여성해방, 남녀평등에 따라 일부 남녀가 모두 입을 수 있는 군복, 간부복 [중산복 (中山服)] 같은 "중성복장(中性服裝)"이 출현할 것이다. 재킷, 양복, 작업복, 일부 운동복 등은 남녀의 스타일이 대부분 대동소이하다. 같은 것 가운데서 다름을 추구하고, 복장의 성별 특징을 살려 남성미와 여성미가 더욱 두드러지게 살리는 일은 패션디자이너가 당면한 영원한 과제이다.

복식과 사회 기풍의 근검과 사치

『한비자 · 십과편(十過篇)』에는 진나라 목공과 유여(由余)의 대화가 기록되어 있다. 진나라 목공이 옛날 현명한 군주가 나라를 얻고 나라를 잃은 경험과 교훈에 대해 묻자, 유여가 항상 근검함으로써 얻었고, 사치로써 잃었다고 대답했다. 뒤에 이상은(李商隱)은 이에 의거해 천고에 전송되는 명구 "선현의 나라와 집을 두루 보면 근검에 의해 성공했고, 사치에 의해 실패했다[『영사(咏史)』]."를 지었다. 확실히 진리의 빛이 반짝이며 빛나고 있다.

복식현상은 사회 기풍의 검소와 사치를 나타내는 기압계이다. 당연히 복식의 사치 여부 문제를 논의할 때 반드시 두 가지 명확한 점이 있다. 첫째, 물질 생산이 부단하게 발전됨에 따라, 복식문화도 반드시 부단히 풍부해지려고 한다는 점으로, 이는 역사유물주의의 규율이다. 둘째, 사람은 조건이 허락하는 상황 하에서 자기의 차림과 치장을 미화한다는 점으로, 이는 매우 정상적인 현상이다. 양백방(樣

白芳)은 매우 가난했다. 그는 빚쟁이를 피하는 상황에서도 잊지 않고 두 척에 달하는 붉은 댕기를 사기 좋아했다. 이는 아마도 자주 말하는 "미를 좋아하는 것은 사람의 천성이다."라는 말일 것이다.

▲ 한비자상(韓非子像)

착취제도 아래에서 사회의 재부(財富)는 소수인의 손에 집중되어 있었고, 대다수의 노동자는 기초적인 생활수준선에서 생을 지탱했다. 『시경 · 빈풍 · 칠월(七月)』에 묘사되었듯이 서주(西周)의 농노는 비록 본인은 "걸칠 옷이 없이 한해를 어떻게 보낼까"를 걱정하면서도 오히려 살을 엘 듯이 찬바람 속에서 "여우 가죽을 취해, 공자(公子)의 가죽 옷"을 만들어야 했다. 복식문화를 창조한 사람은 복식문화의 성과를 누리지 못했다. 이는 착취제도 아래에서 회피할 수 없는 하나의 큰 모순이다. 여기에서 말하는 역사상 복식의 사치나 검소는 평민 이상의 사회에 대한 이야기이다. 대다수의 피착취자들에게 당면한 것은 입을 것의 유무에 관련된 문제였지, 검소와 사치의 문제가 아니었다. 소수의 부자에 예속된 하인과 첩만이 주인에 의해 기준을 넘어선 치장을 할 수 있어 사회의 사치 기풍 안으로 휩쓸려 들어갈 수 있었다.

예전부터 많은 의식있는 선비들은 복식 사치에 대해 있는 힘을 다해 반대했다. 묵자는 통치자가 "백성에게서 과다하게 세금을 징수하고, 백성이 입고 먹는 재물을 포악하게 빼앗아 금수(錦繡) 등의 화려한 옷을 만들고, 금을 주조해 의대의 고리를 만들고, 주옥(珠玉)을 패용한다. 여공(女工)은 문채나는 옷을 만들고 남공(男工)은 세밀하게 조각된 장식을 만들어 통치자들에게 제공해 입고 차게 한다."고 지적하고, 이를 국난의 원인으로 보고 나라의 군주가 "천하를 다스리고자 한다면 옷을 만드는데 반드시 절약해야 한다."라는 견해를 제기했다[『묵자 · 사과』]. 그는 통치자에게 사치를 경계할 것을 요구했다. 한나라 시대에 이르러 가의(賈誼)는 "지금 백성들이 하인을 팔고, 이를 통해 수의(繡衣), 비단 신발(絲履)을 구입합니다. 이는 옛날 천자나 황후의 옷이기 때문에 사당에서는 착용할 수 없습니다. 서인들이 이 옷을 구해서 비첩(婢妾)에게 입힙니다."라고 상소했다. 또 다른 측면에서 오히려 "굶주림과 추위가 백성의 피부를 찌르는" 현상이 존재했다[『한서 · 가의전(賈誼傳)』]. 고대 천자, 왕후가 제사 때 입던 의복 격식을 당시에는 서민의 여자 종과 첩 아이의 치장으로 사용했다. 당연히 이러한 "서민"은 부유한 상인이 아니고는 불가능했을 것이다. 그는 피통치자에 대해 사치를 금할 것을 요구했다. 묵자로부터 가의까지 하나는 상층에 대한 사치 경계의 주장이고, 하나는 하층에 대한 사치 금지의 주장이다. 이는 객관적으로 이 시기에 사회적 재부가 전체적으로 축적되고 증가되었다는 사실을 반영한 것이다. 그러나 그들은 모두 사회의 최저층, 즉 사회 재부의 창조자들의 굶주림과 추위 문제가 해결되지 못하고 있다는 점을 생각했다. 이것이 바로 그들 사상의 공통점이다.

중국 역사에서 볼 때 한나라와 당나라의 태평성대는 가장 빛나는 시대라 할 수 있다. 한나라는 무제(武帝) 때 국가의 위엄이 가장 드러났다. 물론 무제의 뛰어난 재능과 원대한 지력과 관계가 있지만, 주요한 것은 문경(文景)의 치(治)를 국력으로 삼아 기초를 든든히 한데 있다. 한나라 문제(文帝)는 역대 황제 중 비교적 검박한 사람이었다.

반고(班固)는 "문제께서는 몸에는 흑색의 비교적 굵고 두툼한 검정 비단 옷을 입었고, 행신부인(幸愼夫人)은 옷을 땅에 끌지 않았으며, 휘장에는 화려한 무늬가 없었으니 순박함을 드러내 천하에 솔선수범이 되었다."라고 했다[『한서 · 문제기(文帝記)』]. 한나라 경제(景帝)는 죽기 1년 전, 천하는 농업과 잠업에 힘쓰라는 조서를 내려 의식이 풍족한 기초 아래 평소에 축적을 하게 했고, "회화를 조각하고 수식하거나 수놓은 비단을 짜지 못하게" 했다[『한서 · 경제기(景帝記)』]. 문제, 경제 2대의 검박한 사회 기풍 속의 안정된 경제 발전은 한나라 강성

▲ 한나라 시대 여인의 의식(衣飾)

의 시작이었다. 당나라 개원(開元), 천보(天寶) 연간의 황금시대 역시 현종 즉위 초 단호하게 사치 풍조를 금지한 것과 관련 있다. 당나라 중종(中宗) 때 어린 안락공주(安樂公主)가 총애를 믿고 사치를 뽐내 상방(尙方)에게 자신을 위해 새 백마리의 털로 백만금 값어치의 치마를 짜게 했다. 이 치마는 똑바로 보아도 하나의 색이었고, 옆에서 보아도 하나의 색이었고, 한낮에도 하나의 색이었고, 그림자 속에서도 하나의 색이었고, 새 백 마리의 형상도 보였다. 후에 백관(百官)의 집에서 이를 모방해 강과 산의 기이한 금수의 깃털을 거의 다 채취했다. 현종 즉위 후 요숭(姚崇), 송경(宋璟)이 승상이 되어 여러 차례 사치와 낭비에 대해 간하자 현종은 명을 내려 궁중에서 기이한 복장을 몰수하여 대전에서 불사르고, 선비와 서민들에게 수가 놓여지거나 보석으로 장식된 옷의 착용을 금지했다. 이때부터 금수를 잡는 일이 점점 사라졌고 풍속이 교화되어 날로 순수해졌다[『구당서 · 오행지』]. 성당 역시 반사치(反奢侈)에서 비롯되었음을 알 수 있다. 한나라도 흥성했고 당나라도 흥성했다. 성대함이 지나치면 쇠퇴하게 되고 어지러워져 내리막길로 가게 된다. 이 역시 모두 사치 풍조가 다시 세차게 일어난 것과 깊은 관련이 있다.

동오(東吳)가 패망하기 전날 밤, 화핵(華覈)은 손호(孫皓)의 극도로 음탕하고 사치스러움을 보고 상소를 올려 "지금 백성이 빈궁하고 풍속이 사치스럽고 수많은 노동자들이 무용지물을 만들고, 부인들이 화려한 장식을 합니다. 뿐만 아니라 서로 모방하여 없는 것을 부끄럽게 여깁니다. 병사와 백성이 집에서 다시 풍속을 따르게 되어 안에는 조금도 저축하지 못하지만, 나와서는 비단 옷을 입습니다."라고 간언했다[『삼국지 · 오서(吾書) · 화핵전(華覈傳)』]. 이를 통해 사치

▲ 서태후의 육십만수도(六十萬壽圖)

풍조가 허영심을 길러 표면적인 번영으로 실질적 빈궁을 덮어 감추었음을 알 수 있다. 동오의 기업이 손호의 수중에서 패했지만 사치풍조의 형성은 아마도 손량(孫亮), 손휴(孫休), 더 나아가서 손권(孫權) 때까지 거슬러 올라가야 할 것이다.

송나라 휘종 대관(大觀) 4년 채의(蔡嶷)가 다음과 같은 상주문을 올렸다.

"신이 연곡지하(輦轂之下)"를 살펴보니 선비와 백성 사이에 사치와 낭비의 풍조가 아직 조금도 개혁되지 않았습니다.…… 광대 같은 아래 천인들이 황후의 장식을 해 거의 한유[漢儒 : 가의(賈誼)를 가리킴]의 탄식보다 심한 것이 있습니다. 화려한 무늬와 장식으로 짠 옷이 날로 새로워지고 금과 구슬 장식의 기교가 서로 빼어남을 다툽니다. 부유한 자는 이로써 스스로를 과시하고, 가난한 자는 이를 소유하지 못함을 부끄러워하니 사람의 기호를 무슨 방법으로 안정시키겠습니까!"[『정화오례신의(政和五禮新議)』]

"연곡지하(輦轂之下)"란 황제가 타는 수레의 아래를 지칭하는 말로 경성(京城)을 의미한다. 여기에서 "연곡지상"이라고 말하지 않은 것은 지휘가 높은 사람들을 꺼려서일까? 송나라 휘종은 한나라 문제와 같지 않았다. 그는 이러한 간언을 귀담아 듣지 않고 "성실함과 순박함으로써 천하를 위해 솔선수범"을 보이지 않았다. 때문에 북송의 멸망은 매우 자연스런 일이었다.

1894년은 갑오전쟁에서 청나라 정부가 참혹하게 대패하는 해이자 서태후의 60세 생일이 되는 해였다. 생일을 축하하고자 "소주(蘇州)

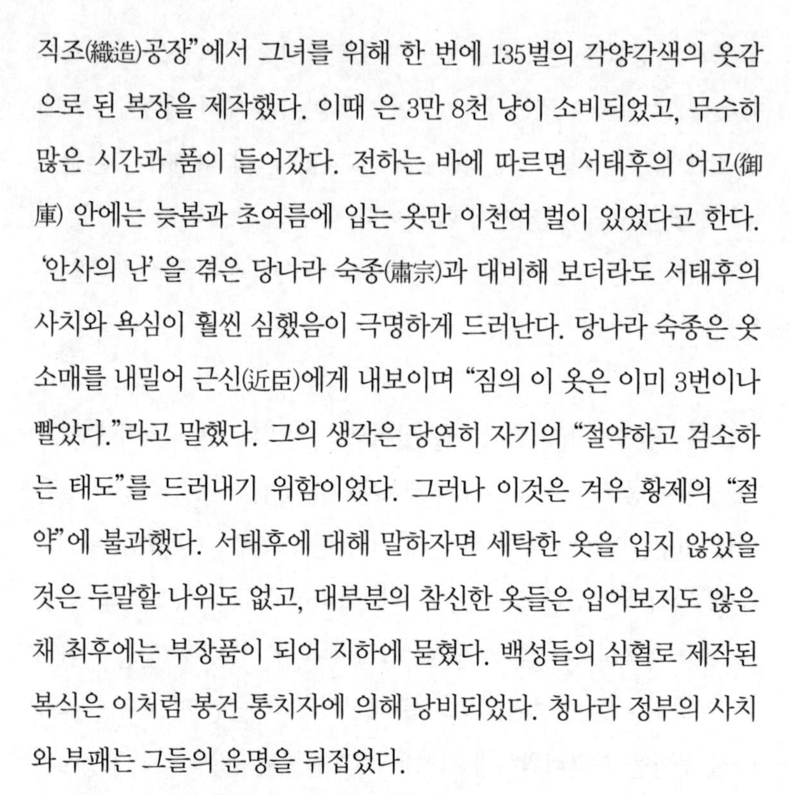

직조(織造)공장"에서 그녀를 위해 한 번에 135벌의 각양각색의 옷감으로 된 복장을 제작했다. 이때 은 3만 8천 냥이 소비되었고, 무수히 많은 시간과 품이 들어갔다. 전하는 바에 따르면 서태후의 어고(御庫) 안에는 늦봄과 초여름에 입는 옷만 이천여 벌이 있었다고 한다. '안사의 난'을 겪은 당나라 숙종(肅宗)과 대비해 보더라도 서태후의 사치와 욕심이 훨씬 심했음이 극명하게 드러난다. 당나라 숙종은 옷소매를 내밀어 근신(近臣)에게 내보이며 "짐의 이 옷은 이미 3번이나 빨았다."라고 말했다. 그의 생각은 당연히 자기의 "절약하고 검소하는 태도"를 드러내기 위함이었다. 그러나 이것은 겨우 황제의 "절약"에 불과했다. 서태후에 대해 말하자면 세탁한 옷을 입지 않았을 것은 두말할 나위도 없고, 대부분의 참신한 옷들은 입어보지도 않은 채 최후에는 부장품이 되어 지하에 묻혔다. 백성들의 심혈로 제작된 복식은 이처럼 봉건 통치자에 의해 낭비되었다. 청나라 정부의 사치와 부패는 그들의 운명을 뒤집었다.

진(晉)나라의 부현(傅玄)은 일찍이 "천하의 폐해는 여인의 장식보다 심한 것이 없다. 머리 하나의 장식이 천금의 값어치가 넘고, 비첩(婢妾)의 복식에는 사해(四海)의 보배가 쌓여있다."라고 말했다[『부자(傅子)·교공(校工)』]. 부현의 이 말은 헛된 것이 아니다. 서진(西晉) 원년의 석숭(石崇)에 대해 말하자면 그는 자사(刺史)의 벼슬로 객상(客商)들을 약탈했고, 어질지 않으면서 마침내 거부가 되었다. 그가 데리고 있던 상봉(翔鳳)이라는 하녀는 도룡(倒龍)이 새겨진 패옥을 차고, 금으로 된 봉관(鳳冠) 비녀를 꽂았고[『습유기(拾遺記)』권 9], 백여 명이나 되는 첩들은 모두 화려한 옷을 입고, 황금과 비취 귀걸이를 찼으며, 또한 귀척(貴戚), 왕개(王愷), 양수(羊琇)의 무리와 사치와 낭비로 서로를 드높였다[『진서 · 석포전(石苞傳)』]. 사치가 국가를 망칠 수 있고, 집을 망칠 수 있음을 전혀 몰랐던 석숭은 형장에서 온 집안이 도륙을 당하게 되어서야 자신이 재물 때문에 죽게 됨을 깨달았다.

일찍이 오나라 왕 부차에게 나라를 빼앗긴 구천이 다시 월나라를 진흥시키기 위해 "앉아서나 누워서나 언제나 쓸개를 쳐다보고, 직접 경작을 하고 음식은 고기를 더하지 않으며, 옷은 두 겹의 화려한 것을 입지 않고 백성과 함께 고생했다."라고 사서에서 말한다[『사기 · 월왕구천세가』]. 초나라는 원래 장강(長江)과 한수(漢水)의 후미진 곳에 위치하고 있던 자작(子爵)의 작은 나라로 초나라 무왕(武王) 때에 이르러 점점 그 세력이 강대해지기 시작했다. 이는 무왕의 조부 약오(若敖)와 형 분(蚡)이 "대나무 사립짝으로 거칠게 만든 수레를 끌고 남루한 옷을 걸치고 산림을 개척한 필로남루(篳路藍縷)"의 결과이다[『좌전』 선공(宣公) 12년]. 춘추시대에 위(衛)나라가 오랑캐의 침입으로 멸망했다가 위나라 문공(文公)이 다시 건국했을 때, 혁거(革車) 즉 전쟁용 수레는 겨우 30대에 불과했다. 그가 거친 베옷을 입고 하얀 명주 관을 쓰고서 경제발전에 힘을 기울이고, 교육을 존중하고 학문을 장려하여 어질고 능력 있는 사람을 뽑아 등용하여 25년 간 분투한 한 끝에 국력이 10배

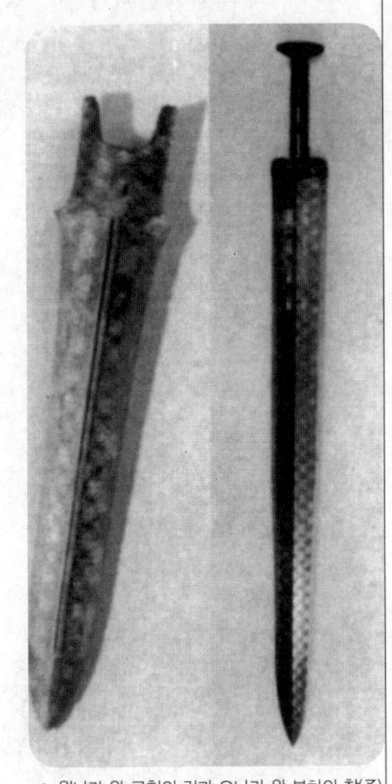
▲ 월나라 왕 구천의 검과 오나라 왕 부차의 창(矛)

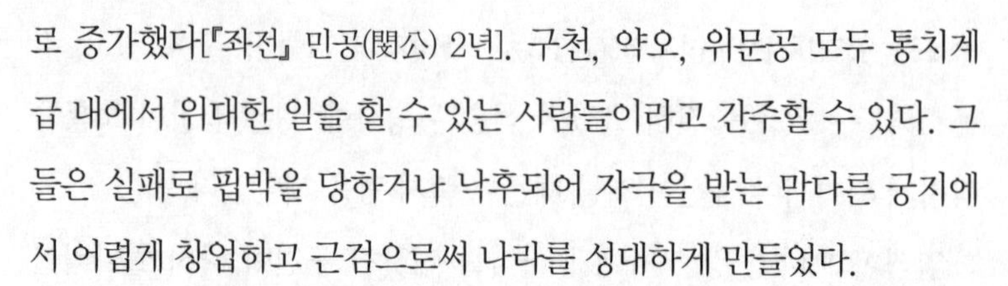

로 증가했다[『좌전』 민공(閔公) 2년]. 구천, 약오, 위문공 모두 통치계급 내에서 위대한 일을 할 수 있는 사람들이라고 간주할 수 있다. 그들은 실패로 핍박을 당하거나 낙후되어 자극을 받는 막다른 궁지에서 어렵게 창업하고 근검으로써 나라를 성대하게 만들었다.

복식은 밖으로 드러난다. 때문에 검소와 사치는 모두 필연적으로 복식에 표현되어진다. 중국 민족은 근검을 미덕으로 삼는다. 때문에 "여성의 소박한 옷차림"에 관한 적지 않은 미담이 전해지고 있다. 동한(東漢) 때 환소군(桓少君)이 포선(鮑宣)에게 시집을 갔다. 소군의 집에서 매우 많은 혼수를 준비했다. 포선이 소군에게 "당신은 부유한 집에서 태어나 어여쁨을 받으며 응석받이로 길러지고 아름다운 장식에 습관이 되었겠지만, 나는 매우 가난해 이러한 예물을 감당할 수 없소."라고 말했다. 소군은 바로 혼수로 준비한 복식을 모두 친정에 되돌려 주고 짧은 베로 된 치마로 갈아입고 포선과 작은 수레를 끌고 포선의 고향으로 돌아갔다『후한서 · 열녀전』. 맹광(孟光)은 양홍(梁鴻)에게 시집갔다. 신부 장식을 하고 문을 들어서자 칠일 동안 양홍이 그녀에게 말을 하지 않았다. 맹광이 꿇어앉아 그 이유를 물으니 양홍이 "내가 원하는 것은 산에서 같이 은거할 수 있는 소박한 옷을 입은 여인이었소. 지금 당신이 화려한 비단 옷을 입고, 연지와 분으로 치장

▲ 양홍상(梁鴻像)

해서 내 마음에 들지 않소이다."라고 말했다. 맹광은 즉시 머리 모양을 바꾸고, 포의(布衣)를 입고 집안일을 하기 시작했다. 양홍이 매우 기뻐하며 "이제야 진짜 양홍의 처이구려."라고 말했다[『후한서 · 일민열전(逸民列傳)』]. 대 유학자 마융(馬融)의 딸 마윤(馬倫)이 원외(袁隈)에게 시집을 갔다. 마융이 가세가 넉넉하여 혼수를 매우 성대히 해서 보내자, 원외가 너무 과도하다고 싫어했다. 마윤이 "당신은 포선과 양홍과 같은 고결한 인사를 흠모하시니, 저도 소군과 맹군과 같은 여자가 되겠습니다."라고 말했다[『후한서 · 열녀전』]. 당연히 사회가 발전하면 생활도 부단히 향상된다. 따라서 여성의 소박한 옷차림이 결코 우리가 추구하는 목표는 아니다. 우리의 옷차림은 응당 갈수록 아름답고 좋아져야 한다. 그러나 허영을 흠모하지 않고 근검을 숭상하는 미덕은 드높일 가치가 있다.

복식과 의용(儀容), 언사(言辭), 행동거지(行動擧止)

유가의 예교는 복식이 사람의 행위에 대해 미치는 상응된 결속 작용을 중시한다. 공자가 노애공(魯哀公)에게 "상복을 입은 사람은 음악을 듣지 말라는 것은 귀로 들을 수 없다는 것이 아니라, 복제(服制)가 사람으로 하여금 그렇게 한 것이고, 제복(祭服)을 입은 사람은 향내나는 음식을 먹어서는 안 된다고 한 것은 입으로 맛을 볼 수 없다는 이야기가 아니라, 복제가 이렇게 한 것이다."라고 했다[『순자 · 애공(哀公)』]. 어느 정도 선에서 복식에 상응되는 일정한 규범적 의용(儀容), 언사, 행동거지가 요구된다. 예를 들면 황제는 후궁에서 비(妃)와 자유롭게 말하고 웃을 수 있지만, 관을 쓰고 용포(龍袍)를 입고, 의용은 위엄이 있으며 행동은 장중해야지, 신하 앞에서 비뚤어진 자세를 하거나 히죽거리는 것은 모두 걸맞지 않다. 대장 역시 영웅이 미인의 관문에서 벗어나기 어렵다지만 군장(軍

裝)과, 전포(戰袍)를 착용해야 하고, 의용은 위풍당당해야 하며 행동은 안정되고 중후해야지, 병사들 앞에서 몸을 꼬며 살랑살랑 거리는 소녀같은 태도를 취해서는 안 된다.『예기 · 표기(表記)』에 있는 다음의 글은 이러한 관점을 잘 드러내고 있다.

> 군자는 군자의 복장을 하면 군자의 의용이 장식되고, 군자의 의용이 있으면 군자의 말이 장식되며, 군자의 말이 있으면 군자의 덕이 실행된다. 이 때문에 군자는 군자의 복장을 하고 군자의 의용이 없음을 부끄러워하고, 그 의용은 있으나 그 말이 없음을 부끄러워하고, 그 말이 있으나 그 덕이 없음을 부끄러워하고, 그 덕이 있으나 행동이 없음을 부끄러워한다.

군자는 의용, 언어, 행동거지가 복식에 맞지 않음을 부끄럽게 여겼다. 이 관점은 어느 정도의 합리성이 있다고 할 수 있다.

그러나 의용, 언사, 행동거지의 구체적 규범은 민족에 따라 다르고 시대에 따라 변한다. 아울러 각종 사회관계의 제약을 받는다. 고대 군자의 그러한 예절은 유가의 지성선사(至聖先師)라 칭하는 공자를 모범으로 삼아도 무방하다. 『논어 · 향당(鄕黨)』에서 공자는 일반 사교와 조회, 그리고 국가 대사 활동에서 다른 대상과 접촉하는 의용, 언사, 행동거지를 번거롭다고 여기지 않고 세세히 기술했다. 예를 들면 마을 사람들 앞에서 공자는 온화, 선량, 공경, 양보를 했지 언사(言辭)에 능했던 것 같지는 않다. 조정안에서 공자는 오히려 언사를 잘했지만 태도는 매우 신중하고 공경스러웠다. 하대부(下大夫)와 말을 할 때 공자는 강직하게 했고, 상대부(上大夫)와 말을 할 때

온화하게 했다. 공부(公府)의 대문을 들어갈 적에 공자는 "몸을 굽히고", 태도를 엄숙히 하고 발걸음을 조심했다. 설 때는 문 가운데 서지 않았고, 다닐 때는 문지방을 밟지 않았다. 국군(國君)의 전당에 오를 때 공자는 옷을 약간 들어올리고, 등허리를 구부리고 숨을 죽여 숨을 쉬지 않는 것처럼 했다. 이 일련의 예의와 의용 규범은 당시 특정 사회관계의 수요에 적응해서 만들어진 것으로, 배우는 데 그다지 용이하지도 않고 받아들이기에 좋지도 않다. 분수를 제대로 파악하지 않고 위를 공경하고 아래에 겸손하면 위에 아첨하거나 아래를 속이게 되거나 가식이 너무 심할 것이다. 역대 존재하던 일부 은사(隱士)와 일민(逸民)은 이 독점적 제약의 소치를 달게 받아들이려 하지 않았다. 곤궁히 스스로 경작을 할지언정 허리를 굽히는 것을 부끄럽게 여겼던 도연명(陶淵明)이 바로 그러한 예 중의 한 사람이다.

▲ 공자 강학도(講學圖)

『홍루몽』에서 가보옥은 평소 "높은 관과 예복을 가장 싫어했고", "사대부 모든 남자와 만나서 이야기하지만", 매번 하인이 "나리라고 부르면", 심리적으로 자연스럽지 못해 하며 바삐 이홍원(怡紅院)으로 돌아와 손님을 만나는 의복으로 갈아입는다. 한번은 가우촌(賈雨村)에 와서 가정(賈政)에서 보옥을 불러서 만나겠다는 명을 전했다. 보옥은 장화를 신고 옷을 갈아입으면서 원망했다. 사상운이 "자연히 네가 빈객을 접대할 줄 알기 때문에, 나리가 너에게 나가라고 한다."고 말하자, 보옥이 "어디에 나리가 있어요, 그 스스로가 나를 청해 보려고 하는 것이지요."라고 답했다.

사상운이 "주인은 귀한 손님이 오면 친절해야 하니 응당 네가 그의 이목을 끄는 좋은 점을 자극해야 만나줄 것이다."고 말했다. 보옥은 "됐어요, 됐어요! 나를 우아하다고 생각지 마세요. 나는 매우 저속한 사람이라 결코 이러한 사람과 왕래하고 싶지 않아요."하고 답했다.(제32회)

그러나 가보옥은 이름난 명문세도가 집안에서 태어나 어렸을 때부터 예의 규범의 교양을 받았기 때문에 설사 마음에서 원하지 않았더라도, 접대를 할 수 있었다. 때문에 가모(賈母)가 강남의 견가(甄家)의 집을 관리하는 네 명의 여자들에게 다음과 같이 말했다.

"그들이 설마 무슨 괴팍한 질병이 있더라도, 외부인을 만나면 반드시 단정한 예의가 드러난다. 설사 모두가 그를 지나치게 귀여워하더라도 첫째 사람들의 호감을 얻고, 둘째 사람을 만나는 예의가 어른이 행하는 것보다 훨씬 좋기 때문에 사람들로 하여금 매우 사랑하고 귀여워하게 한다."(제56회)

가모(賈母)가 말한 "예의"는 바로 귀족사회 활동 중의 의용, 언사, 행동거지이다. 이 방면에 교양이 없이 단지 복식의 화려함에만 의지한다면 사람들의 비난을 받아야 한다. "화려하게 차려 입은 귀족 자제"라는 명성이 좋지 않은 원인은 바로 여기에 있다.

화려하게 차려 입은 귀족 자제를 제외하고 다양한 사회생활 가운데 옛사람들은 항상 "산(酸)과 촌(村)"이라는 두 가지 현상을 비웃었다. "산"이란 일반적으로 지위가 비교적 낮은 지식인이 의용, 언사, 행동거지에서 가식이 너무 심한 것을 가리킨다. 궁핍한 수재가 줄곧 꾸밈에 치중한다면 사람들에 의해 "산"이라고 풍자될 것이다. 『서상기(西廂記)』의 장생(張生)은 처음에 "공명을 이루지 못한 평민"으로, 그의 언사와 행동거지는 매우 깊고 의젓해 오히려 가식이 아니라 분명히 내재적 소양이 있었다. 그렇지만 연인 홍낭(紅娘)에 의해 "연인을 간절히 그리워하는 인물"로 변해버렸다. 『경화연(鏡花緣)』의 숙사국(淑士國)의 주보(酒保) 역시 "유건(儒巾)을 쓰고 소복(素服)을 입고 얼굴에

▲ 장생(張生)과 홍낭(紅娘)

는 안경을 쓰고 손에는 부채를 든 매우 고상한 사람"으로 입만 열면 바로 "세 분 선생님께서는 보기만 하고 설마 술을 안 드시진 않겠지요? 아니면 안주를 드시렵니까? 감히 밝음으로 가르쳐주시길 청합니다.", "선생에게 가르침을 청하려면 술이 한 병 필요합니까? 두 병 필요합니까? 안주는 한 접시 필요합니까? 두 접시 필요합니까?"하고 떠든다. 임자양(林子洋)이 "당신은 주보군요. 입 가득 글에 통달했다고 하니 이것이 무슨 뜻입니까? 정말 가득 찬 병은 흔들리지 않으나 반병은 흔들리는구려!"라고 풍자한다. 사람을 신랄하게 풍자하는 '빈 수레가 요란하다'에 해당하는 속어 "반병초(半瓶醋)"는 바로 여기에서 유래되었다. "산"은 이처럼 등급사회에서 복식과 의용, 언사, 행동거지가 서로 걸맞지 않은 일종의 현상을 의미한다. 일반적으로 귀족사회의 예의와 용모는 화려하거나 진귀하지 않는 것을 추구했다. 반대인 것도 있다. 이상은의 『의산잡찬(義山雜纂)』에 "촌한(村漢)이 새 옷을 입으니 곤궁하고 초라하다."란 말이 있다. "촌(村)"이란 거칠고 몰상식하고 비속함을 가리킨다. "촌한(村漢)"은 시골 사람이라고 번역할 수 있다. 도시 귀족의 눈에는 시골 사람이 새 옷을 입은 것은 그들의 거칠고 속된 언행을 가리지 못할 뿐만 아니라, 오히려 복식과 예용이 걸맞지 않은 현상을 형성하는 것으로 보였다. 왕군옥(王君玉)의 『잡찬속(雜纂續)』의 "촌기(村妓)가 화장하고 머리를 빗으니 매우 우습다.", 소식(蘇軾)의 『잡찬이속(雜纂二續)』의 "촌리(村里) 사위가 복두[幞頭 : 송대 도시 사람들이 자주 머리에 착용하던 것]를 싸매니 쾌활하지 못하다." "촌리(村里) 사람의 몸의 자태는 바꿀 수 없다." 등에는 모두 유사한 풍자가 포함되어 있다. 이 안에는 농민을 경시하는 편견이 존재하고 있다. 또한 봉건사회에서 교육의 기회를 박탈

당한 농민의 문화적 교양 결여 및 도시에 비해 매우 낙후되고 폐쇄된 빈궁한 농촌 벽지의 실제 상황이 반영되어 있다.

유가는 복식과 의용, 언사, 행동거지의 알맞은 호응을 강조했다. 그러나 일찍이 곤궁을 겪어보고 시달림을 받아본 공자는 의용, 언사, 행동거지 방면의 소양을 복식보다 더 중요시했다. 『논어 · 자한(子罕)』에서 공자는 "설사 낡고 해진 솜옷을 입고 여우 가죽옷을 입은 귀족 사이에 서 있더라도 조금의 부끄러워하는 기색이 없는 사람은 자로(子路)일 것이다."라고 자로를 칭찬했다. 일반적인 사람이었다면 의용, 언사, 행동거지에서 남보다 못함을 부끄러워했을 것이다. 『논어 · 이인(里仁)』에 "선비가 도(道)에 뜻을 두었지만 나쁜 옷과 나쁜 음식을 부끄러워하는 자라면 도를 논할 수 없다."라는 공자의 말이 기록되어 있다. 오직 도에만 뜻을 두고, 낡고 해진 옷을 입더라고 결코 부끄러워해서는 안 된다. 숙사국의 주보와 같이 빈 수레가 요란한 사람은 조소를 당해야 한다.

『시경』에는 하나는 바르고 하나는 바르지 못한 두 명의 귀족 여인의 형상이 묘사되어 있다. 전하는 바에 의하면 『시경 · 용풍(鄘風) · 군자해로(君子偕老)』는 위선공(衛宣公)의 부인 선미(宣美)를 풍자했다고 한다. 시에서 성대한 그녀의 복식이 형상화 되어있다. 매우 예쁜 머리장식 "부계육가(副笄六珈)"를 착용하고, 매우 고귀한 복장 "유적(褕翟)"과 "궐적(闕翟)"을 입었다. 동시에 글자의 행간에도 그녀의 "이와 같이 성대한 복장이 국가를 혼란하게 했음"을 암시하고 있다[『모시정전(毛詩鄭箋)』]. 『시경 · 위풍(衛風) · 석인(碩人)』은 위나라 장공(莊公)의 부인 장미(莊美)를 찬미했다고 한다. 시안에서 그녀의 복식을 "비단 옷에 경의(褧衣)를 입었다."라고 묘사하고 있고, 의용을

"애교 있는 웃음이 아름답고, 아름다운 눈동자가 분명하다."라고 묘사하고 있다. "경(褧)"은 홑 천으로 된 덧옷이다. 장미가 비단 옷 밖에 홑적삼을 입고 있던 것은 일종의 행동거지의 표현이다. 『예기 · 중용(中庸)』에서 이에 대해 "스스로 화려한 옷차림을 크게 자랑하기를 원치 않는다."고 칭찬했다. 『정전(鄭箋)』에서 이 구를 해석할 때 화려한 복장을 뽐내는 것은 소인에 가깝다고 말했다. 이는 옛 사람이 쓴 『여사잠(女史箴)』을 상기시켜 준다. 그 내용 안에는 비록 수많은 봉건찌꺼기가 있지만, 오히려 거울로 삼을만한 간단한 말속에 담겨 있는 참된 지식과 명쾌한 견해가 많이 있다. 예를 들면 배일민(裵逸民)의 『유사잠』에서는 "사람이 바른 복장을 알지만, 행동의 실마리를 모른다. 복장이 아름다우면 사람을 움직일 수 있고, 행동이 아름다우면 마음을 움직일 수 있다."라고 했다. 장화(張華)는 『여사잠(女史箴)』에서 "사람이 모두 그 의용을 꾸밀 줄 알지만, 그 성(性)을 꾸밀 줄 모른다. 성을 꾸미지 않으면 예의 바름을 잃게 될 것이다."라고 말했다. 이러한 말들은 사실 남자에게도 똑같이 적용된다.

고금의 상황은 매우 다르다. 장미가 귀족여인으로서 화려한 복장을 남 앞에서 과시하지 않은 것은 확실한 교양의 표현이다. 현재 국민 생활이 보편적으로 향상되면서 남녀를 막론하고 조건이 되면 보다 좋게 입는 것은 모두 정상적인 현상이다. 그러나 전통관념이 단지 복식의 화려함만을 추구하고, 의용, 언사, 행동거지와 소양을 중시하지 않는 것에 대해 취했던 비평은 오늘날에도 여전히 매우 큰 가치가 있다.

호복(胡服) -상(上)

심괄(沈括)은 『몽계필담(夢溪筆談) · 고사(故事)』에서 "중국의 의관(衣冠)은 북제(北齊) 이래 모두 호복(胡服)을 사용했다."라고 했다. 어떤 이는 "모두"란 말이 너무 지나치다고 이야기하지만, 호복(胡服)이 한족(漢族)의 복식 발전에 매우 거대한 영향을 준 것은 확실하다. "호(胡)"는 모호한 용어이다. 다른 역사적 시기에 어떤 때는 오로지 흉노(匈奴)만을 가리켰고, 어떤 때는 동북(東北)에서 서북(西北)까지의 모든 유목민족을 총괄하여 가리켰고, 어떤 때는 심지어 더욱 광범위하게 쓰였다. 복잡한 곡절을 두루 경험한 과거에서 오늘날의 현실에서 "호(胡)"의 대다수는 이미 한화(漢化)되거나 중화민족 대가족의 일원이 되었다. 이 때문에 우리는 총체적으로 호복을 중국 전통복식문화의 대립물(對立物)로 보아서는 안되고, 호복이 풍부하고 다채로운 중화복식 보고(寶庫)의 구성 부분임을 확인해야 한다. 그러나 역사의 긴 강이 합치는 곳에서부터 지류를 따라 거슬러 올라간다면 당시 중국인은 "호(胡)"를 오늘날의 "양(洋)"을 대하는 것과 같이 보았다. 또한 전통복식과 외래복식 사이에는 상호 영향과 침투의 문제, 심지어 상호 충돌, 상호 흥망의 문제가 확실히 존재하고 있다. 최초로 호복을 전면적으로 도입한 사람은 전국시대의 조(趙)나라 무령왕(武靈王)이다. 그는 군사적 목적에서 "말타기와 활쏘기 때 호복 사용"을 제창했다[『사기 · 조세가(趙世家)』]. 당시 중원의 전통복식을 보면 예복은 상의하상(上衣下裳)이었고, 평상복은 연의(連衣), 상(裳) 하나로 된 "심의(沈衣)"였다. 의(衣)는 크고 넓은 소매를 숭상했고, 상(裳)과 심의(深衣)는 모두 "짧은 것은 피부가 드러나서는 안되고, 긴 것은 땅에 닿아서는 안 되었고[『예기 · 심의(深衣)』]", 발의 복사뼈까지 내려온 것이 딱 좋았다. 이러한 복장 스타일은 수레에 오르는 데는 적합하지만 말을 타는 데는 적합하지 않다. 주나라 시대 귀족 자제는 "육예(六藝)" 교육을 받았다. 그 가운데 "어(御 : 마차를 다루는 기술)"와 "사(射 : 활쏘기)"가 있지만 오히려 "기(騎 : 말타기)"가 없다. 사예(射藝)를 학습할 때 역시 특별히 가죽으로 제작된 "사구(射鞲)"라는 토시를 사용해 넓고 큰 소매를 묶어야 한다. 춘추에서 전국 중기까지 각국이 교전할 때 대부분 전차를 사용해 기병(騎兵)은 중요한 위치를 차지하지 못했다. 기병 특히 기사(騎射)는 북방 유목민족의 창조로 그 이동의 신속성, 습격의 돌연성, 여러 가지 지형에 적합한 융통성은 전차로서는 미칠 수 없었다. 전국 칠웅(七雄) 중 진(秦), 조(趙), 연(燕) 삼국은 북방 유목민족과

▲ 주나라 시대 청동무사(靑銅武士)

▲ 죽림칠현(竹林七賢)

국경을 마주하고 있었기 때문에, 호기(胡騎)의 소란으로 인한 고통을 많이 받았다. 진나라의 장성, 월나라의 장성, 연나라의 장성은 모두 북방 민족의 기병에 대처하기 위해 축조되었다. 호복과 기사는 서로 호응한다. 몸에 달라붙는 좁은 소매, 긴 바지와 가죽 장화는 확실히 매우 깔끔하다. 조나라 무령왕은 "옷이란 편하게 사용되어야 한다[『전국책(戰國策)·조책(趙策)』]"는 관점을 견지해 반대파의 갖가지 의견, 즉 "선왕의 법", "성현의 가르침", "풍속을 변화시키고 백성을 어지럽힌다.", "오랑캐의 행동" 등에 대해 일률적으로 반박했다. 그 본인은 물론 장군과 수사(戍史)가 호복을 착용했을 뿐만 아니라, 대부, 적자(嫡子) 역시 착용해야 했다[『수경(水經)·하수주(河水注)』에서 『죽서기년(竹書紀年)』인용]. 월나라가 기사전술(騎射戰術)을 채용한 이후 중산(中山)을 이기고, 임호(林胡)와 누번(樓煩)을 격파한 것으로 보아 기사전술이 호복 착용에 확실한 작용을 했다. 뒷날 이목(李牧)의 흉노 대파는 빠른 전달(봉화대)과 정보(간첩활동) 중시 이외에도 주로 기병의 도움에 의해 이루어진 것이었다.

▲ 말을 탈 때 검을 차고 꿇어앉은 사람 상

조나라 무령왕이 호복으로 바꾼 구체

적인 형식과 제도의 역사가 상세하지 않다. 『전국책』에서 그가 대신 주소(周紹)에게 "황금사비(黃金師比)"를 하사했다는 말만 전하고 있다. "사비(師比)"는 동호(東胡) 선비족(鮮卑族)이 사용하던 허리띠의 갈고리이다. 이를 통해 조나라 무령왕이 말하는 "호"가 "동호"를 가리킴을 알 수 있다. 그밖에 유조(劉照)의 『석명(釋名)』에 의하면 장화(韡)는 원래 호복에 속했는데 조나라 무령왕이 처음으로 들여왔다고 한다. 『후한서 · 여복지』에 의하면 한나라의 무관(武冠)에 황금고리를 달고, 매미 날개처럼 얇은 견직물인 부선(附蟬)과 담비꼬리로 꾸며 "조혜문관(趙惠文冠)"이라 칭했다. 혜문왕(惠文王)은 무령왕의 아들이다. 다시 서광(徐廣)의 말을 인용하자면 조나라 무령왕이 호복을 본받아 황금고리로 머리를 장식하고, 앞에는 담비 꼬리

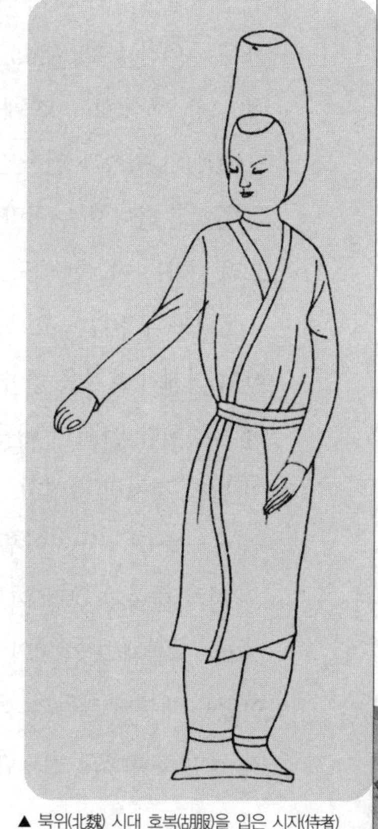

▲ 북위(北魏) 시대 호복(胡服)을 입은 시자(侍者)

를 꽂아 귀한 직위를 드러냈다. 진나라가 조나라를 멸하고 그 군관(君冠)을 가까운 신하들에게 하사했다. 사서의 기록은 단지 여기에서 그친다. 황금고리, 부선, 담비 꼬리는 모두 장식품이다. 이렇게 볼 때 조나라 무령왕은 단지 호복의 사용의 편리를 취했음은 물론 아름다움까지 고려했던 것이다. 실용과 아름다움은 바로 복식문화 발전에서 따르고 있는 두 가지 원칙이다.

동한(東漢)의 영제(靈帝) 역시 호복을 좋아하기로 유명하다. 그러나 그의 외래문화를 대하는 태도는 조나라 무령왕과 근본적인 차이가 있다. 조나라 무령왕이 "호"의 장점을 취해 자신을 위해 사용한 것은 루쉰이 말한 "가져오기 주의"이다. 동한의 영제는 다르다. 그는 "호"자가 들어간 "호장(胡帳), 호상(胡床), 호좌(胡坐), 호반(胡飯), 호공후(胡空侯), 호적(胡笛), 호무(胡舞)" 등을 모두 좋아했다. 그 영향이 "경도(京都)의 귀족과 인척은 모두 앞다투어 그것을 따랐다[『후한서 · 오행지』]."고 하니 이는 어리석은 "호"추종자였다. 외래문화의 발밑에 엎드려 절하는 이러한 태도를 범엽(範曄)은 "복요(服妖)"라고 비평했다.

조나라 무령왕이 호복을 본받은 것은 지역적 국한성이 있으나 동한의 영제가 호복을 좋아한 것은 겨우 수도의 귀족과 인척 사이에서만 유행했다. 호복이 대규모로 중국 전통복식에 침투한 시기는 심괄이 말한 것처럼 확실히 북제(北齊) 이후에 시작되었다. 동한이 남쪽의 흉노를 귀속시킨 이후 동진(東晉) 16국을 지나면서 북방 유목민족은 점차 한족과 장강 이북에서 크게 융합되었다. 북위(北魏)의 고조[高祖 : 효문제(孝文帝)]의 생모와 조모는 모두 한족 여자였기 때문에 어렸을 때부터 그들의 영향을 받아 한(漢) 문화에 매우 심취했다. 그가 낙양(洛陽)으로 천도한 후 선비인(鮮卑人)은 모두 한족 성으로 바꾸고, 한족 말을 말하고 한족 복장을 착용했다[『위서 · 고조기(高祖紀)』]. 그러나 그가 부딪히는 저항 역시 적지 않았다. 사서에서는 "나라 사람이 대부분 기뻐하지 않는다[『자치통감(資治通鑒)』권 139]."라고 말하고 있다.

한번은 그가 남정(南征)에서 수도로 돌아와서 낙양성 안의 선비족의 귀족 여인들이 여전히 호복을 입고 있는 것을 보고, 일상 국정을 대행하던 임성왕(任城王) 원징(元澄)을 문책했다.

"왜 살피지 아니하는가"

원징이 말했다.

"호복을 입은 사람이 입지 않은 사람보다 적습니다."

고조가 말했다.

"매우 기괴하구려! 임성(任城)의 의욕으로 모두에게 입게 할 수 있겠소? 말 한마디로 나라를 잃을 수 있다고 했거늘, 이것을 말함이로다!"[『위서 · 임성왕전(任城王傳)』]

이로 미루어 그가 한화(漢化) 추진에 매우 진지했음을 알 수 있다. 그러나 실제 상황은 호복이 금지되지 않았을 뿐만 아니라, 한족 전통 복식의 개조 작용을 했다. 이 점은 특히 평상복의 범위 안에서 표현되다가 북제(北齊)에 이르러 마침내 기풍이 되었다. 『구당서 · 여복지』에서는 "북조(北朝)의 평상복은 융이(戎夷)의 것을 섞어서 제작한다.", 남조(南朝)의 비교적 많은 고풍을 유지한 건갈군유(巾褐裙襦)와 다르고, "이에 북제(北齊)에 와서 장모(長帽), 단화(短靴), 합고(合袴), 오자(襖子)가 생겨났다."라고 말하고 있다. 수당(隋唐) 이후에 이러한 평상복은 점차 강남에서 착용되었다.

무엇을 합고(合袴)라 하는가? 바로 만당고(滿襠袴)이다. 지금 대다수의 사람들은 아마도 만당(滿襠)의 장고(長袴)가 호복이고, 인형의 개당고(開襠袴 : 가랑이가 합쳐지지 않은 바지)에 바로 화하(華夏)의 고풍이 보존되어 있음을 모를 것이다. 고대에는 남녀를 막론하고 아래는 모두 상(裳)을 입었다. 상이 바로 뒷날의 군(裙)이다. 상과 군 안에 있는 것이 바로 "고(袴)"이다. 『설문』에 "고(袴), 경의(脛衣), 즉 고는 정강이 옷이다."라고 되어있는 것은 특별히 다리를 따뜻하게 하기 위한 것이었다. 예전에는 대부분 "고"가 지금의 덧바지와 같다고 생각했지만, 출토유물을 통해 본 실제는 개당고였다. "짧은 것은 피부를 보여서는 안 된다."라는 '상(裳)'과 '군(裙)'에 있어 은밀히 가려졌던 문제를 해결할 수 있었다. 때문에 고대 남녀는 모두 습관적으로 개당고를 입었으며, 이는 화장실과 같은데서 매우 편리했다. 서한(西漢)에 일시 권력을 장악했던 중신 곽광(霍光)이 있다. 그는 자신의 외손녀를 한나라 소제(昭帝)에게 주어 황후를 만든 뒤 황후에게 "홀로 총애를 받는 아들이 있게 하려고", 후궁들로 하여금 "모두 궁고(窮袴)를 착용하게 했다. 대부분이 거기에 띠를 둘러 후궁 중 나아가는 이가 없었다."라고 한다[『한서 · 외척전상(外戚傳上)』]. 복건(服虔)의 주(注)에는 "궁고는 앞뒤가 막혀 있어 왕래가 불가능하다."고 되어 있다. 안사고(顔師古)는 "궁고는 바로 지금의 곤당고(緄襠袴)이다."라고 했다. 이로써 한나라 소제 이전에 여자들은 확실히 개당고를 입었음을 알 수 있다. 한나라 경제(景帝) 때의 주인(周仁)은 경제의 극진한 총애를 받아 후궁에 진입할 수 있었고, 심지어 경제가 내전에서 사랑을 나눌 때도 옆에 있을 수 있었다. 『한서 · 주인전(周仁傳)』에서 경제가 주인을 총애한 원인을 두 가지로 이야기하고 있다. 하나는 "위인음중불설(爲人陰重不泄)"이다. 안사고(顔師古)는 "본성이 비밀스럽고 무거워, 다른 사람의 말을 발설하지 않는다."라고 해석하고 있다. 또 다른 하나는 "늘 옷을 가리는 옷, 즉 익고(溺袴)"를 입고 있었다는 것이다. "익고(溺袴)"를 안사고는 "뇨고(尿袴)"라고 해석했지만, 실제로는 바로 "궁고(窮袴)"이다. 헝겊을 대서 기운 낡은 의복을 입었다는 것은 그가 이성을 유혹하려고 하지 않았음을 설명해주고, 만당고를 입었다는 것은 이성과 사통하기에 불편했음을 설명해준다. 게다가 그가 비밀을 매우 잘 유지했기 때문에 경제가 안심하고 후궁 출입을 허락한 것이다. 주인(周仁)의 "익고" 착용이 특별한 예가 되어 사서에 기록되어 있는 것으로 보아 그때 귀족 남자 역시 상례적으로 개당고를 착용했음을 알 수 있다. 고대에 왜 남녀의 규율이 그렇게 엄했을까? 여자아이는 깊은 규방에서 길러지고, 안과 밖이 격리되어야 했던 것은 아마도 당시의 복장 스타일이 그다지 안전하지 못했던 점과 관계가 없지 않는 듯하다. 한나라 무제(武帝)는 음력 3월 3일 불계(祓禊 : 신에게 재액을 떨치기 위해 지내는 제사)에서 돌아와 평양공주(平陽公主)의 집에서 잠시 앉아 있다가 가기(歌伎) 위자부(衛子夫)를 보았다. 『사기 · 외척세가(外戚世家)』에는 "무제가 일어나 의복을 갈아입을 때 자부가 상의헌(尙衣軒) 안에서 시중을 들다 은혜를 입었다."라는 기록이 있다. "상의헌"은 천자의 대가(大駕)를 수행하는 수레의 하나로 그 안에는 당연히 비단 이불이 깔린 침대가 설치되어 있었을 것이다. 3월 3일이 다소 따뜻하다고 하지만 그래도 추운 날씨이다. 그래서 품이 넓은 옷을 입어야만 좋은 일을 이룰 수 있었을 것이지만, 그래도 어찌 그다지 춥지 않았겠는가? 『사기 · 공자세가(孔子世家)』에 "숙량흘(叔梁紇)이 안씨(顏氏) 여자와 야합(野合)하여 공자가 태어났다."라고 직설적으로 기록되어 있다. 후인들은

대부분 존경하는 사람을 위해 이를 말하기 꺼려했고, 불합리하게 "야합"이란 두 글자를 보기 좋게 꾸몄다. 사실 야합은 바로 야합이다. 이른바 야합이란 사실상은 주나라 시대의 예교로 "중춘(中春)에 남녀가 만나는 일종의 풍속"을 가리킨다. 『주례 · 지관(地官) · 매씨(媒氏)』에 "중춘달에 남녀를 만나게 한다. 이때에는 분방한 것을 기피하지 않는다."라고 기록되어 있다. 음력 2월은 시기상 매우 추운 때이다. 만일 "고"가 일을 하기에 편하지 않았다면, 한기를 또 어떻게 견뎠을까? 이러한 예는 모두 옛날 고가 지금의 고(褲 : 바지)와 다른 점이 있는 바로 개당고임을 증명해 준다.

서한(西漢)의 자서(字書) 『급취편(急就篇)』에 "첨유겹복습고곤(襜褕袷復褶袴褌)"이란 구절이 있다. 이를 안사고(顔師古)가 "고(袴)의 합당(合襠 : 가랑이가 붙어있는 것)을 곤(褌)이라 한다."라고 해석한 것을 보면 한의 풍속에서 고대 역시 합당고를 "곤"이라 칭했음을 알 수 있다. 그러나 한대(漢代)에는 대부분 노동자가 착용하였다. 산동(山東) 문상현(汶上縣)에서 출토된 동한(東漢)시대의 화상석(畵像石)의 백정은 모두 무릎에 미치지 않은 반바지를 입고 있는데 바로 "곤"이다. "상"이 노동에 불편하고 옷감이 낭비되기 때문에 노동자 대부분은 "곤"으로 부끄러움을 가리는 문제를 해결했다. 사마상여(司馬相如)는 너무 가난했다. 그가 탁문군(卓文君)과 임공(臨邛)에서 술을 팔 때, "문군(文君)이 난로 앞에 있고, 상여는 직접 독비곤(犢鼻褌)을 입고 심부름꾼과 같이 일했다『사기 · 사마상여열전(司馬相如列傳)』." 집해(集解)는 위소(韋昭)의 "세 척의 베로 만들며, 모양은 독비(犢鼻 : 송아지 코)와 같다."라는 말을 인용해, 독비곤은 삼각 팬티와 조금 비슷하다고 설명했다. 이전 사람들은 "앞치마"라고 해석했다[왕선겸(王先謙)의

『한서보주(漢書補注)』]. 그러나 이는 "곤"이 "합당고"라는 뜻과 서로 맞지 않는다. 산동 문상현의 화상석에 있는 삼각 팬티를 착용하고 있는 노동자가 바로 이를 증명해준다. 당시 귀족 자제들은 대부분 환고(紈袴 : 흰 비단으로 만든 바지)를 착용했기 때문에, "곤" 특히 "독비곤" 착용을 부끄럽게 여겼다. 때문에 탁(卓) 왕손이 부득불 돈을 내어 탁문군을 도왔다. 가난한 집 아이들은 겨울에도 "복곤(復褌)", 즉 두 겹으로 된 짧은 바지를 착용한다. 『세설신어 · 숙혜(夙惠)』에 의하면 한강백(韓康伯)이 몇 살 안되었을 때, 집이 극도로 가난해 혹한에도 단지 상반신에 착용하는 짧은 옷만 가지고 추위를 해결해야 했다. 그의 어머니가 "복곤"을 만들어 주자, "상의만 입어도 충분하니, 복곤을 만들지 마세요. 인두가 뜨거워지면 자루도 뜨거워지듯, 윗도리가 따뜻하면. 아랫도리도 따뜻해질 테니까요."라고 말했다고

▲ 독비곤(犢鼻褌)

한다. 아이들뿐만 아니라 어른들도 왕왕 "곤"을 입지 못했다. 삼국 시대 위(魏)나라의 가규(賈逵)는 젊었을 때 "집이 가난해 겨울에 항상 고(袴)를 입지 못했다. 그 처형 유부(柳孚)집에 가서 자고 날이 밝은 지 얼마 되지 않아 유부의 '고'를 입고 갔다."라고 한다[『삼국지 · 위서, 가규전(賈逵傳)』주에서 『위략(魏略)』인용]. 가규가 고를 입지 못했지만, " 세 척의 베"로 만든 고를 대개는 입었을 것이다. 『진서 · 완적전(阮籍傳)』에 완적이 저술한 『대인선생전(大人先生傳)』이 있다. "많은 이가 곤 안에 있다.", " 움직이면 곤당(褌襠)에서 감히 나오지 못한다."를 가지고 "군자가 역내에 거처함이, 어찌 이가 '곤' 안에 있는 것과 다르리요."라고 비유했다. 또 "완적(阮籍)과 완함(阮咸)이 도로 남쪽에 살고, 동족은 모두 도로 북쪽에 살았다. 북쪽에 사는 완씨는 부유했지만, 남쪽에 사는 완씨는 가난했다. 7월 7일 북쪽에 사는 완씨가 의복을 말렸는데, 모두 화려해 눈을 부시게 했다. 완함은 뜰에서 장대에 큰 천으로 만든 독비(犢鼻)를 걸어 놓았다. 사람들이 이상하게 여기자 그는 간단하게 할 수 없어 잠시 복잡하게 했을 뿐이다고 대답했다."고 했다. 위진(魏晉) 무렵 청빈한 선비 가운데 독비곤을 착용한 사람이 있었음을 알 수 있다. 북제(北齊)에 이르러 상층 귀족 역시 "합고(合袴)"와 "오자(襖子)"를 착용하게 되었다. 이는 "융이(戎夷)의 형식"이 뒤섞이면서, 호복의 영향을 받은 것이었다.

섬서성(陝西省) 장안현(長安縣)의 객성장(客省莊)에서 흉노족 고분을 발굴하고 객성장 140번묘라고 번호를 매겼다. 연대는 대략 전국(戰國) 말년에서 서한무제(西漢武帝) 이전으로 추산된다. 유적 내에서 두 마리의 말과 두 사람이 새겨진 투조(透彫) 동장식(銅裝飾)이 발견되었다. 두 마리 말은 양쪽에 나뉘어져 있고, 두 사람은 중간에서 씨름 놀이를 하고 있다. 이것이 바로 초원민족의 전통적인 체육운동이다. 두 사람의 옷차림을 자세히 살펴보면, 한 사람은 상반신에 소매가 좁은 오자(襖子 : 저고리)를 착용하고 있음이 분명하게 드러나고, 한 사람은 상반신을 드러내고 있는 듯하며, 하반신은 두 사람 모두 복사뼈까지 길게 늘어진 "합고(合袴)"를 입고 있다[중국과학원고고연구소(中國科學院考古研究所) 『풍서발굴보고(灃西發掘報告)』삽화 참조]. 호인(胡人)들은 말을 타는 습관으로 인해 상(裳)이나 군(裙)과 같은 치마를 입을 수 없다. 부끄러움을 가리는 상이나 군이 없고, 개당고(開襠袴)는 자연히 착용할 필요가 없다. 북쪽 지방의 기후가 찬 것 또한 곤(褌)을 입기에 적합하지 않았다. 때문에 반드시 "합고", 즉 비교적 몸에 달라붙는 만당장곤(滿襠長褌)을 착용해야 했다. 미국 서부 목축업자들이 "청바지"로 세계적으로 유명해진 것과 같은 이치이다. 이 소매가 좁은 "오자", 몸에 달라붙는 "합고", 그리고 장화와 허리띠를 묶는 고리 [옛날에는 "사비(師比)", "선비(鮮比), "사비두(私鈚頭), "서비(犀比)라고 일컬음] 등은 모두 호복에 사용하기에 편리하다는 장점 때문에 중국전통복식에 진입되어 그 구성 부분이 된 예이다.

▲ 곤(褌)을 입은 잡기 예인

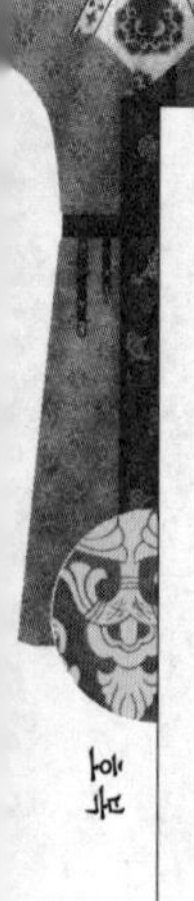

호복의 영향을 받았기 때문에 위진(魏晉) 이후의 "고(袴)"자는 아마 글자의 뜻이 이미 변화되어 점점 "합고(合袴)"의 약칭이 되었을 것이다. 『송서 · 유목지전(劉穆之傳)』에 따르면 송나라 고조 유유(劉裕)가 거사를 할 때 사람을 파견해 유목지(劉穆之)에게 나와서 협조해 달라는 편지를 보냈다. 유목지는 편지를 본 후 매우 오랫동안 망설이며 "방으로 돌아가 낡은 베로 된 상(裳)으로 고(袴)를 만들어 입고, 가서 고조를 만났다."고 한다. 남조(南朝)의 평상복은 원래 군유(裙襦)였지만, 종군할 때 군[裙 : 즉 상(裳)]이 불편했기 때문에 "고"로 개조했다. 이 "고"는 개당고가 아니라, 합고(合袴)이다. 『세설신어 · 태치(汰侈)』에서 "진무제(晉武帝)가 일찍이 왕무자(王武子)의 집을 방문했다. 무자의 집은 매우 호사스러웠고, 대접하는 반찬은 모두 유기그릇을 사용했고, 백여 명의 하녀는 모두 비단으로 된 고라(袴羅)를 입고 있었다."라고 했다. 여기서 말하는 "라(羅)"자는 매우 드물게 보이는데, 『옥편(玉篇)』에서는 "여성의 상의"라고 해석하고 있다. 그렇다면 "고라"라고 아울러 칭할 수도 있지만 "고" 역시 "합고(合袴)"임은 의심할 여지가 없다.

호복(胡服) -하(下)

호복의 중국복식문화로의 진입은 원래 호인(胡人)이라 칭하던 흉노(匈奴), 선비(鮮卑) 등의 종족과 한족의 융화가 대체로 완성되었음을 상징한다. 송나라 이후 북방에서 궐기한 소수민족 거란(契丹), 몽고(蒙古), 여진[女眞 : 만(滿)] 등의 종족을 여전히 습관대로 호(胡)라 총칭하는 사람도 있다. 예를 들면 남송(南宋) 육유(陸游)는 시에서 "어린 시절 만 번 죽더라도 호병(胡兵)을 피했다[『희견로회(戱遣老懷)』].", "유민(遺民)은 호(胡)의 먼지 속에서 눈물 다한다[『가을 밤 동이 트는 사립문에서 서늘함을 맞이하는 느낌 (秋夜將曉出籬門迎凉有感)』]."라고 했는데, 여기서 "호"는 주로 금(金)을 가리킨다. 명말청초(明末淸初) 고정림(顧亭林)은 시에서 "동호(東胡)의 기세가 하늘에 이른다[『증고추관함정(贈顧推官咸正)』].", "섬(剡)에서 호마(胡馬)의 핍박을 당한다[『곡진태부자룡(哭陳太仆子龍)』]."라고 했는데, 이곳의 "동호"와 "호"는 모두 청을 가리킨다. 구봉갑(丘逢甲)은 시에서 "좁은 소매 가벼운 적삼 옷차림 새롭고, 주강(珠江)의 바람과 달

사이로 '호'의 먼지 나부낀다[『주강어감(珠江書感)』]."라고 했다. 이는 바로 직접적으로 만주인(滿洲人)의 옷차림을 호복으로 여긴 것이다. 이러한 용어는 시인들의 그다지 과학적이지 못한 몽롱한 명칭이라고 해야 한다. 그러나 고대복식 상호 관계의 일반 규율을 토론하는 편리를 위해 잠시 비교적 광범위한 의의에서 "호복(胡服)"이란 단어를 사용하고자 한다.

자신이 있는 민족은 외래문화에 대해 폐쇄정책을 취하지 않는다. 대당제국(大唐帝國)이 강성했을 때, 상층 통치집단에서부터 일반 남녀에 이르기까지 이민족의 복장과 모자 착용, 이민족의 치장 학습은 모두 기이한 일이 아니었다. 북송(北宋) 말년 이민족의 복식에 대해 엄격한 금지 조치를 내린 것과는 다르다.

송나라 휘종 대관(大觀) 4년(1110) 12월에 "근래 경성 내에서 옷차림이 변방의 형식과 뒤섞인 사람이 있다. 전립(氈笠 : 모전으로 만든 삿갓)과 전포(戰袍 : 모전으로 만든 도포)를 착용하고, 이민족의 허리띠를 차는 것을 개봉부(開封府)에서 엄하게 금지시킴이 마땅하다."라는 조서를 내렸다[오증(吳曾)의 『능개재만록(能改齋漫錄)』 권13].

▲ 당나라 시대 호복(胡服)을 입은 여인

정화(政和) 원년(1111)에 다시 "모든 사대부와 서민은 경성 내에서 전립(氈笠)을 제멋대로 착용할 수 없다."라는 조서를 내렸다[오증의 『능개재만록』 권1].

정화 7년(1117), 휘종은 다시 "감히 전

립, 균돈(鈞墩) 등과 같은 거란복장을 하는 자는 황명 거역 죄로 다스리노라."라는 조서를 내렸다[『송사 · 여복지5』].

"균돈"은 여성이 착용하는 일종의 말고(襪袴 : 버선바지)이다. 외래 색채가 있는 전모(氈帽) 착용까지 황제가 여러 차례 명령을 내려 금지시킨 것은 명령이 이행되지 않는 유약한 상태를 설명해줄 뿐만 아니라, 통치층의 "호복(胡服)"에 대한 걱정과 두려움의 반영이다. 이는 당나라 태종이 "옛날부터 중화[中華 : 한(漢)]를 중시하고, 이적(夷狄)을 천시했으나, 짐은 홀로 한결같이 그들을 사랑한다[『자치통감』 정관(貞觀) 21년]."라고 공언한 생각과 그야말로 다르다.

요(遼)는 북송(北宋)과 장기간 대치했다. 『거란국지(契丹國志)』 권23에 의하면, 요나라의 의복 제도는 "국모(國母)와 이민족 관리는 모두 이민족 복장을 하고, 국주(國主)와 한족 관리는 한나라 복장을 했다."라고 한다. 거란족은 한족의 복식을 금하지도 않았을 뿐만 아니라, 군주가 한족의 예를 존중하고 따랐다. 그것에 비하면 송나라 휘종은 확실히 민족적 자신감이 부족했다.

그러나 역사도 증명하듯, 어떤 개방적 사회가 만일 외래문화에 완전히 심취되면, 활력 충만 상태에서 화란(禍亂)이 발생하는 상태로 변할 것이다. 이에 대해 중당(中唐)의 시인은 매우 잘 인식하고 있었다. 원진(元稹)은 『법곡(法曲)』에서 "호기(胡騎)에서부터 호진(胡塵)이 일어나고, 모취(毛毳)의 비린내와 노린내가 낙양에 가득하다. 여성은 호부(胡婦)가 되어 호장(胡裝)을 배우고, 광대는 호음(胡音)에 나아가고, 호악(胡樂)에 힘쓴다. …… 호음(胡音), 호기(胡騎)와 호장(胡裝)이 50년 이래 분분히 다투다 머무른다."라고 했다. 이는 '안사의 난'에 대해 남아 있는 심적 공포를 나타냈으며, 위기에 직면한 전통문화에

대한 시인의 깊은 근심을 표현했다. 백거이는 원화(元和) 연간 여성들이 호장(胡裝)을 학습해 "오고(烏膏)를 입술에 바르니 입술이 진흙 같고, 두 눈썹을 그려 팔자를 만든다.", "미추(美醜) 흑백(黑白)이 원래 모습을 잃었다."라고 하면서 이에 대해 매우 큰 불안을 느끼고, "원화년간, 화장하고 세수하는 그대는 명심하소, 상투틀고 붉은 얼굴 화려한 풍모가 아니라오."라는 경고의 말을 했다[「시세장」]. 오고(烏膏)를 바른 입술, 팔자 눈썹은 확실히 보기에 좋지 않다. 비록 이러한 "호장"이 당시 맹목적으로 한차례 유행되었다고 하지만, 실질적으로는 우담화(優曇華)처럼 잠시 나타났다 사라졌을 뿐, 전통복식 안에 어떤 흔적도 결코 남아있지 않다. 이는 어떻게 서양복식을 배워야 하는지에 대해 언급한 풍자개(豊子愷)의 말을 상기시킨다.

서양복식에는 "몸에 맞는 미"가 있다. 중국인은 이 점을 깨달은 후 목숨을 내걸고 "몸에 맞음"을 추구했다. 그리하

▲ 거란의 귀족

여 유행을 맹종하는 여자들이 입는 의복은 발에 양말을 신는 것처럼 신체 각 부분의 원형(原形)이 매우 잘 드러나, 행동할 때 전신은 누에나 뱀 같다. …… 나는 항상 몰래 그녀들을 위해 걱정한다. -옷으로 이렇게 꽉 싸고 있으니 공기가 통할 수 있을까?

풍자개는 조예가 매우 높은 현대 미술가로 그의 심미정취는 비교적 높은 경계에 도달했다. 그는 외래복식의 좋은 점을 배워야 한다고 제기했지만, "유행을 맹목적으로 따르고", "배움이 지나쳐 좋은 점이 나쁘게 변하는 것"을 걱정했다[『솔진집(率眞集)』]. 이러한 말은 "호장"을 얼토당토하지 않게 학습한다고 꼬집은 백거이의 비평과 의미상 서로 밀접한 관련이 있다.

한 민족이 다른 민족 복식의 장점을 흡수할 수 있는지의 여부는 민족 사이의 관계와 민족 감정이 어떤지에 달려있다. 청나라 건립초와 멸망 전후 한족의 만주족 복식에 대한 태도를 고찰하면 매우 재미있다. 청이 중국 관내로 들어가기 전 황태극(皇太極)이 후세에 선조의 관복을 폐기하고, 경솔히 한인의 풍속을 따르지 말라고 지시했다[『청사고(淸史稿)·여복지(輿服志)』]. 청나라는 요(遼), 금(金), 원(元) 3나라의 교훈을 총결했고, 의관을 한당(漢唐) 의식(儀式)으로 고쳐 사용한 것이 "국세를 점점 약하게 만든 원인"이라고 여겼다. 때문에 명나라를 멸망시킨 후 청나라 정부는 강제적 수단을 사용해 한인들에게 머리를 깎고 변발을 하고 청장(淸裝)으로 바꾸어 입을 것을 강요했다. 순치(順治) 2년 강남 평정 후 군신(群臣)과 생원(生員), 그리고 노인의 등급을 구분하는 법식을 제정하고, 즉시 중앙과 지방의

군사와 백성의 의관은 모두 국가의 양식을 준수해야 한다는 명령을 내렸다[『청사고, 세조기(世祖紀)』]. 이는 한족 선비와 백성들의 강력한 반항을 불러일으켰다. 청나라 초엽 몽주(夢珠)의 『열세편(閱世編)』에는 "본 조정이 순치 2년 강남을 평정했을 때, 군읍(郡邑)의 우두머리 관리들은 명나라의 옛 양식을 따라 여전히 사모(紗帽)와 둥근 깃이 달린 옷을 착용하고 일을 처리했고, 선비의 공복과 평상복은 모두 옛날식이었다."라고 되어있다. 순치 3년 3월에 젊어서 청에 투항하고, 당시 강남군무를 총 감독하던 홍승주(洪承疇)는 이러한 국면이 자못 스스로를 난감하게 만들고, 아울러 위에 뭐라 설명할 방법이 없음을 생각하고 즉시 "어찌 대청(大淸)의 신하로서 감히 일부러 황제의 명을 어기려 하는가? 방자하고 무심함이 이 보다 심한 것이 없다!"라고 엄금의 뜻을 내보였다. 살기를 느낀 관리들은 비로소 변발을 하고, 망건을 제거하고, 의관은 "한결같이 만주인의 양식"을 착용했다. 그러나 양정추(楊廷樞)처럼 소리를 높여 "목을 자르는 것은 작은 일이고, 머리를 깎는 것은 큰 일"이라고 주장하며 의연히 "의(義)"를 위해 죽는 사람도 있었다. 방이지(方以智)처럼 차라리 서슬이 시퍼런 칼날로 나아가더라도, 관직을 취하지 않고 끝내 승려가 된 사람도 있다. 염이매(閻爾梅)처럼 머리를 깎고 승복을 걸치고 일부러 술을 마시고 고기

▲ 사골계(四鶻髻)를 한 당나라 여인

▲ 주지유(朱之瑜)

를 먹는 사람도 있었다. 주지유(朱之瑜) 같이 일본으로 도망가 20여 년을 지내면서 끝내 명나라의 의관을 바꾸지 않은 사람도 있었다. 서방(徐昉)처럼 베옷을 입고 짚신을 신고서 산을 떠돌다 끝내 도시로 들어오지 않은 사람도 있었다. 이러한 사람들의 "호복" 착용 거절은 이민족의 폭력 아래에서 자기 민족의 존엄을 보호하고 유지하기 위한 정기와 대의, 고상한 풍모와 곧은 절개의 표현이었다.

명나라 말의 유일(遺逸)한 사람이 이와 같다. 청나라 말의 유로(遺老)와 유소(遺少)는 얼마나 될까? 267년 간 만주족 통치자는 한편으로는 자기 민족의 복식을 "국가의 형식"으로 만들어 견지했고, 다른 한편으로는 한족의 전통 문화 흡수와 계승을 고도로 중시하면서, 점점 한족으로 하여금 "매 왕조마다 정해진 형식이 있다."라는 관례의 승인 아래에서 만주족 복식이 본 왕조 전통복식이라는 현실을 받아들이게 했다. 신해혁명(辛亥革命) 이후 "변자당(辮子黨)"은 변발을 자르는 것에 대해 완강히 저항하면서, 중국인이 어떠한 형태의 옷을 입을지에 대해 더욱 망설이게 되었다. 루쉰의 잡문 중 포괘(袍褂 : 청대의 예복)와 양복 사이의 미묘한 기복에 대해 약술한 것은 자못 음미할만하다.

몇 십 년 동안 중국 사람들은 자주 스스로에게 마음에 맞는 입을 옷이 없음을 원망했다. 청나라 말년 혁명색채를 지닌 영웅은 변발을

증오했고, 포자(袍子)와 마괘(馬褂)도 증오했다. 왜냐하면 이것이 만주복(滿洲服)이었기 때문이다. ……

그러나 혁명 이후 채용한 것은 오히려 양장(洋裝)이다. 이는 모두가 유신을 원하고, 편리를 원하고, 허리뼈를 곧바로 펴기 원했기 때문이었다. 젊고 영준(英俊)한 무리들은 스스로가 양장을 입으려고 했을 뿐만 아니라, 다른 사람의 포자 착용을 혐오했다. 그때 들리는 바에 의하면 어떤 사람이 번산(樊山) 노인에게 책문하러 가서 왜 만주복을 착용하려고 하는지에 대해 물었다.

번산이 물음에 대답했다.

"당신이 입은 것은 어디 복식입니까?"

소년이 대답했다.

"내가 입은 것은 외국 복식입니다."

번산이 말했다.

"내가 입은 것 역시 외국 복식입니다."

이 이야기가 한때 사람들 사이에서 제법 전파되어 포괘당(袍褂黨)의 기를 펴게 하기도 했다. 그러나 그 안에는 약간 반혁명적 의미를 지니고 있어 근래의 위생과 경제 때문인 것과 크게 다르다. 뒤에 양복은 마침내 중국인들에 의해 점점 반목되었다. 원세개(袁世凱) 조정이 포자와 마괘를 일상 예복으로 제정했으며. 5 · 4운동 후 북경대학에서 교풍(校風)을 바로잡기 위해 제복 착용을 규정하고 학생들의 공론을 청해 의결한 것 역시 포자와 마괘이다!

……이 양복의 자취는 현재는 단지 신식 남녀의 몸에 남아있는데, 흡사 변발과 전족을 우연히 완고한 남녀의 몸에서 볼 수 있는 것과 같다. ……

옛날 제도를 회복한다하더라도 황제(黃帝)부터 송명(宋明)의 의상을 일시에 알기는 실제로 어렵다. 무대 위의 옷차림을 배울 뿐이다. 망포(蟒袍), 옥대(玉帶), 하얀색 밑바탕의 검은색 장화 차림으로 오토바이에 앉아 서양 요리를 먹는다면 실제로 약간 해학적이다. 때문에 이리저리 고친다고 하더라도 포자와 마괘는 언제나 동요되지 않았을 것이다. 비록 외국 복식이라고 하지만 벗어버리지 않을 것이다. – 이는 실재로 약간 희귀하다.[화변문학(花邊文學) · 양복의 몰락(洋服的沒落)]

▲ 번증상(樊增祥)

번증상[樊增祥 : 번산(樊山)]의 포자(袍子)와 마괘(馬褂)가 외국 복식이라는 말에는 자연히 민족과 국가의 개념이 뒤섞여 있다. 만주 복식이 바로 호복처럼 역시 중화민족 복식보고의 구성 부분이다. 명나라 말 유민이 만주 복식에 대해 극도로 증오했지만 중화민국 연간 포자와 마괘를 전통예복으로 삼았으며, 장개석(蔣介石)이 뒤에 “총통(總統)” 취임식에서 무슨 복장을 착용해야하는지에 대해 “국대대표(國大代表)”들이 세심하게 연구한 끝에 건의한 것 역시 장포(長袍)와 마괘였다. 이러한 복식관념의 변화는 매우 깊이 생각할 만 하지 않은가? 당연히 장포와 마괘의 시대는 이미 지나갔다. 그러나 만주 복식 중 여성의 치파오(旗袍)는 형식상 개조를 거친 후 오히려 지금 한족 여성들에게 애호될 뿐만 아니라, 아울러 중국의 특색 복장이 되어 세계패션의 대열에 진입했다.

융장[戎裝 : 군장(軍裝)]

다음과 같은 이야기가 『여씨춘추(呂氏春秋) · 순설편(順說篇)』에 기록되어 있다. 제(齊)나라 사람 전찬(田贊)이 천을 대어 기운 의복을 입고 가서 초(楚)나라 왕을 알현했다. 초나라 왕이 말했다.

"선생의 의복이 너무 좋지 않습니다."

전찬이 말했다.

"이보다 더 못한 옷이 있습니다."

초왕이 말했다.

"나에게 말해줄 수 있습니까?"

전찬이 말했다.

"갑옷이 제 옷보다 못합니다. 겨울에는 추워 죽을 지경이고, 여름에는 더워 죽을 지경이니, 이 갑옷보다 더 못한 옷은 없습니다. 저는 가난하기 때문에 좋지 못한 옷을 입습니다. 지금 대왕께서는 만승(萬

乘)의 주인으로 부귀에는 적이 없습니다만 오히려 백성들에게 갑옷 입히기를 좋아하십니다. 저는 취할 바가 없다고 여깁니다."

▲ 전국(戰國) 시대의 무사

이 이야기는 전쟁 중지를 간하는 것이다. 그러나 전쟁은 왕왕 피할 수 없다. 『회남자 · 설림(說林)』에는 "사람의 습성은 견직물로 된 옷을 편리하게 여긴다. 화살을 쏠 때 입는 갑옷은 그 불편함으로 편리함을 얻는다."라고 비교적 실제적으로 언급되어 있다. 견직물로 된 의복을 착용하면 당연히 편안하다. 그러나 전장에서는 갑옷을 걸치는 불편함이 유리함으로 바뀐다. 하물며 전찬(田贊)의 견해에 모든 사람이 동의하는 것은 아니다. 춘추 때 "화려한 옷차림을 좋아하지 않고 무장(武裝)을 좋아한 여자"가 있었다. 『좌전』 소공 원년 정(鄭)나라 대부 서오범(徐吾犯)에게 매우 아름답게 생긴 여동생이 있었다. 공손초(公孫楚)가 예물을 보내고 그녀를 아내로 맞이하려고 했다. 공손흑(公孫黑) 또한 억지로 중매쟁이에게 부탁해서 납채(納采) 예물을 집으로 보냈다. 서오범은 양쪽 모두의 기분을 상하게 해서는 안 된다고 생각하고 이 어려운 일을 정권을 잡고 있던 대부 자산(子産)에게 알렸다. 자산은 "여동생에게 직접 선택하게 하시지요."라고 했다. 서오범이 두 명의 구혼자에게 "여동생 앞에 선을 보이고 동생에게 마음에 드는 사람을 선택하

게 하자"고 말하자 두 사람이 모두 동의했다. 먼저 공손흑이 화려한 복식을 차려입고 와서 예물을 두고 갔다. 뒤에 공손초가 온몸에 무장을 하고 와서 양손으로 활을 쏜 뒤 수레에 뛰어 올라 수레를 타고 갔다. 여동생이 방안에서 지켜보고 "공손흑은 확실히 매우 멋집니다. 공손추는 남자다운 기개가 있습니다. 남편은 남편의 기개가 있어야 하고, 부인은 부인다운 모습이 있어야 비로소 순조롭습니다." 라고 말하고 나서 공손추에게 시집갔다.

모든 사물은 양면성이 있다. 씩씩하고 용감한 용사의 기개와 도량, 융장[戎裝 : 군장(軍裝)] 자체에 강직한 맛이 있다. 혜강(嵇康)이 형 혜희(嵇喜)를 군에 보내면서 15수의 「증수재입국(贈秀才入國)」를 지었다. 그 가운데 제 9수의 "좋은 말 이미 우아하고, 아름다운 옷 광채가 있다.", "중원은 맹렬해지고, 아름다운 자태 드러남을 돌아본다." 라는 시구가 칭송된다. 시인의 붓 아래에서 융장은 "광채가 나는 아름다운 옷"이 되었는데, 혹시 그가 상상한 것이 "갑옷의 빛 해를 향하니 금 비늘이 열린다[이하(李賀)의 「안문태수행(雁門太守行)」]."라는 웅장하고 화려한 모습이었을까? 그러나 실지로 군대의 어려움을 체험한 시인의 융장 묘사는 전찬(田贊)선생의 간언과 방법과는 달랐지만 같은 효과를 낳았다. 당나라 시대 변새파 시인 잠삼(岑參)의 시 두 구를 대련(對聯)으로 만들 수 있다.

장군은 금갑(金甲)을 밤에 벗지 않는다. [『주마천행(走馬川行)』]

도호(都護)는 철갑을 추위에서도 힘들게 입는다. [『백설가송무판관귀경(白雪歌送武判官歸京)』]

▲ 사수용(射手俑)과 군리용(軍吏俑)

대구가 매우 잘 짜여있다고 할 수 없지만, 군대의 작전 수행의 어려움을 깊이 알 수 있는 말이다. "갑옷에 서캐가 일어 이가 생기네[조조(曹操)의 『호리행(蒿里行)』].", "황사(黃沙) 속 백 번 싸우면서 갑옷을 입네[왕창령(王昌齡)의 『종군행(從軍行)』]." 등은 더욱 말할 나위가 없다.

『시경 · 진풍(秦風) · 무의(舞衣)』는 군가이다. "어찌 옷이 없다고 하는가? 그대에게 동포(同袍)를 주네, 군사를 일으켜 왕이 되고, 내 창을 닦네." 옛날 군인 사회의 서로 칭하던 동포는 바로 여기에서 기원했다. 시에서 말하는 포(袍)는 바로 전포(戰袍)이다. 일반적으로 이

중으로 되어 있어, 날씨가 추워지면 솜을 넣어 면포(綿袍)로 변환시킬 수 있다. 낮에는 몸에 걸치고 주둔할 때는 반을 깔고 반을 덮으면 바로 이불이 된다. 진시황릉의 병마용(兵馬俑)의 형상에서 볼 때, 고대의 전포는 길이가 무릎부분까지 내려와 있다. 이는 더 이상 길면 행군에 불편했기 때문이다. 위진(魏晉) 이후에 습(褶)이라고 칭했다. 습고(褶袴)는 널리 유행하는 융복이 되었다.

진시황릉의 무사용(武士俑)이 착용한 융장에는 두 가지가 있다. 한 가지는 포(袍) 밖에 갑옷을 착용한 것이고, 다른 한 가지는 전포만을 착용한 것이다. 이것이 혹시 사(士)와 졸(卒)의 구별이었을까? 이른바 갑사(甲士)와 도졸(徒卒) 중 갑옷을 입을 수 있는 자격은 신분이 자연히 약간 높은 데 있었다. 예를 들면 같은 활을 쏘더라도, 전포만을 입은 도졸은 일률적으로 서서 쏘는 자세였고, 갑사는 쪼그려 앉은 채 쏘는 자세였다. 갑사는 몸을 보호했을 뿐만 아니라, 은폐를 강조해 마치 그들의 생명이 도졸보다 값어치가 있는 듯 하다. 이는 정말 온 세상을 경탄하게 할만한 예술품으로, 인물의 형용이 각기 다를 뿐 아니라. 군복의 조각이 진짜 같다. 전포와 관끈의 유연한 느낌, 갑옷과 갑옷 비늘의 단단한 느낌은 모두 매우 적당한 표현이다. 갑옷 비늘을 이은 대갈못과 명주 끈, 허리띠의 대구(帶鉤), 단추 구멍 모두 조금의 차이 없이 조각했다. 장군용(將軍俑)의 절운관(切雲冠)과 장관(長冠), 가늘고 화려한 갑옷 비늘은 자못 군영을 지휘하는 대장의 풍격이 있다. 진시황릉 병마용의 특색중의 하나가 바로 장군 병사를 막론

▲ 상(商)나라 시대의 청동 투구

하고 모두 주[冑 : 투구, 두회(頭盔), 두무(兜鍪)라 하기도 함]를 착용하지 않은 점이다. 이것이 무슨 원인 때문인지 모른다. 장군과 병사들 갑옷의 비늘은 어둡고 짙은 적갈색으로 되어있다. 어떤 사람은 이것을 철갑(鐵甲)이라 여기고, 어떤 사람은 이것을 혁갑(革甲)이라 여긴다. 전국시대 때 진나라의 철 생산량이 많지 않았음을 볼 때 혁갑일 가능성이 매우 높을 듯하다.

일찍이 선진(先秦) 시대에 철갑의 유무에 대해 변론한 사람이 있었다. 공영달(孔穎達)은 『상서정의(尙書正義)』에서 먼저 "옛날 갑옷을 만들 때는 가죽을 사용했고, 진한(秦漢) 이후에 철을 사용했다."라고 했다. 정대창(程大昌)의 『연번로(演繁露)』, 왕관국(王觀國)의 『학림(學林)』에서 모두 많은 문헌 자료를 근거로 전국시대 때는 가죽을 이용해 갑옷을 제작했다고 증명했다. 그러나 반증을 제기한 사람도 있다. 『여씨춘추 · 귀졸(貴卒)』에서 "조(趙)씨가 중산(中山)을 공격할 때, 중산의 힘있는 사람 오구율(吾丘鴥)이 철갑을 입고, 철장(鐵杖)을 가지고 싸웠다. 쳐서 깨드리지 않은 것이 없었고, 돌격해서 함락시키지 않은 것이 없었다."라고 했다. 이는 전국 시대에 철갑이 있었다는 이야기가 아닌가? 『오월춘추(吳越春秋) · 왕료사공자광전(王僚使公子光傳)』에서 "왕료(王僚)는 당(棠)에서 나는 철(鐵)로 만든 갑옷을 입었다."라고 했다. 이것은 춘추시대에 철갑이 있었다는 이야기가 아닌가? 그러나 『오월춘추』는 동한인(東漢人)의 저작으로 증거로 삼기에 적합하지 못하다. 전설을 이야기하자면 『용어하도(龍魚河圖)』에서 치우(蚩尤) 형제 81인이 모두 "동 머리에 철 이마"라고 하고, 『관자(管子) · 지수(地數)』에서 치우가 금속을 사용해 "검(劍), 갑옷(鎧), 창(矛戟)"을 제작했다고 하고 있다. 이것은 갑옷과 투구의 기원에 관한 가

장 이른 전설이다. 그러나 치우 시대에는 아직 동이 없었고, 철은 두 말할 나위도 없다. 지하에서 발굴된 실물을 볼 때, 상(商), 주(周) 시대에 모두 청동 투구인 두회(頭盔)가 출토되었고, 아울러 주나라 시대의 청동 흉갑(胸甲), 배갑(背甲)이 출토되었다. 그러나 극소수에 불과할 뿐 절대로 군대의 보편 장비가 아니었다. 일반 사병이 아마도 혁갑만을 사용해 몸을 보호할 수 있었지 않았을까?

『주례 · 고공기(考工記)』에 의하면 "함인(函人)"이란 직위에서 갑옷 제작을 전문 담당했다. 그 위쪽에서 말하는 재료는 피혁이었다. 창과 화살을 방어하기 위하여 혁갑의 내외 두께는 몇 겹으로 겹쳐야했다. 그 표준은 서피(犀皮)는 7중, 시피(兕皮)는 6중, 합피(合皮)는 5중이었다. 합피는 바로 두 겹의 소가죽을 마주 붙인 것이다. 때문에 소가죽은 실제로는 10중이었다. 『여씨춘추 · 애사(愛士)』에서 진혜공(晉惠公)의 차우위(車右衛)가 창으로 진목공(秦穆公)을 찔렀으나 여섯 겹을 뚫고 한 겹을 뚫지 못했다고 기록하고 있다. 진목공이 입은 것이 바로 7중의 갑옷이었다. 때문에 고대의 사수는 화살을 정확히 쏘아야 했고, 힘도 세야 했다. 『좌전』 성공 16년에서 초나라의 반당(潘黨)과 양유기(養由基)는 모두 "화살로 7중을 꿰뚫을 수 있었다."라고 했다. 이 같은 사수를 만나면 온몸에 갑옷을 착용했다 하더라도 조금의 실수도 용납되지 않는다.

전국시대 철제 병기는 매우 보편적으로 사용되었다. 때문에 철갑이 있었다는 이야기가 절대 불가능하지 않다. 하지만 설사 있었다고 하더라도 소수 장수들만이 착용할 수 있었고, 일반 갑사는 혁갑을 착용했을 것이다. 때문에 고대에는 "병혁(兵革)"이라 병칭했다. 『삼국지 · 촉서(蜀書) · 팽양전(彭羕傳)』에 의하면 팽양(彭羕)이 강양(江陽)

▲ 위진(魏晉) 시기의 군융(軍戎) 복식

태수로 좌천되어 내심 화가 나있는 상태에서, 다시 마초(馬超)가 심사를 건드리자 바로 화를 내며 "노혁(老革)이 정신이 나갔어"라고 유비를 욕했다. 배송지(裵松之)의 주에 "노혁(老革)은 노병(老兵)과 같은 말이다."라고 되어 있는 점을 볼 때 삼국시대 사병은 대부분 혁갑을 사용했음을 알 수 있다. 이는 원곡(元曲)에서 습관적으로 "철의랑(鐵義郞)"을 사용해 사병을 호칭하는 것과 시대적인 차이가 있다. 그러나 당시 철갑은 이미 점점 보급되고 있었다. 채염(蔡琰)의 「비분시(悲憤詩)」에서 동한(東漢) 말년의 전란을 "동탁(董卓)의 무리가 동하(東下)에 오니, 금갑(金甲)이 햇볕에 빛나네."라고 노래한 것으로 보아 동탁의 부대가 철갑 장비를 사용했음을 알 수 있다. 그러나 진(晉)나라 시대까지는 여전히 혁갑을 사용했다. 『진서 · 마융전(馬隆傳)』에 의하면 진나라 무제(武帝) 태시(泰始) 연간에 마융을 파견해 서쪽 강(姜)을 치게 했다. 마융은 대부분 기이한 모략을 사용하여 명성과 위엄을 크게 떨쳤다. 한번은 양쪽 군대가 반드시 지나야 하는 길옆에 많은 자석을 쌓았다. 강의 군사들이 철갑을 입어 통과할 수 없었지만, 마융의 병사들은 모두 코뿔소 가죽으로 된 혁갑을 입었기 때문에 왕래하는데 지장이 없었다. 강의 병사들은 약간의 "과학지식"이 부족했기 때문에 어리석게도 모두 귀신이라고 여겼다.

조식(曹植)은 「상선제사개표(上先帝賜鎧表)」에서 "선제께서 신에게 검은 빛과 밝은 빛 개갑(鎧甲 : 쇠로 된 미늘을 단 갑옷)을 각각 1구(具)씩 주셨는데, 양당개(兩當鎧) 1령(領), 환소개(環鎖鎧) 1령, 마개(馬鎧) 1령입니다."라고 했다. 전마(戰馬)에 쓰는 마개(馬鎧)를 제외하고 그 나머지는 모두 조조(曹操)가 조식에게 신체 방어용으로 주었던 것이다. 양당개는 모양이 지금의 조끼와 같은 것으로 가슴과 등을 보호했다. 환소개(環鎖鎧)는 또 연환소자갑(連環鎖子甲)이라 칭하는 매우 정교하게 구성된 개갑의 일종이다. 전하는 바에 의하면 여포(呂布)가 착용한 개갑을 "당예(唐猊)"라고 했고, 『수호전』에 나오는 금창(金槍)을 잘 쓰는 장수 서녕(徐寧)에게 있던 4대조부터 전해 내려오며 집안을 안정시킨 보배는 "안령(雁翎), 즉 기러기 털을 겹쳐 금으로 둘러싼 갑옷으로 몸에 걸치면 매우 가볍고도 안전해 칼과 화살이 빠르게 날아와도 뚫지 못하므로 사람들이 모두 새당예(賽當猊)라 했다[『수호전』 제56회]."고 한다. 이 안령갑(雁翎甲)을 또 안령소자갑(雁翎鎖子甲)이라 칭하는데 역시 환소개의 종류에 속한다. 이로써 여포의 "당예" 역시 "환소개갑"이었음을 알 수 있다. 당예는 당시에 매우 유명하고 진귀한 개갑이다.

검은 빛 개갑과 밝은 빛 개갑을 "1구(具)"라 하고 "1령(領)"이라 하지 않은 것은 몇 개의 부분으로 조성이 되었음을 설명해준다. 개갑이 비록 상대방 무기의 살상을 완화시킬 수 있지만 원활한 행동을 극히 제한했다. 이 모순을 해결하기 위해 개갑은 일반적으로 몇 개의 부품으로 나뉘어 구성되었다. 예를 들면 어깨와 팔 부위를 보호하는 "엄박(掩膊)", 가슴을 보호하는 "흉갑(胸甲)"[원형의 금속판으로 된 호심경(護心鏡)을 사용하기도 했음], 양쪽 겨드랑이에 붙이는 "호액(護腋)", 양쪽 다리에 늘어뜨린 "퇴군(腿裙)", 목 부위를 둘러싸는 "경개(頸鎧)", 머리 부위를 보호하는 "두무(兜鍪)" 등이 있다. 급소 부위는 모두 가려서 보호했지만 목, 팔, 팔꿈치, 허리, 넓적다리 등 관절의 활동은 자유스러웠다. 이러한 개갑을 모두 걸치는 것을 "전신피괘(全身披掛), 즉 완전 무장"이라 했다. 『수호전』 제34회에서 "진명(秦明)이 전신에 갑옷을 걸치고 성을 나오니 과연 뛰어난 영웅다웠

▲ 명나라 시대의 무장상(武將像)

다.”라고 했다. 더욱 심한 것은 『수호전』의 쌍편(雙鞭) 호연작(呼延灼)은 연환마(連環馬)를 익혔는데, “말은 갑옷을 걸쳐 단지 네 개의 발굽만을 땅에 내놓았고, 사람은 갑옷을 착용해 단지 두 눈만이 노출되었다.”(제55회)라는 묘사이다. 이것은 절대 소설의 과장이 아니다. 『진서 · 주사전(朱伺傳)』에서 “하구(夏口)의 싸움에서 사(伺)는 철면(鐵面)을 사용해 스스로를 지켰다.”라고 했다. 여기서 말하는 철면(鐵面)은 바로 철로 제작된 안면 마스크이다. 『구당서 · 토번전(吐蕃傳)』에서 “갑옷과 투구는 정교하고 우수해, 전신을 가려 두 눈을 위한 구멍만이 있어 강한 활이나 날카로운 활로도 깊은 상처를 낼 수 없었다.”라고 했다. 이는 호연작의 병사가 한 차림과 같지 않은가?

그러나 이익이 있으면 반드시 손해가 있다. 보호가 좋을수록 싸움터에서 서로를 죽이는 부담이 크다. 어떨 때는 간편한 장비로 싸움터에 나가 의외로 이익을 볼 수 있다. 삼국 시대 때 오(吳)와 위(魏)의 동흥(同興)에서 일어난 싸움이 바로 그렇다. 당시 오나라 장수 유찬(留贊), 정봉(丁奉) 등이 성을 지키면서 경적지계(輕敵之計 : 적을 얕잡아보는 계책)를 사용했다. 병사들은 개갑을 벗어제치고 창을 지니지 않고 단지 “두무”, 칼, 방패만을 지니고 있었다. 위나라 장수는 이를 보고 크게 웃고 진영 안에 모여 술을 마셨다. 그러나 가벼운 장비를 한 오나라 군사가 한꺼번에 와하고 함성을 지르며 우르르 몰려들어 어지럽게 공격하자 대패하여 달아났으며, 앞다투어 부교(浮橋)를 건너다가 다리가 끊어져 죽은 사람이 수만에 달했다[『삼국지 · 오서(吳書) · 제갈각전(諸葛恪傳)』]. 그러나 허저(許楮)는 마초(馬超)와의 대전에 오히려 어깨에 아무것도 걸치지 않고 나갔다가 손해를 보고 팔에 두 발의 화살을 맞았다. 모종강(毛宗崗)에 의해 “누가 팔에 아무 것도

걸치지 말라고 했나?"라는 비판을 받았다. 뿐만 아니라 일부 패장(敗將)들은 전장에서 목숨을 걸고 싸울 수 없게 되면 갑옷을 버리고 도망하는 것을 상책으로 여겼다. 갑옷과 투구가 몸에 있으면 도주하기에 너무 번거롭다. 그러나 춘추시대 송나라의 화원(華元)은 바로 이 때문에 비웃음의 빌미를 제공했다. 그가 뒷날 축성(築城)을 관리할 때 일꾼들이 "화원이 갑옷을 버리고 돌아왔다."라는 풍자의 노래를 불러 그를 매우 당혹스럽게 했다[『좌전』 선공 2년].

융장은 복식문화 중 특수한 일부분이다. 융복은 어떤 때는 역시 평상복의 발전에 영향을 주었을 것이다. 남조(南朝) 송(宋)과 제(齊)의 몇 명의 젊은 "아둔한 군주"들이 특히 융장 착용을 좋아했다. 송나라의 폐제(廢帝) 유욱(劉昱)은 황태후(皇太后)에게 "면류관을 버리고 항상 융의(戎衣)를 입는다."라는 질책을 받았다[『송서(宋書) · 후폐제기(後廢帝記)』]. 제의 동혼후(東昏侯) 소보권(蕭寶卷) 역시 융복(戎服)을 급히 입었고, 추위와 더위에도 벗지 않았다고 한다[『남제서 · 동혼후기(東昏侯記)]. 그들은 결코 몸에 군무(軍務)가 익숙하지 않았기 때문에 황당한 거동이라고 여겨졌음을 알아야 한다. 당나라 희종(僖宗) 건부(乾符) 연간에 "낙양 사람들은 모자를 모두 군사들이 착용하는 관이라고 여겼으며[『신당서 · 오행지』]", 심지어 "군장 입은 궁녀가 연한 눈썹을 소제한다[이하(李賀)의 「십이월악사(十二月樂辭)」]."라고 했다. 당시에서는 궁녀까지 융장을 착용했다. 이것이 민간 복식의 변화에 대해 끼친 영향이 없을 수 없다. 당나라 이후 남자는 평상복으로 더 이상 치마(裙)를 입지 않았고, 치마는 여자의 전용품이 되었다. 이것이 바로 융장이 평상복으로 침투한 결과이다.

▲ 건륭(乾隆)의 융장상(戎裝像)

무복(舞服 : 무용복)

역대의 무복(舞服)은 복식의 보고 중 한 꿰미의 밝게 빛나는 진주이다. 조기(早期)의 무술(巫術)과 함께 뒤엉킨 신을 즐겁게 하는 음악에 맞추어 추는 춤이든, 아니면 뒤에 무술에서 분리된 사람을 즐겁게 하는 음악에 맞추어 추는 춤이든, 무복이 동시대 복식 가운데서 아름다운 정품(精品)이었다. 묵자는 무복이 아름답고 귀중하나 실용적이지 않다고 지적했다. 그는 "제(齊)나라 강공(康公)이 한 무리의 만무(萬舞)를 추는 무인을 길렀는데, 그들은 반드시 화려한 복장을 입었지만 의식과 관계되는 일에 종사하지 않았다『묵자 · 비악상(非樂上)』."라고 했다. 이로 보아 그들이 생산 활동에 종사하지 않고 물자만 낭비했음을 알 수 있다. 그러나 크고 작은 왕족, 귀족들은 묵자의 말 몇마디 때문에 그들의 사치스러운 생활을 포기하지 않았다. 특히 여악(女樂 : 가무인)이 흥기한 이후 궁정(宮廷)의 가무는 역대로 쇠퇴하지 않았으며 귀족과 부유하고 권세 있는 사람들은 그것을 모방하고 본받았다. 성색(聲色)을 마음대로 한다는 것은 바로 악기(樂妓)들이 관현악을 연주하며 부르는 노래와 춤에 심취됨을 가리킨다. 『서경잡기(西京雜記)』에 의하면 궁녀들은 가무로써 윗사람을 기쁘게 했고, 요복(妖服)으로 총애가 무르익음을 다투었다고 한다. 부의(傅毅)는 「무부(舞賦)」에서 무의(舞衣)와 무식(舞飾)을 "아름다운 옷 매우 화려하고, 진주와 비취의 반짝임과 눈부심이여, 화려한 저고리 나부끼는 깃털 뒤섞인 가는 비단."이라고 묘사했다. 뛰어난 가무로 총애를 사려는 후비(后妃)들은 더 말할 나위도 없다. 한나라 고조의 척부인(戚夫人)은 "초나라 춤에 능했고", 한나라 무제의 이부인(李夫人)은 "아름다울 뿐만 아니라 춤에 능했고", 조비연(趙飛燕)은 "경쾌한 춤"에 능했고, 북제(北齊) 후주의 총애를 받았던 풍소령(馮小憐)은 "춤과 노래에 능했고", 남제(南齊) 동혼후(東昏侯)의 반숙비(潘淑妃)는 "걸음걸음 연꽃이 피어나는 춤"에 능했다. 양귀비(楊貴妃)의 「예상우의무(霓裳羽衣舞)」에 대해 말하자면 어찌 한때에만 이름이 세상에 알려졌겠는가? 그녀들이 착용한 무복은 심미적 가치가 굉장할 뿐만 아니라 경제적 가치 역시 계산할 수 없다.

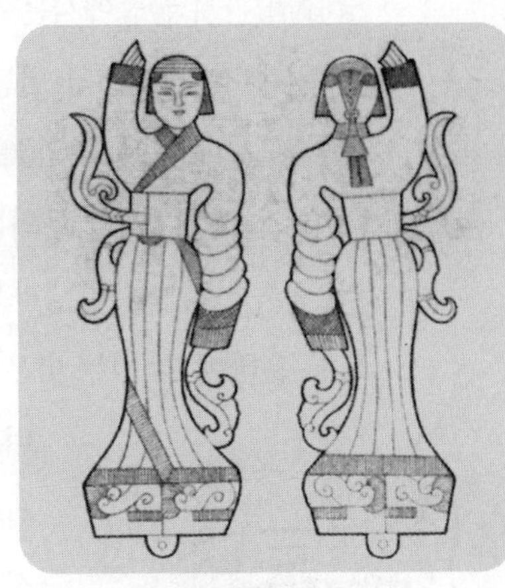
▲ 전국 시대 옥으로 조각된 무녀

무복은 모두 아름다웠다. 궁정이 이러했고, 민간도 이러했다. 굴원(屈原)의 「구가(九歌)」에는 원상[沅湘 : 지금의 호남성(湖南省) 서부] 일대 민간 신에게 제사지내는 노래와 춤인 사신가무(祀神歌舞)가 반영되어 있다. 시안의 무복에 대한 묘사는 "밝고 굴곡이 있는 아름다운 옷[『동황태일(東皇太一)』]" 아니면, "화려하게 채색된 옷이 꽃과 같

앉다『운중군(雲中君)』." 초나라 민간의 사신가무(祀神歌舞)는 종교와 세속, 신을 즐겁게 함과 스스로를 즐겁게 함의 구별이 그다지 분명하지 않았다. 신을 기쁘게 하든, 이를 빌려 스스로를 기쁘게 하든 이미 왁자지껄했으니 복식 역시 자연히 중시되었다. 육조(六朝)부터 수당(隋唐)까지 궁중에서는 항상 "백저무(白紵舞)"가 공연되었다. 이 춤은 원래 강남(江南)의 민간 춤으로 춤추는 사람이 비단처럼 가벼운 하얀 모시베로 된 무의(舞衣)를 입는 데서 이름이 유래했다. 전하는 바에 의하면 이러한 무의는 "바탕은 가벼운 구름 같고 색깔은 은 같다[『송서 · 악지(樂志)』]."라고 하며, 춤을 추는 사람이 춤을 추면 "마치 밝은 운하에 떠 있는 밝은 달 같고, 몸은 흐르는 물결을 움직이는 가벼운 바람 같다[유삭(劉鑠)의 「백저무곡(白紵舞曲)」]."라고 한다. 보통 입는 삼베옷에 어디 정교하고 세밀하고 가볍고 부드러움이 있을 수 있겠는가? 오직 무복의 재료만이 이렇게 좋았다. 궁중으로 들어간 이후에 비단으로 바뀌었다. 송나라 명제(明帝)의 「백저편대아(白紵篇大雅)」에서 "무식(舞飾)이 화려하고 음악이 조용하고 정교하고, 비단 치마 하얗고 소매 바람에 날린다."라고 한 것으로 증명할 수 있다. 심지어 색깔이 변하기도 했다. 남제(南齊) 왕검(王儉)의 『백저사(白紵辭)』에 "비단 저고리 천천히 도니 빨간 소매 날린다."라는 구가 있다. 이는 "백저무"라 칭하기에 약간 부합되지 않는다. 그러나 여기에서도 궁중에

▲ 한나라 시대의 무녀

서 악기(樂伎)들이 더욱 눈과 마음을 즐겁게 하는 공연을 위해 분명히 부단하게 "요복을 입고 홍취를 돋았음"을 알 수 있다.

중국 고대 무복의 중요한 민족 특색은 긴 소매, 가는 허리, 소탈하고 자연스러움이다. 이는 중국이 견직물의 고향인 점과 관계가 있다. 『한비자 · 오두(五蠹)』에서 "비언(鄙諺)에서 긴 소매는 춤에 유리하고, 많은 돈은 장사에 유리하다."라고 했다. 비언은 바로 속담이다. 속담에서 이와 같이 말하고 있는 점으로 보아 전국 말년 소매가 긴 무복이 이미 유행되었음을 알 수 있다. 당연히 이는 관상하는 여악을 지칭한 말이다. 주나라 시대 조정에서 사용하는 문무(文舞), 무무(武舞)를 추는 무인들은 모두 남성으로, 손에 방패, 도끼, 깃, 피리 등 무기를 들었기 때문에 무복의 긴 소매는 불편했다. 고대의 일상 의복의 긴 소매 중시는 물건을 소매에 넣기 편리한 실용적 목적에서 나왔다. "소매가 천지만큼 크다."라는 말은 장량(張良)이 박낭사(博浪沙)에서 진시황을 저격할 때, 장사가 무게 2백 근의 쇠방망이를 소매 안에 넣었다는 이야기를 통해 증명할 수 있다. 소매가 크지 않으면 어떻게 가능했겠는가? 무복의 소매가 긴 것은 다양한 자태를 취하기 위한 심미적 목적에서 나왔다. 『악부잡록(樂府雜錄)』에서 "무(舞)는 악(樂)의 얼굴로 「대수수(大垂手)」와 「소수수(小垂手)」가 있으며, 놀란 기러기 같기도 하고, 나는 제비 같기도 하다."라고 했다. 춤의 자태는 소매의 힘을 빌려야만 표현될 수 있다. 긴 소매가 가볍고 부드러운 견직물로 이루어져야만 자유자재로 흔들면서 다양한 자세를 표현하는 최대의 효과를 얻을 수 있다. 부의는 「무부」에서 "'비단옷은 바람을 따르고, 긴 소매는 가로로 교차하네', '섬세한 주름 비단 아름답게 날리네', '소매는 하얀 무지개 같네'"라고 묘사했다. 장형(張

▲ 당나라 돈황(敦煌) 벽화의 민간 악무(樂舞)

衡) 역시 「무부」에서 역시 "'옷에는 비단과 주름비단이 섞였네', '옷자락 나는 제비 같고, 소매는 맴도는 눈송이 같네'"라고 묘사했다. 비단(羅)과 주름비단(縠)은 모두 가볍고 유연하며 매우 얇은 견직물로 "운라무곡(雲羅霧縠), 즉 구름 같은 비단, 안개 같은 주름비단"이라는 칭호가 있다. 때문에 서로 뒤섞여 "하얀 무지개"와 "맴도는 눈

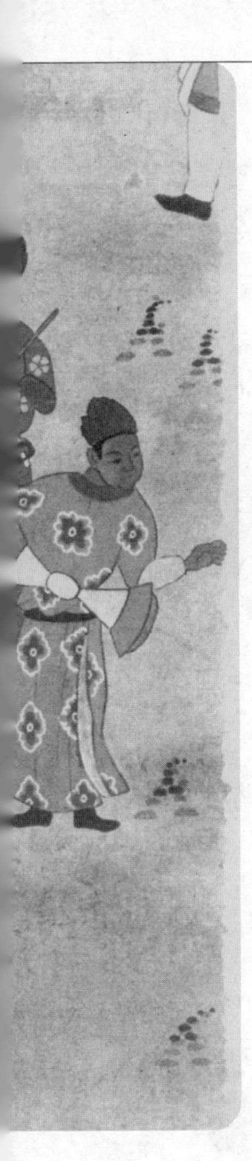

송이" 같은 경관을 만들어낼 수 있다.

출토유물을 통해 살펴보면 고궁박물원(古宮博物院)에 소장된 몇 종류의 전국 시대의 옥무인(玉舞人) 및 국외(미국 페리아 박물관)로 건너간 대무옥인패식(對舞玉人佩飾)과 옥조무인(玉雕舞人)은 모두 긴 소매에 가는 허리를 한 형상이다. 사진에 근거하면 고궁박물원과 스웨덴박물관에 소장되어 있는 옥무인(玉舞人)의 긴 소매는 모두 대략 팔 길이의 두 배에 달한다. 하남(河南) 남양(南陽) 한화석(漢畵石)의 무인 형상의 소매는 유난히 길다. 팔의 3배가 넘는 것도 있고, 긴 소매 안에서 훨씬 긴 리본이 늘어뜨려져 나와 있는 것도 있다. 그 가운데에 남녀가 마주보고 춤을 추는 형상이 한 폭 있는데, 여자 무인은 바로 긴 소매를 펼치려 하고 있고, 남자 무인은 좁은 소매가 팔목 부위에만 이르렀고. 한쪽 다리로는 무릎을 꿇고, 한쪽 손으로는 여자 무인 앞을 향해 펴고 있는 자세를 하고 있다.

수당(隋唐), 오대(五代)를 거쳐 송나라 시대에 이르기까지 긴 소매가 달린 무복의 형상을 각종 문물에서 계속 찾아볼 수 있으나, 그 수량이 상대적으로 감소되며, 소매가 주나라나 한나라 시대처럼 유난히 길지 않다. 오대나 송나라의 소매가 펼쳐진 부분이 대략 작은 팔만큼의 길이에 불과했다. 후대에 발전해 전통 희극의 수수(手袖), 즉 옷의 소매 끝에 붙어 있는 긴 덧소매가 되었다. 한나라 시대 매우 긴 소매를 흔들며 추는 춤인 장수무(長袖舞)는 대략 위진(魏晉) 이후 긴 비단 천을 흔드는 춤인 "장

주무(長綢舞)"로 변화 발전했다. 『사해(辭海)』에서처럼 "백인무"를 긴 소매 춤이라고 여기는 사람도 있으나 실제로는 그렇지 않은 듯하다. 유삭의 「백저무곡」에 "새하얀 팔목 모두 엉기니 가는 구름 같고, 가늘고 아름다운 손 뽑으니 선명하게 비치는 비단"이라는 구가 있다. 손과 팔목이 모두 드러난다는 것은 분명 장주무였다. 양간문제(梁簡文帝)가 지은 몇 수의 시에 묘사된 것 역시 장주무였다.

소매를 움직이니 화려한 옥 같고, 무삼(舞衫) 자유스럽게 나부끼네.

[『영무(詠舞)』]

비단옷 자태 바람에 움직이니, 가벼운 띠 마음대로 흔들리네.

[『부악부득대수수(賦樂府得大垂手)』]

허리를 굽히니 두 소매가 응대하고, 발을 구르며 두개의 천을 돌리네.

[『소수수(小垂手)』]

▲ 소사단의(素沙襌衣)

『석명』에는 "삼(衫), 삼야(芟也), 의무수단야(衣無袖端也), 즉 삼(衫)은 삼(芟)으로, 옷에 소매가 없다."라고 했다. 수단(手端)은 바로 소매의 펼쳐진 부분이다. 고대에는 소매를 메(袂)라고 했고, 메단(袂端)을 겁(袪)이라 했고, 메와 겁을 합쳐 수(袖)라 했다. 무삼(舞衫)에 수단이 없었기 때문에 옥처럼 빛나는 손목의 움직임을 볼 수 있었다. "가벼운 띠"가 마음대로 흔들릴 수 있었던 것은 당연히 허리띠가 아니라, 바로 위의 시에서 말하는 "두 개의 천"이었기 때문이었다. 흔들고 돌렸다는 것이 바로 장주무의 특징이다. 돈황의 벽화 속의 당나라 시대의 무인이 춤을 추는 부분은 서역 문화의 영향을 받아 일반적으로 긴 소매가 사용되지 않았다. 심지어 상반신이 거의 다 노출되고 영락(瓔珞)으로 장식된 것도 있지만, 손에는 모두 하늘하늘 나부끼는 붉은 비단 천을 잡고 있다.

디자인이 매우 잘된 무복은 무인이 춤의 자태를 미화하고 뜻을 드러내는 데 반드시 필요한 보조수단이다. 백거이의 「예상우의가화미지(霓裳羽衣歌和微之)」는 다음처럼 무복과 무식을 노래했다.

홍상(虹裳)에 하피(霞帔) 걸치고 걸으니 관이 흔들리고,
전(鈿)과 영(瓔)이 주렁주렁 흔들리고
패옥이 부딪히며 쨍그랑거리며 소리를 내는구나

또 다음과 같이 춤의 자태를 묘사했다.

나부끼며 선회하는 가벼운 눈송이,
방긋 웃으며 살짝 뛰면서 전송하니 헤엄치는 용이 놀라네.

작게 드리워진 손 뒤쪽의 버들가지는 힘이 없고,

비스듬히 치마를 끌 때 구름이 일어나려 하네.

검은 눈썹 아름다운 자태를 이기지 못하고

눈바람을 일으키며 소매가 위 아래로 자유롭게 움직이네.

이 안에서 무복이 춤의 자태를 표현하고 감정을 전달하는데 크나큰 작용을 하고 있음을 알 수 있다. 이 3연의 시를 자세히 감상하고 분석해보면 예상우의무(霓裳羽衣舞)의 무복이 전통 춤 소매의 특색을 채용했음을 알 수 있다.

당나라 소악(蘇鶚)의 『두양잡편(杜陽雜編)』에는 두 가지의 일화가 기록되어 있다. 하나는 대종(代宗) 때 오만불손과 탐욕으로 유명한 권신 원재(元載)가 그의 애첩 설요영(薛瑤英)에게 "용초무의(龍綃舞衣)"를 입고 노래를 하고 춤을 추게 한 일이다. 전하는 바에 따르면 이 용초무의는 "1, 2냥(兩)의 무게도 안되었고, 뭉치면 한 줌이 되지 않았으며", 이 때문에 가지(賈至)는 "춤에서는 1수의 옷도 무겁다고 두려워하네."라는 내용의 시를 받았다고 한다. 1수(銖)는 대략 40분의 1냥에 해당하다. 이는 당연히 시인의 과장이다. 그러나 마왕퇴(馬王堆)의 1번 한나라 묘에서 출토된 하얀 깁으로 된 홑옷은 매미 날개처럼 얇았으며 상하의 길이가 128㎝, 소매의 길이가 190㎝, 전체 무게가 49g으로 1냥의 무게도 되지 않는다. 때문에 소악에 기록된 내용은 완전히 가능한 것이라고 할 수 있다. 한나라 시대 하얀 깁옷의 소매가 이렇게 긴 것은 어쩌면 무복이었을 것이다. 다른 하나는 경종(敬宗) 보력(寶曆) 2년 절동(浙東)에서 무녀 2명을 바친 일이다. 한 사람은 비난(飛鸞)이라 했고, 다른 한사람은 경풍(輕風)이라 했다. "

'병라의(軿羅衣)'를 입고 가벼운 금관을 썼다. '병라의'는 바느질을 하지 않고 만든 비단 옷으로 그 무늬를 매우 정교하게 짰고, 가벼운 금관은 금실을 엮어 만든 난(鸞)새와 학 모양이었고, 여러 가지 빛깔의 작은 진주로 장식되었고, 무게는 2, 3 푼(分)이 되지 않았다. 두 사람이 춤을 추면 춤의 자태가 곱고도 경쾌해 인간세상에 있는 것이 아니었다."라는 이야기이다. 소악의 글이 경우에 따라서는 거리에서 주워들은 것이 많아, 반드시 믿을 만하다고 할 수는 없다. 그러나 중국 여악 전통무의 우아하고 아름답고, 가볍고 부드럽고 뛰어남이 빚어낸 춤이 속세를 초월했다는 말은 오히려 결코 허망하지 않다. 나는 제비든, 나는 난새든, 놀란 기러기든, 가벼운 바람이든 만일 무복의 받침이 없이 단지 춤의 기예만에 의지한다면 이러한 경계에 도달하지 못할 것이다.

역대 무복의 여러 가지 모양과 뛰어남을 몇 글자로 다 언급할 수 없다. 사물의 일부를 가지고 전모를 살필 수는 없지만 아예 없는 것보다는 좀 낫지 않겠는가.

희장(戱裝 : 전통희곡 복장)

"행두(行頭)"라고 속칭되는 전통희곡 복장은 중국복식 보고(寶庫) 속의 또 다른 기이한 꽃이다. 지금 행해지는 전통희곡 복장은 고대 복식의 미화와 예술의 재창조이다. 그것은 명나라 시대를 중심으로 위로는 당나라 시대부터 아래로는 청나라 시대까지, 각 시대의 복식 양식이 뒤엉켜 창조된 일종의 특수한 복식 계열이다. 그것은 한나라 양식도 아니고, 당나라 양식도 아니고, 송나라 양식도 아니며, 명나라 양식도 아니다. 그러나 한나라의 양식이고, 당나라 양식이고, 송나라 양식이며, 명나라 양식이다. 즉 시대의 제한이나 계절의 구분 없이 시용된다. 희곡복장의 이러한 시공초월의 특성은 중국 전통희곡이 허실(虛實)과 재결합되어 표면적으로 무대공간과 시간의 한계를 뛰어넘고 허구성과 상징성을 많이 구비하고 있는 전체적인 풍격과 서로 일치된다.

중국 전통희곡 복장 특징 중의 하나가 바로 고정화이다. 위로는 황제부터 아래로는 노비, 하인, 죄수, 거지까지 각종 사람들은 모두 그 배역의 신분, 지위, 장소, 성격에 서로 어울리는 전문 복식이 정해져 있다. 마찬가지로 재상(宰相)은 조정에서는 "상초(相貂)"를, 집에서는 "상건(相巾)"을 착용해야 했다. 『전완성(戰宛城)』의 조조(曹操)가 "천자를 협박한 지" 얼마 되지 않아 착용한 것은 "상초(相貂)"이다. 『소요진(逍遙津)』의 조조는 제후가 된 지 근 20년이 되었고, 또한 한나라 헌제(獻帝)의 장인이 되어서 권세가 매우 대단했을 뿐만 아니라, 몹시 거만해져 승상 신분을 나타내는 "상초"로서는 부족하다고 생각하고 금실 방울과 양쪽에 금색 여의시(如意翅)가 달린 "문양(文陽)"을 착용하려 했다. 제왕과 장상(將相)의 옷차림에서 조복을 "망(蟒)"이라 하고, 평상복을 "피(帔)"라 한다. 문관의 옷차림을 "관의(官衣)"라 하고, 전신에 무장을 걸치는 것을 "고(靠)"라 한다. 일반 평민의 평상복을 "습자(褶子)"라 한다. 그밖에 "영웅의(英雄衣)", "팔괘의(八卦衣)", "개창(開氅)", "전의(箭衣)" 등등이 있다. 이같이 다양한 명칭, 다른 꽃무늬, 색상의 변화를 통해 각양각색의 극중 배역을 표현하는 완전한 희곡복장의 고정계열화가 형성되었다. 극이 완료되어 많은 연기자들이 원래 복장차림으로 무대 앞으로 나와 관중들의 환호에 사의를 표하면 무대에 가득한 아름답고 화려한 비단에서 여러 가지 색이 드러나는 매우 아름다운 광경을 볼 수 있다.

전통희곡 복장 계열의 정형은 매우 긴 시간을 거치면서 점점 완성되었다. 명나라 주권(朱權)은 『태화정음보(太和正音譜)』에서 소식(蘇軾)의 시 "옛사람의 일을 연기하며, 귀문도(鬼門道)를 출입하네"를 인용했다. 주권에 의하면 "귀문도"는 무대 옆에서 무대로 오를 때 거치는 길로 연기자가 모두 옛사람으로 돌아갔다는 뜻을 가리킨다. 북송

▲ 원나라 사람이 극을 공연하는 벽화

에는 전문적으로 "옛사람의 일"을 연기하는 희극 대본이 있었다. 애석하게도 당시 연기자가 무대에 올라갈 때 어떤 복장을 착용했는지에 대한 문헌과 기록이 부족하다. 고궁박물원에 소장된 비단에 그려진 송잡극연출도(宋雜劇演出圖) 및 하남 언사(偃師), 우현(禹縣), 온현(溫縣) 등지에서 계속 발견된 송묘잡극조전(宋墓雜劇雕磚)에 드러난 무대 장면으로부터 살펴볼 때 분장은 일반적으로 당시 생활 속의 평상복을 본떴다. 이를 다소 미화시킨 장식도 있으나 모든 희곡 복장에서는 초창기의 색채가 분명히 드러나고 있다. 원나라 도종의(陶宗儀)의 『남촌철경록(南村輟耕錄)』에는 "송나라 휘종이 찬(爨)나라 사람을 조정에서 만났다. 그 사람은 옷과 가죽 신발을 천으로 감싸고, 분과 눈썹먹을 바르고, 거동이 가소로워 배우에게 그것을 본받아 극을 만들게 했다."라는 전설이 기록되어 있다. 이는 소수 민족의 복장을 본뜬 것이다. 찬나라 사람은 지금 운남 동부 지역의 백족(白族), 이족(彝族)의 조상이다. 도종의가 언급한 바에 의하면 송나라 잡극에서 어떤 간단한 연기를 "찬(爨)"이라고 한다. 찬은 바로 여기서 기원된 것이다. 조송(趙宋)이 남쪽으로 간 후 오(吳)나라 방언 지역에서 "찬"은 "천(串)"과 구분이 없었다. 때문에 "천"으로 오용되었다. 천희(串戲 : 연극에 출현하다), 반천(反串 : 전문 배우가 가끔 다른 역을 연기하다.), 객천(客串 : 초보 배우가 임시로 전문 극단 연극에 출연하다.) 등의 용법이 여기에서 출현했다고 한다. 원나라 시대에 잡극이 크게 유행되었지만 복장 방면의 상황은 지금까지 알려진 바가 매우 적다. 관련 기록에서 주로 연기를 비유해 "우맹의관(優孟衣冠), 분묵등장(粉墨登場)"이라고 하지만, 결코 희극에 사용되는 복식에 대한 전문적이고 구체적인 묘사는 없다. 이는 어쩌면 그 시기 희극 복장에 아직 희

극 연출 전용의 특수한 복식계열이 형성되지 않았음을 반증할 수 있을 것이다. 희극 복장 안에 명나라 시대의 복식 특징이 비교적 많은 점을 볼 때 희극 복장의 고정계열화는 주로 명청 양대에 점점 형성되었으며, 많은 대의 연예인들의 작은 창조가 누적되었음을 미루어 짐작할 수 있다. 특히 근 200년 간의 경극(京劇) 발전과 가장 밀접한 관계가 있다.

오경재(吳敬梓)의 『유림외사(儒林外史)』 제42회에는 "포정새(鮑廷璽)가 '삼원반(三元班)' 이란 극단을 거느리고 큰 탕나리(湯大爺)와 작은 탕나리(湯二爺)를 위해 공연을 했다. 공연이 끝나자 다시 무대 위를 말처럼 뛰며 돌아다녔다. 어린 배우 하나하나는 모두 담비 가죽으로 만든 갖옷인 초구를 입고 꿩 깃을 꽂고 매우 보기 드문 갑옷인 '고자(靠子)' 를 걸쳤다. 그들은 무대 위를 뛰어다니며 다양한 연기를 펼쳤다."라고 기록되어 있다. 이를 통해 지금의 전통희곡복장 속의 "고(靠)"가 당시에 이미 형성되었음을 알 수 있다. 그러나 이 미세한 자료만으로는 지금의 희곡 복장 계열이 당시에 모두 구비되었다고 설명할 수 없다. 반대로 명나라 시대의 실제 정황에 근거하면 "망"처럼 제왕과 장상에 적합한 희곡복장의 구조와 격

▲ 명나라 시대 일품보복(一品補服)

식이 당시 절대 존재할 수 없었고, 청나라 시대의 복식관념 아래에서만 형성될 수 있었음을 증명할 수 있다.

전통희곡복장 속의 "망"은 제왕과 장상의 관복으로, 옷깃이 둥글고 앞섶이 크며, 위에는 운룡(雲龍) 등의 무늬가 수놓아져 있고, 아랫섶과 소맷부리에는 바닷물 같은 상징적 무늬가 수놓아져 있다. 황제는 황색 단룡망(團龍蟒)을 착용했고, 장상은 기타 색깔의 독룡망(獨龍蟒)을 착용했다. 그밖에 또 "여망(女蟒)"이 있었다. 이는 후비(后妃)·고명일품부인(誥命一品夫人)·여장(女將)의 조복으로, 단봉(丹鳳)이 해를 향하거나 봉황과 모란 등의 도안이 수놓아져 있다. 역사상 원, 청 2대의 제왕의 용 독점은 송, 명처럼 심하지 않았다. 『원사·여복지』에는 "원나라 인종(仁宗) 때 직관(職官)과, 사민(士民)의 복장에는 용과 봉황 무늬 사용을 금한다는 조서를 내렸으며, 특히 "용은 다섯 개의 발톱에 두 개의 뿔이 있는 것을 말한다."라는 상세한 주가 있다. 이로 보아 서너 개의 발톱을 지닌 용의 도안은 금지하고 제한하는 대열에 있지 않았음을 알 수 있다. 용의 형상은 부단히 발전되어 발톱이 세 개에서 네 개로 다시 다섯 개에 이르렀는데, 원나라 시대에 "진룡(眞龍)"의 형상을 다섯

개의 발톱에 두 개의 뿔이 있는 것으로 규정했기 때문에 기타 구름을 일으키거나 비를 뿌리는 용과 "강물에 뒤섞여 있는 용", 구름 속으로 들어가는 용은 세 개나 네 개의 발톱이 있다. "진룡천자(眞龍天子)" 용포 속의 용은 다섯 개의 발톱이 있다. 신하와 백성에게는 이러한 용무늬 사용이 금지되었고, 사용하면 바로 대역무도한 행위로 간주되어 그 죄는 만 번 죽어 마땅했다. 그러나 세 개나 네 개의 발톱이 있는 용무늬 사용을 원나라 시대에는 결코 엄하게 금지시키지 않았다. 명나라 시대는 그 상황이 좀 달라졌다. 혼동을 피하기 위해 세 개나 네 개의 발톱이 있는 것을 "망(蟒), 즉 이무기"라 칭하고, 다섯 개의 발톱이 있는 용과 구별했다. 이외에도 신하와 백성의 이무기 무늬 사용을 엄금했다. 명나라 성조(成朝) 영락(永樂) 이후 황제를 모시는 환관만이 한때 망의(蟒衣), 즉 이무기 무늬를 수놓은 옷을 입을 수 있었다. 그밖에 가정(嘉靖) 8년 다시 백관의 제복을 바꿀 때 "오직 금의위(錦衣衛), 당상관(堂上官)에게만 진홍색 망의 착용"을 허용했다. 이 밖에도 명나라 시대 망의에 대한 금지와 제한은 매우 엄격했다. 그러나 실제 생활 속의 많은 사람들은 객관 세계에 결코 존재하지 않는 용과 이무기에 대한 구별을 분명히 하지 않았다. 때문에 "이무기는 네 개나 다섯 개의 발톱의 구분이 있다."라고 여기거나, "이무기는 뿔도 없고 발톱도 없기 때문에, 세 개나 네 개의 발톱이 있는 것이 용이다."라고 견지하는 사람도 있어 관념적으로 상당히 혼란스러웠다. 명나라 영종(英宗) 천순(天順) 2년 "신하와 백성은 이무기와 용, 날치(飛魚)를 사용할 수 없다."라고 법령으로 금지했다. 효종(孝宗) 홍치(弘治) 원년에 도어사(都御史) 변용(邊鏞)이 "본국의 환관에게는 망의 착용 금지에 관한 규정이 없습니다. 때문에 내관 대부분이 망의를 구하고 있고, 용의 형태를 하고 있는 특이한 종류도 있으나 제지하지 못합니다."라는 상소를 올렸다. 이리하여 환관의 망의 사용 역시 금지되었다. 홍치 13년, 공(公), 후(侯), 백(伯), 문무대신(文武大臣) 및 진수(鎭守), 수비(守備) 가운데 만일 규칙을 어기고 이무기나 날치를 수놓은 의복 사용을 주청(奏請)하는 자는 "과도[科道 : 명청시대 도찰원(都察院)의 6과급사(六科給事) 및 15도의 감찰 어사]에서 규탄하고 중죄로 다스린다."라고 거듭 천명했다. 무종(武宗) 정덕(正德) 13년, 규제를 좀 느슨하게 해 3품관(三品官)의 망의 사용을 허용했다. 그러나 3년 후 세종(世宗)이 즉위하면서 즉시 "근래에 옥대(玉帶), 이무기, 용, 날치, 두우(斗牛) 무늬를 남용하고 있다. …… 지금부터 모두 불허한다."라는 조칙을 공포했다. 가정(嘉靖) 16년 병부상서(兵部尙書) 장찬(張瓚)이 이무기와 다소 비슷한 무늬를 수놓은 옷을 착용하자 세종이 대노하며, 내각의 신하 하언(夏言)에게 다음과 같이 말했다.

▲ 청나라 시대 일품보자(一品補子)

"상서이품(尙書二品)이 어떻게 직접 망의를 착용할 수 있는가?"

하언이 대답했다.

"장찬이 착용한 것은 하사하신 날치무늬를 수놓은 옷으로, 색채가 선명해 이무기와 약간 비슷해 이무기와 비슷하게 보일 뿐입니다."

가정 황제가 말했다.

"날치에 무엇 때문에 두 개의 뿔을 수놓은 것이요?"

이윽고 명을 내려 이를 엄금했다. 이리하여 "예부(禮部)에서 문무 관리의 이무기나 날치 등의 무늬를 수놓은 옷 착용 금지를 주청했다."[이상의 자료는 모두 『명사(明史) · 여복지3(輿服志三)』 부분별 참조] 이를 통해 명나라 시대에는 오직 황제에게 용포(龍袍) 착용의 자격이 있었고, 장상에게는 망의조차 착용할 자격이 없었음을 알 수 있다. 당연히, 권신 가운데 은밀히 금령을 어기는 자가 있었다. 『금병매사화(金甁梅詞話)』 제22회에서 "서문경이 내왕(來旺)을 파견해 항주(杭州)에 가서 채(蔡)태사를 대신해서 생일 축하용의 금수망의(錦繡蟒衣)를 제작한다."라고 했다. 이것은 허위로 쓴 송나라 시대의 일이지만, 실제로는 명나라 시대의 상황이다. 그러나 이는 법령으로 금하는 참월행위(僭越行爲)에 속한다. 이러한 상황 아래에서 극을 하면서 어떻게 제왕, 장상, 후비, 귀부인에게 똑같이 "망"을 착용하게 했을까? 때문에 희곡복장 계열 가운데의 "망"이 명나라 시대에 출현했다는 것은 불가능하다. 청나라 시대는 망의 착용 금지조치가 명나라 시대보다 비교적 많이 느슨해졌다. 청나라 시대 조복 제도를 살펴보면 황제, 후비, 황제의 자제, 친왕(親王)은 모두 용포(龍袍)를 사용했고, 친왕세자(親王世子), 패륵(貝勒), 패륵의 자제, 진국공(鎭國公), 보국공(輔國公), 문무삼품(文武三品)은 모두 망포(蟒袍)를 사용했다[『청사고(淸史稿) · 여복지2(輿服志二)』]. 때문에 『홍루몽』에서 견사은이 「호료가」를 풀이하면서 "어제는 두루마기가 터져 추위를 불쌍히 여기더니, 오늘은 자망(紫蟒)이 길다고 의심하네"라고 했다. 희극복장 계열에서 제왕과 장상의 조복을 "망(蟒)"이라 통칭한 것과 대조해보면 완전히 청나라 시대의 복식관념과 일치한다. 극에서 제왕의 조복을 용포라 하지 않고 "망"이라 한 것은 단지 이 "제왕"이 배우의 분장이기 때문에 휘(諱)를 피하기 위해서이다.

전통희곡 복장은 생활에서 기원했지만 생활과 다르다. 생활 복장과 서로 비교하면 장식성이 훨씬 많으며 전신의 조화가 더욱 중시된다. 관중에게 더 많은 미감과 즐거움을 주기 위해 희곡 복장은 꽃 모양으로 만든 구슬, 색실 방울, 명주 끈, 꿩의 꼬리 깃털 등의 아름답고 화려한 장식품으로 많은 장식을 한다. 무대 위에서 여포(呂布)나 주유(周瑜)가 자금관(紫金冠)에 매우 긴 두 개의 꿩 꼬리털을 꽂은 것은 배우의 활기찬 인물 연기를 위한 것으로 진짜처럼 보여주는 기회가 증가된다. 『명사 · 여복지3』에서 "홍무(洪武) 26년, 모든 대제를 지내는 날. 경축일, 설날, 동지, 신성한 명절 …… 공(公), 후(侯), 백작(伯爵)의 지위에 있는 사람이 전례에 출석할 때, 관에 꿩의 꼬리 깃을 꽂아야 한다."라고 했다. 그러나 그것은 공, 후, 백, 그리고 전례에서 사용될 뿐, 무장이나 도독은 군대 안에서 이러한 복장이 없었다. 여포와 주유가 생활하던 시대의 어떤 무관에는 "꿩과 비슷한 분새의 꼬리 깃털" 두 개를 좌우에 똑바로 꽂았다고 한다[『후한서 · 여복지 하』]". 그러나 무대 위의 "깃털"은 실제 분새의 꼬리 깃털보다 최소한 네 다섯 배나 길다. 이것이 바로 예술의 과장이다. 단각(旦角 : 여자 역)의 소매 끝에 붙어있는 명주로 된 긴 덧소매, 노생(老生 : 재상, 학자, 충신 등 중년 이상의 남자 역)의 수염, 축각(丑角 : 어릿광대 역)의 모자에 붙이는 날개, 무생(武生 : 남자 무사 역)의 옷에 다는 폭이 넓은 띠 등은 모두 생활로부터 기원했으나 예술적인 특수한 가공을 했다.

전통희곡 복장 안의 일부 유형 역시 생활에서 왔으나 생활과 다르다. 예를 들면 극중의 배역이 일반 평민이면 착용하는 평상복을 "습자(褶子)"라고 한다. '습자'는 바로 진한(秦漢)이래 생겨난 "습(褶)"이라는 옷이다. 실제 생활 안에서 명나라 시대 남녀는 모두 '습'을 착용했다. 『금병매사화』 제2회에서 "서문경은 허리가 길었고 몸에 푸른 비단 '습아(褶兒)'을 걸쳤고, 반금련은 짧은 습아에 얇은 능사(綾紗)로 된 속치마를 입고 있었다."라고 기록되어 있다. 『예기 · 옥조』에서 "백(帛)은 습(褶)이다."라고 했다. 일종의 비단을 외피로 하고 그

▲ 희장(戲裝)

안에 내피가 있는 겹옷이다. 한나라 묘에서 출토된 무사용(武士俑)의 조형으로부터 보면 "습"은 길이가 대략 무릎 부위까지 내려온다. 전

통극 중의 "습자"는 길이가 발에 이를 정도로 길고 뿐만 아니라 종류도 매우 다양해 남습(男褶)과 여습(女褶)의 구분이 있으며 응용 범위가 매우 넓다. 이 "습자"라는 이름은 역시 청나라 초에 있었다. 『유림외사』 제30회의 "몇 사람의 배우가 밥을 먹은 후, 한 사람 한 사람 분장을 했다. 모두 최신식의 포두(包頭)와 매우 새로운 습자(褶子)를 착용했다."라는 기록으로 보아 청나라 초에 형성되었음을 알 수 있다. 또 예를 들면 극중의 배역이 착용하는 제왕, 장상, 후비, 귀부인의 평상복을 "피(帔)"라 한다. 이 명칭 역시 생활 속의 어깨에 걸치는 복식을 지칭하는 "피"에서 생겨났으나 그 형태는 완전히 다르다. 『설문해자』에 "피(帔)"자가 수록되어 있다. 단옥재(段玉裁)의 주(注)에서 "지금 남자나 여자의 피견(披肩)은 남아있는 뜻이다."라고 여겼다. 이를 통해 청나라 시대의 실제 생활 속에서 "피"는 남녀가 함께 착용하는 "피견"이었음을 알 수 있다. 역사로부터 살펴보면 『남사(南史) · 임방전(任昉傳)』에 "임방(任昉)이 죽은 후 몇 명이 아들은 매우 가난하게 지냈다. 둘째 아들 서화(西華)는 동짓달에 갈피(葛帔)와 연군(練裙 : 하얀 치마)을 착용했다."라고 기록되어 있다. 이를 통해 "피"가 귀족이 착용하던 것이 아니었음을 미루어 짐작할 수 있다. 그러나 이후에 "피"를 사용하여 꾸미는 귀부인들이 많아지기 시작했다. 당나라 장훤(張萱)의 『괵국부인유춘도(虢國夫人遊春圖)』 속에 그려진 괵(虢)부인의 "피"는 비교적 정식적으로 어깨 위에 걸쳐져 있고 가슴 앞에서부터 허리 끝까지 드리워져있다. 그러나 주방(周昉)의 『조금품명도(調琴品茗圖)』 속의 귀부인이 걸친 "피"는 어깨 위에 걸쳐져 있지 않고 매우 자연스럽게 등허리 부위까지 내려와 있고, 단지 양쪽 끝이 팔목 위에서 말려져 있다. 백거이의 「예상우의무가(霓

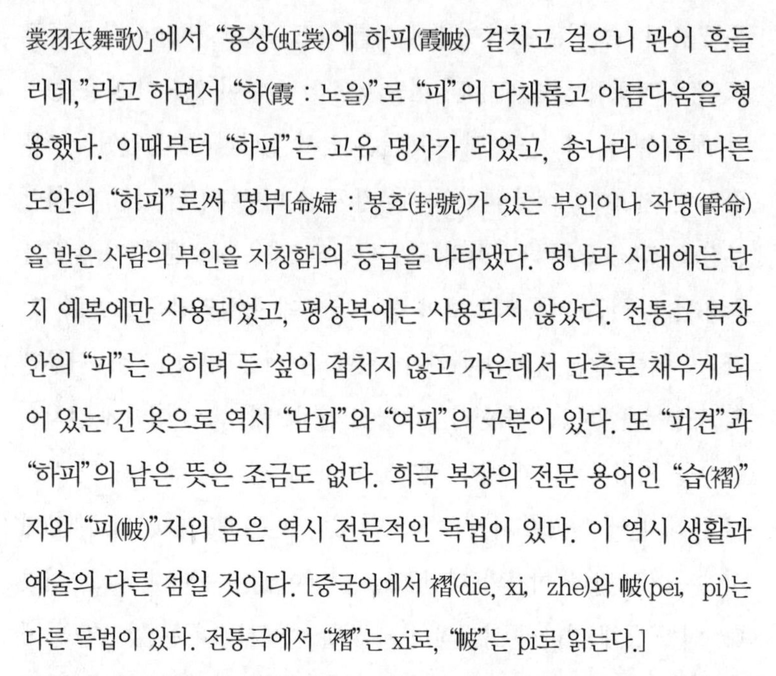

裳羽衣舞歌)」에서 "홍상(虹裳)에 하피(霞帔) 걸치고 걸으니 관이 흔들리네,"라고 하면서 "하(霞 : 노을)"로 "피"의 다채롭고 아름다움을 형용했다. 이때부터 "하피"는 고유 명사가 되었고, 송나라 이후 다른 도안의 "하피"로써 명부[命婦 : 봉호(封號)가 있는 부인이나 작명(爵命)을 받은 사람의 부인을 지칭함]의 등급을 나타냈다. 명나라 시대에는 단지 예복에만 사용되었고, 평상복에는 사용되지 않았다. 전통극 복장 안의 "피"는 오히려 두 섶이 겹치지 않고 가운데서 단추로 채우게 되어 있는 긴 옷으로 역시 "남피"와 "여피"의 구분이 있다. 또 "피견"과 "하피"의 남은 뜻은 조금도 없다. 희극 복장의 전문 용어인 "습(褶)"자와 "피(帔)"자의 음은 역시 전문적인 독법이 있다. 이 역시 생활과 예술의 다른 점일 것이다. [중국어에서 褶(die, xi, zhe)와 帔(pei, pi)는 다른 독법이 있다. 전통극에서 "褶"는 xi로, "帔"는 pi로 읽는다.]

중국 전통희곡 복식이 매우 풍부하고 다채롭기 때문에 보다 상세히 알고 싶은 독자는 관련된 희극상식서적을 참고하면 좋을 것이다. 이상에서 일반 서적에서 아직 언급하지 않은 몇 가지 문제에 대해 대략적인 고증을 했지만, 실제로는 큰 문제를 작게 처리하고 면밀히 다루지 못해 누락된 부분이 많이 있다.

문학작품 속의 복식 묘사

중국 고대복식의 아름답고 화려하고 다채로운 모습은 역대 문학작품 속에서 다방면에 걸쳐 반영되었다. 복식은 사람의 생활 속에서 조금도 소홀히 할 수 없는 중요한 방면이고, 필연적으로 문학으로 묘사되는 영원한 대상 중의 하나이다. 매 시대마다 각종 다른 문학양식 창작에 종사한 작가들이 인물형상을 표현하고 풍속과 인정을 묘사할 때 모두 항상 자신도 모르게 혹은 회피할 수 없이 자신의 필치를 복식의 영역에 드러냈다. 이 때문에 거대한 고전문학의 보고는 우리에게 유관

▲ 굴원(屈原)

고대복식자료를 제공해주는 하나의 중요한 근원이 된다.

『시경』, 『초사』 이후의 전통문학이 미인의 형상을 표현할 때, 늘 복식미(服食美)를 사람의 외형미를 구성하는 하나의 중요한 구성 부분으로 묘사했다. 중국인은 비너스 같은 나체 미인의 묘사에는 익숙하지 않다. 『금병매사화』 제2회 서문경이 반금련을 보는 장면과 같이 엑스레이처럼 옷을 투과해 전신을 위아래로 적나라하게 묘사하는 수법은 매우 보기 드물다. 설사 그렇다고 하더라도 『금병매사화』의 단락마다 있는 부체(賦體)의 운을 통한 묘사는 여전히 복식으로 용모와 자태를 두드러지게 꾸미고 있다. 이것에는 중국인 생활의 실제가 반영되어 있다.

송옥(宋玉)의 「신녀부(神女賦)」와 조식(曹植)의 「낙신부(洛神賦)」는 모두 미녀의 외형을 묘사했다. 여기에서 작자가 타고난 미적 자질을 세심하게 형용하고, 복식미의 묘사를 중요한 위치에 두었음을 볼 수 있다.

"가볍게 사뿐히 걸어가니 전당에서 빛나고.", "헤엄치던 용 구름을 타고 높이 나는 듯 아름답다."라고 신녀(神女)의 자태를 아름답게 묘사할 수 있었던 것은 "나환기궤(羅紈綺繢)", "극복묘채(極服妙彩)", "수의(繡衣)", "규상(袿裳)", "피복(被服)", "박장(薄裝)" 등 일신의 옷차림을 측면적으로 서술해 주제를 두드러지게 했기 때문이다. 그리고 낙신(洛神)이 만일 "찬란한 광채가 나는 비단옷", "옷자락이 가벼운 생사"를 착용하지 않았다면, 어떻게 "몸은 빠르게 나는 물오리요, 나풀거리니 문득 신선 같네."라고 할 수 있었겠는가? 신녀이든 낙신이든 모두 당시 조건 아래에서 복식미를 먼저 점유한 귀부인으로 작자의 머릿속에 있는 영상이었다. 「맥상상」에서 진나라의 나부(秦羅敷)

는 한 무리의 노동자 사이로 걸어온다.

머리 위에 비스듬히 묶은 머리카락, 귀에는 밝은 달 같은 진주.
상기(缃綺)로 치마를 삼고, 자의(紫衣)로 저고리 입었네.

이에 길가던 나그네는 짐을 내려놓았고, 밭가는 농부는 쟁기질을 잊었다. 모두가 나부를 패션모델로 여기고 감상했다. 이 시는 나부의 아름다운 용모와 자태를 거의 직접적으로 묘사했다. 아마 일반 백성의 심미관에 대해 말하자면, 젊은 여성이 빛나는 눈동자를 어떻게 굴리고 입술이 어떻게 반짝였는지 보다는 몸에 두른 최신유행의 치장이 더 강한 흡인력을 지니고 있었을 것이다. 그들의 복식미에 대한 칭찬과 부러움, 그리고 호기심은 아름다운 외모에 대한 부러움과 호색(好色)을 초과한 듯하다. 이 역시 그들과 그녀의 "낭군"이 다른 점이다.

소설미학의 각도에서 보면 복식묘사는 인물 형상의 중요한 수단이다. 심지어 어떤 때는 전형묘사의 성공 여부와 직접적인 관계가 있다. 예를 들면 '아(阿)Q'는 신해혁명 전후의 낙후된 농민 전형이다. 루쉰 스스로도 "만일 낡은 전모(氈帽)를 과피모자(瓜皮帽子 : 여섯 개의 천 조각을 꿰매 맞추어 수박을 위 아래로 가른 한쪽같이 보이는 차양이 없고 정수리에 둥근 손잡이가 있는 모자)"로 바꾼다면 아Q의 형상이 완전히 반전될 것이다."라고 했다. 장죽파(張竹坡)는 평본(評本)『금병매』 제2회 회고 총평에서 다음과 같이 말했다.

전번 회에서 말한 "금련이 몸에 달라붙는 적삼을 입었

다."는 구절은 금련의 성격과 혼백을 같이 묘사한 것이다. 이번 회에서 나온 "모청포(毛青布) 큰 소매 적삼"은 무대(武大) 부인이 매우 생동감 있게 뛰는 모습을 묘사한 것이다.

소설가의 성공적 복식 묘사에는 미세한 부분에서는 모자나 무명 적삼의 원료와 형태에 이르기까지 모두 매우 정확한 파악이 요구된다. 이러한 점은 한 시대의 복식 풍모를 이해하데 매우 크게 참고할 만한 가치가 있다. 그러나 전통소설의 복식 묘사에 항상 취할만한 가치가 있는 것은 결코 아니다. 화본(話本)으로부터 변화 발전되어 나온 소설은 시를 증거로 삼거나 사륙변려문(四六駢麗文)을 자주 사용해 인물의 용모와 복식을 대충 서술하고 있다. 그 가운데서 남의 것을 모방한 진부하고 상투적인 논조가 매번 자주 나타난다. 이탁오(李卓吾)는 『수호전』평에서 "문자는 고금에 유례없이 절묘하다."라고 했다. 그러나 그는 상술한 이 같은 묘사를 문장의 흠이라고 여겼다. 『수호전』 제67회 "관승(關勝)이 수(水)와 화(花) 두 장군을 항복시키다."를 그 예로 들 수 있다.『수호전』의 성수장군(聖水將軍) 단정규(單廷珪)와 신화장군(神火將軍) 위정국(魏定國)의 용모와 복식 묘사에 대해 전자는 "군더더기여서 삭제해도 된다."는 비평을 받았고, 후자는 "말해놓고 또 말한 것은 과거 준비를 위한 시문과 무엇이 다르리요." 라는 비평을 받았다. 이러한 묘사를 보면 모두 "금포(錦袍)는 해태로 덮여있고, 보갑(寶甲)은 사자 가죽으로 만들었네", "금포에 수놓은 꽃 여지(荔支) 같이 붉고, 속적삼과 저고리는 하얗게 깔린 구름 속의 푸른 앵무새 같네" 같은 유형으로, 다른 어느 대장의 몸에 사용해도 모두 가능하며, 양자를 서로 교체해도 안 될 것이 없다. 만일 이것이 예술적으로는 비록 실패했지만, 최소한 복식사 연구에 있어서는 자료적 가치가 없지 않다고 말한다면, 은(殷)나라와 주(周)나라의 투쟁을 역사적 배경으로 삼고 있는 신마소설(神魔小說) 『봉신연의(封神演義)』 속에도 이같이 무미건조한 묘사가 무더기로 쌓여있기 때문에 예술적 매력도 없고, 역사적 진실도 없다. 『봉신연의』는 신마소설의 실패작이고, 은주시대의 복식 이해에 대해 조금도 쓸모가 없다고 말할 수 있다.

『수호전』 제27회의 음력 6월에 주점에 앉아 있는 사나운 여자 손이랑(孫二娘)의 복식 묘사는 의외로 이탁오의 호평을 받았다. 무송(武松)이 하급 관리 두 명에 의해 압송되어 맹주(孟州)로 가는 길에 십자파(十字坡)에 이르니 다음과 같은 모습이 펼쳐진다.

> 주점 문 앞의 창 난간가에 한 여인이 앉아 있었다. 푸른색 깁 적삼을 드러냈고 머리에는 누렇게 빛나는 비녀를 꽂고, 귀밑머리 가에는 들꽃을 꽂았다. ……아래쪽에는 선홍빛 생견(生絹) 치마를 두르고, 얼굴에는 연지를 찍고 연백분(鉛白粉)을 칠했으며, 풀어 헤쳐진 가슴 사이로 도홍사(桃紅紗) 주요(主腰 : 배두렁이)가 드러났고, 그 위에는 금빛 단추가 달려있다.

그 다음에 이어서 변려문으로 상세히 서술했다.

> ……두텁게 발라진 한 층의 연백분이, 거친 피부 덮어 가렸고,
>
> 짙게 바른 두 개의 연지, 헝클어진 머리까지 물들였네

붉은 치마 속 찬란히 빛나는 과두(裹肚), 누렇게 머리를 물들이며 밝게 빛나는 금비녀,

금팔찌는 마녀의 팔을 단단히 묶고, 붉은 적삼 사나운 여자의 정기를 비추네.

여기에서 말해놓고 다시 말하며 중복한 곳이 적지 않지만, 오히려 "이 한 장면"을 정확히 묘사했기 때문에 이탁오는 이 단락에서 복식을 묘사한 글이 자못 좋다고 했다. 그는 앞의 글을 "몹시 우아한 문물(文物)"이라 평했고, 뒤의 글을 "매우 아름다운 여인"이라 평했다. 반대로 말하자면 유모감을 드러낸 것이다. 그리고 복식사의 각도에서 볼 때도 이 단락의 글은 확실히 형상적 소재를 제공해준다. 당시 평민 여인이 여름 복장으로 적삼 안에는 "주요(主腰)"라는 배두렁이를, 치마 안에는 "과두(裹肚)"라는 복대를 각각 착용했음을 알 수 있다.

『홍루몽』 제3회 봉저(鳳姐)와 보옥(寶玉)이 등장하는 장면에서 조설근은 두 사람의 복식을 매우 다채롭게 묘사했다. 이는 책 전체에서도 찾아보기 드물다. 봉저를 다음과 같이 묘사했다

머리에는 금사로 여러 가지 보석 장식을 한 계(髻)를 달고, 다섯 마리의 봉이 새겨진 보석 비녀를 꽂고, 목에는 적금색 목걸이를 차고, 몸에는 금백의 나비가 꽃을 지나가는 소매가 좁은 진홍색 두루마기, 겉옷으로는 다채로운 빛깔의 석청(石靑)을 새긴 은색 족제비 마고자, 아래에는 비취색의 꽃이 바다에 휘날리는 주름치마를 입고 있었다.

보옥을 다음과 같이 묘사했다.

머리에는 묶은 머리에 옥이 상감된 금관을 썼고, 가지런한 눈썹은 용 두 마리가 여의주를 다투는 금말액을 새기고, 금백색의 나비가 꽃을 지나가는 진홍색 긴 소매에, 꽃과 곡식무늬가 있는 오채(五彩) 비단을 묶고, 겉옷은 석청으로 팔화단(八團畵)를 새긴 마고자를 입고, 푸른 비단으로 두른 분홍색의 작은 조화(朝靴)를 신고 있었다.

이렇게 상세하게 그려진 정태적 묘사는 전통희곡에서 주요 배우가 등장할 때 잠시 멈추는 자세를 취해 출연배우의 형상을 두드러지게 하는 것과 매우 흡사하다. 이를 통해 관중들은 영국부(榮國府) 속의 "연(璉) 둘째 형수와 보(寶) 둘째 나리의 화려하고 진귀한 복장, 위엄 있는 옷차림을 자세히 감상하게 된다. 자세히 감상하면 중국 고대 복식문화의 아름다움에 대한 찬탄 이외에도, 이 두 등장인물의 복식이 조설근이 생활하던 시대의 간소한 복장과는 매우 흡사하지 않다는 생각이 든다. 뿐만 아니라 명나라 시대 복식의 특징이 더욱 많이 표현됐으며, 심지어 전통극의 무대 복장과 약간 비슷하다고 해도 안 될 것이 없다. 여기에서 비로소 작자가 수고를 아끼지 않고 복식을 자세히 다룬 데에는 소설의 시대적 배경을 모호하게 하려는 의도가 다분하며, 전체 소설의 "진실을 감추고", "거짓으로 촌스러운 말을 하는" 구체적인 실천의 하나임을 다소 깨닫게 된다.

문학작품 속에서 묘사된 복식 현상은 비록 비교적 소소하지만 그 안에서 많은 민속을 엿볼 수 있다. 상술한 보옥의 옷차림은 보옥이 외출할 때의 꾸밈이다. 귀가 이후에는 일반 평상복으로 갈아입었다. 주의할만한 가치가 있는 것은 "검은 비단으로 된 분홍색 바닥의 작

은 조화(朝靴)"를 "밑이 두터운 진홍색 신발"로 바꾼 것이다. 남성이 진홍색 신발을 신는 모습은 지금은 매우 보기 드물다. 적으면 자연히 보기 드물고 매우 귀하게 된다. 누구든 이것을 신는 남자는 사람들이 눈꼴사납다고 생각할 것이다. 그러나 명청시대에는 오히려 매우 보편화되어 보옥 같은 귀공자들만이 집에서 신었던 것은 결코 아니다. 『유림외사』 제27회에서 생원 계위소(季葦蕭)의 옷차림을 "머리에 방건(方巾)을 쓰고, 몸에 옥색 '직철(直裰 : 평상복으로 입던 도포)'을 입고, 발에 진홍빛 신을 신었다."라고 묘사했다. 제22회에서 묘사된 겉치레를 하며 고상한 척 하는 만설재(萬雪齋) 역시 "발에 붉은 신"을 신고 있다. 제25회에서 초라하게 되어 악기 수리를 하며 생활하는 유학자 예(倪)나리는 "머리에는 찢어진 전모(氈帽)를 쓰고, 몸에는 낡은 검정색 '직철'을 입었고, 발에는 해어진 붉은 색 신을 신었다."라고 묘사되어 있다. 예나리는 57세의 수염이 희끗희끗한 노인이었다. 그는 붉은 신을 신었으며, 또 오랫동안 신어 해어지기까지

▲ 이홍야연도(怡紅夜宴圖)

했다. 지금의 노인들 중에 이런 용기 있는 분은 많지 않을 것이다. 남자가 붉은 신을 신는 습속은 선진시대까지 거슬러 올라갈 수 있다. 『시경 · 빈풍 · 낭발(狼跋)』에 "적석궤궤(赤舄几几)"란 구가 있다. 적석(赤舄)은 곤의(衮衣) 예복에 맞추어 신던 진홍색 신이고, 궤궤(几几)는 신발코가 구부러진 모양이다. 이를 통해 남자가 붉은 색 신을 신는 전통이 매우 유구함을 알 수 있다. 현대인의 유행 풍조가 변해 익숙하지 않을 뿐이다.

▲ 진주를 꿰어 운룡(雲龍)을 수놓은 공작 깃으로 만든 길복포(吉服袍)

복식문화가 생산력이 발전됨에 따라 부단하게 풍부해졌다는 사실은 역대 문학작품 속에서도 생생하게 반영되어 있다.『시경』시대에 귀족이 착용한 상급의 겨울 복장은 바로 "고구(羔裘 : 새끼양 가죽으로 만든 옷) 입고 자유롭게 거닐며, 호구(狐裘 : 여우 가죽으로 만든 옷) 입고 정사를 다스리네."이었다[『시경 · 회풍(檜風) · 고구(羔裘)』]. 고찰해야 될 점은 "고구표식(羔裘豹飾)"[『시경 · 정풍 · 고구(羔裘)』]이다. 이는 '고구'의 소매 끝에 표범 가죽으로 테를 둘러 장식하는 것이다. 『관자(管子) · 규도(揆度)』의 "경대부는 표범으로 장식한다."에 근거하면 '고구'는 경대부의 평상복이다.

『홍루몽』시대에 이르러 그 명칭이 많아졌다. 대략 순서대로 열거해보면 다음과 같다. 제6회에서 유로로(劉老老)가 영국부(榮國府)에 들어올 때는 초겨울 날씨였다. 풍저(風姐)를 접견할 때 "집에서는 항

▲ 왕희봉(王熙鳳)

상 자색 담비 소군투(昭君套)를 두르고, 석청으로 수놓은 회색 족제비 피풍(披風)을 걸치고, 진홍색의 주름 무늬 비단과 족제비 가죽으로 만든 치마를 입고 있었다. 금색의 이무기 무늬의 여우 겨드랑이 털로 만든 긴 소매가 달린 갖옷을, 겉옷으로는 담비 마고자"를 입었다. 제19회 정월 대보름 이후 보옥이 몰래 화가(花家)에 가서 습인(襲人)을 보았는데 "황금 이무기가 수놓인 진홍빛 여우털 옷 소매에, 겉에는 석청색 담비가죽옷을 걸쳤고", 제51회 매우 추운 겨울 날씨에 습인의 어머니 병이 위독하자, 화자방(花自芳)이 습인를 데리고 가족을 방문하러 간다고 하자 왕부인이 허락했다. 풍저(風姐)가 습인을 보니 "몸에는 도홍색의 온갖 꽃이 수놓인 족제비 가죽 저고리에, 금채(金彩)나는 짙푸른 비단 치마를 입었고 그 위에는 검푸른 다람쥐 가죽으로 만든 웃옷을 걸치고 있었다. 풍저는 습인이 꼴사나운 차림을 했다고 못마땅하게 여기고서, 바로 평아(平兒)로 하여금 습인에게 석청색 실로 8마리 천마를 새긴 가죽 저고리를 주게 했다. "여덟마리 천마가 새겨진 석청책 가죽 저". 제49회 하설주(下雪珠) 때문에 가모(家母)가 보금(保琴)에게 "부엽구(鳧靨裘)"를 주자, 향릉(香菱)이 공작털로 짠 것이라고 하자, 사상운이 "어디가 공작털로 만든 것인가. 바로 들오리 머리털로 만든 것이다."라고 말한다. 제52회 가모(賈母)가 보옥에 준 것이 바로 진정한 공작털로 만든 것으로 "노랗고 파란색이 휘황 찬란하고 푸른빛이 번쩍번쩍 빛났다." 가모(賈母)는 "러시아 공작깃털을 꼬아 만든 실로 짠 것으로, '작금구(雀金裘)'라 한다."라고 했다. 뒷날 용정문(勇睛雯)이 병이 났을 때 수선했던 것이 바로 이것이다. 그러나 실제 중국 역사에서 공작깃털로 짜서 만든 갖옷은 "러시아"보다 훨씬 먼저 출현했다. 『남제서(南齊書)·문혜태자전(文惠太子傳)』

에서 "태자는 진기한 옷과 일상용품을 잘 만들었다. 공작깃털을 짜서 갖옷을 만들었는데, 그 광채가 황금비취 같았다."는 구절이 나온다. 『홍루몽』의 '작금구'는 중국에서 제작된 것이었으나, 가모(賈母)가 그 진귀함 때문에 수입품이라 오인한 듯하다. 러시아에서는 공작이 나지 않는다는 사실을 알아야 한다. 『홍루몽』에 반영된 겨울 복장이 재료, 양식, 색채 방면에서 『시경』에 반영된 겨울 복장보다 얼마나 풍부해졌는지 알 수 있다.

▲ 도화원(桃花源)

복식문화 방면의 상식을 구비하고 나서 문학작품을 감상한다면 그 안에 있는 복식 묘사에 대해 새로운 느낌이 들 것이다. 예로 도연명(陶淵明)의 『도화원기(桃花源記)』에서 무릉(武陵)의 어부가 그 안의 "남녀의 옷차림을 보고 완전히 다른 지방 사람 같다."라고 한 부분이 있다. 우리는 작자에 의해 치밀하게 구성된 구체적 시간, 장소, 인물 속에 의외의 결점이 드러나 있음을 발견하고 회심의 미소를 지을 것이다. 도화원 속의 사람은 선조가 진(秦)나라 때 난을 피해 옮겨왔고, 그 이후 세상과 단절되었다. 진나라 때부터 진(晉)나라 태원(太元) 때까지의 거리는 600여 년이나 된다. 그 사이에 외부 세계의 복식에는 매우 많은 변화가 있었다. 때문에 "완전히 다른 지방 사람 같다."라는 말은 불가능하다. 즉 이 사소한 부분으로 『도화원기』가 허구적 이야기임을 증명할 수 있다.

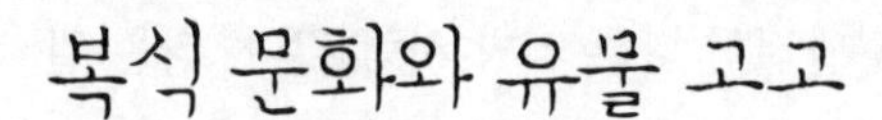

복식 문화와 유물 고고

고대 복식문화에 대해 비교적 구체적으로 이해하기 위해 역대 『여복지(輿服志)』만을 고찰하는 것으로는 절대 부족하다. 『여복지』에서는 일반적으로 그 왕조의 예복에 대해 상세한 서술을 했지만, 평상복의 영역은 비교적 적게 다루고 있다. 야사(野史), 수필(隨筆), 시(詩), 사(詞), 곡(曲), 부(賦), 잡극(雜劇), 소설(小說) 속에서 정사에 없는 기록과 묘사를 확실히 많이 끄집어 낼 수 있다. 그러나 형상적이고 직관적으로 각 시대의 복식문화 자료를 진정으로 제공해 줄 수 있는 것은 예부터 전해 내려오거나 계속 지하에서 발굴되어 나온 복식과 관련된 유물이다. 역대 고분에서 출토된 복식 실물이 자연히 가장 믿을만하고, 기타 회화(인물화, 미인도, 풍속화), 석굴예술, 인물소조, 용상(俑象), 고분벽화, 화상석(畫像石) 등에도 유구한 역사의 중화복식문화가 각 세대와 방면에 걸쳐 드러나 있다.

의료(衣料)가 대부분 쉽게 부패되기 때문에 고분에서 발굴된 의복류 실물과 수량, 그리고 종류들은 모두 금은보석 등 장식품의 실물보다 많지 않다. 이는 연대가 약간만 멀고 오래되어도 훼손되어 버리기 때문이다. 어떤 고분[호남 강릉(江陵) 마산(馬山)1호 전국중기(戰國中期)의 초묘(楚墓)]에서 기적적으로 발굴된 완전무결하게 보존된 수가 놓여진 비단 의상은 고대 복식문화의 실제 고찰에 매우 큰 가치가 있다.

▲ 호북 강릉에서 출토된 초원(楚園) 비단

일부 출토된 복식 실물은 참으로 우리의 시야를 크게 넓혀준다. 예를 들면 지금의 "치파오(旗袍)"가 모두 만주족 여인의 복장이 몇 차례 변화되어 이루어진 것으로 알고 있다. 하지만 최초의 치파오가 어떤 모양이었는지는 실물을 보지 않고서 상상하기가 매우 어렵다. 1966년 내몽고 소오달맹(昭烏達盟) 청리파림우기(淸理巴林右旗) 십가자촌(十家子村) 부근의 청나라 강희(康熙) 황제의 셋째 딸인 영헌공주(榮獻公主) 묘에서 출토된 부장품 중 세 벌의 포복(袍服)은 완전하게 보존된 상태였다. 한 벌은 예복인 용포(龍袍)였고, 두 벌은 평상복인 소수(蘇繡) 치파오였다. 이 치파오의 양식은 현재의 치파오와 매우 큰 차이가 있다. 오른쪽 옷깃과 단추의 구조와 격식이 변하지 않았고, 전체 윤곽은 위가 좁고 아래가 넓은 원피스와 흡사했다. 만주인이 일상적으로 말을 탔기 때문에 치

파오의 아랫자락이 나팔처럼 되어야만 말에 오르고 내리기에 적합했다. 이는 지금의 치파오가 몸을 꽉 감싸 곡선미 노출을 중시하는 스타일과는 완전히 다르다. 공주의 존귀함과 영화로움을 드러내기 위해, 한 벌은 옷 전체를 각종 상서로운 여러 가지 보석 도안으로 가득 수놓았다. 항춘송(項春宋)이 집필한 발굴 보고서에 다음과 같은 내용이 기술되어 있다.

> 전신 및 양쪽 소맷부리에 꽃병, 새, 단지, 보물로 장식된 발 셋에 귀가 둘 달린 솥 등을 수놓았다. 가슴 부위에는 보물로 장식된 솥, 담배함, 과일 쟁반을 수놓았고, 그 가운데 게가 있었다. 아래 가장자리에는 참새 부리 모양의 술잔, 발 셋에 귀가 둘 달린 솥, 여의(如意 : 자루 끝을 손가락 모양으로 만든 물건, 가려운 곳을 마음대로 긁을 수 있었고 여기에서 그 이름이 유래함.), 보검 등이 수놓았다. 뒤쪽 아래 가장자리에는 사자, 여의, 발 셋에 귀가 둘 달린 솥, 서화 등을 수놓았다. 두루마리 그림에는 화초를 수놓았고, 아울러 검정 실로 "하일화(夏日畵)" 3자를 짰다. 다른 두루마리 그림에는 "봄날 성 안에 꽃이 날리지 않은 곳이 없다.(春城無處不飛花.) "라는 시구를 수놓았고, 아울러 서화(書畵) 수장(收藏) 도서 3개를 수놓았다.

한 벌의 옷에 이렇게 많은 물건을 수놓은 것은 지금 보아도 번거롭다. 하지만 당시 이와 같이 하지 않고서는 공주의 풍채를 드러내기에 부족했다. 다른 한 벌은 옷 전체에 서로 다투며 춤추면서 나는 꽃나비를 수놓았고, 그 사이에 화초와 꽃구름이 서로 점철되어 있다. 아래 가장자리에는 산수를 수놓았고, 산수 사이에 상서로운 여러 가지 보석이 있다. 가슴과 배후에는 마주하고 춤추며 나는 두 마리의 큰 나비를 각각 수놓았는데, 이는 직경 26㎝의 원형 도안을 형성하고 있다. 현대의 패션디자이너 가운데 이처럼 옷 전체를 채색으로 뒤덮은 심미정취에 마음을 기울이는 사람은 비교적 적을 것이다.

역사에 의해 확정된 사건을 주제로 다루는 영화나 연속극의 복식디자인 방면에 대한 요구는 전통희극과 다르다. 일반적으로 역사적 진실을 정확하게 재현했는가의 여부가 비교적 높은 성취의 표준에 도달했는지 못했는지의 가늠자가 된다. 역사인물의 형상을 성공적으로 표현하기 위해 제한된 사료를 근거로 각본작가, 감독, 배우가 인물의 성격, 사상, 감정을 풍부하게 만들고 발전시킬 수 있으며, 심지어 부차적인 상황까지 상상하고 보충할 수 있다. 그러나 복식은 세밀한 부분까지 진실을 추구하는 것을 완전한 경지로 여긴다. 다만 아쉬운 것은 영화나 TV연속극이 이 부분에서 매번 시대와 사소한 부분에서 오차를 쉽게 드러내고 있는 점이다. 예를 들면 TV연속극 『진시황(秦始皇)』속의 진시황이 연(燕)나라 태자 단(丹)과 질투 다툼을 하고, 형가(荊軻)와 창술의 고저를 겨루고, 맹강녀(孟姜女)를 궁궐 안에서 머무르게 할 수 있다. 이러한 예술 창조는 성공여부와는 다른 일이다. 예술 창조

▲ 진시황

에서 최소한 자기만의 특수한 규율을 가지는 것이 허용된다는 점은 이미 공인된 사실이다. 그러나 영화나 TV연속극에 등장하는 진시황의 "면류관(冕旒冠)"은 앞부분이 어찌 그리 높이 들려있는지 참으로 받아들이기가 힘들다. 만일 감독과 의상을 디자인 한 사람이 한(漢)나라 화상석(畵像石)과 당나라 염립본이 그렸다고 전하는 『역대제왕상(歷代帝王像)』속의 면류관의 형상을 한번이라도 보았다면 진시황의 외형을 더 정확하게 표현했을 것이다. 뿐만 아니라, 아직 관례를 치르지 않은 진시황에게 면류관을 쓰게 한 것은 전국 말년의 예절 풍습에 더욱 부합되지 않는다. 또 TV연속극 『당왕등기(唐王登基)』속의 이연(李淵)은 "경각복두(硬脚幞頭 : 양쪽 다리가 단단하게 펴진 복두)"를 착용했다. 경각복두를 쓴 사람이 270년이나 앞에 출현한 것은 유물 및 문헌 기록에 모두 위배된다. 송나라 방원영(龐元英)의 『문창잡록(文昌雜錄)』에는 다음과 같은 이야기가 실려 있다.

> 공부(工部)에 있던 범낭중(範郎中)이 두루마리 그림을 내놓았다. 촌부가 학생을 가르치는 그림으로, 촌부가 쓴 '복두'의 양다리가 구부러져 있었다. 그러나 범낭중은 이 그림이 한황(韓滉)의 작품이라고 했다.

한황은 당나라 정원(貞元) 연간(785-804)의 화가이다. 방원영의 말에 의하면 경각복두는 당나라 희종(874-888) 때 비로소 출현했다. 이 역시 처음에는 광대가 만들었다. 공연할 때, 은실로 수각복두(垂脚幞頭)의 양쪽 다리를 팽팽하게 했다. 희종이 이를 보고 매우 좋다고 여기고 "짐에게 하나를 만들어 오너라." 했다. 이때야 비로소 경각복두가 출현하게 되었다. 방원영은 "한황 때 이것이 제작되지 않았다."라고 여겼다. 한황 때 이것이 제작되지 않았다면, 당연히 수나라 말엽과 당나라 초엽 때는 더욱 제작되지 않았다. 때문에 이연이 경각복두를 썼다는 것은 실지 역사에 부합되지 않는다. 그러나 문헌 기록이 어떤 때는 명확하지 않기도 하다. 심괄(沈括)은 『몽계필담(夢溪筆談)』에서 "당나라는 오직 군주만이 경각복두를 착용할 수 있다." 라고 했다. 이 말은 너무 모호하고 경각복두 출현의 상한선에 대한 명확한 언급이 없기 때문에 사람들의 오해를 쉽게 불러일으킨다. 만일 우리가 돈황석굴의 관련 벽화(예로 130굴), 당나라 위욱(韋頊) 묘와 이현(李賢) 묘의 벽화, 고창불사(高昌佛寺) 벽화와 염립본의 『보련도(步輦圖)』 등 유물 속의 인물 복식을 참조해보면, 중당(中唐) 이전에는 확실히 "경각복두"가 없다. 『보련도』의 당나라 태종의 형상을 포함해서 모두가 하나 같이 "수각복두"를 쓰고 있다. 이러한 유물로써 실증을 해본다면 방원영이

▲ 송나라 태조상

경각복두의 출현 연대를 만당(晩唐)으로 본 것은 대략 믿을만하다. 그러나 심괄의 말은 정확하지 않다. 송나라 유염(兪琰)은 『석상부담(席上腐談)』에서 "복두는 송나라에 이르러 변화 발전되어 가로로 두 뿔을 펴서 철사로 지탱해 대신들이 착용한다. 그들이 조정에 나갈 때 서로 귀를 대고 귓속말을 하는 것을 방지할 수 있다."라고 말했다. 뒤쪽의 이러한 말은 과연 그런 일이 있었는지 없었는지 알지 못한다. 그러나 복두가 가로로 두 뿔을 폈다는 것은 오히려 돈황에서 출토된 오대(五代) 후당(後唐)의 견화(絹畵 : 비단에 그린 그림) 속에 나타난 인물 형상에 근거하면 송나라 건립 이전에 이미 존재했었다고 추정할 수 있다.

유물과 문헌 기재를 서로 대조하여 실증하는 것은 고대복식 연구의 기본 절차이다. 그러나 이 작업은 매우 복잡하고, 어떤 때는 일치하지도 않는다. 고대 여인의 머리 양식 같은 것은 매우 많은 변화가 있었다. 한족의 옛날 풍속에는 남녀가 모두 머리를 깍지 않았으므로 성인이 된 이후에도 계속 길렀다. 남자는 머리 양식을 따로 꾸미지 않고 머리를 쟁반 모양으로 묶고 비녀로 고정시켰고, 여자는 매일 많은 시간을 들여 거울 앞에서 빗질을 하며 치장했다. 귀족 여인들은 땅까지 길게 내려와서 번거로운 머리를 오히려 아름다운 장식으로 여기고 이를 힘써 추구하게 되었다. 이러면서 머리 양식의 기이하고 아름다움을 경쟁하게 되어 그 모양이 새롭게 창출되면서 많은 명칭이 생겨났다. 이는 현대 여성의 최신식 유행 헤어스타일에 못지않았다. 당나라 단성식(段成式)이 쓴 『계환품(髻鬟品)』 1권과, 뒤에 포협중(鮑協中)이 쓴 『속계환품(續髻鬟品)』 1권에는 역대 머리 양식의 다양한 전통에 대한 약간의 기록이 남아있다. 당나라 시대를 말한다면 관련 문헌에 그 당시 기록된 머리 양식 명칭이 100여 개는 된다. 어떤 것은 전통 양식에 신선한 이름을 부여했다. 예를 들면 위나라 궁중에서 "반관계(反绾髻)"라 부르던 것을, 당나라 궁중에서 새로운 이름을 부여해 "반관락유계(反绾樂遊髻)"라 했다. 또 어떤 것은 옛날에 있던 이름을 계속 사용했지만 양식에 일부 변화를 주었다. 예를 들면 진시황 궁중에서 "망산계(望山髻)"라 부르던 것을 당나라 궁중에서 "쌍환망산계(雙環望山髻)"라 했다[이상 단성식의『계환품』참조]. 당연히 스타일이 같지만 이름이 다른 것도 있다. 예를 들면 "나계(螺髻)"를 "취계(翠髻)"라 하기도 했다. 유행 머리 양식에 세련된 이름을 부여하면, 자연히 세속을 풍미하는 매력이 더욱 강해진다. 이는 모두 문헌에 보이는 머리 양식의 이름인데 그 모양은 어떠했을까? 유물이 제공해주는 여인의 머리 양식 역시 매우 다채롭다. 양자 사이를 어떻게 소통시키느냐는 바로 유물 고고 작업자와 복식문화 연구자 앞에 놓여 있는 과제이다. "나계(螺髻)"는 비교적 식별하기 쉽고, "포가계(抛家髻)"는 나름대로 특색이 있고, "반번계(半翻髻)", "쌍환망산계(雙環望山髻)"는 망산(望山)에서 뜻을 짐작할 수 있고, "수래계(愁來髻)", "귀순계(歸順髻)", "요소장계(鬧掃妝髻)" 등 이러한 문헌에 보이는 명칭은 모두 하나하나 유물 속에 나타나는 여인의 머리 형상과 대조해야 하는데, 그 어려움은 매우 크다.

▲ 잠화사녀도(簪花仕女圖)

유물은 고대 복식 문화의 연구에 대해 매우 큰 실증적 가치가 있다. 만일 복식과 관련된 시대의 믿을만한 지식을 장악하고 있다면, 유물의 시대를 구분하고 감정하는 데 큰 도움이 될 수 있다. 이와 관련된 예가 하나 있다. 왕국유(王國維)가 일찍이 정해(定海)의 방(方)씨가 수장하고 있는 4개의 인물 화상전을 보게 되었다. 처음에는 육조(六朝) 시대 이전의 물건이라고만 알았을 뿐, 확실하게 어느 시대인지를 알지 못했다. 그림 속의 여인은 높은 머리를 빗고 있었고, 밑부분이 비단(繒)으로 꽉 묶여져 있었다. 왕국유는 사서에 "서진(西晉)의 가후(賈后)가 비단(纚)으로 머리를 묶자 천하에서 그것을 따라 했고, 그 이름을 '힐자계(纈子髻)'라 했다."고 기록된 사실을 근거로 "옛날 머리를 싸매는데 비단(纚)를 사용했고, 머리를 묶어 고정시키는데 비녀(笄)를 사용했다. 이것은 비단 증(繒)으로 머리를 묶었으니 진나라 시대의 유물 같다."라고 추단했다[『관당집림(觀堂集林)』 권2 『고화전발(古畵磚跋)』]. 그러나 이러한 추단은 반드시 매우 신중해야 된다. 예를 들면 현재 심양(沈陽) 박물관에 소장되어 있는 당나라 주방(周昉)의 『잠화사녀도(簪花仕女圖)』속의 부인은 대다수가 고계(高髻 : 높이 얹은 머리)를 하고 각개의 잠화(簪花 : 꽃을 머리에 꽂음)을 머리에 꽂고, 알몸에 가는 비단옷만을 입고 있다. 사치류(謝稚柳)는 육유(陸遊)의 『남당서(南唐書)』에 기록된 "후주(後主) 이욱(李煜)의 대주후(大周后)가 '고계'와 섬상(纖裳)을 만들었고, 머리에 날개를 귀밑머리에 꽂 장식을 하자, 사람들이 모두 모방했다."라는 말에 근거해 『잠화사녀도』는 5대 10국 시대 남당(南唐)의 예술로 당나라 때 그림이 아니라고 단정했다. 하지만 이것이 주방의 작품이라는 것이 후인에 의해 밝혀졌다. 이 검정은 오히려 토론할 가치가 있다. 왜냐하면 고계에

섬상(纖裳)을 한 여인의 형상은 일찍이 섬서(陝西) 건릉(乾陵)의 당나라 영태공주(永泰公主) 이선혜(李仙蕙) 묘의 석곽(石槨) 선각화(線刻畵)에 이미 출현하고 있다. 잠화(簪花)의 습속은 『개원천보유사(開元天寶遺事)』의 "투화(鬪花)"조의 "장안의 미녀들은 봄에 '투화(鬪花)'를 했다. 기이한 꽃을 달고 꽂았는데, 많은 자가 이겼다."라는 기록에 근거하면 성당(盛唐) 때 이미 이 습속이 있었다. 주방은 바로 당나라 중기의 장안사람이다. 그의 화필에 나타나는 고계, 잠화, 섬상의 여인 형상은 완전히 가능한 것이다. 『잠화사녀도』가 5대 10국 시대의 작자가 이름을 도용한 모조품이라는 근거가 충분하게 드러나지 않기 때문에, 결론적으로 사람들을 납득시키기는 어렵다.

고고학에서 부단히 새로운 성과가 드러나고, 고대 유물이 부단히 출토되면서 복식문화의 연구 역시 계속 개척되는 영역이 되었다. 예를 들면 북조(北朝) 유물 속에서 상의에 대금개(對襟開) 양식이 있는 것을 보고, 대금개 양식이 호복에서 기원했음을 매우 쉽게 알게 되었다. 그러나 다시 하남(河南) 안양(安陽) 사반마(四盤磨)에서 출토된 석소상(石塑像)을 보면 오히려 몸에 대금개의 의복을 입고 있는데, 단지 단추가 없고, 넓게 열려있을 뿐이다. 옷에 있는 무늬를 보면 이것이 노예주(奴隷主)의 소상(塑像)임을 단정할 수 있다. 당시 귀족 역시 오른섶(右衽)의 옷이 있었다. 상(商)나라 시대 의복 양식이 이미 다양화되었음을 알 수 있다. 이는 문헌 기록을 통해서는 알 수 없다. 당연히 문물 역시 우리에게 많은 수수께끼를 주고 우리의 해결을 기다린다. 지금 꼬마 아가씨들이 집에서 두 갈래로 땋고 다니는 머리(辮髮)는 파마가 보급되기 이전에 매우 유행했었다. 산간지역, 농촌에서부터 도시까지 도처에서 볼 수 있었다. 이러한 양식은 언제부터

시작되었을까? 산서(山西) 운성(運城) 서리(西里) 장원묘(莊元墓) 벽화 속의 비파를 타고 있는 여인의 두 갈래로 따진 머리가 몸 뒤쪽으로 드리워진 모습은 지금과 완전히 같음을 볼 수 있다. 북방 소수민족으로부터 기원되지 않았을까? 다시 앞으로 거슬러 올라가 보면, 1928년 낙양(洛陽) 금촌(金村)에서 새를 들고 두 갈래로 땋은 머리를 한 여자 아이 인형이 출토되었다. 이 인형의 두 갈래로 따진 머리는 좌우 어깨 앞까지 드리워져 있다. 이 역시 동주(東周)의 묘장품이다. 이 아이가 어떤 민족이고 어떤 신분이고, 더욱 이른 시기의 두 갈래로 땋은 머리 형상을 한 유물이 또 있는지? 원나라 시대부터 현대까지의 두 갈래로 땋은 머리 양식과 직접적인 근원 관계가 있는지? 이러한 의문은 모두 흥미 있지만 아직까지 완전한 답안이 없는 문제이다.

▲ 잠화사녀도(簪花仕女圖)

복식과 색상(상)

색채, 품질, 디자인은 복장의 3요소이다. 사실상 우리가 고대 복식 문화가 얼마나 아름답고 다채로운지 크게 칭찬할 때, 자연스럽게 복식과 색채의 관계가 표현된다.

대자연이 드러내는 다양한 색채는 어떤 것은 영원히 변하지 않고, 어떤 것은 순식간에 다양하게 변하고, 어떤 것은 포착하기 어렵고, 어떤 것은 계절에 따라 주기적으로 반복되기도 한다. 사람들은 복식에 이러한 빛깔과 광택을 재현해 내기 위해 기나긴 여정을 지나왔다. 『상서 · 익직(益稷)』에서 "순임금 때 바로 5채(五彩)를 5색(五色)에 드러내 옷을 만들었다."라고 했다. 순임금은 원시 사회 말기 전설 속의 인물이다. 『상서 · 익직』의 진위를 둘러싸고 역대 많은 논쟁이 있었다. 사료에서는 단지 전설로 본다. 그러나 묵자가 물들인 실을 보고 "푸른 것에 물들이니 푸르고, 노란 것에 물들이니 노랗구나, 들어가는 것이 변하니 그 색도 변하는구나. 5가지가 들어가니 5색이 된

다. 때문에 물들일 때 삼가지 않으면 안 된다."하며 감탄했다는 것은 춘추전국 시대에 이미 5색[청색, 적색, 백색, 흑색, 황색]을 물들일 수 있었음을 알려주는 의심할 여지가 없는 사실이다. 『회남자 · 원도훈(原道訓)』에서 "색의 수는 5개에 불과하다. 그러나 5색의 변화는 다 볼 수 없다."라고 아주 잘 말해주고 있다. 이미 5색을 물들여 낼 수 있었으므로, 자연히 다른 색을 물들이기에 어렵지 않았다. 『논어 · 향당』에서 "군자는 감(紺)색과 추(緅)색으로 옷깃에 선을 두르지 않는다."라고 했다. "감"은 짙은 푸른빛에 붉은빛이 약간 드러나는 색이고, "추"는 짙은 붉은 빛에 약간 검은빛이 드러나는 색이다. 고대에 홍색의 개념은 분홍색(粉紅色)과 도홍색(桃紅色)을 가리키는 것이었고, 자색(紫色)은 남색(藍色)과 적색(赤色)이 합성된 것이었다. 옛사람은 청색, 적색, 백색, 흑색, 황색 다섯 가지색을 정색(正色)이라 했고, 두 가지나 그 이상의 정색이 조화되어 이루어진 색을 간색(間色)이라 했다. 출토

▲ 도인비승도(導引飛昇圖)

된 실제 유물을 살펴보자. 호북(湖北) 강릉(江陵) 마산(馬山) 1호 전국시대 초나라 묘에서 21건의 자수품이 나왔다. 그 가운데 수를 놓은 실의 색으로는 종색(棕色), 홍종색(紅棕色), 심홍색(深紅色), 주홍색(朱紅色), 귤홍색(橘紅色), 천황색(淺黃色), 황금색(黃金色), 황토색(黃土色), 황록색(黃錄色), 녹황색(綠黃色), 고황색(鈷黃色) 등 12종이 있다. 절대 다수가 간색이다. 이것은 당시 염색 공예의 기술 수준이 매우 높았음을 말해준다.

▲ 공자(孔子)

마르크스는 "색채의 감각은 미감의 가장 보편화된 형식이다."라고 말했다. 그러나 복식문화 영역 내에서 계급관념과 미신관념에 의해 속박되어 사람들은 색채 심미에 대한 자유로운 선택과 추구의 권리를 상실했다. 고대 중국에서 이 방면의 사람을 속박하는 불합리한 규율은 주로 색으로 높고 낮은 계급을 나누는 것과 색을 "오행(五行)"학설과 서로 관련지은 데서 비롯되었다.

『논어 · 양화(陽貨)』에서 공자는 "나는 자색(紫色)이 주색(朱色)을 빼앗는 것을 싫어한다."라고 했다. 이는 주색이 정색이고, 자색이 간색이기 때문에, 공자가 인위적으로 정색과 간색으로 관직과 품위를 정하고, 높음과 낮음을 구별해 등급 제도를 공고히 하려고 했음을 말해준다. 『시경 · 패풍(邶風) · 녹의(綠衣)』는 원래 옷을 보고 고향의 처를 생각하는 감상시이다. 안에 있는 "녹혜의혜(綠兮衣兮), 녹의황

리(綠衣黃里), 녹혜의혜(綠兮衣兮), 녹의황상(綠衣黃裳)”의 구절을 유가의 경사(經師)들이 해석한 것은 그 주제가 완전히 다르다. 그들은 녹색이 간색이고, 황색이 정색이라고 말한다. 정색은 원래 밖에 드러나야 하지만, 지금은 오히려 내의를 만든다. 정색은 원래 위쪽에 있어야 하나 하의를 만든다. 이는 겉과 속 위와 아래가 뒤바뀐 것으로 “천첩(賤妾)이 임금의 총애를 받으면 참람한 행위를 하고, 부인(夫人)이 지위를 잃으면 상처를 감춘다.”[『모시정의(毛詩正義)』]는 것을 상징했다. 이는 위(衛)나라의 장강(莊姜)이 총애를 잃고 스스로 슬퍼하면서 지은 시이다[『모시서(毛詩序)』]. 이는 너무 견강부회(牽强附會)하지 않은가?

설사 정색이라도 결코 언제나 행운을 만나는 것은 아니다. 전국시대 음양가가 오행의 상생상극, 순환변화의 “이론”으로 왕조의 흥망을 설명한 이후 일시에 세상이 바뀌면 그에 따라 옷의 색도 변화되어야 천통(天統)에 부응한다는 미신이 성행했다. 진시황은 이를 매우 신뢰해 하(夏)나라는 목덕(木德)이고, 은(殷)나라은 금덕(金德)이고, 주(周)나라는 화덕(花德)으로 은나라가 하나라를 대신한 것은 금(金)이 목(木)을 극(克)한 것이고, 주나라가 은나라를 대신한 것은 화(火)가 금(金)을 극한 것이니, 지금은 그의 진나라가 주나라를 대신하는 것은 자연스럽게 수(水)가 화(火)를 극한 것이라고 생각했다. 오행 학설에 근거하면 동쪽은 목(木)으로 청색에 해당하고, 남쪽은 화(火)로 적색에 해당하고, 서쪽은 금(金)으로 백색에 해당하고, 북쪽은 물로 흑색에 해당하고, 중앙은 토(土)로 황색에 해당한다. 때문에 진나라 시대 의복, 부절(符節), 깃발의 장식은 모두 흑색을 으뜸으로 쳤다[『사기 · 진시황본기(秦始皇本紀)』]. 한나라 문제 때, 노(魯)나라 사람 공손신(公孫臣)과 승상 장창(張蒼)은 한나라에서 오행 중에 어떤 덕을 사용해야 하고, 옷은 어떤 색으로 할 것인지에 대해 끊임없는 논쟁을 벌였다. 공손신은 한나라가 진나라를 대신한 것은 토(土)가 수(水)를 극한 것이니 토덕(土德)을 쓰고 옷은 황색을 중시해야 한다고 주장했다. 장창은 한나라는 수덕의 다스림으로 복식은 흑색을 중시해야 한다고 말했다[『사기 · 봉선서(封禪書)』]. 그러나 문제는 제천행사 때 황색도 흑색도 아닌 적색 옷을 착용했다. 뒷날 반고가 『한서(漢書)』에서 "한나라는 화덕(火德)에 어울린다."라고 했다. 이 논쟁은 더이상 확실하게 결론짓기 어렵다.

정색 간색 존비론(尊卑論)과 복색 오덕 전이론(轉移論)은 모두 실천 가운데 자멸했고, 뒤에 결코 역대 복식을 영구히 주재한 색은 없었다. 그러나 복식의 색은 여전히 항상 각종 미신관념과 등급관념의 간섭을 받아, "백의(白衣)", "창두(蒼頭 : 푸른 두건)", "조예(皂隷 : 관청의 하급 관리의 검은 옷)", "비자(緋紫 : 홍색과 자색으로 된 고관의 관복)", "황포(黃袍 : 제왕의 노란 옷)", "오사모(烏紗帽 : 오사로 만든 관리의 모자)", "홍정자(紅頂子 : 청나라 시대 2품 이상 관리의 모자 꼭대기에 달던 붉은 구슬)" 등등은 모두 일정한 시기 내에서 어떤 색이 어떤 복식에 덧붙여 어떤 지위와 신분을 대표하게 된 예이다. 매 왕조마다 거의 모두 복식 색에 대한 이런 저런 규정과 금령이 있다. 복식 영역 안에서 각종 색 역시 거의 모두 그 자체의 흥망성쇠의 역사가 있다. 이 모든 것은 모두 심미 범위 내의 현상이 아니며, 색채의 물리적 의의와는 더욱 관계없다.

예로 황색은 봉건 제왕이 신성시했던 색이다. 부의(溥儀)는 『내 인생의 전반부(我的前半生)』에서 다음과 같이 말하고 있다.

매번 나의 어린 시절을 생각하면 나의 머리 속에서는 한 층의 노란 빛깔이 떠오른다. 유리 기와 지붕의 꼭대기는 노란 빛깔이었고, 가마도 노란 빛깔이었고, 의자의 방석도 노란 빛깔이었고, 의복과 모자의 속, 허리에 차는 허리띠, 밥을 먹고 차를 마시는 도자기 접시…… 노란 빛깔이 아닌 것이 없었다. 이렇게 독점하던 명황색(明黃色)은 유아독존(唯我獨尊)의 자아의식을 마음속에 심어주고, 내가 대중과 다르다는 "천성(天性)"을 주었다.

일반 백성에게 이러한 명황색(明黃色) 사용을 절대적으로 금지시켰을 뿐만 아니라, 그의 동생 역시 이러한 색을 사용할 수 없었다. 부의는 11세 때, 10세의 부걸(溥傑), 9세의 큰 누이동생과 함께 숨바꼭질을 하며 즐겁게 놀았다. 이때 부걸의 속옷 소매에서 황색이 노출된 것을 보고 어두운 얼굴로 " '부걸! 이것이 무슨 색이지? 너도 사용할 수 있다고?, 이것은 황색으로 네가 사용해서는 안 되는 색이다! "라고 계속해서 말했다. 부걸은 급히 두 손을 내려 드리우고 옆에 서서 "예, 예"라고 대답했다. 청나라가 멸망한 이후 부의가 잠시 자금성에 거처하던 때였다. 청나라의 규정에 의하면 "명황색"은 제왕의 전용색이고, 귀족은 금황색(金黃色)으로 불려지는 심황색(深黃色)을 사용할 수 있었으며, 붉은 색을 약간 띤 행황색(杏黃色)은 사용을 금하지 않았고, 민간에서도 사용할 수 있었다.

황색은 결코 본래부터 이렇게 존귀하지 않았다. 『예기 · 교특성(郊特性)』에서 "고대 음력 12월에 여러 신에게 지내는 제사인 납제(臘祭)를 거행할 때 '노란 옷을 입고 노란 관을 쓰고 제사를 지낸다.' "라고 했다. 또 "촌사람이 노란 관을 착용하는데, 노란 관은 촌사람의 복장에 속한다." 라고 했다. 대개 당시의 염색 공예는 황색 직물을 산뜻하고 아름답게 물들일 수 없어 옷차림에 신경을 쓴 사람은 푸른 옷 속에 노란 베로 내피를 만들었고, 초야의 백성들은 노란 관을 착용했다. 동한(東漢) 말년 농민이 봉기했을 때 역시 머리에 노란 천을 두르고 수령 장각(張角) 등은 모두 노란 옷을 입고 "황천(黃天), 즉 장각의 천하"를 공개 선포했다. 이는 뒷날 도사(道士)들이 착용하는 노란 옷의 시작이 되었다. 황색과 제왕의 복식의 상호 관련은 수당(隋唐) 때부터 시작되었다. 『당육전(唐六典)』에서 "수나라 문제가 자황포(赭黃袍)를 입고, 건을 두르고 정사를 들었다."라고 했다. 그러나 민간에서의 황색 사용을 결코 금하지 않았다. 『본초강복(本草綱目)』에 의하면 자황(赭

▲ 청나라 도광제(道光帝)

▲ 명나라 시대 관리의 홍포(紅袍)

黃)은 산뽕나무 즙으로 물들인 적황색이라고 한다. 그렇다면 이 역시 행황색이다. 당나라는 수나라 제도를 본떠서 천자는 적황색 포삼(袍衫)을 착용했지만, 초기 신하와 백성에게 "여전히 황색 옷 착용을 허용하다가, 고종 총장(總章) 연간에 와서야 "사대부와 서민은 적황색 의복과 장식을 만들 수 없다."라는 금지조치를 내렸다[『구당서 · 여복지』]. 두보(杜甫)가 『희죽화경가(戲竹花卿歌)』에서 "금주(錦州) 부사(副使)가 적황색 의복을 착용했다."라고 한 것은 단자장(段子璋)이 금주를 황룡부(黃龍府)로 삼고 양왕(梁王)이라 자칭하고 백관(百官)을 둔 일을 말한다[『구당서 · 숙종기(肅宗記)』]. 뒷날 조광윤(趙匡胤)이 진교병변(陳橋兵變)을 일으켜 황제에 즉위해 후주(後周) 정권을 전복하고 송나라를 건립했다. 『수호전』에 묘사된 양산박(梁山泊)의 "하늘을 대신해 도를 행한다."라는 행황색 깃발로부터 볼 때 송나라 황제의 황포 역시 자황색 또는 적황색으로 칭해지는 행황색이었다. 원나라 때는 "서인은 자황색(赭黃色)을 사용할 수 없다."라고 명문화 시켜 법령으로 공포했다[『원사 · 여복지]. 명나라 홍치(弘治) 17년 신하와 백성의 황색 사용을 금지시켰고, 여기에 "유황색(柳黃色), 명황색(明黃色), 강황색(姜黃色) 역시 사용을 금한다."라는 내용도 덧붙였다[『명사 · 여복지』]. 이를 통해 명나라 황제의 황포 역시 행황색이었음을 알 수 있다. 오직 청나라 때 명황색으로 고쳐 사용하고 행황색 금지 조치를 풀게 된 것이 무슨 원인에서 비롯되었는지 고려해볼 필요가 있다. 그러나 이것은 바로 복식의 색을 사용한 귀천 구분에 있어 결코 일정한 규칙이 없었음을 설명해준다.

주색과 자색 역시 장기간 지위의 높고 귀함을 드러내는 옷의 색이 되었다. 홍색은 태양, 불과 피의 색으로 산정동인(山頂洞人)이 적철

광 분말을 사용해 붉게 물들인 목을 장식한 띠를 보면 홍색은 아마도 제일 먼저 중국 원시 고인 복식 영역에 침투한 색깔이었을 것이다. 주나라 때 진홍색이 귀족만이 사용할 수 있는 옷의 색깔이었음은 『시경』의 여러 곳에 반영되어 있다. 『시경 · 빈풍 · 칠월』에 "주색으로 물들인 것으로 공자(公子)의 상(裳)을 만드네."라는 묘사는 그 시기 남자가 진홍색 치마를 착용하는 것을 귀하게 여겼음을 말한다. 『시경 · 소아 · 채기(采芑)』에서 남방을 정벌하러 가는 군대의 총사령관인 통사(統師)의 명복(命服 : 제왕이 신하에게 내린 예복) "주불(朱芾)이 눈부시네."라고 묘사했다. 불(芾)은 치마 밖을 두르는 폐슬(蔽膝)이다. 『시경, 조풍(曹風), 후인(候人)』에 근거해 모전(毛傳)에서 "대부 이상은 주불을 하고 수레에 오른다."라고 했다. 춘추시대에 이르러 대략 자색 염색 공예가 발전해 산뜻하고 아름다운 자주색 비단의 매력은 일부 상층 귀족들을 매료시켰다. 예를 들면 제(齊)나라 환공(桓公)이 자색 복식을 좋아했다. 그 결과 나라 사람이 모두 자색 복식을 착용하게 되었고, 자색 비단은 공급이 수요를 따르지 못하게 되어 가격이 크게 상승했다[『한비자 · 외저설좌상(外儲說左上)』]. 당시에는 어떤 등급에서 자색 복식을 사용할 수 없다는 규정이 없었던 듯하다. 『좌전』 애공 17년에 위(衛)나라에서 발생한 한 사건이 기록되어 있다.

"혼량부(渾良夫)가 자의(紫衣), 호구(狐裘) 및 탄구(坦裘)를 착용하고, 검을 풀지 않고 밥을 먹었다. 태자가 그를 가두고 관직을 박탈하고 세 가지 죄를 들어 그를 살해했다."

두예(杜預) 주(注)에서 "자의는 군주의 복식이다. 세 가지 죄는 자의, 탄구, 검을 착용한 것이다."라고 했다.

그 때는 자색 옷이 이미 군주의 전용복이었기 때문에 혼량부가 이를 입는 것은 죄가 되었다. 공자가 비록 "자색(紫色)이 주색(朱色)을 빼앗는 것을 싫어한다."라고 했지만, 끝내 이러한 추세를 바로 잡을 방법이 없었다. 당나라 태종 정관(貞觀) 4년 백관의 조복(朝服) 색상을 정할 때도 자색이 주색 앞에 있었다. 3품 이상은 자색, 4, 5품은 주색, 6품은 짙은 녹색, 7품은 옅은 녹색, 8품은 짙은 녹색, 9품은 옅은 청색이었다. 송나라 때 역시 이와 같았다. "명성이나 권세가 극에 달했음을 비유할 때 사용하는 "홍득발자(紅得發紫)"라는 속담은 바로 고관이나 현관의 복식 색깔을 형용했다고 할 수 있다. 한유(韓愈)의 시에서 "상색(上色) 자색과 홍색에 감탄하네."라고 했다[『송구홍남귀(送區弘南歸)』]. 『신당서 · 정여경전(鄭餘慶傳)』에서 "매번 조회에 주색과 자색이 조정에 가득하고, 녹색 옷을 입은 사람이 드물다."라고 한 것은 당나라 덕종(德宗)의 총애가 너무 넘쳐 당시 중앙의 관리가 복식을 귀하게 여기지 않았고, 3품과 5품의 관복을 입은 사람들이 너무 많았기 때문이다. 그러나 3품 이상의 관리를 일반 백성들이 그리 쉽게 볼 수 있었던 것은 아니었다. 백성들 눈에는 짙은 홍색이나 짙은 녹색 복식을 입은 사람은 바로 대단한 고관대작으로 보였다. 때문에 민속에서는 짙은 홍색과 짙은 녹색을 부귀와 상서로움을 상징하는 색으로 여겼다. 그 풍습은 실로 유래가 이미 오래되었다. 『홍루몽』 제19회에 보옥이 화가(花家)에 가서 습인(襲人)을 방문하는 내용이 묘사되어 있다. 습인의 두 처제가 붉은 옷을 입은 것을 보고 돌아와 물으면서 찬탄하자 습인이 '무엇 때문에 찬탄하나! 나는 자네

마음속의 이유를 알고 있네, 그의 어디에 붉은 것이 어울린다고 생각하나'라고 말하자 보옥이 급히 부인했다. 청나라 시대에 여자의 붉은 색 의복 착용이 어울리느냐, 어울리지 않느냐는 문제가 있었다. 설사 명문화된 법정 규정이 없었다 하더라도 복색 등급관념이 사람들 사이에서 심리적 잠재적으로 작용했다. 뿐만 아니라 금령이 사실상 존재한 적이 있었다. 예를 들면 명나라 정덕(正德) 16년 예부에서 "진홍색 모시(紵), 실(絲), 깁(紗), 비단(羅)은 오직 4품 이상 관리 및 수도의 5품 당상관, 그리고 경연 강관(經筵講官)만의 사용을 허용한다."라고 재가를 얻어 규정으로 정했다[『명사 · 여복지』]. 만력(萬曆) 4년, 국자감 박사 장무순(臧懋循)이란 사람이 있었다. 그의 사람됨은 풍류를 잘 알고, 분별없이 허튼 소리를 잘했다. 한 번은 좋아하는 하급 관리와 붉은 옷을 입고 말을 타고 봉대문(鳳臺門)을 나섰다가 파직되었다『열조시집소전(列朝詩集小傳) · 정집상(丁集上)』. 이러한 금령은 역대에 모두 있었지만 대부분 용두사미가 되고 말았다. 장무순은 실재로 법률 조문을 너무 업신여겨 조정의 규칙을 위반했기 때문에 스스로가 화를 초래한 것이었다. 향리나 규방에서 복식에 관한 금령은 그다지 큰 작용을 하지 못했다.

▲ 푸른 옷을 입은 시녀

녹색이 비록 관복에서 세 번째 위치를 차지했다. 그러나 이 봄과 대자연 생명의 색은 중국 복식사상 오히려 굴욕을 받은 적이 있었다. 그것은 녹색을 남자의 두건에 덧붙이게 될 때였다. 당나라 때 이봉(李封)이란 사람이 있었다. 그가 연릉[延陵 : 지금의 강소(江蘇) 단양(丹陽) 일대] 현령이 되었을 때 부하가 죄를 짓자 장형(杖刑)으로 다스리지 않고, 단지 벽두건(碧頭巾)을 착용하게 함으로써 처분을 표시했다. 벽(碧)은 짙은 녹색이다. 이봉이 왜 이 같은 색의 두건을 사용해 징벌의 표기로 삼았는지 아직까지 분명히 알 수 없다. 그러나 이 이후로 강남 일대에서는 짙은 녹색 두건 착용을 크나큰 수치로 여겼다 [『봉씨문견기(封氏聞見記)』 권9]. 원나라와 명나라 때 기루(妓樓)의 남자에게는 녹색 두건 착용의 규정이 있었다. 이리하여 민간에서 남을 욕할 때 쓰는 "녹색 모자를 썼다."라는 표현은 상대방의 부인에게 음란한 추행이 있음을 의미하는 아주 큰 모욕적인 말이 되었다. 기루의 남자를 '거북이'라고 속칭했고, 그 사회적 지위는 매우 낮아 의관(衣冠)의 무리 속에 진입할 수 없었다. 『유림외사』 제22회에는 "풍가항(風家巷) 기루의 주인 왕의안(王義安)이 착용해서는 안 될 방건(方巾)을 착용하고 대관루(大觀樓)에 가서 밥을 먹자, 두 명의 수재(秀才)가 그가 쓴 방건을 잡아당기더니 바로 뺨을 때렸다. 얻어 맞은 왕의안은 꿇어앉아 마늘을 찧듯 이마를 땅에 조아리며 계속 절을 했다. 그런 뒤 '허리춤에서 석 냥(兩) 칠 전(錢)짜리 부스러기 은자(銀子)'를 꺼내 그들에게 찔러 주면서 잘 봐달라고 하자 비로소 그만두었다." 라고 기록되어 있다. 기루의 남자는 본래 하류층에 속했고, 돈을 갈취한 두 명의 수재 역시 실재로는 유림의 말단 품계에 속했다. '녹색의 두건'에서의 비극은 우연한 연관의 일종으로 인위적 속박이었다. 마찬가지로 색깔에는 행운과 불행이 있을 뿐이다. 심미적 각도에서

볼 때, "녹색 비단 치마를 생각하니, 도처에 방초(芳草)가 생각나네."는 매우 아름다운 경계가 아닌가?

청색은 아름다운 남색의 일종으로 비록 순자에 의해 "청색은 쪽에서 나왔으나 쪽보다 푸르다."라는 칭찬을 받았던 이치가 분명한 정색이다. 그러나 청색은 당나라와 송나라 관복에서는 오히려 억울하게도 간색인 녹색 아래 말석에 끼어있었다. 뿐만 아니라 복색의 위치에서 볼 때 계속 어떠한 발전이 없었다. 한나라의 하후승(夏侯勝)은 "선비는 경술학(經術學)에 정통하면, 청자(靑紫)를 취하기가 땅에 허리를 굽혀 풀을 줍는 것 같다."라고 했다[『한서 · 하후승전(夏侯勝傳)』]. 안사고가 "청자(靑紫)"를 "경대부(卿大夫)의 옷"으로 풀이하자, 후인이 정확하지 않다고 비평했다[원문(袁文)의 『옹유한평(甕牖閑評)』 권6]. 그러나 원문은 논거의 출처를 밝히지 못했다. 한나라 때 3공(三公)은 금인자수(金印紫綬)를, 9경(九卿)은 은인청수(銀印靑綬)를 했음이 『동광한기(東觀漢記)』에 보인다. 당나라 사람은 깊은 연구를 하지 않아 귀인의 옷이라고 여겼다. 안사고뿐만 아니라 두보 시에서도 "청자(靑紫)를 비록 몸에 걸쳤으나, 일찍 고향으로 돌아감만 못하네."[「하야탄(夏夜嘆)」]라고 청포(靑袍)와 자포(紫袍)가 함께 언급되어 있다. 이는 당나라 제도가 아닌 전고(典故)를 인용한 것으로 생각된다. 그렇다면 이 역시 안사고처럼 하후승이 말한 "청자(靑紫)"를 오해한 것이다. 사실 당나라와 송나라의 관복에서 청색의 품위가 가장 밑에 있었을 뿐만 아니라, 고대 민간에서 청색 의복 역시 대부분 지위가 낮은 사람들이 입었으며, 심지어 "청색 의복"을 하녀의 대칭으로 여기는 사람도 있다. 진(晉)나라 회제(懷帝)가 유총(劉聰)의 포로가 되자, 유총은 연회에서 회제에게 "청의(靑衣)를 입고 술을 따르게 하는 모욕을 주었다[『진서 · 효회제기(孝懷帝紀)』]. 한나라 성제(成帝) 영시(永始) 4년 사치를 금지하는 조령을 내렸을 때, 특별히 "청색, 녹색을 백성의 평상복에 사용하는 것을 금지하지 말라."라고 정했다. 이 때문에 안사고 주에서는 "그러나 홍자(紅紫)의 종류는 금했다."라고 했다. 또 왕발(王勃)이 「여촉부로서(與蜀父老書)」에서 "녹책(綠幘) 청상(青裳)을 한 가동(家僮)이 수백이네."라고 한 것을 통해 청포(青布) 의복(衣服) 남포(藍布) 마고자(褂)가 역대로 하층민들의 옷차림이었음을 알 수 있다. 당연히 청단(青緞)도 부귀인 집에서 평상복으로 자주 사용하는 의료였다.

현대인의 눈 속에서 백색은 순결을 상징한다. "백의전사(白衣戰士)"와 "백의천사(白衣天使)"는 사람에게 존경과 더할 나위 없는 신뢰를 준다. 그러나 역사상의 "백의(白衣)"는 오히려 서인(庶人)을 가리킨다. 유우석(劉禹錫)은 그가 쓴 『누실명(陋室銘)』에서 "교제하는 사람에는 평민이 없다."라는 말로 스스로 고아하게 명했다. 서로를 비교해 보면, 동한(東漢) 말년 『맹자장구(孟子章句)』와 『삼보결록(三輔決錄)』의 저자 조기(趙岐)는 훨씬 넓게 생각했다. 그는 벼슬이 태상(太常)에까지 이르렀으나, 오히려 아들에게 그가 죽은 후 백의를 입혀 장사를 지내달라고 유언했다[『후한서 · 조기전(趙岐傳)』]. 백색은 고대 복식 영역에서 역시 운명이 좋지 않은 색의 일종에 속했다. 민간에서 "홍백지사(紅白之事)"로써 혼례와 장례를 칭하는 유래는 이미 오래되었다. 백색은 소박하고 욕심이 없음을 상징하고, 복식의 백색은 슬픔을 다함을 표시한다. 흑색과 백색이 같이 쓰여도 똑같은 함의를 가지고 있으며, 일찍이 주나라의 "예(禮)"도 이와 같았다. 『상서 · 고명(顧命)』의 기록에 의하면 주나라 강왕(康王)의 즉위는 성왕(成王)이

죽은 지 겨우 8일만에 이루어졌다. 때문에 새로운 왕의 등극이 비록 매우 기쁜 일이었으나, 상사(喪事)를 나타내는 색채의 복장, 즉 "왕은 마면(麻冕)을 쓰고 보상[黼裳 : 검은 색과 흰색으로 도끼 문양을 수놓은 하상(下裳)]을 착용해야 했다. 강왕은 머리에 하얀 삼베 모자(白麻帽)를 쓰고 몸에는 검은색과 흰색이 뒤섞인 치마(裳)"를 착용했다. 경사(卿士)와 방군(邦君)은 흰 모자(麻冕)에 검은색 치마(蟻裳)를 착용했는데, 이를 "길복(吉服)"이라 칭했다. 실제로 모두 상중에 애도를 표하는 뜻이 없다. 단지 "태보(太保), 태사(太史), 태종(太宗)은 모두 흰 모자에 붉은 치마(彤裳)를 착용해 순결과 경사를 나타내는 색으로 새로운 왕의 등극을 축하했다. 백색이 상사와 연계되어 있기 때문에 미신 사상이 있는 사람은 흰색을 불길하다고 생각한다. 예를 들면 조조가 건안(建安) 연간 흉년이 들어 물자와 금전이 부족하자 흰 명주(白絹)로 고대 흰 사슴 가죽으로 만든 고깔(皮弁)의 양식을 본떠 갑(帢)이라는 모자를 만들어 백성들에게 주었다가 뒷날 비난을 받았다. 진(晉)나라의 간보(干寶)는 조조가 한 복장 개혁은 "흉상(凶喪)의 상징"이라고 비평했다(『진서 · 오행전(五行傳)』). 남송(南宋) 때는 항주(杭州)를 임시 수도로 삼았다. 항주의 여름은 그야말로 "화로(火爐)"와 같아 북방으로부터 온 사대부들은 무더위를 견디지 못했다. 그러나 흰색 의료에 열을 막는 작용이 있었기 때문에 고종(高宗) 소흥(紹興) 26년에 이르러서는 사대부들 사이에서 서늘한 흰 적삼(白涼衫) 착용이 유행하게 되었다. 뜻밖에 일이 공교롭게 되어 백색은 남송 사대부의 하절기 복식 속에서 단지 5, 6년 위세를 떨치다가 고종이 세상을 떠나자 사라졌다. 효종(孝宗) 즉위 후 예부 시랑(侍郎) 왕엄(王儼)이 "순백색은 가증스럽게 상복과 같습니다."라고 상소했다. 이리하여 조령을 내려 흰 적삼(白衫) 착용을 금했고, 이 때부터 흰 적삼은 단지 상복에만 사용되었다[『송사 · 여복지』]. 사실 미신 사상을 떨쳐버리면 흰옷은 어떤 때는 매우 아름답다. 모택동(毛澤東)이 「심원춘(沁園春) · 설(雪)」에서 묘사한 "여성의 흰 옷차림"은 매우 매혹적이지 않은가? 설사 역사상 상복이 되었지만 백거이가 「강안리화(江岸梨花)」에서 묘사한 "상규(孀閨 : 과부가 거처하는 방)의 어린 나이의 부인과 가장 흡사하네, 흰 단장하고 하얀 소매에 걸친 푸른 비단 치마"라는 시구는 나무에 가득 피어 있는 배꽃을 어린 과부의 옷차림에 비유한 것이다. 시인 역시 "흰 단장과 흰 옷소매"가 심미상 저절로 아름다운 자태가 있음을 충분히 체험했다. 애석하게도 고대 미신 사상의 구속 아래에서 순결한 백색은 "흉상", "불길"의 그림자가 드리워졌고, 사대부들의 여름을 서늘하게 지내려는 시도 역시 금지되었다.

고대 군사 행동 속에서 싸움에 패해 항복을 청할 때 역시 흰옷을 입었다. 이것이 지금의 백기를 흔들어 투항을 표시하는 것과 연원관계가 있는지 없는지는 아직 분명하지 않다. 『남제서(南齊書) · 무십칠자열전(武十七子列傳)』의 기록에 의하면 제(齊)나라 무제(武帝)의 4째 아들 소자향(蕭子響)이 일찍이 22세에 7주의 군사 도독이 되고, 형주(荊州) 자사(刺史)에 임명되었다. 소자향이 함부로 나쁜 짓을 하고, 또 명령을 어기고 저항하자 문제(文帝)가 군대를 보내 토벌한다. 소자향은 한동안 저항하다가 더 이상 저항할 수 없게 되자 "흰옷"을 입고 항복한다. 전하는 바에 의하면 이는 서인이 되겠다는 뜻이다. 누가 일이 이렇게 되어 서인이 되려고 해도 되지 못하고 최후에는 죽음을 맞이하게 되리라고 생각겠는가? 중국 고대의 복식문화 속에서 흰옷의 운명은 확실히 그다지 좋지 않았다.

▲ 자구(慈柩)를 고향으로 보내는 전효도(全孝道)

흑색은 흑색 나름대로의 흥망 성쇠가 있다. 주나라 때 흑색은 경사(卿士)의 조복이었다. 『시경 · 정풍 · 치의(緇衣)』를 모전(毛傳)에서 "치(緇)는 흑색이다. 경사가 조회를 듣는 정복(正服)이다."라고 했다. 진(秦)나라 때 다시 흑색으로 황실 관복과 깃발의 주요 색조로 삼았다. 서한(西漢) 원년에 주나라 제도를 계승해 경대부(卿大夫)의 복식은 여전히 흑색이었다. 백색과 비교하면 흑색은 확실히 한동안 위세를 떨쳤다. 뒷날 황색, 자색, 주색이 잇달아 발탁되면서 흑색은 궁지에 몰리게 되었고, 관청의 말단 관리의 복색이 되었다. 그러나 같은 흑색이지만 치의(緇衣)와 조의(皂衣)는 다르다. 첫째 품질이 다르다. 치의는 사직품(絲織品)이고, 조의는 베로 된 것이다. 두 번째 염색 공예의 번거로움과 간단함이 다르다. 『주례 · 고공기 · 화궤(畫饋)』의 기록에 의하면 치[緇 : 흑색 비단(黑色帛)]는 일곱 차례의 염색 공정을 거쳐야한다. 가공언(賈公彦)의 추측에 의하면 앞 네 차례에서 먼저 비단(帛)을 진홍색으로 물들이고, 다섯 번째 물들여져 나온 것을 "추(緅)"라 한다. "추"는 흑색 가운데 홍색을 띠고 있다. 여섯 번째 물들여져 나온 것을 "현(玄)"이라 한다. "현"은 홍색을 띤 흑색이다. 일곱 번째 물들여져 나온 것을 "치(緇)"라 한다. 이때야 비로소 흑색의 비단이다[『주례정의(周禮正義)』]. 뒤에 상수리[속칭 조두(皂頭)라고 함] 껍질을 삶은 즙으로 직접 흑색을 물들일 수 있는 방법이 발견되면서 염색 공예는 매우 간단해졌다. 천 염색에 사용되는 잡다한 일이 줄어들고 가격도 저렴해졌다. 흑색은 일종의 위엄이 있는 색이었기 때문에 관청 하급 관리의 복색으로 사용되었다. 그러나 이후에 결코 흑색과 제왕, 집권자와 인연이 단절되지 않았다. 예를 들면 진(晋)나라의 황제, 삼공, 경대부, 팔좌상서(八座尙書)는 모두 치포(緇布)로 만

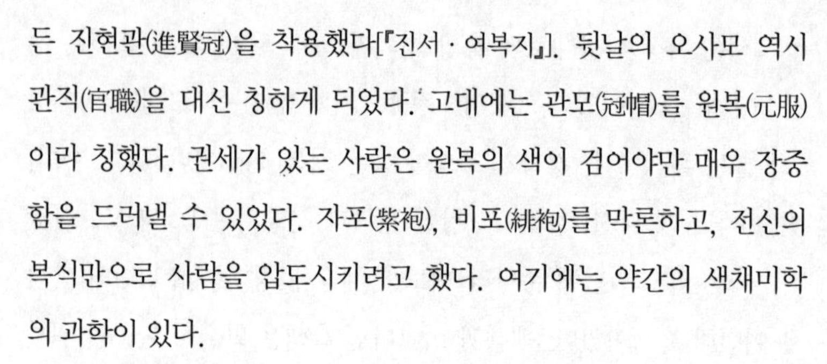

든 진현관(進賢冠)을 착용했다[『진서 · 여복지』]. 뒷날의 오사모 역시 관직(官職)을 대신 칭하게 되었다. 고대에는 관모(冠帽)를 원복(元服)이라 칭했다. 권세가 있는 사람은 원복의 색이 검어야만 매우 장중함을 드러낼 수 있었다. 자포(紫袍), 비포(緋袍)를 막론하고, 전신의 복식만으로 사람을 압도시키려고 했다. 여기에는 약간의 색채미학의 과학이 있다.

그러나 종합적으로 말해 색채는 복식 영역 속에서 장기간 통치 계급의 등급 관념과 민심에서 올라오는 다방면의 구속을 받았다. 오직 색채로 하여금 갖가지 인위적 구속에서 벗어나게 해야만, 복식 문화는 더욱 큰 번영을 맞이할 수 있다.

복식과 색상(下)

끝없이 광활한 세계에서 비록 색채가 여러 가지로 나타나지만, 근대 과학자들의 색광(色光)에 대한 연구는 우리에게 7색의 무지개가 원래는 흰빛(白光)에서 쪼개져 나왔다는 사실을 알려주었다. 7색 가운데 파랑(藍)과 남색(藍)은 단지 농담의 구분이기 때문에 흰빛에서 쪼개져 나오는 분광은 실제로는 단지 빨강, 주황, 노랑, 초록, 파랑, 보라 6색이고, 이 6색을 순색(純色)이라 한다[중국에서는 무지개 색깔을 홍(紅), 등(橙), 황(黃), 녹(綠), 남(藍), 전(靛) 자(紫)라고 한다]. 다른 순색으로 조합되어 이루어진 색을 복색(複色)이라 한다. 그리고 6가지의 순색은 실제상 빨강, 노랑, 파랑 세 색이 가장 기본이 되는데, 이를 원색(原色)이라 한다. 주황, 초록, 보라는 단지 삼원색이 둘씩 합성된 중간색(中間色)이다.

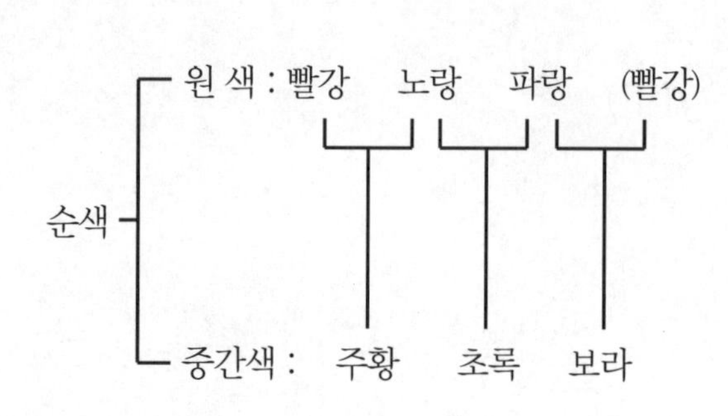

매 순색은 포화에서부터 불포화까지 또 농담의 다양한 단계가 있기 때문에 합성될 수 있는 복색은 셀 수 없을 정도로 많다.

▲ 당나라 영태공주묘(永泰公主墓)의 벽화

삼원색 중의 어떤 색이나 기타 두 가지 원색과 합성된 중간색과 함께 짝이 되더라도 가장 선명한 대비가 형성된다. 예로 빨강과 초록, 노랑과 보라, 파랑과 주황색을 들 수 있다. 이러한 대비색을 색채학에서 보색이라 한다. 보색은 상호 간의 대비가 가장 크며, 너 안에 내가 없고 내 안에 네가 없다. 뿐만 아니라, 너와 나의 밖에 더 이상 또 다른 그것과 무관한 원색이 존재하지 않는다. 그것들이 포화 상태에 있을 때 대비가 가장 강렬하다. 다음으로 삼원색 중 어떤 두 가지 색이 같이 배치되면 비교적 선명한 대비가 형성된다. 그러나 앞에 있는 한 가지색은 대비가 다소 약하다. 왜냐하면 그들이 비록 역시 너 안에 내가 없고, 내 안에 네가 없으나 너와 나의 밖에 제 삼의 원색이 존재하기 때문이다. 이러한 두 가지 유형의 색채 배치가 사람에게 느끼게 하는 빛깔과 광택의 효과는 바로 자극이다. 두 가지 대비색은 모두 약간 옅어 자극 효과 역시 약화되어 다른 수준의 조화로 전이될 수 있다. 짙은 빨강과 짙은 초록을 함께 배치하는 것은 대비색의 자극으로, 옅은 빨강과 옅은 초록을 같이 배치하는 것이 비교적 조화롭다. 어떠한 두 가지 중간색을 같이 배치하거나 원색을 자기와 서로 이웃해 있는 중간색과 같이 배치해서 형성된 빛깔과 광택 효과는 모두 비교적 조화스럽다. 예를 들면 주황과 초록은 모두 노랑의 성분을 함유하고 있으며, 보라와 파랑은 모두 파랑의 성분을 함유하고 있다. 이 같은 색채 배치는 공통 요소가 서로 연결되어 있기 때문에 대비도가 그다지 선명하지 않다. 그밖에 삼원색을 모두 같이 합하면 검정 색이 되고 광택이 없다. 삼원색의 색광과 흰빛을 정반대로 합성할 수 있기 때문에, 검정 색과 흰색 역시 대비가 강렬한 색으로, 이른바 "흑백이 분명하다."라는 것이 옳다. 검정 색은 모든 색을 포괄하고, 흰빛은 모든 빛을 포괄하기 때문에, 검정 색과 흰색 두 색은 각종 색과 배합되어도 일정 정도 조화가 된다.

▲ 명나라 임한희(臨韓熙)의 재야연도(載夜宴圖)의 여인

중국인의 조상이 정확하게 이러한 색채학의 과학적 이치를 이해할 수 없었지만, 고대에 청색, 적색, 백색, 흑색, 황색을 다섯가지 색으

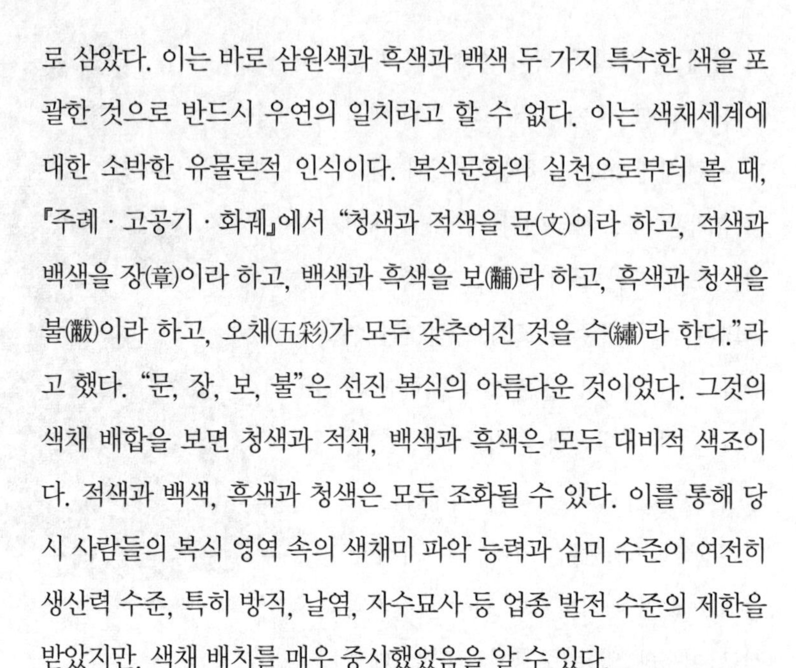

로 삼았다. 이는 바로 삼원색과 흑색과 백색 두 가지 특수한 색을 포괄한 것으로 반드시 우연의 일치라고 할 수 없다. 이는 색채세계에 대한 소박한 유물론적 인식이다. 복식문화의 실천으로부터 볼 때, 『주례 · 고공기 · 화궤』에서 "청색과 적색을 문(文)이라 하고, 적색과 백색을 장(章)이라 하고, 백색과 흑색을 보(黼)라 하고, 흑색과 청색을 불(黻)이라 하고, 오채(五彩)가 모두 갖추어진 것을 수(繡)라 한다."라고 했다. "문, 장, 보, 불"은 선진 복식의 아름다운 것이었다. 그것의 색채 배합을 보면 청색과 적색, 백색과 흑색은 모두 대비적 색조이다. 적색과 백색, 흑색과 청색은 모두 조화될 수 있다. 이를 통해 당시 사람들의 복식 영역 속의 색채미 파악 능력과 심미 수준이 여전히 생산력 수준, 특히 방직, 날염, 자수묘사 등 업종 발전 수준의 제한을 받았지만, 색채 배치를 매우 중시했었음을 알 수 있다.

『홍루몽』 제35회에서 "황금 꾀꼬리 교묘하게 결합하여 매화를 감싸네."라고 묘사되어 있다. 견사 염색 공예의 발전으로 인해 앵아(鶯兒)같은 한 여종의 색채 배합에 대한 심미 평가 능력이 이천여 년 전의 경사(經師)를 훨씬 초월했다. 그녀가 말했다.

"진홍색 땀수건은 검정 실로 되어야 보기 좋습니다. 또는 석청(石靑)으로 된 것이어야 색을 제압할 수 있습니다."

보옥이 물었다.

"송화(松花)에는 무엇이 어울리느냐?"

앵아가 말했다.

"송화색에는 도홍색(桃紅色)이 어울립니다."

보옥이 말했다.

"이제야 아름답고 귀엽구나. 다시 청담하고 고상한 가운데 아름답고 귀여움이 있어야 한다."

앵아가 말했다.

"파의 푸르고 버들의 누런 색은 제가 가장 좋아하는 것입니다."

뒤에 보차가 와서 앵아에게 망태기(絡子)를 만들라고 하면서 보옥의 그 옥을 덮었다. 아울러 색에 어울리는 견해를 표출했다.

"만일 잡색을 쓰면, 절대 안 된다. 진홍색을 쓰면 배색이 나쁘고, 황색을 쓰면 볼품이 없다. 흑색을 쓰면 너무 어두우니 내가 방법을 찾아보겠다. 저 돈을 가져와서 흑색 구슬처럼 둥근 돈에 배치하고, 하나하나 꼬아 나가 망태기를 만들어야 보기 좋다." 주인과 여종 두 사람은 색채배치에 대해 확실히 뛰어난 심미적 안목이 있었다.

중국 고대의 소녀와 첩들은 대비도가 비교적 강한 색채 배치를 대부분 좋아했다. 「맥상상」에 묘사된 나부(羅敷)의 상의는 자색이고, 아래치마는 담황색이다. 자색과 황색이 서로 보색이 되어, 대비도 강렬하고 선명하다. 담황색으로 고쳐 사용한 이후 사람에게 주는 색깔과 광택의 자극적 느낌은 다소 경감된다. 상의하군(上衣下裙)이 여전히 대비의 관계에 있기 때문에 원색의 선명함을 각각 증가시킬 수 있다. 더욱 많은 것은 홍색과 녹색으로 서로를 더욱 두드러지게 함이다. 홍색과 녹색은 서로 보색으로, 이른바 "홍화녹엽(紅花綠葉)"은 서로를 더욱 돋보이게 한다. 당나라 장문성(張文成)은 「유선굴(遊仙窟)」에서 십낭(十娘)을 "붉은 적삼 좁아 작은 팔을 감싸고, 푸른 소매 어깨를 가늘게 허리를 감싸네."라고 하면서 색깔과 빛깔 반응을 매우 자극적으로 묘사했다. 『홍루몽』 제3회에 서술된 봉저(鳳姐)의 옷차림은 머리 장식과 목 장식이외에도, "금으로 수놓은 백 마리의 나비가 꽃을 지나가는 진홍빛 운단(雲緞) 저고리"를 입고 있다. "백 마

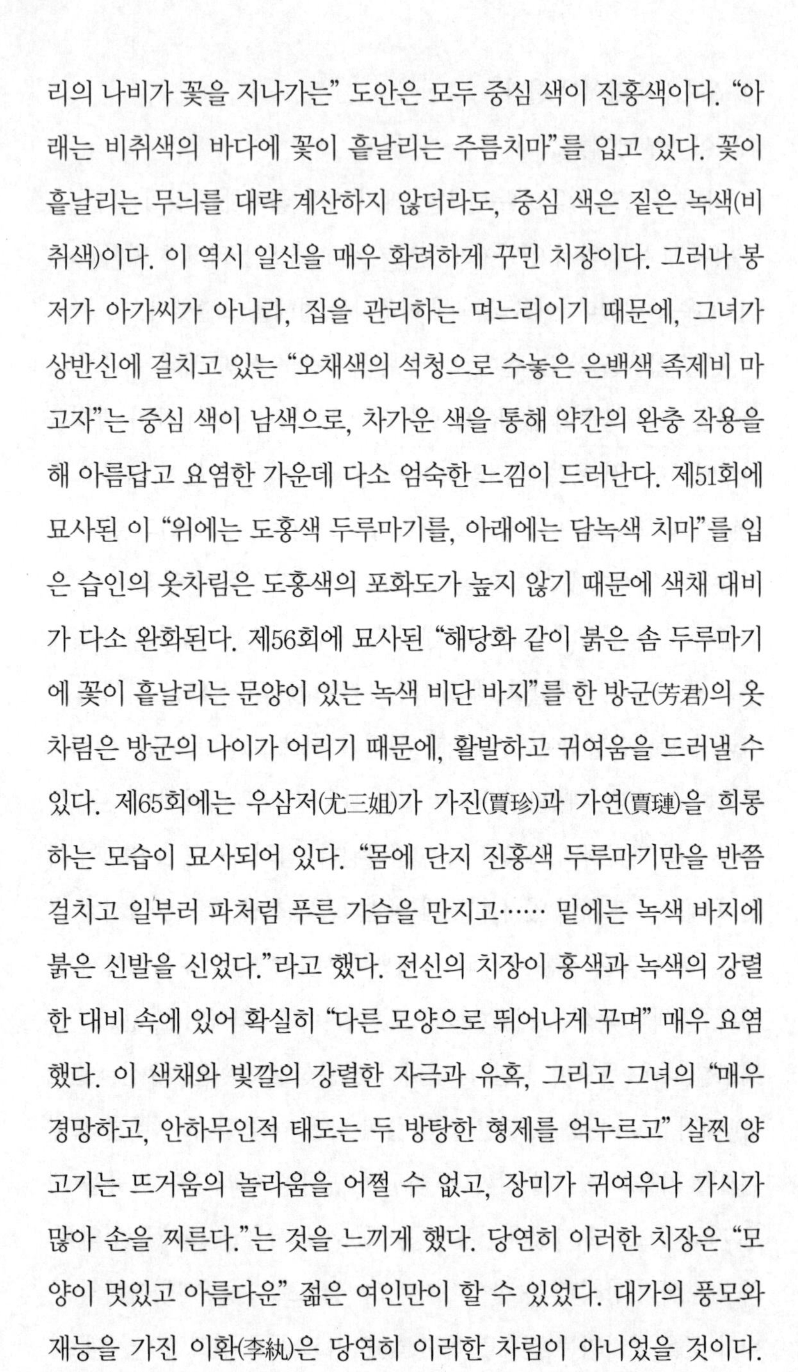

리의 나비가 꽃을 지나가는" 도안은 모두 중심 색이 진홍색이다. "아래는 비취색의 바다에 꽃이 흩날리는 주름치마"를 입고 있다. 꽃이 흩날리는 무늬를 대략 계산하지 않더라도, 중심 색은 짙은 녹색(비취색)이다. 이 역시 일신을 매우 화려하게 꾸민 치장이다. 그러나 봉저가 아가씨가 아니라, 집을 관리하는 며느리이기 때문에, 그녀가 상반신에 걸치고 있는 "오채색의 석청으로 수놓은 은백색 족제비 마고자"는 중심 색이 남색으로, 차가운 색을 통해 약간의 완충 작용을 해 아름답고 요염한 가운데 다소 엄숙한 느낌이 드러난다. 제51회에 묘사된 이 "위에는 도홍색 두루마기를, 아래에는 담녹색 치마"를 입은 습인의 옷차림은 도홍색의 포화도가 높지 않기 때문에 색채 대비가 다소 완화된다. 제56회에 묘사된 "해당화 같이 붉은 솜 두루마기에 꽃이 흩날리는 문양이 있는 녹색 비단 바지"를 한 방군(芳君)의 옷차림은 방군의 나이가 어리기 때문에, 활발하고 귀여움을 드러낼 수 있다. 제65회에는 우삼저(尤三姐)가 가진(賈珍)과 가연(賈璉)을 희롱하는 모습이 묘사되어 있다. "몸에 단지 진홍색 두루마기만을 반쯤 걸치고 일부러 파처럼 푸른 가슴을 만지고…… 밑에는 녹색 바지에 붉은 신발을 신었다."라고 했다. 전신의 치장이 홍색과 녹색의 강렬한 대비 속에 있어 확실히 "다른 모양으로 뛰어나게 꾸며" 매우 요염했다. 이 색채와 빛깔의 강렬한 자극과 유혹, 그리고 그녀의 "매우 경망하고, 안하무인적 태도는 두 방탕한 형제를 억누르고" 살찐 양고기는 뜨거움의 놀라움을 어쩔 수 없고, 장미가 귀여우나 가시가 많아 손을 찌른다."는 것을 느끼게 했다. 당연히 이러한 치장은 "모양이 멋있고 아름다운" 젊은 여인만이 할 수 있었다. 대가의 풍모와 재능을 가진 이환(李紈)은 당연히 이러한 차림이 아니었을 것이다.

똑같이 젊지만 만일 몸이 뚱뚱하고 얼굴이 넓은 어리석은 여인이 이런 차림을 했다면 아마도 남자들이 달아날 것이다. 문화 소양과 심미 정취가 같았을 것 같은 '대옥'과 '보차'라도 절대 이러한 색 배치를 택하지 않았을 것이다. 그녀들은 진홍색과 짙은 녹색이 너무 저속하다고 느꼈을 것이다. 그러나 이는 우삼저의 아무도 따를 수 없는 자태와 더해져 일반 노인이나 철석같이 굳은 마음을 가진 사람이라도 움직이게 만들었다. 이것은 아마도 바로 고대의 남자들이 자기의 약점을 여인의 몸에 전가시켜서 말하는 "여자가 너무 요염하게 꾸미면 음욕을 불러일으킨다."일 것이다.

▲ 옹정(雍正) 시대의 관을 쓰는 시녀도의 복식

『홍루몽』에서 대옥과 보차의 복식을 묘사한 부분이 많지 않다. 제8회에서는 보옥이 "밀합색(蜜合色)의 솜저고리, 홍색과 자색의 금은쥐 비견괘(比肩褂), 총황(葱黃) 비단(綾錦) 치마"를 입고 있다. "비견

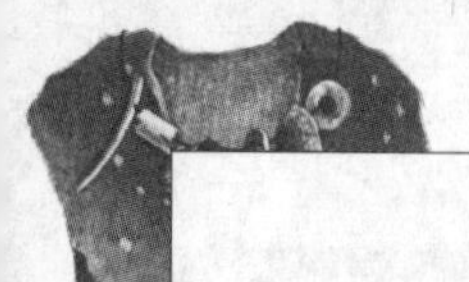

괘"는 지금은 조끼라고 한다. 홍색과 자색은 조화색이고, 이 두 색은 황색과는 대비색이다. 그러나 "총황"이 매우 묽은 황색이기 때문에 자극적 효과가 감소되고, 또한 약간 어두운 황색은 소년의 청춘의 기운을 잃지 않고, 단정하고 장중한 느낌이 들게 한다. 제89회에서는 대옥이 "몸에는 옅은 남색의 꽃이 수놓인 모피저고리에 은색 족제비털 조끼를 걸쳤고 …… 허리 아래에 연분홍색의 꽃이 수놓인 비단 치마를 입었다. 정말 우뚝 회화나무가 바람을 맞고 서서 부드럽게 향연(香蓮)이 길을 따라 피어 있는 것 같다."라고 묘사되어 있다. 이곳에서 은색 족제비털 조끼의 옷감과 색이 나와 있지 않아 애석하다. 윗저고리의 바탕색은 옅은 남색이고, 또한 수놓아진 꽃이 있어 그다지 수수하지 않다. 대옥의 천성대로라면 이 수놓인 것은 봉우리가 큰 꽃이 절대로 아니다. 아래 분홍색의 치마는 옅은 남색과 서로 배합되어 그녀는 「장화사(葬花詞)」안의 "복숭아꽃이 휘날리고, 배꽃이 날리는 색깔"에 들어맞는다.

『금병매사화』에서 여인의 복식에 대해 묘사한 부분이 적지 않다. 제22회에서 서문경이 왕(旺)씨 며느리 송혜련(宋惠蓮)을 유혹하려고 와서 그녀를 보는 장면이 있다. 그녀가 "위에는 붉은 비단으로 된 대금(對襟 : 가운데서 단추로 채우는) 저고리와 자색 명주 치마"를 입고 있는 것을 보고 바로 옥소(玉簫)에게 "이 며느리는 어떻게 붉은 저고리를 자색 치마에 입어, 정말 이상하다. 내일 당신 어머니에게 말해 그녀에게 상의에 어울리는 다른 색깔의 치마를 입으라고 해야겠다."고 말한다. 다음날 그는 옥소에게 청남색의 사 계절이 수놓아져 있는 비단 옷을 송혜련에게 전해주게 한 후 내통하기 시작한다. 홍색과 자색은 저고리에 어울리나, 대비가 적어서 선명하지 않다. 보기에 서문경이 색채 배치에서 가장 좋아한 것은 홍색과 남색의 배치였다. 때문에 그가 연회에 참석하기 위해 문을 들어서는 하(何) 천호(千戸)의 낭자 남씨(藍氏)가 “붉은 색 소매에 오채로 장식한 꽃과 네 마리의 기린이 수놓아진 저고리”와 “꽃이 수놓인 남색 치마를 입고” 있는데다가, “용모가 빼어나고 교태가 있으며 신체는 가벼우면서도 가득 차 있는” 것을 보고 자신도 모르게 “혼(魂)은 하늘로 날라가고 백(魄)은 구천으로 떨어져버렸다.” 연회가 파하고 돌아갈 때 남씨는 “붉은 담비 털 마고자에 비치색 치마”로 옷을 갈아입었다. 서문경이 다시 보고 “굶주린 눈이 꿰 보는 듯 하고, 군침을 줄줄 흘린다(제78회).” 서문경이 죽은 후 춘매(春梅)가 주수(周守)에게 큰집을 팔고 돌아갈 때 역시 “붉은 비단 저고리”에 “남색 비단 치마”를 입었다(제86회). 이 역시 서문경이 생전에 좋아하던 차림이었다. 그녀가 주부(周府)의 작은 부인 신분으로 반금련의 무덤에 갔을 때, 여전히 “위에는 진홍색 장화단 저고리를 아래에는 청남색의 누금관란(縷金寬欄) 치마”차림을 했다(제89회). 옷의 재질은 신경을 썼고, 색조의

▲ 건륭(乾隆) 시대 유리도(琉璃圖)의 여인상

구성은 역시 진홍색과 청남색의 배치였다. 아마도 이는 당시의 유행 치장이었을 것이다. 『금병매』 속에서 홍색 저고리(紅袄)와 녹색(綠色) 치마의 배치를 볼 수 없으며, 『홍루몽』 속에서 홍색 상의와 남색(藍色) 치마의 배치를 볼 수 없다. 이것이 시대에 따른 심미적 차이인지 아니면 작가의 개성 차이인지 모르겠지만, 주의할만한 가치가 있는 현상이다. 최근 "유행색(流行色)"이란 말이 매우 유행되고 있다. 사실 중국 복식문화 역사상 일찍이 사회 심리가 색채 흥취에 대해 전이된 현상이 존재했다. 『소향잡록(嘯享雜錄)』 권2에는 청나라 강희(康熙)와 건륭(乾隆) 연간의 상황이 기록되어 있다.

> 색료(色料)는 처음에 하늘빛 남색을 중시했고, 건륭(乾隆) 중엽에는 장밋빛 자주색을 중시했고, 말년에 복문양(福文襄)이 진홍색 옷을 즐겨 입자, 사람들이 그것을 따라하면서 이를 복색(福色)이라 했다. 근년에는 연한 밤색을 중시하고, 또 옅은 회색을 중시한다. 여름 깁옷(紗服)은 모두 종려나무 갈색을 중시해 귀천에 관계없이 모두 착용한다, 속옷은 처음에 백색을 중시했으나, 최근에는 옥색을 중시한다. 또 진 초록도 있었다. 건국 초기에는 모두 그것을 입고, 전대(前代)의 푸른 두루마기 입는 의를 따랐으나, 모든 사당(純廟)에서 암연히 청색에 가까워짐을 싫어해 이를 금지해 지금 세상에는 아는 자가 없다.

무슨 색을 "중시했다."란 바로 무슨 색이 유행했다는 말이다. 이러한 유행색이 바뀌는 리듬이 지금의 빠른 속도를 따라 갈 수 없지만, 전대(前代)에 비유하자면 매우 큰 변모가 있었다. 이는 명나라와 청나라 시민 계층의 흥기 및 상품경제의 발달과 직접적인 관계가 있다. 그밖에도 "평상복 영역에서 색채가 받은 제한은 비교적 조복(朝服), 공복(公服)보다 적었으며, 비교적 진정한 심미적 의의에서 사람들의 복식을 점철하였다."라고 설명할 수 있다.

의복재료에 관한 여러 가지 이야기(상)

의복재료는 복식 문화의 중요한 물질 기초이다. 먼 고대로부터 중국의 의복재료는 특히 사직품(絲織品) 영역에서 장기적으로 독점했거나 세계에서 가장 앞섰다.

현재까지 고고학자들이 제공한 가장 이른 집누에 사직품 출토 실물은 4700년 전의 견편(絹片), 사대(絲帶), 사선(絲線)이다. 이러한 물건은 모두 절강 오흥(吳興) 전상양(錢山漾) 신석기 문화 유적에서 발견된 대나무 광주리 속에 들어 있었다. 사직물의 밀도는 48×48 근(根)/㎠에 달했다[『고고학보(考古學報)』1960년 제2기]. 이보다 더 이른 것은 산서(山西) 서양촌(西陽村) 신석기 시대 유적에서 발견된 거의 절반가량이 인공적으로 잘려나간 누에고치이다. 그러나 그것이 집누에고치인지 아니면 멧누에고치인지 학술계에서 아직 다른 의견이 있다. 고고학자 하내(夏鼐)가 비교적 신중하고도 세밀하게 이 누에고치의 진위에 문제를 제기했다. 그는 "상(商)나라 후기, 중국의 잠사

업(蠶絲業)은 이미 비교적 높은 수준에 도달했다. 사직물은 이미 상당히 발전해, 평문(平紋) 조직(組織) 이외에도, 휴문(畦紋)과 문기(文綺)의 직법(織法)이 있었다. 그 가운데 무늬를 도드라지게 하는 장치인 직기(織機)가 필요했다."라고 확인했다 [『중국 고대 상잠(桑蠶) 사주(絲綢)의 역사』]. 상고 공예기술의 개량과 발전은 모두 매우 오랜 시간의 경험 누적에 의한 것으로 리듬도 매우 완만하다.

▲ 서주(西周)의 비단 흔적

3000여 년 전 상나라 시대에 이미 무늬를 도드라지게 하는 장치로 문기(文綺 : 아름다운 무늬가 있는 비단)를 짜냈다. 그렇다면 5000년 전의 선조가 이미 누에고치 이용법을 알았음은 의심할 필요가 없다.

기(綺)는 견직물을 대표하는 단어 가운데서 소수 몇 개의 "아름다운" 종류가 전이된 말 중의 하나이다. "금심수구(錦心繡口 : 아름다운 마음과 고운 말을 비유)", "금수하산(錦繡河山 : 아름다운 국토를 비유)" 등 비유 용법 이외에도, "기년(綺年 : 꽃다운 나이)", "기사(綺思 : 아름다운 생각)", "기어(綺語 : 아름답게 꾸민 문장)", "기몽(綺夢 : 아름다운 꿈)" 등 "기(綺)"에서 전의된 표현이 많이 있다. 기는 평지에서 떠오른 아름다움, 가볍움, 부드러움으로, 3천여 년 전의 사람들에게 찬사를 아끼지 않게 한 의복재료이다. 고대 페르시아인은 중국을 Cini라 했고, 인도인은 Cina라 했다. 이는 지금의 China와 지나(支那) 등과

같은 호칭의 기원이다. 과거 이런 호칭을 "진(秦)나라"와 연계시킨 사람도 있다. 근래에는 편벽한 서쪽 모퉁이에 있던 진나라와 잠깐 나타났다가 사라진 진(秦) 왕조가 모두 이처럼 큰 영향을 주기 어렵다고 여기고, 외국인의 최초 중국 인식은 "기(綺)"의 신기하고 아름다움에 경탄해서 비롯된 것이며, Cina는 바로 "綺(qi)"의 음을 따른 것으로, 페르시아인과 인도인 모두 그들의 동쪽에 "기(綺)"나라가 있음을 알았다고 여기는 사람도 있다[심복위(沈福偉)의 『중서(中西) 문화교류사』]. 이 견해가 비교적 신뢰할 만하다.

서방학자는 기원 전 5세기 그리스 예술 가운데 일부 조소 여신상과 채색상의 옷이 모두 가늘고 얇고 부드럽고 투명한 비단 의복재료임을 근거로, 기원전 5, 6세기 중국 비단이 이미 여러 루트를 거쳐 지중해 부근까지 전해졌다고 단정한다. 이 시기는 바로 중국의 춘추(春秋) 말년에서 전국(戰國) 초년에 해당된다. 이 이전에 중국의 견직물은 종류가 매우 다양했었다. "기"이외에도 제(齊)나라의 환(紈), 노(魯)나라의 호(縞), 위(衛)나라의 금(錦)은 모두 우수한 품질로 세계에 알려져 있다. "경사(輕紗)", "운라(雲羅)", "무곡(霧縠)"은 모두 가볍고 얇고, 투명하기 때문에 문학가들에 의해 제일 많이 형용되는 소재이다. 『시경』에서 "금의(錦衣)", "금상(錦裳)", "금대(錦帶)", "금금(錦衾)", "패금(貝錦)" 등의 명칭이 자주 보인다. 금(錦)은 무늬 없이 짜서 날실을 도드라지게 한 직물이다. 『시경 · 소아(小雅) · 항백(巷伯)』의 "처혜비혜(萋兮斐兮), 성시패금(成是貝錦)"을 모전(毛傳)에서 "처비(萋斐)는 문장이 서로 잘못된 것이고, 패금(貝錦)은 금문(錦文)이다."고 풀이했다. 전국시대의 초나라 묘에서 출토된 실제 유물을 보면 이미 세 가지색으로 용과 봉황 무늬를 수놓은 삼색용봉문금(三色龍鳳紋錦)

▲ 전국시대의 견서식(絹西食)

이 있다. 이는 당시 고귀하고 화려한 의료의 일종이다.

서한(西漢) 때, 진류양읍[陳留襄邑 : 지금의 하남 추현(睢縣)]에서 금(錦) 직조의 유구한 전통을 토대로 "직성(織成)"이라는 새로운 제품을 내놓았다. 왕충(王充)은 『논형(論衡) · 정재(程材)』에서 "양읍(襄邑)의 속담에 금(錦) 직조는 둔부(鈍婦)도 뛰어나지 않은 자가 없다. 눈으로 보고, 날마다 하니, 손에 압(狎)하다."라고 했다. 여기서 말하는 "압(狎)"은 "숙련되다."라는 뜻이다. 양읍(襄邑)은 한(漢)나라 때, 복관(服官)을 진상하던 곳이다. 『후한서 · 여복지』에서 "공후(公侯) 구경(九卿) 이하는 모두 직성(織成)이 있다. 진류양읍(陳留襄邑)에서 바친다."라고 했다. 임대춘(任大椿)의 『석증(釋繒)』 권1 연구에 의하면, "직성(織成)"은 이 소지(素地)를 쓰지 않고 직접 채색을 이용해 각종 도안을 만들기 때문에 다른 것과 차별이 있었다. 이 때문에 공예와 기술의 요구가 자연히 더욱 높아졌다.

『서경잡기』의 기록에 따르면, 한(漢)나라 소제(昭帝) 말년 하북(河北) 거록(巨鹿)의 진보광(陳寶光)의 처가 제화기(提花機)를 혁신시켜 60일 만에 한 필의 화릉(花綾 : 무늬 비단)을 짜낼 수 있게 되었다. 그러자 당시 권신(權臣) 곽광(霍光)은 그녀를 받아들여 집에서 머물게 했다. 뒤에 선제(宣帝)가 즉위하자 곽광의 처는 자신의 딸을 황후로 만들기 위해, 어의(御醫) 순우연(淳于衍)을 매수해서 허황후(許皇后)를 살해했다. 이때, 곽광의 처는 순우연에게 뇌물로 24필의 포도금(蒲桃錦)과 25필의 산화릉(散花綾)을 주었다. 이 모두는 바로 진보광의 처가 짠 것이었다. 60일만에 1필을 직조한다고 하면, 한 사람이 8년을 소비해야 비로소 이러한 포도금과 산화릉을 다 짜낼 수 있으니, 당시 이 뇌물의 값어치가 매우 컸다는 것을 알 수 있다.

▲ 서한(西漢)의 승운(乘雲) 무늬 비단(綺)

환(紈)은 일종의 무늬가 없는 가늘고 새하얀 얇은 명주이다. 『석명(釋名)』에서 "환"을 "가늘고 윤기가 있고 빛이 난다."고 했다. 옛사람이 빙환(氷紈), 상환(霜紈)이라 형용한 것은 제(齊)나라 땅의 유명한 제품이다. 순열(荀悅)의 『한기(漢紀)』에서 "제나라에서 환소(紈素)를 바친다."라고 했고, 『한서(漢書)·지리지(地理志)』에서는 "제나라 땅에서 빙환(氷紈), 기수(綺繡), 순려(純麗)의 물건을 만들어, 관대의려(冠帶衣履)의 천하(天下)라고 불렀다."고 했다. 제나라의 "환"이 황궁에 진상되면, 황제가 다시 황실의 친척이나 국가의 대신들에게 나누어 주어 관리의 자제가 모두 환고(紈袴 : 환으로 만든 바지)를 입었기 때문에, 환고자제(紈袴子弟)라 불렸다.

장사(長沙) 마왕퇴(馬王堆)의 한(漢)나라 묘에서 출토된 유물 가운데 일종의 배형릉문기(盃形菱紋綺)가 있다. 이것이 바로 고서에 기록된 "배문기(盃文綺)"이다. 『동궁구사(東宮舊事)』에 "태자납비(太子納妃)는 7채의 배문기(盃紋綺) 이불이 하나 있다. ……"라고 한 것을 보면 진(晉)나라 때에 이르러서도 "배문기"가 여전히 매우 고귀한 직물이었다. 『태평어람』 권 816에 『진령(晉令)』의 "3품 이하는 여러 가지 '배문기'를 착용할 수 없다."고 인용된 것으로 보아, "배문기"는 오직 황실과 상층 관료들만이 사용할 수 있었음을 알 수 있다.

삼국시대 때, 제갈량(諸葛亮)이 촉나라를 다스리자, 잠업이 크게 발전하면서 촉나라 비단(蜀錦)이 일시에 유명해졌다. 위나라 문제(文帝) 조비(曹丕)는 "촉나라 비단" 무늬의 참신함에 찬탄을 금치 못했다. 그는 뭇 신하에게 "전후로 매번 촉나라 비단을 얻었으나, 서로 비슷하지 않다."라고 말했다[『예문류취(藝文類聚)』 권85 참조]. 촉나라는 "비단"을 사용해 외교를 했다. 환씨(環氏)의 『오기(吳記)』에 "촉나라에서 오나라로 사신을 파견하면서 비단(錦) 1000단(端)을 주었다."라는 기록이 있다. 이는 오나라와 연합하여 조조를 막으려는 전략목표를 실현하기 위함이었다. 제갈량이 남쪽을 정벌했을 때 비단을 짜는 방법을 운귀지역[雲貴地域 : 운남(雲南)과 귀주(貴州) 지역]의 소수민족에게 전수해주었다. 때문에 묘족(苗族)은 자신들이 짠 오채금(五彩

錦)을 "무후금(武侯錦)"이라 칭하고, 동족(侗族)은 여자들이 짠 동금(侗錦)을 "제갈금(諸葛錦)"이라 칭한다[『여평부지(黎平府志)』]. 옛날부터 전해오는 말에 따르면, "촉나라 비단"은 오래되어도 퇴색되지 않는다고 한다. 『능개재만록(能改齋漫綠)』 권15에 다음과 같은 사건이 기록되어 있다.

> "소경(少卿) 장호가 일찍이 촉나라에서 벼슬을 했다. 오나라 비단(吳羅), 절강의 비단(湖綾)을 가지고 관청으로 와서 사천의 비단(川帛)과 같이 붉게 물들였다. 뒤에 경사(京師)로 돌아와 장마철이 지나자 오와 절강의 비단은 모두 색이 변했으나, 오직 촉나라 비단만이 예전과 같았다."

전하는 바에 의하면 촉나라 양잠 방법이 기타 지방과 달리 누에가 잠에서 깨어나려고 할 때, 뽕잎을 태운 재를 먹인다고 한다. 이 말이 확실한지 알 수 없다. 또 다른 일설에 따르면 그 원인을 금강[錦江 : 지금 성도(成都) 남쪽]의 수질이 매우 뛰어나서 이를 이용해 실을 물들이고, 비단을 빨면 빛깔과 광택이 유달리 선명해진다고 여긴다. 촉한(蜀漢) 때는 비단을 짜는 일을 관리하는 관리가 이 지역에 주재했다. 두보의 시 「촉상(蜀相)」에는 "금관성(錦官城) 밖 잣나무가 매우 무성하다."라고 묘사되어 있다. 여기서 말하는 "금관성"이란 바로 성도(成都)를 말한다. 위진(魏晉)에서 수당(隋唐)까지, 비단(錦)의 종류와, 문양은 갈수록 복잡하고 많은 변화가 있었다. 『업중기(鄴中記)』의 기록에 의하면 진(晉)나라 때의 비단에는 "대등고(大登高), 소등고(小登高), 대명광(大明光), 소명광(小明光) …… 포도문금(蒲桃文錦), 반문금(斑文錦), 봉황주작금(鳳凰朱雀錦), 도문금(韜文錦), 핵도문금(核桃文錦)" 등 15종의 문양이 있었으며, 여기에 색채의 변화가 가미되어 정교한 것이 매우 많아 그 이름을 다 말할 수 없다. 『태평어람』 권 815의 『당서(唐書)』를 인용한 기록에 의하면 당나라 대종(代宗) 대력(大曆)에 조령으로 외지에서 생산된 여러 가지 비단(錦綾)을 금했다. 그 금지 품목은 대장금(大張錦), 연금(軟錦), 서금(瑞錦), 투배(透背) 및 대간금(大襇錦), ……고려백금(高麗白錦), 잡색금(雜色錦), 묘자릉금(妙字綾錦) 등 이었다. 이는 의복재료가 지속적으로 아름다움과 다양화의 방향으로 발전했음을 설명해준다.

▲ 북조의 나무 무늬 비단(錦)

능(綾)은 무늬를 비스듬히 도드라지게 한 직물이다. 『진서(晉書)·노지전(盧志傳)』에는 진나라 혜제(惠帝)가 노지(盧志)에게 비단(絹) 200필, 학릉포(鶴綾袍) 한 벌 등의 물건을 하사했다는 기록이 있다. 『북사(北史)·필중경전(畢衆敬

傳)』에는 필이 선인(仙人)에게 문릉(紋綾) 100필을 헌납했다는 기록이 있다. 모두 "능"의 무늬가 역시 많이 변했음을 설명해준다. 당나라 때, 다시 "요릉[撩綾, 요릉(繚綾)이라 하기도 함]"이라는 새로운 제품이 출현했다. 원진의 『직부사(織婦詞)』에 묘사된 "요기(撩機) 변화시켜 어렵게 비단 짜는 동쪽 집 머리 흰 두 여자아이, 무늬 돋우는 일 익히느라 시집도 못 갔다네."에서 보면, "요릉"을 짜기 위해 "요기"로 무늬를 돋아야 했다. 백거이는 그의 시 「요릉(撩綾)」에서 다음과 같이 묘사했다.

요릉 요릉은 어떠한가? 나초(羅綃) 환기(紈綺)와 같지 않고

천태산(天台山) 위의 밝은 달 앞에 있는 45척 폭포 같네.

가운데 있는 문장 기묘하고, 땅에 덮인 하얀 연기 무늬 하얀 눈 같네.

……

구름 밖을 나는 기러기 짜고, 강남의 봄 물색으로 물들이네.

……

기이한 색채와 무늬 서로 은밀히 비치고, 곁에 있는 꽃을 보니 꽃이 아닌 듯 하네.

▲ 명나라 시대 나무와 사슴 무늬 비단(綾綺)

이 시는 "요릉"의 미에 대해 형상적 묘사를 하였다. 시

의 주지는 "월계(越溪)의 가난한 집 딸이 온갖 힘을 다 써서, 삐걱삐걱 천 번의 소리를 내지만 한 척(尺)을 채우지 못하고", "봄옷 한 벌이 천금의 가치에 달하는데" 궁중의 여자와 비교해도 오히려 아낄 줄 모르고 극도의 낭비 풍조를 조장하는 것을 풍유하는데 있었다. 남당(南唐)의 이순(李詢)의 시 「증직금(贈織錦)」 역시 같은 주제를 묘사했다.

삐걱삐걱 기계 소리 다시 새벽을 알리네.
애타게 간절히 마음을 다하니 뜻은 어떠한가?
미인이 한 번 굽히면 천 번에야 마치니
마음속으로는 무늬가 성김을 싫어하네.

진인각(陳寅恪)의 『원백시전증고(元白詩箋證考)』에서 "요릉은 당시 견직물의 가장 새롭고 가장 좋은 것이다. 때문에 시간과 힘이 기타 견직물보다 훨씬 많이 소비된다."라고 했다. 이러한 "능"을 짜는데 힘이 들뿐만 아니라, 무늬를 짜내야 했기 때문에 신경이 많이 쓰였다. 『회남자 · 설림훈(說林訓)』에서 "임치(臨淄)의 여인, 비단(紈)을 짜면서 행자(行者)를 생각하네."라고 했다. 여기서 말하는 "행자"는 멀리 가서 돌아오지 않은 가족을 가리킨다. 무늬가 없는 비단 환(紈)을 짜면서 생각을 집중하지 못해 품질이 나빠지려 하는데, "요릉"은 어찌되겠는가? 그리고 힘든 노동으로 미를 창조한 여인은 "머리가 희어져도 시집을 못 갔으니", 이러한 의복재료로 복식을 착용한 것을 보면 더 이상 말할 필요가 없다. 송나라 장유(張俞)는 그의 시 「잠부(蠶婦)」에서 "전신에 비단(羅綺) 두른 이, 양잠(養蠶)을 한 사람이 아니네."라고 한 것은 옛 사회의 확실한 사실 묘사였다.

송원(宋元)에서 명청(明清)까지 견직물은 그 종류가 부단히 증가하고 품질이 향상되었다. 예를 들면 북송 시대에 격사(緙絲), 남송 시대에 직금단(織錦緞)이 각각 나타났고, 명나라 시대에 더욱 발전해 오색찬란한 장화단(妝花緞)이 출현했다. 『금병매사화』 제40회에서 서문경은 "남쪽에서 직조된 협판라(夾板羅)을 가져와 조(趙)에게 처첩을 대신해 재봉하게 하자", 매 사람이 장화통수포아(妝花通袖袍兒), 편지금의복(遍地錦衣服)와 장화의복(妝花衣服)을 각각 한 벌씩 만든다. 여기서 말하는 "장화"가 바로 당시의 가장 새로운 의료 "장화단"이다. 『총서집성(總書集成)』의 「천산빙산록(天山氷山錄)」에 의하면 명나라 시대 장화단의 종류가 열 일곱 가지나 된다. 『홍루몽』 제3회 풍저(風姐)가 등장할 때 걸쳤던 "금으로 수놓은 백 마리의 나비가 꽃을 지나가는 진홍빛 운단(雲緞)" 역시 '장화단' 의 일종이다.

▲ 명나라 시대 금으로 짠 비단(綢綺)

이밖에 중국 고대에는 야잠사(野蠶絲)도 충분히 이용했다. 예를 들면 명청시대 산동 등지에서 생산된 작잠사주(柞蠶絲綢)는 명성이 대단했다. 멀리 외국에까지 판매되어 외국인에 의해 "산동주(山東綢)"라 불렸다.

의복재료에 관한 여러 가지 이야기(하)

견직물은 중국 최초의 방직물이 아니다. 잠사를 이용하기 전 중국인 선조는 이미 갈(葛), 삼(麻) 등 식물의 껍질에서 의복재료 제작에 적합한 섬유를 얻어 사용했다. 고고학자는 이미 6,000년 전의 갈포(葛布) 조각과 4,700년 전의 저마포(苧麻布 : 모시베) 조각의 실물을 획득했고, 아울러 약 6,000년 전의 앙소문화(仰韶文化) 도기(陶器) 밑 부분에서 삼베무늬 흔적을 발견했다.

『한비자 · 오두』에는 "요(堯)임금은 겨울에 예구(麑裘 : 어린 사슴 가죽으로 만든 갖옷)를, 여름에는 갈포 옷을 사용했다."라고 기록되어 있다. 실제 다른 계절의 이 두 가지 의복재료가 사용된 연대는 매우 오래되었다. 당나라 마총(馬總)의 『의림(意林)』에서 『두유구자(杜幽求子)』의 "갖옷은 된서리가 내릴 때 애용되었고, 갈포 옷은 더웠을 때 사랑을 받았다."라는 내용을 인용했다. 그러나 어떤 의복재료를 막론하고, 그 제작은 날이 갈수록 정교했다.

주나라 시대에는 가는 갈포를 치(絺)라 했고, 거친 갈포를 격(綌)이라 했다. 월나라 왕 구천(勾踐)이 오나라 왕 부차(夫差)에게 패한 후 오나라 왕의 경각심을 늦추고 신하로서 복종을 나타내기 위해 나라 안의 남녀를 산에 보내 갈을 채취하게 한 뒤 여공에게 아주 고운 갈포 10만 필을 짜서 오나라 왕에게 받쳤다. 여공들이 베를 짜면서 "우리에게 갈을 채취해 실을 만들게 하니, 여공은 베 짜는 일을 감히 더디게 할 수 없네. 나(羅)보다 약하지만 가볍게 날리는, 하얀 치(絺)를 받치려 함이네."라고 노래를 불렀다[『오월춘추(吳越春秋) · 구천귀국외전(勾踐歸國外傳)』]. 이를 통해 춘추 시대 월나라에서 짠 "치"가 이미 비단 나(羅)와 어깨를 겨룰만했음을 알 수 있다. 당나라 시인 두보 역시 『서오일사의(瑞午日賜衣)』에서 "세갈(細葛) 바람을 머금으니 부드럽고, 향라[香羅 : 능라(綾羅)의 미칭] 겹치니 눈처럼 가볍네."라고 읊으면서 매우 가늘게 짠 갈포와 향라를 동일하게 논했다.

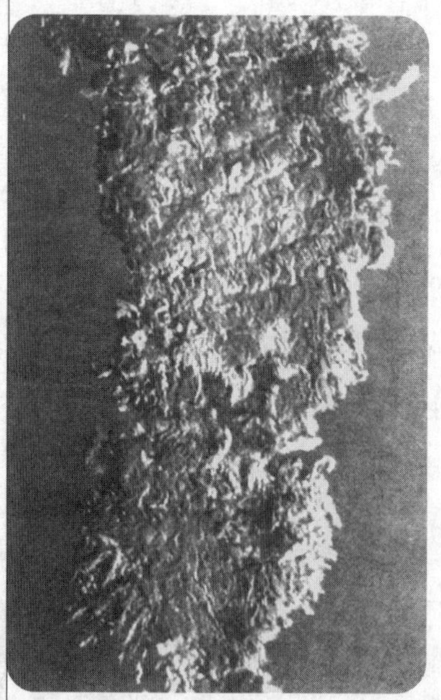
▲ 동한(東漢)의 모담(毛毯) 잔편(殘片)

갈(葛)은 심은 해에 수확하는 삼과 달리 더디게 자라는 점 때문에 중원 지역에서는 점점 삼에 의해서 대체되었다. 그러나 청나라 이조원(李調元)의 『남월필기(南粵筆記)』의 기록에 의하면 명청시대 광동(廣東) 증성(增城)에서 여전히 "여아갈(女兒葛)"이라는 가는 갈포가 생산되었다. 갈 섬유는 곱고 가늘어 털끝처럼 눈에 보이지 않았으며, 짜진 갈포는 "매미의 날개"처럼 엷었다.

그것은 현지의 유명하고 귀중한 특산품이 되었다.

"저마포"는 중국의 특산품으로, 모시로 짠 베를 말한다. 고대에는 "저(紵)"라 칭했고, 지금도 하포(夏布)라 칭한다. 중국사회과학원 고고학연구소는 장사(長沙) 406호 전국시대 묘에서 하얀 저마포 조각을 발굴했는데, 씨줄과 날줄의 밀도가 28×24/㎠로 지금의 용두세포(龍頭細布) 보다 더 세밀하다. 『좌전』에 의하면 양공(襄公) 29년 오나라의 공자 계찰(季札)이 정(鄭)나라를 방문할 때, 계찰이 정나라에게 하얀 날줄과 붉은 씨줄로 짠 채색 명주를 선물하자 정나라 대부는 계찰에게 눈처럼 하얀 모시옷을 답례의 선물로 준다. 이를 통해 당시 상품의 모시와 채색 명주의 값어치가 서로 대등했음을 알 수 있다. 당나라 장적(張籍)의 『백저가(白苧歌)』에서 "새하얀 백저(白苧) 하얗고 선명하다, 봄옷을 지으니 소년에게 걸맞네."라고 읊었다. 모시옷은 귀인의 옷이었다.

대마(大麻) 섬유로 방적해서 만든 베는 비교적 거칠다. 때문에 고대에는 "대포(大布 : 거친 베)"라 칭했다. 거친 베로 만든 옷은 가난한 사람이 입었다. 이는 앞에서 "장자가 거친 베옷을 입고, 위(衛)나라 문공(文公)이 거친 베옷을 입었다."라고 언급한 바 있다.

주나라의 거비(去非)의 『영외대답(嶺外代答)』에 의하면 남송 시대 옹주[邕州 : 지금의 광서(廣西)에 속함]에서 "소자(練子)"라고 하는 매우 정교하고 아름다운 모시베가 생산되었다. 한 단의 길이가 4자 남짓이고, 무게는 단지 수십 전(錢 : 고대 1근은 16냥이고, 1냥은 10전임)이었다. 때문에 1단을 말아 작은 대나무 통 안에 넣어도 여전히 여유가 있었다. 이는 아마도 남방 소수민족의 걸작일 것이다.

중국 복식문화는 중국의 각 민족이 공동으로 창조한 것이고 의복재료 역시 그렇다. 모직물과 면포는 최초에는 모두 소수민족이 만들어낸 공헌이다.

지금까지 알 수 있는 중국 경내에서 가장 이른 모직품은 1960년 청해성(青海省) 난낙목홍(蘭諾木洪)에서 발견된 4천년 전의 모포 조각이다. 이 지역은 당시 화화(華夏) 문화권 밖이었다. 그러나 주나라 대부는 이미 색채가 선명하고 아름다운 모직 옷을 입을 수 있었다. 『시경 · 왕풍 · 대거(大車)』에 "취의(毳衣)는 담(菼) 같다.", "취의는 문(璊) 같다."를 모전(毛傳)에서 "취의는 대부의 옷이다."라고 했다. "담"은 담황색의 막 자라난 물억새이고, "문"은 적색의 옥이다. 대부들이 붉은 색이나 파란 색의 모직 제복을 입은 모습은 매우 위엄이 있었다. 이 "취의"는 바로 짐승 털을 사용해 짜서 만든 의료로 만든 것이다.

▲ 솜을 타는 장면

화하족(華夏族) 역시 어로와 수렵 생활을 하면서 초기에 짐승 가죽을 이용해 의복재료를 만들었다. 가죽과 털을 같이 처리해 갖옷을 제작하는 방법이 하나 있었다. 고대의 갖옷의 털은 밖을 향해 있었다. 『주례 · 천관』에 의하면 사구(司裘)의 벼슬에서 주나라 왕, 제후, 공경대부를 위해 모피로 외투를 제작하는 일을 관리했다. 『예기 · 옥조(玉藻)』에 의하면 여우의 겨드랑 밑의 하얀 털을 엮어 만든 갖옷 호백구(狐白裘)는 군주의 옷이었고, 호랑이 가죽으로 만든 갖옷 호구(虎裘), 이리 가죽으로 만든 갖옷 낭구(狼裘)는 좌우 위사(衛士)의 옷이었다. 대부는 여우 가죽으로 만든 갖옷의 소매를 표범가죽으로 두른 호구양표수(狐裘鑲豹袖), 새끼 사슴 가죽으로 만든 갖옷의 소매를 푸른 개가죽으로 두른 미구양청안수(麛裘鑲靑犴袖), 새끼 양의 가죽으로 만든 갖옷의 소매를 표범 가죽으로 장식한 고구양표식(羔裘鑲豹飾)을 착용했다. 그리고 사(士) 이하는 개와 양의 갖옷을 착용했다. 그 가운데 "호백구"가 가장 진귀했다. 때문에 『묵자 · 친사(親士)』에서 "1,000일(鎰)의 값어치가 있는 '호백구' 는 여우 한 마리의 겨드랑이 털에서 취한 것이 아니다."라고 했다. 여기에서 호백구에 천금의 가치가 있었음을 알 수 있다. 『사기 · 조세가(趙世家)』에서도 "천 마리의 양가죽이 한 마리의 여우 겨드랑이 털보다 못하다."라고 했다. 왜냐하면 양가죽은 쉽게 얻을 수 있었지만, 여우가죽은 얻기 어려웠기 때문이다. 진한(秦漢) 시대 이후 점점 늘어난 담비 가죽인 초구(貂裘) 역시 매우 유명하고 귀중했다. 이는 담비가 작아서 여러 마리를 합하여 만들었기 때문이다. 『회남자 · 설산훈』에서 "양구(羊裘)를 걸치고 품팔이하는 일은 매우 그럴 만 하나, 초구(貂裘)를 입고 바구니를 지는 것은 매우 기괴하다."라고 했다. 그러나 앞에 인용한 『회남자 · 설산훈』편에서 "'초구' 의 잡됨은 '호구' 의 순수함만 못하다."라고 했다. 만일 순수하지 않은 재료를 사용한 "초구"라면 순수한 호구보다 못했다. 『염철론(鹽鐵論) · 산부족(散不足)』에서 "지금 부자는 다람쥐와 담비 갖옷, 여우 겨드랑이 털 갖옷, 오리털 옷을 착용하고, 중간층 사람은 비단 옷에 금으로 무늬를 새긴다."라고 했다. 아래층 사람에 대해 환관(桓寬)이

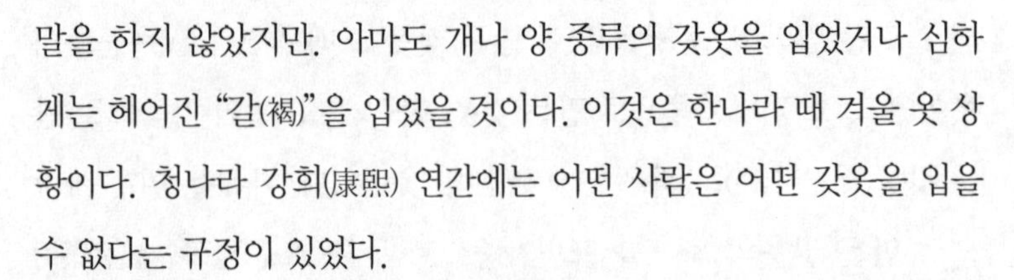

말을 하지 않았지만. 아마도 개나 양 종류의 갖옷을 입었거나 심하게는 헤어진 "갈(褐)"을 입었을 것이다. 이것은 한나라 때 겨울 옷 상황이다. 청나라 강희(康熙) 연간에는 어떤 사람은 어떤 갖옷을 입을 수 없다는 규정이 있었다.

"맥구(貉裘), 사리손(猞猁猻)은 왕이나 대신이 아니면 착용할 수 없고, 천마(天馬), 호구(狐裘), 장화단(妝花緞)은 관리가 아니면 착용할 수 없고, 초모(貂帽), 초령(貂領), 소화단(素花緞)은 선비가 아니면 착용할 수 없고, …… 여러 가지 색깔의 서호모(鼠狐帽)는 양가(良家)가 아니면 착용할 수 없고, 금지하지 않은 것은 달피(獺皮 : 수달 가죽)과 황서모(黃鼠帽 : 회황색 들다람쥐 모자)였다[섭몽주(葉夢珠)의 『열세편(閱世編)』].

일부 가죽의 귀천 구분이 선진 시대, 한나라 시대와 다소 달랐다.

고대 화하족 역시 털(毛)과 가죽(皮)을 분리 처리했다. 털을 제거한 피(皮)로 혁(革)을 만들었고, 털로 만든 매우 조잡한 의료를 가지고 "갈(褐)"을 만들었다. "갈"은 매우 빈곤한 사람이나 노예가 겨울을 날 때 사용했었다. "취의(毳衣)"의 원료 모직물은 비교적 정교했다. 이는 당시 서부 소수민족에게 배워 온 것이었다. 그때의 정교하고 좋은 모직물을 "계(罽)"라 했다. 『설문』에는 "糸+罽"자로 되어 있고, "서쪽 오랑캐의 "취의"이다."라고 설명했다. 『후한서 · 서남이열전(西南夷列傳)』에 의하면 한나라 시대 지금의 사천(四川) 지역 내의 염방이(冉駹夷)가 모전(旄氈), 반계(班罽)를 제작할 수 있었다. 반(班)은 반(斑)과 통한다. "반계"는 당시 색깔이 뒤섞인 모직물이다. 『태평어람』 권708에 의하면 한나라 시대 흉노 호한사단우(呼韓邪單于)가 대량의 모직품을 중국에 보내 산처럼 쌓였다. 신강(新疆) 민풍(民豐)의 한나라 묘에서 포도문(葡萄紋) 계와 귀갑화판문(龜甲花瓣紋) 모직물이 출토되었다. 이러한 재료는 모두 서부 소수민족이 중국 모직물 생산 및 발전에 매우 큰 작용을 했음을 설명해준다.

▲ 방직기

염방이(冉駹夷)가 만든 "모전"은 모우(旄牛)의 털을 사용해 제작된 "부직(不織)" 모직물이다. 통상적으로 천막을 만들 때 사용되며, 이를 이용해 만든 전모(氈帽), 전의(氈衣), 전상(氈裳)도 있다. 장작(張鷟)의 『조야첨재(朝野僉載)』에 의하면 당나라 초 조(趙)나라의 공장손(公長孫)이 거리낌 없이 검은 양의 모전을 사용해 모자를 만들어 쓰자, 사람들이 조공혼탈모(趙公渾脫帽)라 칭했고, 따라서 하는 사람이 매우 많았다. 『자하록(資暇錄)』에 의하면 중당(中唐) 원화(元和) 연간, 배도(裵度)는 하마터면 정적이 보낸 자객에게 피살될 뻔했다. 다행이 챙이 있는 전모를 써서 "칼날이 바로 미치지 못하고, 단지 모자 가장 자리의 챙을 잘랐기 때문에 살 수 있었다. 이로부터 이러한 전모가 한때 유행하게 되었다. 채문희(蔡文姬)의 『호가십팔박(胡笳十八拍)』에서 "전구(氈裘)로 상(裳)을 만든다."라고 한 것으로 보아 호인(胡人)의 습속에 모전(毛氈)을 사용해 의상을 만들었음을 알

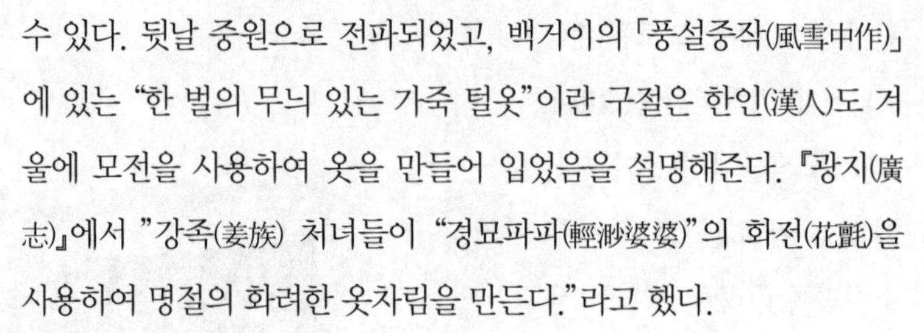

수 있다. 뒷날 중원으로 전파되었고, 백거이의 「풍설중작(風雪中作)」에 있는 "한 벌의 무늬 있는 가죽 털옷"이란 구절은 한인(漢人)도 겨울에 모전을 사용하여 옷을 만들어 입었음을 설명해준다. 『광지(廣志)』에서 "강족(姜族) 처녀들이 "경묘파파(輕渺婆婆)"의 화전(花氈)을 사용하여 명절의 화려한 옷차림을 만든다."라고 했다.

중원에는 고대에 면화가 없었다. 면화는 남방 소수민족으로부터 전해진 것으로, 당시 남이(南夷)의 언어 소리에 의하면 "백첩(白疊)"이라 번역된다. 『후한서 · 남만서남이열전』으로부터 지금 운남 경내에 애뢰이인(哀牢夷人)이 "백첩(白疊)", 즉 백첩(白疊)을 제작할 수 있었을 뿐만 아니라, "여러 가지 채색 무늬를 수놓고", "능금(綾錦)"같은 무늬를 짤 수 있었다. 그밖에 지금의 해남성(海南省)의 주애군(珠崖郡)에서 일종의 "광폭포(廣幅布)"가 생산되었는데, 일반적으로 면포(棉布)라고 여긴다. 『양서(梁書) · 고창전(高昌傳)』에 "풀의 열매는 누에고치 같고, 백첩자(白疊子)라 이름하고, 대부분 취해서 베를 짠다."라고 기록되어 있는 것을 보면 고창[高昌 : 지금의 투루판]에서도 면화를 재배했다. 『한서 · 화식전(貨殖傳)』에 의하면 한나라 시대 일부 대도시에서 일년에 답포(荅布)와 피혁(皮革) 천 석(石)이 거래되었다. 맹강주(孟康注)에서는 "답포"를 "백첩"이라 했으나, 안사고(顔師古)는 다른 의견을 제시했다. 그는 소수민족지역에서 대도시로 운반되는 "백첩포(白疊布)"가 당시에 이렇게 많았다는 것은 불가능하다고 말하고, "답(荅)"을 "거칠고 두껍다."라는 뜻으로 풀이했다. 누가 옳고 누가 그른지는 논증이 되어야 한다. 『태평어람』 권812에서 『진령(晋令)』의 "사졸(士卒)과 백공(百工)은 월첩(越疊)을 착용할 수 없다."라는 내용이 인용된 것으로 볼 때, 면포는 확실히 민가에 보급되지 않았다. 그러나 당나라 시대에 진입하면서 점점 많아지기 시작했다. 진홍(陳鴻)의 『동성노부전(東城老父傳)』에 의하면 현종(玄宗) 때, 장안(長安)에서 이웃끼리 백삼포(白衫布)와 백첩포(白疊布) 판매가 유행했다. 백거이의 『신제포구(新制布裘)』에 "계포(桂布) 눈처럼 희고, 오면(吳綿)은 구름처럼 부드럽네, 포(布)가 무거우면 솜(綿) 또한 두텁고, 갖옷보다 따듯하네."라고 노래했다. 계포(桂布)는 바로 "백첩"으로 지금의 광서(廣書) 일대에서 생산된 면포이고, 오면(吳綿)은 강남의 사면(絲綿 : 명주솜)이다. 이 사면으로 된 두루마기는 확실히 매우 따뜻했다. 면화는 약 13세기 말 강남에서 보편적으로 재배되었다. 유명한 송강(松江)의 부인 황도파(黃道波)가 젊었을 때 해남도(海南島)에 표류했다. 이 때 여족(黎族) 사람들로부터 면방직 기술을 배운 이후, 30여년이 지나 고향으로 되돌아가 방차(紡車)를 혁신하면서 면방직업(棉紡織業)이 한족 지역 내에서 신속히 발전되기 시작했다. 면포는 마포의 자리를 대신해 중국인의 주요한 의료의 하나가 되었다. 이때부터 마포는 뒤로 밀려 여름의 전용포(專用布)가 되었다.

고서 속에는 일부 의복재료의 신기(神奇)에 대한 기록이 있다. 그 중 어떤 것은 분명히 환상에 속한다. 이는 중국인의 질적으로 더욱 좋은 의료에 대한 동경과 추구를 대표한다. 또 어떤 것은 실제로 약간의 흔적이 있지만 과장되고 신비스럽게 되었다. 예로 『습유기』 권10에서 "원교산(員嶠山)에 있는 빙잠(氷蠶)은 길이가 일곱 치이고, 흑색이고, 뿔과 비늘이 있고, 서리와 눈이 그것을 덮은 이후 누에가 되어 일 척까지 자라 오색이 찬란하고, 짜서 꾸미게 되면 물에 들어가도 젖지 않고, 불에 던지면 하룻밤이 지나도 타지 않는다."라고 기록되어 있다. 이는 일종의 방수성능과 방화성능을 모두 구비한 의복재

료에 대한 환상이었다. 『두양잡편(杜陽雜編)』 권 중(中) 역시 일종의 "수잠(水蠶)"의 실로 짠 "신금(神錦)"에 대해 물을 한 번 뿌리면 금(錦)의 폭이 1장 평방에서 2장 평방으로 크게 변할 뿐만 아니라, 갈수록 오색찬란함이 더하고, 불 위에 그을리면 바로 축소된다. 이 "수잠"은 못 안에서 기르며, 먹이로는 큰 산뽕나무 잎을 주고, 15개월 만에 누에가 고치를 튼다고 기록되어 있다. 이는 분명한 해외의 기이한 이야기이나, 전혀 근거가 없지는 않다. 왜냐하면 물 속에는 확실히 석잠(石蠶)이라고 하는 누에와 같은 형상을 한 곤충이 있지만 실을 생산하는 누에는 아니다. 『술이기(述異記)』 권 상(上)에서 "해남에 천선(泉先)이란 교인[鮫人 : 전설 속의 인어]"이 있다. 그녀의 눈물이 바로 진주이다. 또한 해저의 용초궁(龍綃宮)에서 일종의 교초사(鮫綃紗)를 짠다. 이를 용초(龍綃)라고도 하며 옷을 만들면 물에 들어가도 젖지 않기 때문에 백여 금(金)의 가치가 있다. 『두양잡편』권 상(上)에 의하

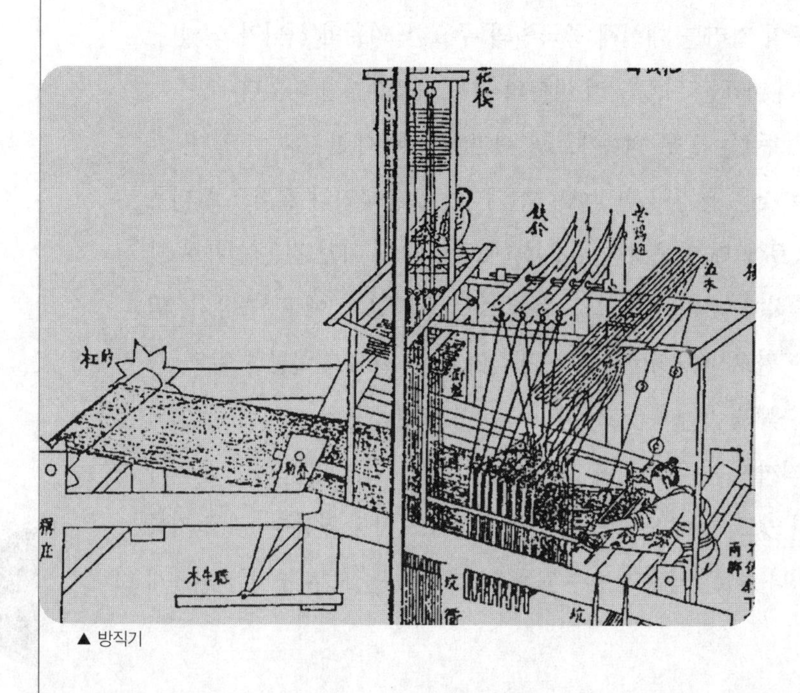

▲ 방직기

면 당나라 대종(代宗) 남해계동(南海溪洞)의 추장으로부터 자초(紫绡) 장막을 얻었는데 작자 소악(蘇鶚)은 이것이 바로 "교초의 종류"라고 여겼다. 이 자초 장막은 "가볍고 성기고 엷어 마치 장막을 치지 않은 것 같았다. 비록 매우 추운 겨울이 되어도 바람이 들어가지 않았고, 무더운 여름에는 매우 서늘하고 시원했다. 그 색은 은은해 어느덧 장막임을 모른다."라고 기록되어 있다. 이를 통해 교초사의 종류가 있었지만, 역시 남방 소수민족의 산물로, 그 성능이 과장되고 더욱 신비로운 색채로 묘사되었음을 알 수 있다. 화완포(火浣布)에 관한 전설은 시기적으로 더욱 이르고도 많이 있다.

전하는 바에 따르면 동한(東漢)의 대장군 양익(梁翼)에게 화완포로 제작된 갑옷이 있었다. 대회의 손님이 되어 이 갑옷을 입고 술 마시기를 겨룰 때, 고의로 잔을 떨어뜨려 갑옷에 술을 엎지른 뒤 거짓으로 화를 내며 갑옷을 벗으면서 " 태워버리시오."라고 말했다. 생각밖에 이 갑옷을 불 속에 넣자 빨갛게 빛을 내다가 이 물질이 다 타 불이 꺼지자 매우 하얗게 빛났는데, 물로 씻은 것보다 더 깨끗했다[『부자(傅子)』]. 이 화완포에 대해 해남(海南) 화주(火州)에 불사를 수 없는 나무의 껍질을 벗겨 만든 것이라는 설도 있고[『이물지(異物志)』], 남황(南荒) 밖 화산의 불 속에서 사는 쥐의 털로 만들어졌다는 설도 있다[『신이경(神異經)』]. 그러나 『삼국지 · 위서 · 삼소제기(三少帝記)』에는 확실히 "서역의 중역(重域)에서 "화완포"를 진상하자 대장군(大將軍), 대위(大尉)에게 시험삼아 입어보게 한 뒤 문무백관 앞에서 선을 보였다."라는 역사적 사실이 기록되어 있는 것으로 보아 그것이 석면섬유로 만든 방화 방직물로 "불나무", "불쥐"처럼 상상에서 나온 이야기와 결코 상관이 없다. 『두양잡편』 권 상(上)에는 또 다음과 같은 내

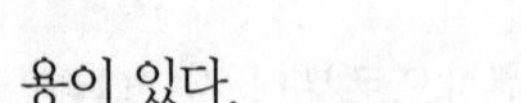

용이 있다.

> "당나라 순종 때 남창(南昌國)에서 '부광구(浮江裘)'를 진상했다는 기록이 있다. 이 갖옷은 '오색으로 만들어진 용과 봉황 각 1,300마리에 아홉 가지색의 진주가 뒤덮여져 있었다. 순종이 이 옷을 입고 사냥을 나갔다. '부광구'가 아침 해가 비추면 광채가 동요되어 보는 이의 눈을 부시게 만들자 귀중하게 여기지 않았다. 하루는 말을 몰아 짐승을 쫓다가 갑자기 폭우를 만났다. 그러나 '부광구'가 비에 거의 젖지 않자, 기이한 물건이라고 감탄했다."

일부 묘사가 과장이 되었다고 하지만 절대 불가능한 것은 아니다. 『유자(劉子) · 적재(適才)』의 내용과 대조해보자.

> 물건에는 아름다움과 추함이 있고, 사용에는 마땅함이 있다. 아름다움이 항상 진귀한 것은 아니고, 추함이 끝내 버려지는 것은 아니다. …… 갖옷과 도롱이가 비록 다르나 착용되어지는 것은 같다. 아름다움과 추함이 비록 다르나 적용은 모두 균일하다. 지금 신방(新房)에 있다면 도롱이는 갖옷만 못하다. 눈과 비속에 있다면, 갖옷이 도롱이만 못하다. 이로 볼 때, 금방 베푼 것도 수시로 힘쓰면 각자 마땅함이 있다.

그렇다면 이 부광구에 갖옷의 지극한 아름다움과 도롱이의 역할이 겸비되었다고 말할 수 있다.

▲ 금루옥의(金縷玉衣)

『포박자(抱朴子) · 균세(鈞世)』에서 "옛날에 일마다 순수했으나 지금은 수식하지 않은 것이 없다. 시대가 변천하고 세상이 바뀌는 이치는 자연스럽다. 계금(罽錦 : 모직 및 금수의 의상)이 아름답고 질기다고 도롱이 보다 못하다고 할 수 없다."고 말했다. 이 말은 시대가 전진하면서 옷감 역시 지속적으로 아름다움과 우수함을 추구하고 있음을 설명하는 것이다. 상술한 전설은 중국 옛사람이 옷감 개량에 대해 새로운 추구를 정지한 적이 없었음을 반영했다. 질적으로 우량해야 되고, 가볍고 얇고 유연하여 몸에 적합해야 하고, 성능이 특히 우수해야 하고, 가장 좋기로는 겨울에는 따뜻하고 여름에는 시원해야 한다. 또 비바람을 막을 수 있어야 하고, 불과 물을 막을 수 있어야 한다. 외형적으로 아름다워 보는 이의 눈을 유혹해야 한다.…… 중국의 복식문화는 바로 이처럼 계속 발전해왔고, 아울러 장차 더욱 훌륭한 내일을 향해 새로운 경지를 개척해야 한다.

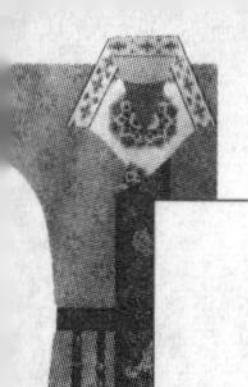

치장의 예술

하남(河南) 안양(安陽)에서 출토된 상대(商代) 여노용(女奴俑)은 양손과 목이 모두 고리 모양의 물체에 의해 가려져 있다. 이는 루쉰이 「남자의 진화」에서 언급한 말을 떠오르게 한다.

> 뒤에 어떻게 된 일인지 모르지만 여자는 바로 재수 없는 일을 당했다. 머리, 목, 손, 다리가 모두 쇠사슬로 감기고, 고리로 채워졌다. — 비록 몇 천 년이 지나 이러한 고리들이 이미 금으로 은으로 변하고, 진주 보석을 박아 넣었다고 하지만, 이러한 목걸이, 팔찌, 반지 등은 지금도 여전히 여자 노예의 상징이다.

그러나 루쉰의 이러한 관점은 장식품의 기원 역사 사실과 부합되지 않는다. 고고학의 성과에 근거하면, 장식품의 출현이 노예제사회의 건립보다 훨씬 빠른 시기에 출현했음을 알 수 있다. 앞에서 이미 북경(北京) 주구점(周口店) 산정동인(山頂洞人)이 돌 구슬, 조개껍질, 짐승의 이빨에 구멍을 뚫어 꿰어서 목걸이를 만들었다고 언급했는데, 그것 역시 구석기 시대의 유물이다. 신석기 시대 유적에서 발견된 장식품은 더 많다. 임동(臨潼) 강채(姜寨)에서 출토된 뼈 구슬 목걸이, 대련(大連) 쌍타산(雙砣山)에서 출토된 구멍을 뚫은 조개 장식과 구슬 목걸이, 산동(山東) 대문구(大汶口)에서 출토된 팔찌 등. 그 당시의 각종 장식품은 장식 작용을 하는 원시적인 심미가치 이외에도, 사악한 것을 없애고 길한 것을 바라는 의미가 있었을 것이다. 예전에 아이들이 어려서부터 목에 액막이를 위해 금속조각 등을 찬 것은 바로 몇 천 년 전부터 전해 내려오는 오래된 습속이다. 목걸이를 차면 어린아이 생명의 근원이 매년 평안해지고 좋은 운수를 불러온다고 여겨서 였다. 그러나 여자가 매우 긴 시간을 걸쳐서 남자의 부속물로 변한 것 역시 사실이다. 이 시기에 고리, 사슬을 찬 것은 확실히 여성의 인격과 자유가 구속된 것이다. 루쉰이 이러한 뜻을 명확히 밝힌 것은 고리, 사슬 착용을 영화롭게 여기고, 착용하지 못한 것을 열등하게 여기는 일부 사람들에 대해 일종의 깊은 계몽의 의미가 있다.

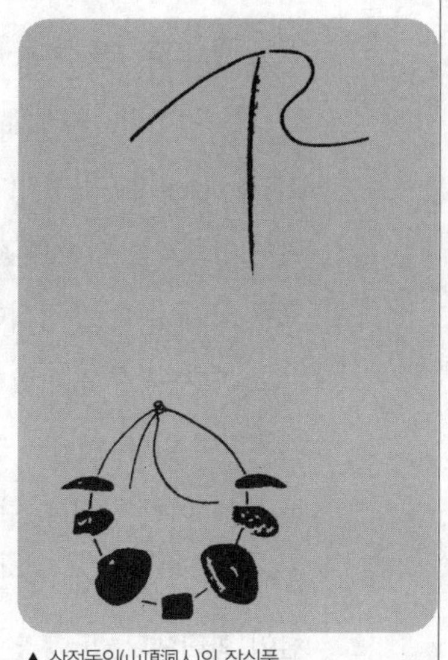

▲ 산정동인(山頂洞人)의 장식품

사실, 중국의 옛 사람은 남녀를 막론하고 모두 자기 치장을 중시

했다. 이 점에서 "남자가 여자에게 양보하지 않은" 예는 드물지 않다. 역대로 "분대(粉黛 : 흰 분과 눈썹 먹)"라는 말로 여성을 대신 가리켰다. 그러나 하안(何晏)의 "하얀 분이 손에서 떠나지 않았고, 걸음을 걸을 때 그림자를 돌아보았다[『삼국지』]."는 말은 사람들에게 잘 알려진 이야기이다. 북제(北齊) 문선제(文宣帝)가 "분대(粉黛)를 칠했다[『북제서(北齊書), 문선기(文宣記)』]."라는 말 역시 역사책에 실려 있다. 더욱 이르게는 서한(西漢) 혜제(惠帝) 때 "황제를 모시는 낭관(郎官)이 모두 금계 깃으로 장식한 관을 쓰고, 조개껍질로 장식한 허리띠를 차고, 연지와 분을 발랐다."라는 이야기가 『사기 · 영행전(佞幸傳)』에 기록되어 있다. 옛날의 일부 사랑 노래에서는 여자가 사랑하는 남자를 낭(郎)이라 칭했다. 낭은 원래 진한(秦漢) 시기 황제의 금위관(禁衛官)이다. 그들은 젊고 영민하고 용맹스럽고, 신분이 특수했고, 옷차림이 화려했다. 또한 연지와 분을 바르면 아무 것도 모르는 여자들이 유혹되어 그들을 마음속의 우상으로 삼았다. 삼국시대의 관우(關羽)는 아름다운 수염으로 유명하다. 『삼국지』 원전에서는 그가 "아름다운 수염"이 있었고, 제갈량(諸葛亮)이 그를 다정하게 "수염"이라 부르자, 그가 매우 기뻐했다고 되어있다. 누군가 글을 쓰는 사람이 관우는 수염을 소중히 여겨 비단으로 덮개를 만들었다고 말하기도 하지만 이는 없었던 일이다. 진(晉)나라의 장화(張

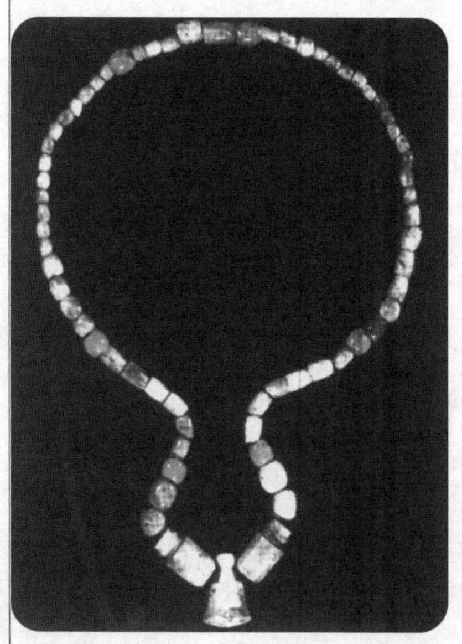

▲ 옥 목걸이

華)는 고관에 올랐고 학문도 뛰어났으나 자기 치장을 매우 좋아했다. 사서에서는 그가 "자주 수염을 다루었다.", "비단 줄로 수염을 묶었다."라고 말하고 있는데 사실이다. 육운(陸雲)이 처음 그를 보았을 때 매우 웃었다[『진서 · 육운전(陸雲傳)』]. 고대 남성이 살쩍과 머리털은 여성처럼 빗질에 신경을 쓰지 않았지만 수염은 자주 손질했다. 『한비자, 관행(觀行)』에 "옛날 사람은 눈으로 스스로를 볼 수 없었기 때문에 거울로 얼굴을 보았다. ……거울을 잃으면 수염과 눈썹을 바르게 할 수 없다."라고 기록된 것으로 보아 여자는 거울을 대하고 화장을 했고, 남자는 거울을 대하고 수염을 정돈했다. 『석명(釋名) · 석형체(釋形體)』에서 "입 위의 것을 '자(髭)' 라 하고, 턱 아래의 것을 '수(鬚)' 라 한다. 자(髭), 자야(姿也), 즉 자는 맵시이다. 수(鬚), 수야(秀也), 즉 수는 빼어나다."라고 설명하면서 그것을 성인 남자의 특유한 '미' 라고 생각했다. 이는 편리와 위생을 위하여 수염을 깎는 오늘날과 다르다.

고대 남자의 장식품은 여자가 특히 중시한 두부(頭部) 장식과 목걸이, 팔찌, 반지까지를 습관적으로 통칭하는 수식(首飾)과 달리 대부분 몸에 달거나 차는 것으로 패식(佩飾)이라 칭한다. 『시경 · 정풍(鄭風) · 여왈계명(女曰鷄鳴)』에 "그대가 오는 줄 알고서, 잡패(雜佩)를 그대에게 주노라."라는 구절이 있다. 여기서 말하는 잡패는 바로 각양각색의 다른 색깔의 옥, 즉 벽(璧), 황(璜), 결(玦), 형(珩), 거(琚) 등을 조합해서 꿰미로 만들어 몸에 걸고 다니던 것으로 보기에도 매우 아름다웠으며 걸음을 걸으면 댕그랑 댕그랑 소리를 냈다. 이는 원래 귀족 신분을 표명하기 위한 물건의 하나였다. 그러나 뒷날 "사잠(奢簪)"현상이 갈수록 심해지자 사대부 가운데 일부 지식인들은 이를

▲ 관우(關羽)

매우 못마땅하게 여겼다. 동한(東漢)의 왕부(王符)는 『잠부론(潛夫論)·부치(浮侈)』에서 일부 권문귀족의 집에서는 노비들도 수놓은 비단옷을 입고, 노루가죽 신발을 신고, 서각(犀角 : 코뿔소 뿔)과 상아, 진주보배, 호박(琥珀)과 대모(玳瑁 : 바다거북) 껍데기, 금은을 섞어 새긴 귀중한 장식품을 차고 있다고 비평했다. "교만한 사치가 주인을 참람하고, 돌아가며 서로 칭찬하고 자랑"하는 것은 당연히 세력을 믿고 남을 업신여기는 호가호위를 면할 수 없었다. 바로 「맥상상(陌上桑)」에서 다루고 있는 "곽가(霍家)네 노비" 풍자(馮子) 같은 일류 인물이 그렇다. 소위 말하는 "사잠(奢僭)"이란 바로 원래 아무런 지위가 없이 부유한 티를 내거나 금은보석 등 귀중한 장식품의 과시를 통해 어떤 지위를 가장하는 짓이다. 왕부(王符)가 과도한 사치스러운 치장에 반대한다고 한 것은 노비들을 겨냥한 말이다. 그의 필봉(筆鋒)은 감히 봉건통치계급을 직접 겨냥할 수 없었다. 그러나 이러한 비평은 허영을 숭상하고 비교하기 좋아하는 사회 기풍의 병폐를 지적했다.

사람의 자기 치장은 일종의 복잡한 현상이다. 이것이 미를 추구하기 위해서일까? 아니면 허영심을 채우고 재산을 차지하고 권세를 획득하기 위한 욕망을 위해서일까? 그리스 신화에 등장하는 마이다스 이야기가 있다. 연금술을 연마한 마이다스가 미친 듯이 기뻐하다 정원의 장미를 모두 황금으로 만들었다. 그가 득의양양하게 황금으로 변한 장미를 그의 어린 딸에게 주자, 꼬마아가씨는 경멸하듯이 황금꽃을 땅에 내던져버리고 울면서 "시들었어요, 훼손되었어요, 노랗게 되었어요, 조금도 향기롭지 않아요, 딱딱한 꽃잎이 코를 찔러요."라고 말했다. 마이다스와 그의 어린 딸 중 누가 더 미를 알고 있는가?

▲ 돈황벽화의 사람을 공양하는 여인상

▲ 여사잠도(女史箴圖)

중국 남조(南朝)의 사령운(謝靈雲)과 안연지(顔延之)는 모두 유명한 시인이다. 탕혜휴(湯惠休)는 그들을 평가해서 "사령운의 시는 부용(芙蓉)에서 물이 나오는 듯하며, 안연지의 시는 여러 가지 색으로 꾸미고 금으로 아로새긴 듯하다."라고 말했다. 종영(鐘嶸)은 『시품(詩品)』에 이 두 구를 기록한 후 "안연지는 평생 그것을 걱정했다."라고 덧붙였다. 보아하니 안연지가 비록 시를 화려하게 썼지만, 마음 깊은 곳에서의 미에 대한 평가는 오히려 마이다스의 어린 딸쪽에 서 있었으며, 그의 화려함이 사령운의 소박함만 못하다고 여겼던 듯하다. 이는 상당한 문화 소양으로 그를 동심(童心)과 일치하게 했다. 그러나 이것은 단지 시평(詩評)에만 있다. 실제로 사람의 치장에 대해 말

▲ 금옥비취발계(金玉翡翠髮髻)

하자면 세속적인 안목으로 보는 것은 금은장식을 부러워하는 것일까 아니면 귀밑머리 가에 꽂혀진 꽃 한 송이를 감상하는 것일까? 전자에 속하는 것이 적지 않을 것이다. 많은 세속을 피해서는 안되는 것이 당연하며 또 풍아(風雅)를 원하는 총명한 사람들은 "황금 꽃도 좋아하고, 장미도 좋아한다."라고 말할 것이다. 또는 더욱 함축적으로 "나는 장미를 좋아한다. 그러나 결코 황금 꽃을 배척하지 않는다."라고 말할 것이다. 아닌가? 영(榮) 국부(國府)의 선조 가모(賈母)는 "하얀 옥으로 집을 짓고 금으로 말을 만드는" 호화로운 날을 보내면서 의연히 벽월(碧月)이 받쳐들고 온 큰 연잎 형태의 비취 쟁반 안에 있는 여러 색깔의 국화 가운데서 진홍색을 골라 귀밑머리에 꽂았다[『홍루몽』 제44회]. 여기에도 역시 약간의 대자연의 뛰어난 기질과 정신이 묻어 있다.

어떤 치정(癡情)에 빠진 사람이 "나는 치장을 중시한다. 허용이라고 여기지 않고, 물욕이라고도 여기지 않는 것은 신성한 애정을 위해서이다."라고 말하는 것도 당연하다. 이것은 바로 옛 격언에서 "여자는 자신을 사랑해주는 사람을 위해 용모를 단장한다[『전국책(戰國策), 조(趙)』]."라고 한 말과 같다. 『시경 · 위풍(衛風)』의 「백혜(伯兮)」에서는 한 여인이 멀리 출정간 남편을 그리워하는 내용을 담고 있다. 다음의 몇 구를 살펴보자.

낭군께서 동으로 가시고 나서
머리는 쑥처럼 어지럽게 흐트러지네.
어찌 머릿기름이 없을까마는.
누구를 위해 단장할꺼나

이 여자의 애정은 확실히 매우 한결같다. 자기가 사랑하는 사람을 위해 하는 치장은 인지상정이라 할 수 있다. 당연히 현대의 남성과 여성은 "이 세상에서 단지 한 사람만을 위해 하는 치장은 너무 편협하다."라고 말할 것이다. 이는 그들이 여성이 남권사회에서 처세하는 어려움을 몰라서 하는 소리이다. 앞에서 "여자가 너무 요염하게 꾸미면 음욕을 불러일으킨다."라고 언급하지 않았는가? 이 말은 『역경 · 계사(繫辭)』에 나온다. 「계사」편을 공자가 지었다고 전하지만 이

를 의심하는 사람은 많이 있다. 그러나 어쨌든 유가의 예교사상(禮教思想)이다. 여인의 치장은 오직 남편에게 기쁨을 주기 위함이다. 남편이 멀리 길을 떠나는데도 화려하게 몸단장을 하는 것은 바로 간음의 혐의가 있다. 과부가 새 옷을 입으면 구설수에 휘말리게 된다. 여성인 반소(班昭)가 지은 『여계(女誡)』 칠편에서도 "부녀자들은 남편이 하늘임을 굳게 믿어야 하고, 스스로는 낮고 약한 하인이니 반드시

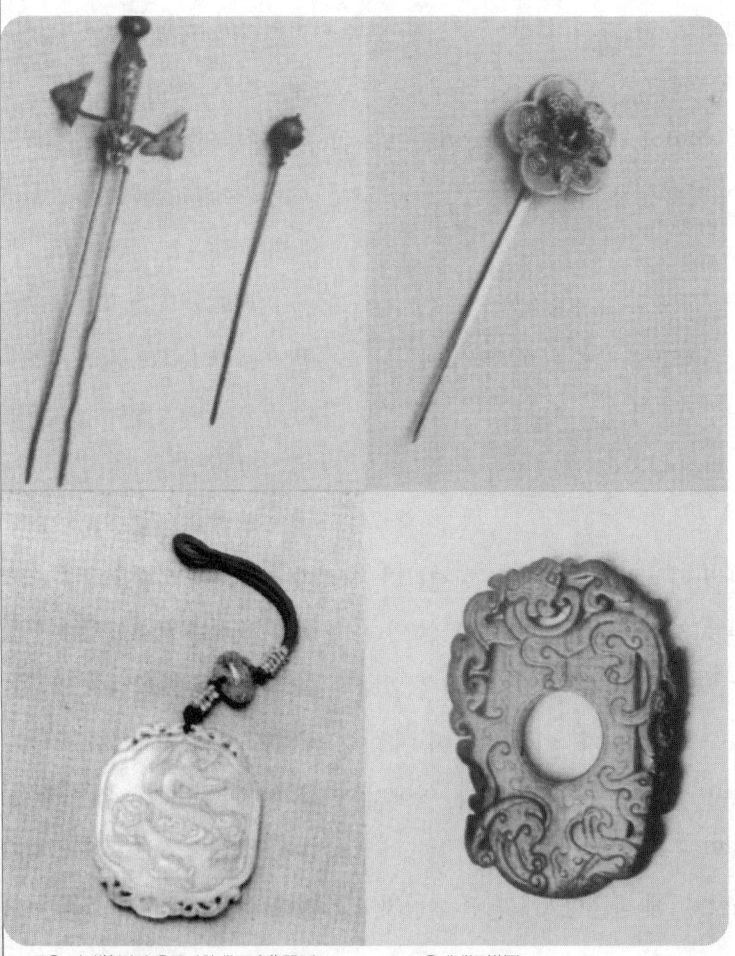

▲ 금옥 비녀(簪釵)와 옥주비취계(玉珠翡翠髻)　　▲ 옥괘패(玉掛佩)

평생을 한 남편을 섬기고, 몸가짐을 바로 하고, 나갈 때는 단장을 하지 말라."고 요구했다. 규방에서 혼인 허락을 기다리는 소녀들에 대해 말하자면 예교사상의 속박 아래 "자기를 아껴주는 사람"이 생기는 일은 허락되지 않았다.

그러나 옛날부터 설사 자기를 아껴주는 사람을 만나지 않더라도 일부 소녀들은 치장을 좋아했다. 대관원(大觀園)에서 가보옥(賈寶玉)과 이환(李紈) 모자를 제외하고 모두 미혼 소녀들이었는데, 꽃처럼 치장하지 않은 이가 있는가? 가모(賈母) 주위의 원앙(鴛鴦)은 "곤혹스러운 사람"에게 "일평생 시집가지 않으면 안된다."라는 핍박을 당한 후에도 단정하게 치장을 했다. 현재 새로운 유파의 사람들이 심리학에서 근거를 찾아 "치장은 스스로가 스스로를 사랑하는 충동을 만족시키고, 자아 긍정적 용기를 획득할 수 있다."라고 말한다. 본인은 이에 대한 연구가 부족해 잠시 이 견해에 의지하고자 한다. 결론적으로 말해 남녀노소를 막론하고 자기 치장을 좋아하는 것을 비난할 수 없다. 논의할만한 것은 어떻게 치장을 해야 미적이라 할 수 있는지에 대한 문제이다. 이는 일 개인의 심미 정취와 관계가 있다.

전국시대 때 장의(張儀)가 초(楚)나라 왕에게 "정(鄭)나라와 주(周)나라 왕기(王畿) 지방의 여자가 분단장하고 눈썹을 그리고 길가에 서 있는 것을 모르는 사람이 보면 선녀라고 여깁니다."라고 유세를 했다. 초나라 왕이 마음이 동요되어 "초나라는 외지고 궁벽한 나라구나. 일찍이 중국 여자가 이와 같이 아름다운지를 보지 못했노라."라고 승인했다[『전국책 · 초책(楚策)』]. 장의와 초나라 왕은 모두 여자가 분단장하고 눈썹을 그리는 치장을 해야 아름답다고 여겼다. 송옥(宋玉)의 문학 수양은 그들보다 약간 높다. 그는 「등도자호색부(登徒子

好色賦)」에서 미녀 "동가(東家)의 딸"을 묘사했다. 그녀의 특징 중의 하나가 바로 "분을 바르면 곧 매우 새하야지고, 붉은 색을 바르면 즉시 매우 빨개진다."라는 점이다. 이는 "동가의 딸"아름다움에 대한 과장임은 다시 말할 필요가 없지만, 송옥의 천연미에 대한 숭상이 분을 바르고 붉은 색을 바르는 수식미를 좋지 않다고 여긴 것과 비교가 된다.

▲ 화장후의 당나라 시대 여인 서부(西部)

이 두 관점에 대해 2천 여 년 간 계속 논쟁이 전개되었다. 실천적으로는 전자 쪽으로 좀 더 많이 기울어지고 이론적으로 후자 쪽으로 좀 더 많이 기울어진다.

왜 실천적으로는 전자 쪽으로 좀 더 많이 기울어질까? 원인은 아마도 여러 가지 측면에 있을 것이다. 첫째, 실제 생활에서 "동가(東家)의 딸" 같은 미인은 결코 많지 않다. 대다수 사람들은 스스로가 완전한 아름다움을 갖추고 있지 않다고 여겨 화장을 이용해 형상을 고치려고 한다. 설사 천성적인 미인이라 하더라도 미에 대한 추구를 그치지 않고, 알맞게 치장해 더욱 아름다운 우위를 나타내려고 할 것이다. 둘째, 역사상의 장의, 초나라 왕 같은 유형의 호색가가 있었고, 여색으로 사람을 섬기는 사람이 출현했었다. 때문에 “분을 칠하고 눈썹을 그리는 유행”이 쇠퇴하지 않았고, 많은 사람들이 그 안으로 휩쓸려 들어갔다. 셋째, 인생은 무상하고 세월을 붙잡기 어렵다. 사람은 늘 청춘이 쉽게 지나가고 꽃이 쉽게 지는 것에 대해 내심 탄식하며 탱탱한 얼굴이 계속 유지되길 희망한다. 이 밖에도 기타 등등의 원인이 있다. 당연히 치장의 범위는 연지와 분 같은 화장품 이외에도 복장과 장식품이 포함된다. 고래로부터 이러한 문제에 대한 사람들의 몇 가지 견해를 열거하면 다음과 같다.

1. 원굉도(袁宏道)는 빨간 분으로 얼굴을 꾸미는 것을 철저히 반대했다. 그는 “글의 전달은 반드시 바탕(質)으로써 해야 함”을 논할 때 “무릇 바탕이 뛰어나야 얼굴이다. 화려하지 않다고 여겨 빨간 분으로 수식을 하면 고운 자는 곱지 않게 되고, 곱지 않은 자는 반드시 더욱 곱지 않게 된다.”라고 말했다[『원중랑전집(袁中郎全集)』 권3 「행소원존고인(行素園存稿引)」]. 그는 연지와 분을 바르면 원래 보기 좋던 사람은 얼굴빛이 좋지 않게 되고, 본래 보기 좋지 않던 사람은 더욱 보기 싫게 된다고 여겼다.

2. 유자(劉子)는 여자가 만일 원래 아름답지 않으면 화려한 장식에 의지해도 아무 소용이 없다고 여겼다. “붉은 먹대로 얼굴을 수식해 요염해지려고 하지만 남의 시선을 끄는 사람은 드물다.……바탕이 아름답지 않기 때문이다. 바탕이 아름답지 않은 자는 비록 수식을 중시하지만 화려하지 않다.”[『유자 · 언원(言苑)』]

3. 유지기(劉知幾)기는 성대하게 장식하는 것을 반대하지는 않았지만, 장식물을 적당하게 안배해야 한다고 여겼다. "성대한 장식은 진주와 비취를 우선으로 한다. …… 만일 뒤섞여 어긋나게 되고, 적당하게 분포하지 않으면 색채가 비록 많아도, 교묘함이 부족하다." [『사통(史通)·잡설하(雜說下)』]

4. 순자(荀子)는 요사스럽고 이상한 형태만 아니라면 치장은 괜찮다고 여겼다. 그는 『순자·예론(禮論)』에서 "꾸미는 데는 요염함에 이르지 않아야 한다."라고 했다.

5. 양웅(揚雄)은 여자가 꽃이나, 연지와 분을 사용하면 본래의 아름다움을 파괴한다고 여겼다. 그는 『양자법언(揚子法言)·오자(吾子)』에서 "여자는 화려함과 붉은 것이 얌전하고 고운 것을 어지럽게 하는 것을 싫어한다."라고 했다.

6. 원매(袁枚)는 용모가 단정하면 꾸밀 필요는 없지만, 만일 수식과 치장에 정성을 들일 수 있다면, 역시 사람들을 흠모하게 만들 수 있다고 여겼다. 그는 『수원시화(隨園詩話)』에서 왕어양(王漁洋)의 시를 "완정(阮亭)의 미색은 결코 하늘의 선인이 아니라고 하지만 사람의 마음을 놀라게 한다. 양가(良家)의 여자가 용모가 단정하고 말투가 청아하고 또 궁중의 고목머릿기름을 바르고 해외의 유명한 향을 피우면 일시 사람을 감동시킬 수 있으니, 과하다고 여기지 않는다." 라고 평가했다.

7. 이어(李漁)는 치장은 아름다운 사람이나 아름답지 않은 사람 모

두에게 빼놓을 수 없는 것이라고 여겼다. 그는 『한정우기(閑情偶寄)』에서 "나는 '수식(修飾)' 이라는 두 자는 곱거나 곱지 못하거나 아름답거나 추한 것을 막론하고 모두 빼놓을 수 없다고 여긴다. 속담에 '3할이 인물이고, 7할이 치장이다.'"라고 말했다. 여기서 설명하고자 하는 바는 희극작가인 이어가 인용한 속담은 아마도 연극계의 말일 것이다. 이 때문에 무대 화장은 특수한 화장 수단을 빌려 "노인이 젊어지고, 추한 사람이 아름답게" 될 수 있다. 그러나 일상생활 속에서는 반드시 그렇지만은 않다. 구체적인 논술에서 이어 역시 "수식은 용모에만 있지 않다.", "부녀자의 옷은 정교함이 중시되지 않고 깨끗함이 중시되며, 화려함이 중시되지 않고 고상함이 중시된다.", "보기 좋은 꾸밈을 제거하면 순수함이 전부 드러난다.", "만일 피부가 하얗고 머리가 검은 용모에 비취를 머리 가득 장식하고 귀밑머리에 금과 진주를 장식하면, 금은은 보이나 사람은 보이지 않아서 꽃이 무성해 잎을 가리고 달이 구름 속에 있는 것과 같다. 이는 얼굴을 드러낼 수 있는 사람이

▲ 화장후의 당나라 시대 여인 서부(西部)

일부로 얼굴을 감추는 일을 하는 것이다."라고 여겼다. 특히 그는 복장 재료와 색깔 선택에 확실한 견해가 있었다. "사람은 타고난 얼굴이 있고, 얼굴은 서로 어울리는 옷이 있고, 옷은 서로 걸맞은 색이 있다. 모두 일정해야지 변동해서는 안 된다.", "얼굴이 하얀 사람은 옷의 색깔이 짙거나 옅어야 한다. 얼굴이 검은 사람은 옷의 색깔이 옅어서는 안되고 오직 짙어야만 된다. 옅은 색은 검은 색을 더욱 드러나게 한다. 피부가 기름진 사람은 옷이 정교해도 되고 조잡해도 된다. 피부가 거친 사람은 정교한 옷은 적합하지 않고 오직 조잡한 옷이 적합하다. 정교한 옷은 거침을 더 드러나게 한다." 등은 모두 경험에서 나온 말이다.

8. 채옹(蔡邕)의 『여훈(女訓)』에는 많은 봉건 설교가 있다. 그러나 그는 단지 외형미만 중시하고 내재미를 중시하지 않으면 방향을 잃게 되리라고 여겼다. 이 견해는 우리가 거울로 삼을만한 가치가 있다. "무릇 마음은 얼굴과 같다. 일단 수식하지 않으면 때가 낀다. …… 사람이 그 얼굴을 성대하게 닦고 꾸미면서 그 마음을 닦음이 없으니 미혹되었구나."

9. 소식(蘇軾)이 「서강월(西江月)」에서 가기(歌妓) 조운(朝雲)을 "자연스런 얼굴이 분으로 덧칠되는 것을 싫어하고, 화장을 씻어도 붉은 입술은 바래지 않네."라고 한 묘사는 자연미를 칭송하는 것이었다. 그러나 그의 명구 "서호(西湖)를 서시(西施)에 비교하니, 옅은 화장도 짙은 화장도 늘 적당하네."는 모든 중국인에게 이미 익숙해진 말이다. 그는 옅은 화장을 반대하지 않았다. 또한 짙은 화장을 부정했다

고 일률적으로 말할 수 없다.

10. 마지막은 오늘날 사람인 여숙상(呂叔湘)의 말을 인용한다. 언어학자인 그는 문장 수사를 이야기할 때 다음과 같은 예를 들었다.

> 옷을 입는 일을 가지고 비유하면 옷감의 질이 좋고, 색깔과 무늬가 좋고, 재단을 잘해야 입기에 자연스럽고 보기 좋다. 그런 뒤 고의적이든 비고의적이든 어떤 곳에 한 송이 꽃을 수놓거나 무늬 있는 테두리를 두르면 미감을 더 높일 수 있을 것이다. 그러나 만일 몸 전체에 수를 놓는다면 부득이 경극(京劇) 무대에서 1품(品) 관리의 부인이 될 것이다. [『문풍문제지일(文風問題之一)』]

이 말은 치장을 긍정하나, 어지러운 치장을 반대하고 정교한 치장을 주장하는 중국 고전미학이 "수식을 하지만 조각을 드러내지 않고, 자연스러우면서 누추함을 드러내지 않음"을 매우 중시하는 경지와 약간 비슷하다. "감동시키는 봄 경치는 많을 필요가 없다."란 바로 그것의 주지일 것이다.

연대에 상관없이 몇 명의 치장에 대한 견해를 두서없이 인용했다. 그 가운데는 차이와 모순이 있고, 완전히 대립된 것이 있고, 서로 보충할 수 있는 부분도 있다. 하지만 이러한 나열이 어떻게 치장을 해야 비로소 아름다운지에 대해 흥미를 가진 사람들에게 생각할 수 있는 기회를 제공해주리라 생각된다.

『금무은식(金舞銀飾)』과 『동방채하(東方彩霞)』

– 후기를 대신하며

책 전체를 마무리하려 보니, 비록 분야별로 적지 않게 기술했지만, 유구한 역사를 가진 중국 복식문화를 독자 앞에 구상화, 입체화시키는 것이 아직도 매우 어려운 일임을 느낀다. 고대 복식 변천의 역사에 대한 계통적인 연구가 진행되어 이미 채색화가 실린 전문 서적이 출간되었다. 진일보 연구 토론할 흥미가 있는 독자는 읽어 볼 수 있다. 본인은 여기에서 독자에게 상해(上海) 무극원(舞劇院)의 『금무은식(金舞銀飾)』과 운남(雲南) 무극원의 『동방채하(東方彩霞)』라는 두 편의 대형 복식 무용 연출을 소개하고자 한다.

『금무은식』은 종적 발전이라는 측면에서 옛날부터 지금까지의 중화 복식의 정화를 전시하려는 시도이고, 『동방채하』는 횡단면으로 55개 소수민족 복식의 뛰어남을 전시하려는 시도이다. 이 두 가지를 결합하면 중화복식 문화의 미에 대해 비교적 전체적인 인상을 지닐 수 있다. 뿐만 아니라 직관적이고 형상적인 것은 필묵으로 형용하고 대체할 수 없다.

무용과 복식 전시를 결합시키는 것은 최초의 기획이다. 정태적인 복식 전시는 그러한 매력이 없거니와, 설사 패션쇼라도 그 장면의 웅장함, 순서 전환의 다채로움, 생동감 있는 표정 등과는 그 미를 겨룰 수 없다. 풍부하고 다채로운 중화 복식문화를 우아하고 아름다운 무용의 자태를 빌려 예술적으로 표현한 것은 그야말로 너무 많아서 다 볼 수 없다. 유일한 결함은 바로 순간적으로 지나가고, 보고 나면 끝나버린다는 것이다. 때문에 한번만 보기에는 부족하니 녹화해 화면으로 보관해야 좋다고 느껴진다.

당연히 그것은 예술이다. 실제 생활과 역사 문물은 그것 보다 풍부하다. 그러나 한편으로 무용과 복식 전시의 결합은 실제 생활과 역사 문물보다 더 아름답다. 그것은 일반적인 예술과 다르다. 이에 대한 충실한 접근의 수요가 더욱 높아져야 한다. 무용 안에서 복식과 상응하는 그 시대, 그 민족의 모든 문화적 특색을 더욱 많이 반영해내야 한다. 이는 감상하고 찬탄한 나머지 한 걸음 앞서 기대하고 있는 바이다.